Tijan

Still Crew

Roman

Aus dem Amerikanischen
von Anja Mehrmann

Forever by Ullstein
forever.ullstein.de

Deutsche Erstausgabe bei Forever.
Forever ist ein Verlag der Ullstein Buchverlage GmbH,
Berlin Dezember 2019 (1)
© Ullstein Buchverlage GmbH, Berlin 2019
© 2019 by Tijan
Titel der amerikanischen Originalausgabe: Crew Princess

Umschlaggestaltung: zero-media.net, München
Titelabbildung: © FinePic®
Übersetzung: Anja Mehrmann
E-Book powered by pepyrus.com

ISBN 978-3-95818-446-6

Gewidmet Amber Reynolds Moore,
ihrer Familie und denen, die Amber liebten

PROLOG

BREN MONROE
VERNEHMUNGSPROTOKOLL, TEIL 1
Polizeistation Fallen Crest
Durchgeführt von Detective Broghers und Detective Pexton, Fallen Crest
Dauer: Fünf Minuten.

POLIZEI: Es wurde bereits festgestellt, dass Jordan Pitts, Zellman Greenly, Cross Shaw und Sie selbst, Bren Monroe, für den Angriff auf Alex Ryerson, ehemaliger Anführer der Ryerson-Crew, verantwortlich sind. Ist das korrekt?

BREN: Keine Antwort

POLIZEI: Nachdem Ihre Crew Mr. Ryerson angegriffen hat, musste er für vier Wochen im Krankenhaus bleiben. Ist das korrekt?

BREN: Keine Antwort

POLIZEI: Kümmert es dich überhaupt, dass du und deine Leute ihn fast umgebracht haben?

BREN: Wir haben ihn nie angefasst.

POLIZEI (spöttisch): Doch, habt ihr, und wir wissen, dass ihr das wart. Er hat einen Monat im Krankenhaus gelegen. Kümmert dich das überhaupt?

BREN: Keine Antwort

POLIZEI: Man hat euch Anweisungen gegeben, ihm keine bleibenden Schäden zu verursachen. Das stimmt auch, oder? Gib wenigstens das zu, dann können wir weitermachen.

BREN: Ich will meinen Anwalt sprechen.

POLIZEI (Seufzer): Also gut. Hiermit endet die polizeiliche Vernehmung, Teil eins.

Kapitel 1

Man sollte meinen, dass man irgendwann aus der Gewalt herauswächst. Irgendwann – nachdem er so viel Schmerz verursacht, so viel Blut gesehen und so viele Schmerzensschreie gehört hat – sollte ein Mensch in der Lage sein, davon Abstand zu nehmen und sich abzuwenden, weil der Drang nicht mehr existiert.

Oder?

So war es bei mir nie.

Der Drang wurde immer größer, bis ich ihn nicht mehr aushalten konnte.

Ich wollte zwar nicht mehr sterben, das war vorbei, aber ein anderer Wunsch wurde stärker. Ich wollte die Straßen rot färben. Ich wollte den Normalos Angst einjagen, in ihnen das gleiche Zittern auslösen, mit dem auch wir jeden Morgen aufwachten. Ich wollte sie spüren lassen, wie es war, Macht über sie zu haben.

Aber das konnte ich nicht.

Zumindest war die Zeit noch nicht reif dafür.

»Bren.«

Die Geräusche um mich herum drangen in meine Gedanken, und ich drehte mich zu der Stimme um, die inmitten der Schreie und des Lachens erklang, inmitten des Klirrens der Gläser, mit denen angestoßen wurde.

Genau. Ich war auf einer Poolparty.

Kein Wunder, dass in mir die Mordlust hochkochte.

Wem würde das nicht so gehen?

»Bren!«

Vieles hatte sich verändert in den zehn Wochen, seitdem ein Freund angegriffen worden war, insbesondere im Monat zuvor. Sehr viel. Eine dieser Veränderungen kam gerade auf mich zu. Tabatha Sweets. Eines der beliebtesten Mädchen an unserer Schule, eine, die immer Angst vor mir gehabt hatte, aber hey, hier war sie und kam zu mir herüber. Rief meinen Namen. Tat so, als wären wir dicke Freundinnen. Was wir tatsächlich geworden waren. Genau deswegen fürchtete sie mich auch nicht mehr.

Das war ein Fehler.

Direkt vor mir hielt sie inne. Sie stand mir nicht in der Sonne, denn ich hatte mich in einer Ecke des Gartens verkrochen, lag hinter dem Grill, denn seien wir mal ehrlich, ich war hier nicht die Partylöwin. Ich war aus einem ganz bestimmten Grund hier: Diese Poolparty fand im Haus der Shaws statt.

Cross Shaw war mein fester Freund.

Taz Shaw war meine Freundin. Sie war außerdem Cross' Schwester. Und die beiden anderen Typen aus unserer Crew wollten hier rumhängen. Zellman und Jordan.

Also waren wir hier.

Ich war hier.

Unfreiwillig.

Und hing Tagträumen über Gewalttaten nach.

Typisch.

Ich setzte mich auf, schlang die Arme um meine Knie und seufzte.

»Was gibt's, Tabatha?«

»Was machst du denn hier hinten?«

Ihre Stimme klang ein wenig schnippisch, vermutlich sowohl aus Frustration als auch aus Verwirrung.

Mit dem Wort unverbindlich ließ sich unsere Beziehung am besten beschreiben – und ich benutzte dieses Wort sehr frei, um zu erklären, was genau ich mit Tabatha und ihren Untergebenen am Hut hatte. Verantwortlich dafür waren vermutlich die vielen Stunden, die ich beim

Wohltätigkeitskomitee hatte verbringen müssen, das sie in Eventkomitee umbenannten, als ich meine Sozialstunden dort ableistete. Irgendwie hatte es mir zusätzlich zu Taz noch weitere weibliche Freunde eingebracht, dass ich mit dem Messer auf unseren Schulleiter losgegangen war.

Ich wusste nicht, wie das hatte passieren können.

Ein paar von den Mädels hatten auf Cross gestanden, und ich wusste, dass manche sich immer noch Hoffnungen machten. Was Tabatha anging: Sie war jetzt richtig mit Jordan zusammen.

Ja. Ich war auch überrascht, wie schnell das passiert war.

Nach einem offiziellen Date wurden sie ein Paar, und jetzt waren sie beinahe eins von diesen unerträglichen, weil total verknallten Pärchen.

Wie dem auch sei, in diesem Augenblick stand die Freundin meines Crewmitglieds, die auch mehr oder weniger eine Freundin von mir war (was ehrlich gesagt von meiner Tagesform abhing) vor mir, die Hände in die Hüften gestemmt, und starrte auf mich herab.

Aber ich sollte nicht lügen. Der Drang, mein Messer zu ziehen, nur um es in der Hand zu halten und zu genießen, wie unangenehm Tabatha das wäre, war stark. Ich tat es aber nicht. Im vorangegangenen Jahr war ich gewachsen. Seht ihr? Therapie und Sozialstunden haben uns niedere kriminelle Wesen rehabilitiert.

»Wo sind die Jungs?«, fragte ich, ohne ihre Frage zu beantworten. Sollte sie mich nicht mittlerweile kennen?

Ohne ihre Antwort abzuwarten, stand ich auf und machte mir selbst ein Bild von der Lage.

Zellman räkelte sich auf einer Liege, seine On-Off-Freundin (Sunday) auf dem Schoß. Monica (eins der Mädchen, die sich immer noch falsche Hoffnungen auf meinen Typen machten) saß neben ihnen auf dem Schoß eines anderen Typen (ein Baseballspieler, glaube ich).

Jordan kam gerade aus dem Haus.

Er sah, dass ich ihn anstarrte, und blieb stehen, ein Bier in der Hand. Fragend zog er die Augenbrauen hoch, aber ich schüttelte den Kopf.

Ich brauchte ihn nicht.

Er ging weiter und setzte sich in einen Liegestuhl neben Z. Damit wusste ich, wo das vierte Mitglied unserer Crew war. Jordan. Zellman. Cross. Ich.

Wir waren die Wolfscrew, die kleinste Crew im Crewsystem von Roussou, aber auch die gefährlichste.

Es gab andere Crews. Größere, wie die Crew von Ryerson, oder die aus Frisco, die während des letzten Halbjahres aufgetaucht war. Frisco war unsere Nachbarstadt, und die Highschool dort war abgebrannt. Die Stadt war klein, darum bekam sie nicht genug Gelder, um rechtzeitig zum Winterhalbjahr eine neue Highschool zu bauen. Deshalb wurden die Schüler zu uns gefahren. Na ja, zumindest die Hälfte der Schüler. Ein paar besuchten die Fallen Crest Academy, und ein gutes Drittel ging zur staatlichen Schule von Fallen Crest, aber der Rest kam zu uns. Frisco, Fallen Crest und Roussou bildeten ein seltsames Dreieck im Binnenland von Kalifornien, deshalb gab es nur diese Möglichkeiten.

Wir hatten gehört, dass sich die Schüler aus Frisco, die auf die Academy gegangen waren, fast in die Hose gemacht hatten, weil da alles so schick und luxuriös war. Die meisten Leute in Frisco waren genauso arm wie wir. Die Academy war für die Reichen. Es gab Ausnahmen, aber es war eben, wie es war.

Ein paar von den neuen Mädels hatten versucht, sich an Tabatha zu hängen. Zwei hatte sie in ihre Clique aufgenommen, bei den anderen hatte sie im wahrsten Sinn des Wortes abgewunken.

Machen beliebte Mädchen das immer so? Ich habe keine Ahnung. Was ich damit sagen will: Ich bin nicht wie sie.

Ich bin nicht wie die Mädels aus Frisco. Ich bin nicht wie die aus Fallen Crest, ich bin nicht einmal wie ein Normalo (unser Wort für diejenigen, die in keiner Crew in Roussou sind). Wie ich bin? Wie meine Crew. Wie Zellman. Jordan. Cross. Das war's.

Und es versetzte mir einen Stich, Jordan einfach so mit diesem sportlichen Typen rumalbern zu sehen.

Ich wusste nicht genau, was es war ... Eifersucht, Wut ... Oder hatte ich vielleicht einfach nur Hunger? Aber die Tatsache, dass ich diesen Stich spürte, reichte mir. Wenn ich es mit Gefühlen zu tun bekam, konnte die Sache nicht gut ausgehen, also würde ich jetzt abhauen.

»Oh nein. Nein, nein, nein.«

Ich wollte Tabatha ausweichen, aber sie stellte sich mir in den Weg. Ihre Augen blitzten vor Entschlossenheit, ihr Mund war so schmal wie ein Strich. »Diesen Blick kenne ich. Du willst einfach abhauen.« Sie schüttelte den Kopf. »Du kannst hier jetzt nicht verschwinden.«

»Mir egal.« Ich versuchte erneut, an ihr vorbeizugehen.

Auch diesmal blockierte sie mich und warf dabei ihre Haare zurück. Diese Bewegung reichte, um die allgemeine Aufmerksamkeit zu erregen, und die Gespräche um uns herum verstummten.

Ich biss die Zähne zusammen.

Tabatha rückte mir auf die Pelle, und ich hasste es, wenn jemand mir zu nahe kam. Noch zwei Sekunden und ich würde ...

»Sweets.« Die Tür hatte sich erneut geöffnet. Taz kam heraus, eine Hand an dem Bikinislip auf ihrer Hüfte – sie war genauso angezogen wie Tabatha. »Lass Bren in Ruhe.«

Tabatha drehte sich um und lachte.

Aber Taz meinte es ernst. Sie deutete mit dem Kopf auf mich und sagte: »Noch zwei Sekunden und sie geht auf dich los.« Sie ließ ihren Blick durch den Garten schweifen und fügte hinzu: »Nicht gerade die Situation, in der du jetzt sein willst, wenn du verstehst, was ich meine.«

Handys wurden gezückt. Seit die Leute aus Frisco hier waren, blieb nichts mehr geheim. Und es gab Gerüchte über eine Entwicklung, die viele Leute hier an Stars und an Hollywood denken ließ, aber das kann ich jetzt nicht auch noch erklären. Man hatte mich vorgewarnt, und ich wusste, dass es unglaublich nervig werden würde.

»Du bist also kurz vorm Durchdrehen?«, fragte Tabatha leise und trat einen Schritt zurück.

Das war das Gute an ihr. Manchmal war sie planlos, aber manchmal merkte sie auch, wenn ich meinen Freiraum brauchte. Den ließ sie mir jetzt und warf mir einen entschuldigenden Blick zu.

Endlich konnte ich meinen Kiefer wieder bewegen – er war doch nicht einzementiert. »Ich kann es nicht leiden, wenn man mich in die Enge treibt.«

»Mist«, sagte sie leise und machte einen Schritt zur Seite. »Sorry. Ich wollte nur, dass du dich amüsierst.«

Jetzt fühlte ich mich zwar schlecht, aber nicht schlecht genug, um hierzubleiben und so zu tun, als wäre ich eine ganz normale Highschool-Schülerin. In mir kribbelte es förmlich, der Drang danach, allein und frei zu sein, brachte mein Blut zum Kochen.

Taz war weiter auf die Betonterrasse herausgekommen, und ich sah, dass sie ein Handy in der Hand hielt. Jordan blickte zu mir rüber, grinste mich an und steckte sein Handy weg.

Jetzt begriff ich.

Er hatte Taz auf den Plan gerufen, das war eine gute Methode, um die Situation zu entschärfen. Taz war zu allen nett, aber als sie mich jetzt mit einem Blick fixierte, wurde mir erneut unbehaglich zumute.

»Bren«, sagte sie und kam bereits auf mich zu.

Ich wusste, was sie wollte. Es war der Grund, warum sie diese Party überhaupt schmeißen wollte.

Und schon verspannte sich mein Kiefer wieder. »Nein«, stieß ich mit zusammengebissenen Zähnen hervor.

»Bren, bitte.«

»Nein.« Ich schob die Hände in die Taschen, ging an ihr vorbei und bahnte mir einen Weg durch die Menge im Haus.

Normalerweise gingen uns die Leute von selbst aus dem Weg, aber diesmal ließ ich ihnen nicht mal genug Zeit, um mich zu bemerken. Einige schrien auf, als ich mich an ihnen vorbeischob.

»Du musst mit ihm reden.«

Als ich an der Treppe ankam, blieb ich stehen, eine Hand auf dem Geländer. »Muss ich nicht.«

»Bren, bitte.« Ihre Stimme zitterte.

Ich zögerte. War das ihr Ernst?

Ich musterte sie und sagte: »Ich weiß genau, dass du vor ein paar Sekunden noch getrunken, gelacht und bei deinem Freund auf dem Schoß gesessen hast, ehe Jordan dir geschrieben hat, dass du Tabatha von mir fernhalten sollst. Glaub bloß nicht, dass es irgendwas bringt, wenn du jetzt rumheulst.«

Eine Träne kullerte ihr bis zum Kinn hinunter und hinterließ eine nasse Spur auf ihrem Gesicht. Sie schniefte. »Ich vermisse meinen Bruder, Bren.«

Nein. Die Träne war nicht echt.

Oder ...

Vielleicht doch.

Cross hatte in den zwei Monaten zuvor nicht zu Hause geschlafen, nicht mehr, seitdem ...

»Lass es sein, Taz«, erklang eine Stimme hinter ihr.

Erleichterung.

Ich war nicht länger im Fadenkreuz.

Cross kam die Treppe herunter, den Blick auf seine Schwester gerichtet, der Kiefer angespannt. Sein markantes Kinn, das ich küssen und anfassen und streicheln wollte. Seine Haare waren ein bisschen heller als sonst, aber kurz geschnitten, und er schien in den vergangenen zwei Monaten noch härter trainiert zu haben als sonst. Falls das überhaupt möglich war.

Jordan und Zellman trainierten ebenfalls gern mit Gewichten, aber für die beiden war das ein Hobby.

Bei Cross war es anders. In Jordans Gartenschuppen lag ein Satz Hanteln, und Cross verbrachte dort mittlerweile mehrere Stunden am Tag. Das Ergebnis war überwältigend. Er war eins fünfundachtzig groß und nach wie vor schlank, aber seine Muskeln wirkten viel definierter als zuvor. Er hatte einen Waschbrettbauch, und wenn er den nackten Oberkörper zur Seite drehte, konnte man jeden einzelnen Muskel erkennen.

Er war auf einer Mission gewesen, und neben Gewichtheben und Training mit Taz' Freund (einem Boxer) war ich seine einzige Ablenkung.

Er richtete den Blick seiner braungrünen Augen auf mich, und es war, als träfe mich der Schlag. Allein an diesem Blick konnte ich erkennen, dass er mich brauchte, und ich spürte, wie dasselbe Verlangen auch in mir aufstieg.

»Cross«, setzte Taz an und wischte die Träne weg. Ihre Stimme war wieder fest. Überraschung.

Als er die Treppe herunterkam, eine Tasche über der Schulter, stellte sie sich ihm in den Weg und legte eine Hand auf das Geländer. »Du musst mit Mom reden ...«

Er blieb stehen und blickte auf sie hinunter. »Muss ich nicht.«

»Cross ...«

»Sie hat Dad betrogen«, sagte er kalt.

Ja. Das war im Monat zuvor passiert.

Es war, als hätte jemand die Luft aus Taz' Körper gelassen. »Ich weiß, aber er hat sie zuerst betrogen!«

Auch das war passiert.

Dann sagte Cross: »Sie lassen sich scheiden, Taz. Daran wird sich verdammt noch mal nichts ändern, ob ich mit ihnen rede oder nicht.«

Und ja, im Großen und Ganzen war es das. Die Lage war gerade ein bisschen angespannt.

Dann kam Jordan herüber und fragte: »Hey, gehen wir heute Abend zu dem Lagerfeuer? Zum Stadtfest?«

Das Stadtfest. Das hatte ich vergessen. Und ... verdammt!

Wir hatten nur noch ungefähr einen Monat Schule.

Das bedeutete, dass am folgenden Wochenende der Abschlussball sein würde.

Kapitel 2

Jordan war der größte Typ an unserer Schule, aber Cross war nur fünf Zentimeter kleiner als er. Der Einzige, der mit ihm mithalten konnte, war unser letzter Direktor gewesen, aber der war inzwischen weg. Irgendwer hatte dafür gesorgt, dass er gefeuert wurde ...

Cross stieg die letzten paar Stufen hinunter, schob seine Schwester sanft aus dem Weg und stellte sich hinter mich. Über meine Schulter hinweg fragte er: »Und, tun wir das?« Sein Atem kitzelte meine Haut.

Jordan kam näher, gefolgt von ein paar Normalos. Der eine Typ von der Liege hatte sich offenbar verdreifacht.

Ich sah mich um, aber Z war nicht dabei. Wo war er? An seiner Stelle waren ein paar Mädels aufgetaucht. Sunday. Monica. Und noch eine. Lilac? Sie stand auf Cross. Ich war kein Fan von ihr. Und ich war mir sicher, dass sie mich auch nicht ausstehen konnte. Konnte ich ihr nicht übelnehmen. Wäre mir genauso gegangen.

Noch ein Beweis dafür, wie weit ich gekommen war.

Ich war jetzt sehr verständnisvoll und nicht mehr die Bren, die sofort zum Messer griff.

Work in progress. Das war ich.

»Ja. Warum nicht?« Jordan zuckte mit den Schultern. »Fallen Crest und Frisco sorgen für ein bisschen Abwechslung. Könnte spaßig werden. Das Quickies ist abgebrannt, ich hab gehört, da ist jetzt was Neues drin, nicht mehr diese Tankstelle. Moment mal ... Ist da jetzt nicht die neue Polizeiwache drin?«

Zahlreiche Handys wurden gezückt, aber Cross fasste mich am Arm.

»Los, komm.« Er bedeutete Jordan, uns zu folgen, und zu dritt verließen wir das Haus.

Cross ging bis zur Straße, ehe er stehenblieb.

»Also«, begann Jordan mit erhobenen Händen.

»Mir ist das recht.«

Ich zog die Brauen hoch.

Im vorangegangenen Semester hatten wir uns meinetwegen zurückgehalten. Ich war diejenige, die immer ihr eigenes Ding durchziehen musste, und Cross fand mich dann hinterher irgendwo. Aber seitdem sein Vater ausgezogen war, seitdem Cross offiziell in meinem Zimmer wohnte, hatten wir die Rollen getauscht.

Na ja, ich machte immer noch mein eigenes Ding, aber Cross betonte jetzt häufiger, dass wir nicht auf jede Party gehen mussten. Dass er zu diesem Lagerfeuer in Fallen Crest – ausgerechnet dorthin – gehen wollte, war irgendwie ... Aber dann verstand ich.

»Die neue Freundin deines Vaters wird dort sein, stimmt's?«

Genau. Noch etwas war passiert. Sein Alter ließ nichts anbrennen. Cross hatte erwähnt, dass sein Vater eine neue Freundin hatte. Er hatte auch erwähnt, dass sie in Fallen Crest arbeitete. Ich wusste, dass sein Vater woanders hingezogen war, aber Cross hatte mir nicht gesagt, wohin. Ich war überrascht, dass Cross überhaupt so viel wusste.

Es war seltsam gewesen, wie all die Betrügereien aufgeflogen waren.

Normalerweise ... na ja, vielleicht habe ich da einfach falsche Vorstellungen, aber wenn jemand fremdgeht, gibt es meines Erachtens einen Zeitrahmen, in dem der Partner deswegen verletzt ist. Der andere bittet um Vergebung. Die bekommt er nicht. Dann versucht der Partner mit der Affäre es weiterhin, bettelt und fleht noch mehr. Und schließlich versuchen beide, es irgendwie hinzukriegen? Mit einer Paartherapie oder so?

Aber nicht bei dieser Scheidung.

Es kam raus, dass sie eine Affäre hatte. Boom.

Es kam heraus, dass er eine Affäre hatte, und zwar schon wieder.

Der Teil mit dem Schon wieder war neu, denn anscheinend hatte er sie vor laaaaaanger Zeit schon mal betrogen, ehe die beiden Taz und Cross bekommen hatten.

Andererseits wusste ich nicht mit Sicherheit, wie die Jahre ihrer Ehe nach seiner ersten Affäre verlaufen waren (es war eine ausgewachsene Affäre gewesen, nicht nur ein Ausrutscher, und ja, das war wichtig), bis er sie dann – boom!! – erneut betrog. Und offenbar hatte ihre Mutter die Nase voll gehabt, weil sie selbst etwas mit einem anderen anfing.

Und jetzt ließen sie sich scheiden. Das war die letzte Bombe, die hier eingeschlagen war.

Aber zurück zu Cross' Vater. Cross hatte gesagt, dass er zuerst im Motel im Ort untergekommen war, das war das Einzige, was Sinn ergab.

»Verdammt«, sagte Jordan leise.

Wir alle hatten hier viel nachzuholen. Was ich wusste, hatte ich in der ersten Nacht erfahren, in der Cross zu mir nach Hause gekommen war und gesagt hatte, dass er bei mir einziehen würde. Und dass Cross mich nicht auf dem Laufenden gehalten hatte, war kein gutes Zeichen. Er hätte es mir erzählen sollen.

Cross' Miene wurde hart. »Sie arbeitet in der Personalabteilung bei Kade Enterprises«, sagte er und fluchte leise. »Er ist letzte Woche bei ihr eingezogen. Meine Mom ...«, er deutete auf das Haus, »... hat einen Typen, der hier übernachtet.«

»Was sagt Taz dazu?«

Sein Kiefer zuckte. »Sie weiß nichts davon.«

»Was?«, fragte Jordan.

»Ja, genau.« Cross' Schultern wirkten noch angespannter als zuvor. Seine Stimme wurde tiefer. »Ich habe einen Haufen Klamotten von ihm in ihrem Zimmer gefunden. Sie hat sie in einem verdammten Wäschesack versteckt.«

»Vielleicht gehören die ja deinem Vater?«

»Seine Klamotten lagen gefaltet im Schrank – unter ihren.«

Okay, das dazu. Versteckspiel auf einem ganz neuen Level.

Jordan zuckte zusammen.

Lauter Jubel kam aus dem Haus und wurde noch lauter, als jemand die Haustür aufstieß.

»Was ist denn hier los?« Zellman sah uns und kam über den Gehweg auf uns zu gerannt.

Die Tür fiel hinter ihm ins Schloss, wurde aber sofort wieder geöffnet.

Tabatha streckte den Kopf heraus: »Ist das 'ne Crewsache, was ihr da macht?«

Cross wandte sich fluchend ab.

Z und Jordan grinsten sich an, dann rief er zurück: »Gib uns noch ein bisschen Zeit, Schatz.«

Schatz.

Er nannte sie Schatz.

Jordan bemerkte, dass ich grinste, und seine Augen wurden schmal. »Was ist?«

»Ihr zwei seid ja schon bei Kosenamen angekommen.« Ich biss mir auf die Wange, um ihn nicht zu sehr zu verarschen. »Bekommt sie nächste Woche einen Verlobungsring von dir?«

Cross lachte kurz auf.

Z prustete los.

Jordan schlug Zellman mit dem Handrücken auf die Brust. »Erstick dran, Arschloch. Du klingst wie ein Wellensittich.«

Z lachte nur noch lauter.

Jordan schüttelte den Kopf und rieb sich das Kinn. »Ihr seid echt mies. Und ja«, jetzt sah er mich an, »wir sind inzwischen bei Kosenamen angekommen. Ist vielleicht ganz normal? Ist mir eines Nachts einfach so rausgerutscht, als ich in ihr war. Baby. Gott, ich hasse Kosenamen. Ich hab sie immer gehasst. Mein Dad nennt meine Mom Süße, sie nennt ihn Cupcake. Ich wollte nie mit dem Scheiß anfangen – und jetzt das.« Er stöhnte. »Wie kommen wir da nur wieder raus?«

Z verzog das Gesicht, als dächte er ernsthaft über dieses Dilemma nach. »Mach doch einfach Schluss mit ihr.«

»Was?!«, fuhr Jordan ihn an und schlug ihm noch einmal auf die Brust. »Was ist das denn für ein beschissener Vorschlag?«

Zellman zuckte unbeeindruckt mit den Schultern. »Ein ehrlicher Vorschlag. Ich glaube nicht, dass du die Kosenamen wieder los wirst, jetzt, wo ihr so weit seid.«

Cross schnaubte verächtlich. »Vor allem nicht, während dein Schwanz in ihr drin ist.« Er sprach mit Jordan, sah dabei aber mich an.

Ich wusste, worauf er damit anspielte.

Wir waren bereits seit längerer Zeit bei »Ich liebe dich«. Der Moment war vielleicht etwas früher gekommen, als gut für uns war, aber was soll man machen, wenn der beste Freund/Liebhaber zur Knarre greift, um einen Mord zu begehen? Man versucht ihn aufzuhalten. Das L-Wort war rausgerutscht und ließ sich nicht mehr zurücknehmen. Wir sprachen uns zwar in der Öffentlichkeit nicht mit Kosenamen an, aber wenn wir unter uns waren, taten wir das sehr wohl. So wie er mich in der Nacht zuvor Baby genannt und ich seinen Namen gestöhnt hatte, während wir die Hüften aneinander rieben. Mein Kosename für ihn klang eher wie: »Oh mein Gott, bitte, gib's mir.«

»Ich hasse euch«, verkündete Jordan.

Zellman strahlte. Er klopfte ihm auf die Schulter und sagte: »Ich bin irgendwie stolz auf uns. Seht uns doch an.« Er blickte in die Runde. »Ich habe eine Fickbeziehung. Jordan steht kurz vor der Eheschließung, und du und Cross, ihr seid einfach ihr.« Er nickte und wurde ernst. »Wir werden erwachsen, holy shit.« Seine Miene hellte sich auf, als hätte jemand eine Glühbirne angeknipst. »In einem Monat sind wir mit der Schule fertig, Alter. Verdammt, was sollen wir denn danach machen?«

In diesem Augenblick hätte man eine Stecknadel fallen hören können.

Alle verstummten.

Das.

Genau das hier.

Diese Unterhaltung.

Sie war der Elefant im Raum.

Oder vielleicht war sie auch einfach nur mein Elefant.

Der Schulabschluss bedeutete Veränderung. Wachstum. Wir waren fertig. Wir würden wegziehen. Oder hierbleiben. Wir ... Ich hatte keine Ahnung, was wir tun würden, und das war das Problem.

Die meisten Crews lösten sich auf, sobald sie mit der Schule fertig waren. Nur eine hatte noch Bestand, aber selbst die – und ich rede hier von der Crew meines Bruders – hatte sich verändert, sodass Channing alias mein Bruder nicht mehr der offizielle Anführer war, aber es gab sie immerhin noch. Sie existierte in einer Grauzone.

Aber zurück zu uns und zu der Unterhaltung, die wir nicht führten.

Wie auf ein Zeichen hin begann Jordan zu husten. »Also. Gehen wir heute Abend zu dem Lagerfeuer?«

Ein Lächeln breitete sich auf Zs Gesicht aus. »Ja, okay?«

Cross nickte Jordan zu und stellte sich neben mich. Sein Arm streifte meinen. »Ja. Ich will mir diese Lady angucken, mit der mein Vater jetzt was hat, mal gucken, wie die so drauf ist.«

»Alles klar. Können wir machen. Nur kurz vorbeifahren, oder hattest du an was anderes gedacht?« Jordans Blick wanderte zwischen Cross und mir hin und her.

Cross sah mich ebenfalls an.

Mir sträubten sich die Nackenhaare. »Worauf wollt ihr eigentlich hinaus?«

»Kade Enterprises haben heute ein Event in ihrem Country Club. Ich weiß davon, weil Race mich gefragt hat, ob ich hingehe. Seine Eltern sind beide da. Er wollte wissen, ob ich vorbeikommen kann, weil sie ihn nämlich zwingen, auch dort zu sein, ehe er zu dem Lagerfeuer geht.«

»Warte mal.« Zellman hob eine Hand. »Ich dachte, die lassen sich auch scheiden?«

»Tun sie auch, aber sie gehen trotzdem beide hin.«

»Race' Mom ist in die Gegend gezogen, und sein Vater ist reich«, erklärte Jordan. »Er wird sich aus geschäftlichen Gründen unter die Fallen Crusties mischen wollen.«

»Shit. Das ist eine gute Idee.«

Erneut blickten Jordan und Cross mich an.

Ich spürte, wie der Kloß aus meinem Hals in meinen Magen rutschte. Ich war mir ziemlich sicher, was sie mich jetzt fragen würden, brachte aber trotzdem heraus: »Ihr müsst es schon aussprechen. Ich mache gar nichts, solange ihr nicht fragt.«

Cross zögerte nicht. »Ich will in ihr Haus einbrechen, um so viel wie möglich herauszufinden.«

»Ist gebongt«, sagte Zellman und nickte.

Das war es, was wir als Crew taten. Einer von uns brauchte etwas, und wir anderen waren da.

Das einzige Problem war ich.

Ich war immer noch auf Bewährung.

Aber ich nickte nur und fragte: »Wann legen wir los?«

Kapitel 3

Ich liebte Cross.

Beste Freunde seit der siebten Klasse und in derselben Crew – wir waren unzertrennlich, aber unsere Beziehung blieb platonisch, während er ein bisschen herumhurte. All das hatte Anfang des Schuljahres aufgehört. Dinge, die wir nicht ungeschehen machen konnten, waren passiert, und so waren wir zu einem Paar geworden.

Ich saß neben ihm im Pick-up. Es war fast zehn Uhr abends. Wir hatten Race überredet, im Country Club für uns Augen und Ohren aufzuhalten – im Jahr zuvor hatten wir ihm geholfen, und nun konnte er sich revanchieren. Er hatte sich bereit erklärt, auf der Party zu bleiben und ein Auge auf Cross' Vater und dessen Date zu haben (und damit Taz ignoriert, die wollte, dass er zum Lagerfeuer kam).

Cross' Handy vibrierte erneut. Seit wir Roussou verlassen hatten, tat es das fast ununterbrochen. Jordan bog in eine vornehme Wohngegend ein, hoch oben auf irgendeinem Hügel. Die Häuser waren alle ziemlich protzig.

»Was ist der letzte Stand?«, fragte Jordan.

»Dreizehn«, antwortete Cross.

Wir grinsten. Taz hatte Race zum dreizehnten Mal darum gebeten, zu dem Lagerfeuer zu kommen.

Cross schrieb zurück.

»Was hast du gesagt?«, fragte Zellman, der den Kopf durch das hintere Fenster gesteckt hatte.

Cross schob sein Handy zurück in die Tasche und blickte über die

Schulter. »Ich hab ihm gesagt, er soll uns eine halbe Stunde geben, dann können sie abhauen.«

»Dreißig?«, fragte ich, als Jordan vor der Villa anhielt. »Bist du dir sicher?«

Ich erkannte mit bloßem Auge, dass es hier Security gab. Sehr viel Security. Es gab ein Tor mit einer Kamera obendrauf.

Das hier war keine gute Idee.

»Mist.« Jordan schlug auf das Lenkrad, dann beugte er sich nach vorn, um besser sehen zu können. »Cross. Mann ...«

Ich beendete den Satz für ihn: »Wenn wir über den Zaun klettern, wird garantiert die Polizei alarmiert, und die sitzt nicht weit von hier – nur den Hügel da runter. Wir kommen hier nicht rein.«

Cross starrte böse das Haus an. An seinem Hals trat eine Ader hervor. »Das ist die verdammte Adresse, die er meiner Mom gegeben hat. Sie stand auf dem Blatt Papier neben dem Computer in ihrem Büro. Was zur Hölle macht seine Freundin bei Kade Enterprises?« Er lehnte sich aus dem Fenster, als könnte ihm die Villa oder die protzige Straße seine Frage beantworten.

Und ich? Ich hatte mit dem Plan bereits abgeschlossen. Ich wusste, dass wir in dieses Haus nicht reinkommen würden, aber was war das für eine Gegend hier? Ich konnte nicht glauben, dass hier tatsächlich Leute wohnten. Die Rasenflächen waren perfekt gepflegt, zumindest die, die wir durch die Tore sehen konnten.

Es gab keine Risse in den Gehwegen. Ein paar Bäume waren mit funkelnden Lichtern geschmückt. Palmen zierten die Straße. Alle Laternen funktionierten. Eine Frau führte einen kleinen Hund an einer rosa Leine spazieren, und ich war mir ziemlich sicher, dass das Halsband mit Diamanten besetzt war. Vielleicht waren es auch nur Pailletten? Auf jeden Fall waren sie reich. Das war verdammt sicher.

Ich fühlte mich, als wäre ich ungefähr zehn Zentimeter groß.

Die Frau beäugte uns, als sie näherkam; sie sah mir direkt ins Gesicht. Misstrauen flackerte in ihrer Miene auf, und sie griff in ihre Tasche.

»Wir müssen hier weg«, murmelte ich.

Sie holte ihr Handy heraus, und gleich würde sie die Bullen rufen. Ich wusste es einfach.

Jordan fluchte und wollte den Pick-up auf Drive stellen, da tauchte eine zweite Frau auf. Sie griff nach dem Rand der Ladefläche unseres Pick-ups.

»Verdammt, was soll das?« Z fiel fast hin, als er herumfuhr, um zu sehen, wer uns auf diese Art überrascht hatte.

Es war eine Frau mittleren Alters, und sie schenkte uns keinerlei Beachtung. Sie konzentrierte sich auf die Frau mit dem Hund an der rosa Leine, die im Begriff gewesen war, die Bullen zu rufen. Sie schenkte ihr ein strahlendes Lächeln und winkte ihr demonstrativ zu. »Hi, Clara! Wie geht es dir?«

Ihre Stimme war laut, und sie tat das mit Absicht.

Z blickte sie finster an. »Lady, lassen Sie unseren Wagen los.«

Sie tat es nicht.

Jordan öffnete die Tür, stieg aus und ging auf sie zu.

Die Frau redete weiter, immer noch winkend. »Wie geht es Gordon? Habt ihr in Bentworths Kanzlei angerufen? Ich weiß, dass die ihre Mandanten ganz exzellent verteidigen.« Ihr Lachen war gekünstelt, aber herzhaft. »Es ist ganz egal, ob sie schuldig sind, also mach dir um deinen Gordon mal keine Gedanken. Und selbst wenn er kurz ins Gefängnis muss – ich bin mir sicher, sie stecken ihn in eins, das eher einer Jugendherberge ähnelt.«

Die Frau mit dem Hund war wie erstarrt, aber die Frau, die den Pickup festhielt, redete einfach weiter. Ihre Stimme wurde immer lauter, bis die Frau mit dem Hund endlich an der rosa Leine zog und ihren Hintern dahin zurückbewegte, woher sie gekommen war.

»Lady«, knurrte Jordan, der jetzt neben mir stand. »Lassen Sie meinen Wagen los. Und zwar sofort.«

Sie wartete und folgte mit dem Blick der Frau mit dem Hund, bis diese um die Ecke gebogen war. Dann ließ sie endlich den Pick-up los und ging zur vorderen Seite des Wagens. Sie ging langsam, hielt die

Hände ausgestreckt, als würde sie gleich festgenommen werden. Ihr Blick fand meinen, hielt stand, bis wir sie schließlich alle vier anstarrten.

Sie reckte das Kinn und stemmte die Fäuste in die Seiten. »Ich kenne dich.«

Jordan kam dazu, stand neben Cross' Tür. Er sah mich an. Z war aus dem Wagen gesprungen und hatte sich neben Jordan gestellt. Auch er blickte die Frau an.

Cross reckte ebenfalls herausfordernd das Kinn. In eisigem Ton fragte er: »Wer zur Hölle sind Sie?«

Sie ignorierte ihn, denn sie hatte nur Augen für mich. »Du bist die kleine Schwester von Monroe, stimmt's?« Sie nickte. »Ja. Ja, genau, die bist du. Ich kannte früher mal deine Mutter. Wir waren oft zusammen. Haben eine Menge Mist gebaut.« Sie senkte den Kopf, ihr Mund war ein resignierter Strich. »Ich habe nie jemandem davon erzählt. Kennst du mich?«

Ich schüttelte den Kopf. »Nein.«

Ihre Brust hob sich, ihre Mundwinkel wanderten nach unten, bis sie erneut den Blick senkte. »Dachte ich mir schon. Ich wusste nicht, ob sie es erzählen würde. Ich bin Malinda McGraw-Strattan.«

Sie sagte das, als sollte ich es eigentlich wissen.

Ich schüttelte den Kopf. »Ich kenne Sie nicht.«

Ihre Nasenlöcher blähten sich auf. »Du bist Channings Schwester, richtig?«

Ich schwieg.

Ihre Augen wurden schmal, als sie fortfuhr: »Der Verlobte von Heather Jax, stimmt's? Er hat ihr einen Antrag gemacht.«

Ich sagte immer noch nichts.

Nun war sie eingeschnappt. »Ist das dein Ernst? Oder willst du mich verarschen? Heathers beste Freundin ist meine Stieftochter.« Erneut wartete sie auf eine Antwort von mir.

Ich wusste, von wem sie redete, aber das war mir erst in diesem Augenblick klar geworden. Channing kannte jeden in Roussou. Heather kannte eine ganze Menge Leute in beiden Städten. Dass jemand behauptete, die beiden zu kennen, bedeutete also überhaupt nichts.

Aber das mit der besten Freundin sagte mir was.

Vor mir hätte ein Stammbaum liegen müssen, dann hätte ich die Verbindungen nachvollziehen können, aber ich hatte immerhin genug gehört, um zu wissen, dass sie von Samantha Kade sprach. Die Läuferin – eine Olympiateilnehmerin –, die mit einem professionellen Footballspieler verheiratet war. Ja, selbst jemanden wie mich, dem Berühmtheit und Namen nichts bedeuteten, beeindruckte das ein bisschen. Aber es interessierte mich aus einem anderen Grund. Samantha war eine gute Freundin von Heather. Das bedeutete mir etwas, und der Spieler der Patriots war mit meinem Bruder befreundet. Sie hatten uns ein paarmal besucht. Ich hatte mich dann immer verzogen, weil es Channings und Heathers Leben war und nicht meins.

»Genau.« Malinda hatte mich die ganze Zeit beobachtet. »Jetzt verstehst du es. Samantha ist meine Stieftochter. Ich habe ihren Vater geheiratet, der sie großgezogen hat.« Sie sah zu den Jungs hinüber, wobei ihr Blick an Cross hängen blieb, ehe sie Jordan und dann Zellman musterte. »Treibt ihr Jungs Sport?«

Jordan schwieg.

Auch Cross sagte nichts.

Zellman sah erst mich an, dann die Frau und schließlich die anderen. »Sind wir ... Sie ist unsere Freundin, stimmt's? Keine Feindin? Darf ich die Frage beantworten?«

Jordan verdrehte die Augen gen Himmel. »Fuck, Z.«

»Ja, was denn? B, warum hast du uns nie erzählt, dass du Coach Strattans Frau kennst?« Er streckte die Hand aus und ging auf sie zu. »Ich spiele Football. Nicht an unserer Schule, weil das Team da mies ist, aber ich spiele in der Sommerliga. Wir fangen im Mai wieder an. Und ich weiß alles über Ihren Mann. Er hat das Footballteam der staatlichen Schule in Fallen Crest in Form gebracht. Sie sind bis zu den Landesmeisterschaften gekommen, nachdem er da angefangen hat.«

Ihre Mundwinkel wanderten nach oben, ihre Augen funkelten. »Du interessierst dich also für Sport?«

»Na klar. Welcher Kerl tut das nicht?« Er sah sich um, merkte, dass wir alle zuschauten, und räusperte sich. »Was ist? Als ob Cross nicht gleich nach der Tante fragen würde. Wisst ihr genauso gut wie ich. Also hört auf, mich so böse anzustarren. Ich komme ihm nur zuvor.«

Malindas Lächeln wurde wärmer und sie näherte sich der Tür. »Mein Haus ist das hintere. Ich war gerade mit dem Müll draußen, da hab ich euren Pick-up hier anhalten sehen, und nehmt es mir nicht übel, aber ihr passt nicht in diese Gegend. Schon gar nicht um diese Uhrzeit. Ich weiß, dass ihr keine kriminelle Gang seid, aber ein freundlicher Rat von Mutter Bär an jemanden, den sie als entfernten Teil der Familie betrachtet, muss erlaubt sein. Weißt du, Süße, Channing und Heather sind für uns ein Teil der Familie, und darum gehörst du auch dazu.« Sie blickte die Jungs an. »Ihr solltet hier verschwinden. Ich bin mir ziemlich sicher, dass die Polizei bereits gerufen wurde, als ihr in diese Straße eingebogen seid.«

Jordan presste die Lippen aufeinander. »Wenn ihr alle so feine Pinkel seid, warum zur Hölle habt ihr dann keine geschlossene Wohnanlage?«

Sie lachte. »Weil das mehr Geld kostet und wir uns alle auf dieselben Regeln einigen müssten. Ihr kennt diesen Block nicht, stimmt's? Hier haben alle ein paar Feinde, die direkt auf der anderen Straßenseite wohnen. Deswegen können wir uns nicht auf Regeln für alle einigen und bringen keine geschlossene Wohnanlage zustande. Hier macht einfach jeder sein eigenes Ding.«

Cross' Handy vibrierte. Er las die Nachricht und fluchte.

Jordan musterte ihn und fragte: »Sind sie unterwegs?«

»Verdammter Mist!« Cross sah mich an, Unentschlossenheit im Blick.

Wir waren in einer üblen Lage.

Aber ich bat nicht gerne um Hilfe.

Leise fragte ich: »Können wir nicht wiederkommen?«

Er senkte seine Stimme und antwortete: »Du weißt, dass wir da nicht reinkommen, selbst wenn wir wollten.« Er hielt meinem Blick stand, aber ich deutete mit einem Kopfnicken auf Malinda. »Willst du sie einfach fragen? Oder wollen wir uns was anderes ausdenken?«

Mit gesenktem Kopf stand Jordan neben uns. Ich wusste, dass er uns zuhörte, er stand in der Nähe der offenen Wagentür, das Fenster war ebenfalls offen, aber er schwieg.

Auch Z war ruhig, bis er auf einmal die Hände hob und verkündete: »Okay, das reicht. Ich treffe jetzt eine Entscheidung. Wir sind alle ziemlich mies mit Computern, und die wären der einzige Weg, um etwas herauszufinden.« Er deutete mit dem Kinn auf das Haus, das wir ausspionieren wollten. »Wissen Sie, wer da wohnt? Können Sie uns irgendwas über die Leute erzählen?«

Malinda blickte das Haus an, zog die Augenbrauen hoch und drehte sich wieder zu uns. Langsam. »Ihr fragt nach Marie?«, fragte sie und lachte. »Marie DeVroe. Die ist vor ein paar Monaten hier eingezogen, hat sich von ihrem Mann scheiden lassen.« Erneut blickte sie mich an.

Diese Augen. Warm und erdfarben, aber auch verdammt klug. Ihre braunen Haare waren zu einem Pferdeschwanz gebunden. Sie trug Jeans und ein hübsches Shirt – fast wie wir, aber ich wusste, dass sie nicht wie wir war. Keine Ahnung, warum sie immer wieder mich ansprach, als ob wir uns kennen sollten. Die Welt, aus der sie kam, war eine Million Meilen von meiner entfernt. Ja, es gab eine Brücke, Heather und meinen Bruder, aber diese Brücke war lang und schmal. Nicht viel Platz für die beiden, um so häufig darauf hin- und herzugehen, wie sie es taten. Heather stand weiter auf Malindas Seite der Brücke als Channing, aber ich war überhaupt nicht auf ihr. Ich befand mich nicht mal in der Nähe der Brücke.

Cross wartete auf ein Zeichen von mir, ob wir weiterbohren sollten oder nicht.

Innerlich war ich zerrissen.

Malindas Blicke tanzten zwischen uns hin und her. Sie straffte die Schultern und verschränkte die Arme vor der Brust. »Okay. Ich glaube, ich fange an zu verstehen, was hier los ist. Ihr wollt mehr über Marie wissen? Ich werde euch einen Abriss über die Reichen geben. Und das mache ich nur, weil ich deine Mutter geliebt habe. Sie war die beste Freundin, die ein Mädchen haben kann, aber jetzt zurück zu DeVroe. Sie hat Geld. Man munkelt, sie käme aus einer alten, reichen Familie östlich von hier. Ihr Privatvermögen beträgt so um die fünfzehn Millionen, aber das sind alles nur Gerüchte, wisst ihr.«

Sie zeigte auf ein Tor weiter die Straße hinunter. Es war nicht hoch genug, um das massive Haus dahinter zu verdecken, das so groß war, dass vier oder fünf kleinere Häuser darin Platz gehabt hätten. »Sie bleibt immer für sich, ist Mitte dreißig. Ganz nett, soweit ich weiß. War bisher in keinen Skandal verwickelt. Sie arbeitet in der Personalabteilung von Kade Enterprises und als freiberufliche Dekorateurin.«

Cross schnaubte und machte einen Satz nach vorne.

Als sie das sah, leuchteten Malindas Augen triumphierend auf. Sie legte den Kopf schief, um ihn besser betrachten zu können. »Oh, wow. Sieh mal einer an. Du hast ein Gesicht wie ein Model.« Grinsend tippte sie sich ans Kinn. »Mit dieser Kinnlinie könntest du Frauenherzen im ganzen Land zum Schmelzen bringen.« Sie sah von ihm zu mir. »Seid ihr zusammen?« Mit wissendem Blick trat sie einen Schritt zurück. »Ich glaube, allmählich verstehe ich. Ich habe gehört, dass Marie einen neuen Freund hat; sie soll ihn vor Kurzem im Job kennengelernt haben. Sie haben da ein paar Büros neu dekoriert. Hmm ... Ist das vielleicht jemand, den ihr kennt?« Ein Grinsen umspielte ihren Mund. »Dein Vater vielleicht?«

Sein prächtiger Kiefer zuckte, er straffte die Schultern und hielt den Blick stur geradeaus gerichtet.

Als sie zu sprechen begonnen hatte, hatte Cross dagestanden wie eine Statue, aber je länger sie redete, desto mehr entspannte er sich. Er sah sie nicht an, hörte aber zu. Ich wusste, dass er ihr an den Lippen hing.

Wir waren anders als sie.

Sie war warm. Ich wusste nicht, ob sie vertrauensselig war, aber sie hatte uns aus der Patsche geholfen, ohne zu wissen, wer wir waren. Das bedeutete uns etwas, auch wenn wir uns wie Arschlöcher verhielten. Zellman wäre mittlerweile sowas wie ihr bester Freund gewesen, hätte er sich nicht zurückgehalten, weil wir uns zurückhielten. Ich blieb reserviert, weil sie für eine Welt stand, die zwar mit meiner zusammenhing, in die ich aber nie einen Fuß setzen würde. Das war alles. Ich wusste nicht, wie ich mich verhalten sollte. Erwachsenen zu vertrauen, war nicht gerade unsere Stärke.

Mir fiel wieder ein, dass Heather die Mutter ihrer Freundin erwähnt hatte. Wenn ich mich recht erinnerte, gab es zwei Mütter. Über eine wurde nicht gerade herzlich gesprochen, über die andere aber schon. Vermutlich hatten wir es mit Letzterer zu tun.

Ich nickte ihr zu und schenkte ihr ein kleines Lächeln. »Vielen Dank.«

»Na also, geht doch!« Sie legte wohlwollend den Kopf schief. »Heather hat von dir gesprochen. Ich war schon immer neugierig, weil ich deine Mama ja kannte, aber ich habe es mit keinem Wort erwähnt – nicht einmal dein Bruder weiß, dass ich seine Mutter kannte. Du hast ihre Schönheit geerbt. Das von deinem Vater habe ich gehört. Tut mir leid, was mit ihm passiert ist. Ihr wisst es vielleicht nicht, aber ich bin eure Freundin«, sagte sie und zwinkerte Zellman zu. »Auf keinen Fall bin ich eine Feindin, da könnt ihr Heather fragen, aber ...« Erneut neigte sie den Kopf. »Ich glaube nicht, dass ihr das tun werdet, stimmt's? Wenn ich euch richtig einschätze, behaltet ihr eure Angelegenheiten lieber für euch, richtig? Erst recht, wenn es um solche Leute wie diese hier geht?«

Sie schien mit sich selbst zu sprechen, aber sie hatte recht. Jedes ihrer Worte versetzte mir einen kleinen Stich.

Sie klopfte sanft auf die Motorhaube. »Wenn du mal Geschichten darüber hören willst, in was für verrückte Abenteuer deine Mama früher geraten ist, sag mir Bescheid. Irgendwann erzähle ich dir davon.« Sie trat einen Schritt zurück, umrundete den Wagen und winkte zum Abschied. »Wir sehen uns wieder, da bin ich mir sicher.«

Und mit diesen Worten zog sie ab, während Zellman ihr nachstarrte. (Er hatte als Einziger zurückgewinkt.) Einen Moment lang schwiegen wir, bis Jordan plötzlich in Gelächter ausbrach. »Fuck. Ich habe keine Ahnung, wer diese Lady war, oder von welchen Leuten sie gesprochen hat, aber sie hat's uns echt gezeigt.«

Cross grinste wie die anderen auch, sodass sich meine Schultern ein bisschen entspannten. Die Luft strömte leichter in meine Lunge.

Jordan setzte sich wieder hinters Steuer.

Zellman sprang auf die Ladefläche. Er steckte den Kopf zum Fenster hinein, während Jordan den Motor anließ. »Wisst ihr nicht, wer Mason Kade ist? Er wurde von den Pats rekrutiert und hat schon zwei Ringe. Ist das zu glauben? Bren, kennst du ihn vielleicht?«

»Nein.« Ich kannte ihn nicht.

»Channing ist mit ihm befreundet.«

Er formulierte es als Aussage, aber es klang wie eine Frage.

Ohne zu antworten, schmiegte ich mich an Cross. »Lasst uns einfach zu diesem blöden Lagerfeuer fahren.«

Zum ersten Mal seit langem wollte ich ein Bier.

»Wir müssen was von unserem eigenen Zeug holen. Die Arschlöcher von der Academy tun ihren Dates K.O.-Tropfen in die Drinks.«

Einen Moment lang hatte ich es vergessen.

Aber ja.

Ich hasste die Fallen Crest Crusties.

Kapitel 4

Das Stadtfest war eine alte Tradition der drei Städte.

Jede Stadt richtete ein Event aus. Das Lagerfeuer in Fallen Crest war normalerweise sonntags, aber in diesem Jahr hatten sie mit Frisco getauscht. Der Tanz auf der Straße würde am nächsten Tag stattfinden, aber ich rechnete dabei nicht mit besonders viel Spaß. Die Straße, die dafür abgesperrt wurde, war die, an der die Bar meines Bruders lag, ebenso wie sein neues Kopfgeldjägerbüro. Channing würde dort wahrscheinlich damit beschäftigt sein, Minderjährige aus seiner Bar zu schmeißen und gleichzeitig darüber zu debattieren, ob er ihnen doch Alkohol verkaufen sollte, um etwas zusätzliches Geld zu verdienen.

Leider war auch Channing jetzt auf den Pfad der Tugend gewechselt, was bedeutete, dass er keinen Alkohol mehr an Minderjährige geben würde. Ich hingegen würde mir wie immer einfach nehmen, was sich unter dem Tresen finden ließ. Dennoch würde mein großer Bruder dort sein und die Augen offenhalten – seine inoffizielle Rolle in Roussou.

Der folgende Tag war einer, an dem ich versuchen würde, mich den wachsamen Blicken seiner Leute zu entziehen.

Aber diese Nacht war eine andere Sache. Früher war das Feuer immer in den Hügeln nördlich von Fallen Crest angezündet worden, diesmal befand es sich im Süden der Stadt, direkt neben dem Manny's, einem beliebten Laden, den meine zukünftige Schwägerin führte.

Heather hatte das Manny's von ihrem Vater übernommen und sprach mittlerweile davon, Franchisefilialen zu eröffnen. Manchmal vergaß ich, dass Heather noch mit einer anderen Welt verbunden war –

und Channing auch, denn der würde sich an einem der Franchiseläden beteiligen. Oder vielleicht auch an zwei. Ich blendete die beiden meistens aus, wenn sie über dieses Zeug redeten, schlich zur Tür hinaus und traf mich mit Cross.

In dieser Nacht schien alles anders zu sein.

Nicht Cross, aber der Rest. Die Zukunft. Sie lag in der Luft, seitdem Zellman den Schulabschluss angesprochen hatte. Und erneut stieg mir das alte lähmende Gefühl in die Kehle und drohte mir die Luft zum Atmen zu nehmen …

Cross legte mir den Arm um die Schultern und zog mich an seine Brust. Er drückte mir ein kaltes Bier in die Hand und drückte mir einen Kuss neben den Mund. »Bist du okay?«

Wir hatten einen Platz am Rand der Party im Wald gefunden.

Ich hatte mich vor einem Baum niedergelassen, von dem aus ich das Manny's weiter unten sehen konnte. Wir konnten die Autos sehen, hörten die Kunden rein- und wieder rausgehen. Einmal kam Heather heraus und schrie ihren Bruder an, dann ging sie wieder in das Lokal zurück. Wenige Sekunden später fiel die Tür hinter ihr zu, und das Geräusch hallte durch das Tal um sie herum.

Das war normal.

Bei dem vertrauten Anblick hatte ich mich ein wenig entspannt, aber jetzt war es Cross, der erneut für Spannung sorgte.

Als ich mich an ihn schmiegte, wanderte seine Hand zu meinem Arm hinab und begann ihn zu streicheln. Er trank einen Schluck Bier und wartete einfach ab.

Er wusste, dass ich reden würde.

Manchmal dauerte das eine Weile.

»Was machst du nächstes Jahr?« Endlich.

Er erstarrte und fragte mit tiefer Stimme: »Wie meinst du das?«

»Das weißt du.«

Er wirkte noch angespannter, dann atmete er durch und sagte: »Nein, ich weiß es nicht.«

»Bullshit.« Ich trat einen Schritt zurück, drehte mich um und sah ihm ins Gesicht.

Cross log mich nie an.

Er hielt meinem Blick stand.

Ich hatte diesen Ort nicht ohne Grund ausgewählt. Ich legte Wert auf Privatsphäre, und die meisten Leute akzeptierten das und hielten sich von mir fern. Nur ein paar von der Ryerson-Crew hatten sich in unserer Nähe postiert. Ich vermutete, dass sie aus Fallen Crest waren, denn sie waren nervig und trugen Polohemden. Ich kannte niemanden aus Frisco, der ein verficktes Polohemd tragen würde. Einige von ihnen hatten zu uns rübergelinst, ihre Blicke klebten an mir, bis Cross aufgetaucht war.

Irgendwann würde ich mich um sie kümmern müssen, aber das hatte ich verschoben, weil ich in Gedanken versunken war.

In finstere Gedanken. Andererseits passte dieses Wort auch sehr gut auf mich selbst. Ich war finster.

Cross sah zu ihnen rüber und lehnte den Kopf an den Baumstamm. »Lass uns später drüber reden.«

»Ja.«

Er hatte recht.

Oder?

Jetzt war nicht der richtige Zeitpunkt.

Aber ...

»Ich meine es ernst.« Ich berührte sein Shirt, schloss die Faust um den Stoff. »In einem Monat sind wir mit der Schule fertig, und wir haben überhaupt noch nicht darüber geredet, was danach passiert.«

Seine Hand wanderte zu meiner Hüfte, dann unter mein Shirt, und er zog mich an sich. Meine Beine streiften seine, und ich legte den Kopf in den Nacken, um ihm ins Gesicht zu sehen.

Er legte seine Stirn an meine und sagte mit gesenkter Stimme, beinahe flüsternd: »Warum ist das wichtig? Wir bleiben eine Crew, egal, was passiert.«

Auch ich senkte die Stimme und sagte: »Ich bleibe hier.«

Er zog mich fester an sich und rieb seine Nase an meiner Stirn. »Ich weiß, dass du hierbleibst. Das wissen wir alle.«

»Aber was ist mit euch?«

Cross zuckte mit den Schultern. »Willst du das wirklich hier und jetzt klären?«

Eigentlich nicht, nein. Aber das Treffen mit Malinda hatte in mir etwas geweckt, ein Gefühl von Dringlichkeit, das ich zu lange ignoriert hatte.

»Ich glaube schon.«

»Okay.« Er atmete tief durch und beobachtete mich. Seine Hand bewegte sich unter meinem Shirt nach oben, ging auf meinem Körper auf Erkundungstour.

Ich tat dasselbe bei ihm. Ich konnte nicht anders. Wenn Cross mich berührte, musste ich ihn auch anfassen. So war es einfach.

»Ich habe mich bei ein paar Colleges beworben.«

Überrascht sah ich zu ihm auf.

Und begegnete seinem Blick. »Ein paar hier in der Gegend, da könnte ich hinfahren. Und ein paar, die nicht hier in der Gegend sind.«

Mist. Meine Zunge fühlte sich pelzig an. »Und für welches hast du dich entschieden?«

»Bisher für keins.«

»Meine Beraterin hat mir eingeredet, dass ich sterben werde, wenn ich nicht aufs College gehe.«

Er lachte, während seine Hand sich weiter nach oben bewegte. Ich zog mein Shirt hinunter, damit die anderen es nicht sehen konnten, aber ich spürte, wie seine Finger meinen BH umspielten, ehe sie hineinschlüpften. Er schloss die Hand um meine Brust, rieb mit dem Daumen über den Nippel.

»Sowas sagen Berater an der Highschool nun mal, aber wir haben Zeit.«

Ja, das hatten wir doch, oder?

Er beugte sich vor und gab mir einen Kuss auf die Stirn. »Wir haben jede Menge Zeit.«

»Na sieh mal einer an, so ein glückliches Pärchen, hmm?!«

Cross unterdrückte ein Stöhnen und hob den Kopf, aber ich musste nicht fragen, wer das gesagt hatte. Die Großkotzigkeit meines Exfreunds hätte ich auch erkannt, wenn ich taub gewesen wäre. Ich hob den Kopf, drehte mich um und trat einen Schritt von Cross zurück.

Drake Ryerson grinste uns an, neben sich zwei Mitglieder seiner Crew. Ein paar andere hatten sich zu ihnen gesellt, und die Typen aus Fallen Crest verhielten sich jetzt vorsichtiger. Sie hätten auch vorhin schon zurückhaltend sein sollen, aber sie waren arrogant und ignorant gewesen, so wie wir es von ihnen gewohnt waren. Inzwischen waren genauso viele Leute aus Roussou da, sie hätten sich also lieber verziehen sollen. Was sie aber nicht taten.

Wir würden sehen, wie die Sache sich entwickelte. Wenn es zur Konfrontation kam, würden noch mehr Leute angerannt kommen – entweder um mitzumachen oder um das Spektakel mit dem Handy aufzunehmen.

»Was willst du, Drake?«, fragte ich.

Wir hatten schon ein paarmal mit ihm zu tun gehabt, seit er zurückgekommen war und die Führung der Ryerson Crew übernommen hatte. Die Crew war nach ihrer Familie benannt worden, aber paradoxerweise war ihr Anführer inzwischen der einzige Ryerson in der Crew. Alex, der vorherige Anführer und Drakes um ein Jahr jüngerer Bruder, war rausgeschmissen und uns auf dem Präsentierteller serviert worden, damit wir ihn fertig machen konnten.

Er hatte einen von uns verletzt, und das hatten wir ihm schon lange heimzahlen wollen. Aber seitdem herrschte ein vorläufiger und unsicherer Waffenstillstand zwischen allen Crews. Es gab keine offenen Rechnungen mehr zwischen uns.

Wir mochten sie trotzdem nicht. Und behielten das auch nicht für uns.

Drakes Blick schweifte zwischen Cross und mir hin und her. Ein schelmisches Grinsen trat auf sein Gesicht. »Es tut mir fast leid, euch in so einem Moment zu unterbrechen.«

Er hatte recht. Wir zeigten uns nur selten von dieser Seite. Und damit war es jetzt vorbei.

Ich trat zurück, und Cross stand nun neben mir, bereit, in die Offensive zu gehen.

Ich ballte die Fäuste und reckte das Kinn. »Ich frage nicht noch mal.«

Sein Blick wurde ausdruckslos, sein Mund war eine schmale Linie.

»Mit dir kann man echt keinen Spaß mehr haben, Bren. Früher war das ...«

»Überleg dir gut, ob du den Satz zu Ende bringen willst«, sagte Cross.

Ein Schauer lief mir über die Wirbelsäule.

Das hier war nicht der wütende Cross, der sich über die Scheidung seines Vaters aufregte, und auch nicht der ruhige Cross, der wartete, bis ich mich endlich entscheiden konnte. Das hier war der Cross, mit dem sich niemand anlegen wollte, der Typ, der vorgetreten und Anführer unserer Crew geworden war.

Er war gefährlich, wenn er so sprach – ruhig und beunruhigend beherrscht, sodass jedem klar war, dass er seine unausgesprochene Drohung tatsächlich wahrmachen würde.

Auch Drake hatte das verstanden und verstummte. Er musterte Cross von Kopf bis Fuß, dann verzog er den Mund zu einem höhnischen Grinsen. »Na schön. Du hast recht. War echt unhöflich von mir.« Er tippte sich an die Seite seines Kopfes. »Wie dumm von mir. Ich habe ihr geantwortet wie ein Typ, der schon mal zwischen ihren Beinen war, und nicht wie der Anführer, der ich bin.«

Ich schloss die Augen, nur für einen Moment.

Da war er. Der Spott.

Drake kannte das Gesetz der Crews. Er wusste, dass ich das nicht hinnehmen würde, ohne zurückzuschlagen.

Ich öffnete die Augen und sah, dass er mich abwartend anstarrte. Ich lächelte. »Dein Ernst?« Ein Schritt vorwärts.

Wir kämpften. So machten wir das. Die Beleidigung hatte mir gegolten, also würde Cross darauf warten, dass ich den ersten Schritt machte. Die Entscheidung, wann und wie wir handeln würden, lag bei mir. Und wenn Jordan und Zellman davon erfuhren, würden sie mir helfen. Race wahrscheinlich auch, denn so war es in diesem Jahr schon einmal gewesen.

Race war nach Roussou gezogen, um im Untergrund zu kämpfen. Er hatte Cross trainiert, und wir anderen waren auch nicht schlecht. Dass Drake ausgerechnet an diesen Ort kam, um Ärger zu machen – da musste mehr dahinterstecken.

»Warum gerade hier?«, fragte ich ihn.

Er grinste. »Vielleicht will ich ja nur mal wieder deine Hände auf mir spüren.« Er ließ den Blick auf Cross verweilen, dann sah er erneut mich an. »Was ist? Nichts? Keiner von euch?«

Das Grinsen fiel mir nicht schwer. Das hier störte ihn, was bedeutete, dass er weitermachen würde. Unser Ruf kümmerte mich nicht die Bohne. Wenn es jemandem anders ging, musste er wohl Grund dazu haben.

Ich schob die Hände in die Taschen. »Ich will ehrlich sein: Mir gefällt, wie sehr du dich danach sehnst, dass ich dir eine reinhaue.« Ich betrachtete ihn aus schmalen Augen und legte den Kopf schief. »Aber warum ist das so?«

In seinen Augen blitzte Zorn auf. Er biss die Zähne zusammen und machte einen Schritt auf mich zu. »Muss es dafür einen Grund geben? Vielleicht nehme ich euch ja übel, was ihr mit meinem Bruder angestellt habt.«

Cross stellte sich schützend neben mich. »Du hast ihn an uns ausgeliefert. Und wir haben keine bleibenden Schäden hinterlassen, genau wie du es wolltest.«

Seine Crewmitglieder tauschten Blicke, und einige fingen an, hinter seinem Rücken zu tuscheln.

Drake warf ihnen einen genervten Blick zu. »Du hast recht. War dumm von mir, das zu erwähnen. Wir hatten abgestimmt und waren zu dem Schluss gekommen, dass dies die intelligenteste Lösung war.«

Sein Grinsen wirkte gezwungen, für eine Sekunde war eine Reihe weißer Zähne zu sehen. »Ich nehme euch nichts übel, was meinen Bruder angeht. Aber was meinen Cousin betrifft ...« Seine Stimme verklang, und wie auf ein Zeichen blickte Drake hinter sich.

Ich bewegte den Kopf gerade genug, um genau diesen Cousin, Race, den Weg hochkommen zu sehen. Sie hatten ein bisschen weiter unten gefeiert. Er hatte ein paar Normalos im Schlepptau. Taz ging direkt neben ihm und hielt seine Hand. Ich sah mir die Gruppe flüchtig an. Kein Jordan. Kein Zellman.

Cross' Handrücken strich über meinen, um meine Aufmerksamkeit zu erregen.

Wir blickten uns an. Wenn Race hierherkam, hieß das, dass unsere Leute Bescheid wussten. Sie hatten einen Plan. Oder jedenfalls hoffte ich das, weil ich mir in dieser Nacht nur ungern die Klamotten blutig machen wollte.

»Was soll das werden, Drake?«

Diesmal kam die Frage von Race, und er klang genauso genervt wie ich.

Drakes Grinsen wurde breiter. »Oh, hey, der Cousin, den ich hergeschickt habe, um meine Ex zu verführen, und der so kläglich gescheitert ist!«

Race schluckte. Sein Blick huschte zu mir herüber.

Ich verschränkte die Arme vor der Brust. »Stattdessen ist er jetzt unser Freund«, sagte ich und legte den Kopf schief. »Bist du wirklich in der Hoffnung hergekommen, einen neuen Krieg zwischen den Crews anzuzetteln? Ist es das, was du erreichen willst?«

Meine Frage ließ ihn zögern. Er sah mir unverwandt in die Augen. »Was glaubst du eigentlich ...?«

Und dann gab es weiter unten im Tal eine Explosion.

Ich wirbelte herum, aber es war nicht das Manny's.

Ein paar Leute schrien. Andere schnappten nach Luft. Männer fluchten.

»Holy fuck, das waren unsere Autos! Die Autos!« Die Typen aus Fallen Crest sprangen auf und rannten den Hügel hinunter. Einer drehte sich um und zeigte auf uns. »Ihr Arschlöcher! Das bedeutet Krieg! Glaubt bloß nicht, wir wüssten nicht, dass ihr das wart!«

»Komm schon, D!«, schrie jemand.

Cross verzog das Gesicht und trat vor. »Ist es das, was hier gespielt wird?«

Drake verdrehte nur die Augen und zuckte mit den Schultern. »Ich dachte, ihr beide wüsstet Bescheid. Was ist passiert? Hat Zellman euch nichts von dem Plan erzählt?«

Cross' und meine Blicke trafen sich. Race war zu uns gekommen, Taz hielt immer noch seine Hand.

Drakes Augen waren schmal, als er mit einem Kopfnicken auf Race deutete. »Ist das der Grund, warum du dich auf ihre Seite geschlagen hast?«

Taz schnappte nach Luft und entzog Race ihre Hand. Sie versteckte sie hinter dem Rücken und senkte den Blick.

Drake beobachtete sie interessiert.

Race baute sich vor ihr auf und rollte die Schultern zurück. »Und wenn schon. Du hast doch gesagt, dass ich kommen soll.« Er zeigte auf Cross und mich. »Ich hatte keine Ahnung, wo ich hier hineingerate. Du schon, aber du hast mich nicht gewarnt. Also werd jetzt nicht stinkig, nur weil ich nicht wie erhofft der Familiencrew beitrete.«

Drake starrte ihn an. Von seiner Affektiertheit war nichts mehr übrig. Das hier war echte Feindseligkeit. Er zeigte ihm kurz die Zähne. »Ich wollte, dass du anstelle meines Bruders die Führung übernimmst. Ich liebe den Kleinen, aber Alex ist ein Hitzkopf. Aber du ... du solltest cleverer sein. Du solltest der Anführer werden, damit ich nicht zurückkommen muss.«

»Na klar«, erwiderte Race mit höhnischer Stimme. »Du warst doch auf dem College, oder? Wie läuft's denn? Hast du nach dem ersten Semester hingeschmissen?«

Drake preschte vor und packte Race am Shirt, während er knurrte: »Hör mal zu, du kleiner ...«

»Ich glaube nicht.« Cross trat zwischen die beiden, mit derselben ruhigen, kontrollierten, fast tödlichen Stimme wie zuvor.

Drake erstarrte, die Hände mitten in der Luft, und sein Blick huschte zu Cross.

Er trat einen Schritt zurück und ließ die Hände wieder sinken. Er schien aus dem Konzept gebracht und blinzelte ein paarmal, um die Fassung wiederzugewinnen.

Ich blickte von Drake zu Race und erkannte ein Level an Feindschaft, was ich schon lange nicht mehr gesehen hatte, zumindest nicht zwischen Familienmitgliedern. Dann fiel mir wieder ein: Race' Vater hatte mit Drakes Mutter geschlafen. Die Väter waren Brüder. Es war ein einziges Chaos.

Ich blickte zu Cross, der neben mir stand. Als hätte er meine Aufmerksamkeit gespürt, beugte er sich zu mir herüber und streifte meine Hand. Gänsehaut überzog meinen Arm.

Ich wollte mit ihm allein sein. Sofort. Den ganzen Bullshit im Leben vergessen, nur noch er und ich. Da war alles gut, alles war noch richtig.

»Na dann«, murrte Drake und fuhr sich mit der Hand durchs Haar. Er gab seiner Crew ein Zeichen. »Gehen wir. Die Bullen werden verdammt lange brauchen, aber sie sind auf dem Weg.« Ehe er ging, versetzte er Race einen letzten Seitenhieb: »Ich werde deinen Vater von dir grüßen.«

Kapitel 5

»Tu das«, knurrte Race seinen Rücken an und marschierte los, mit gesenktem Kopf, als wollte er jemanden rammen.

Taz griff nach seinem Arm, hielt ihn fest, und wir warteten, bis sie den Hügel hinuntergegangen und außer Hörweite waren.

»Race.« Cross deutete mit dem Kopf in die entgegengesetzte Richtung.

Auch Race nickte und fuhr sich mit einer Hand über das Gesicht. Seine Augenringe verrieten, wie erschöpft er war. Taz machte Anstalten, sie zu begleiten, aber Cross schüttelte den Kopf und sagte: »Nur er, sorry.«

Sie ließ ihn los und blieb, wo sie war.

Cross ging voran. Race war der Zweite in der Reihe. Ich bildete die Nachhut.

Als wir eine Lichtung auf dem Weg erreichten, den er eingeschlagen hatte, drehte Cross sich um. Auch wir wollten nicht herumstehen und Zeit verschwenden, darum kam er rasch zur Sache: »Was war das?«

»Drake und ich?«

»Nein, die Explosionen.«

»Oh.« Race ließ die Schultern sinken. »Das war meine Schuld. Ich sollte die Nachricht weitergeben und hab's vergessen. Alles ging so schnell und noch dazu auf den letzten Drücker. Ich bin hierhergekommen, um nach Bren zu suchen, und dann kam die Nachricht, dass in Roussou ein paar Crusties erwischt wurden. Sie haben versucht, unsere Schule abzufackeln.«

»Wer hat sie erwischt?«

Race sah mich an, und ich wusste Bescheid. Sein Blick sagte alles, damit hatte ich ein Leben lang Erfahrung.

Ich trat einen Schritt zurück. »Channing?«

»Jemand aus seiner Crew.«

Ich blickte Race an.

Der verdrehte die Augen und sagte: »Was? Sie gehören immer noch zu seiner Crew, das weißt du. Jedenfalls fragen sich jetzt ein paar Leute aus Frisco, ob ihre Schule auch von denen abgefackelt wurde.«

»Fuck«, sagte Cross leise.

»Ich weiß.«

Mir kam ein neuer Gedanke. Ein unguter. »Wer steckt hinter den Explosionen?«

»Was glaubst du denn?« Race zeigte auf die Lichtung. »Wer hat uns hier hochgeschickt, anstatt selbst zu kommen?«

Jordan. Zellman.

Das erklärte ihre Abwesenheit.

Und ... fuck.

Race fuhr sich mit einer Hand durchs Haar wie sein Cousin wenige Minuten zuvor. »Z war ganz wild darauf, er meinte, er hätte schon lange keine Action mehr gesehen.« Race grinste. »Zu viel Frieden, hm? Damit kommt ihr hier nicht klar, stimmt's?«

Cross schnaubte verächtlich und kam wieder auf die Füße. »Also ist jetzt Krieg zwischen den Städten?«

»Glaube ich nicht. Keine Ahnung. Die Snobschule hat versucht, die Schule anzuzünden, nicht die Öffentliche. Wir können die Academy-Crusties von den Veranstaltungen am Wochenende fernhalten und uns um sie kümmern.«

Cross nickte zustimmend. »Sieh mal einer an. Du redest wie ein Crewmitglied.«

Race schwieg. Sein Gesicht im Mondlicht lief rot an. »Tja, es gibt da ein paar Leute in Roussou, die ich mag.«

Nachdem die Affäre ans Licht gekommen und die Scheidung seiner

Eltern durch war, hatte Race' Mutter ein Haus in Fallen Crest gekauft. Sein Vater war nach Roussou gezogen, in Alex' und Drakes altes Zuhause, um mit deren Mutter zusammenzuleben. Ihr Vater war ausgezogen, und ich war mir nicht sicher, was aus ihm geworden war, aber wenn man sich Drake und Race so ansah, war die Lage offenbar angespannt.

Wir mussten weg. Ich sollte ihn das nicht fragen, aber ... »Wie geht es dir? Mit dem ganzen Familienkram?«

Race senkte den Kopf. »Ich weiß nicht. Wir kommen klar. Meine Mutter lässt mich immer noch nach Roussou fahren. Das ist alles, was für mich zählt.«

»Wenn die Sache heißer wird, könntest du eine Zielscheibe sein.«

»Ich weiß.« Race blickte Cross an. »Im Augenblick pendle ich ...«

»Du kannst mein Zimmer haben«, sagte Cross.

Ich bekam eine Krise. Genau in diesem Moment. Denn während in Race' Familie schon seit Anfang des Jahres das reinste Chaos herrschte, war Cross' Familie zu dem Zeitpunkt noch in Ordnung gewesen. Das Leben der beiden war durch Familienangelegenheiten auf den Kopf gestellt worden; meine Situation war dagegen zur Abwechslung mal stabil. Ich wohnte bei Channing. Und ja, er hasste es, dass ich mit Cross zusammen war, aber er hatte sich bisher nicht die Mühe gemacht, uns auseinanderzubringen. Er hatte Cross nicht des Hauses verwiesen, schimpfte aber leise vor sich hin, wenn er uns zusammen sah.

Wir versuchten dafür zu sorgen, dass das nicht allzu häufig passierte.

Mein Bruder hatte strenge Regeln für uns. Um Mitternacht mussten wir zu Hause sein. Aber er, Heather, Cross und ich – wir alle wussten, dass wir uns rausschleichen würden, wann immer wir wollten. Dagegen war Channing machtlos.

In der vergangenen Woche war es anders gelaufen, weil Channing wegen seines Kopfgeldjägerunternehmens oft unterwegs gewesen war. Seine alten Crewmitglieder hielten sich häufiger in der Gegend auf. Sie waren immer dort, wo Channing war. Wenn Channing zu Hause war, saß normalerweise auch einer dieser Typen im Wohnzimmer.

Aber zur Abwechslung war ich mal diejenige mit dem geordneten Haushalt.

Ich hatte kein Drama mit meinen Eltern. Mein Vater saß im Gefängnis. Meine Mutter lag unter der Erde. Ich hatte Stress mit meinem älteren Bruder, aber es gab keine Scheidung und keine Trennung. Channing und Heather kamen gut miteinander klar.

Ja. Ich liebte das. Machte mich das zu einem braven Mädchen?

Ich überlegte kurz.

Nee. Ich war immer noch kaputt. Das kam im Moment nur nicht so raus, weil ich die Bitch tief in mir vergraben hatte.

»... das okay für sie?«, hörte ich Race zu Cross sagen.

Cross' Miene wirkte angespannt. »Ich glaube, meine Mom ist gerade nicht in der Position, das zu beurteilen.«

Wir mussten aufbrechen. Allmählich wurde es dringend.

Race nickte, die Fäuste in die Hüften gestemmt. Er stellte sich breitbeiniger hin und sagte: »Ich werde mit Taz darüber reden. Mal sehen, was sie glaubt, was deine Mutter davon halten wird.«

»Sag ihr, es ist zu deiner Sicherheit, dann geht es in Ordnung.« Er machte Anstalten zu gehen, hielt dann aber inne. »Fick meine Schwester nicht in meinem Bett. Fick sie überhaupt nicht.«

Race lächelte nur.

Cross schnitt eine Grimasse und sagte: »Arschloch.«

Race hob die Hände. »Wir sind seit ungefähr fünf Monaten zusammen.«

Cross deutete auf mich und sagte: »Bei uns hat es neun Jahre gedauert. Solltest du auch anpeilen.« Er klopfte Race auf die Brust und machte sich auf den Weg.

Race erwiderte lachend: »Du hattest Vorsprung. Ich kenne deine Schwester ja erst seit Kurzem.«

»Lass dir Zeit. In neun Jahren weißt du es viel mehr zu schätzen.«

Cross ging voran und wurde immer schneller.

Race und ich folgten ihm, aber ich spürte, dass er mich zurückhalten wollte. Ich hörte, wie die Leute weiter unten sich voneinander verabschiedeten und aufbrachen. Eigentlich sollten wir dabei sein. Doch dann hatte ich eine Art Eingebung. Ich wurde langsamer und blieb schließlich stehen.

»Wenn du über etwas reden willst, dann raus mit der Sprache. Eigentlich sollten wir längst auf dem Weg sein.« Ich deutete auf den Pickup.

Race runzelte die Stirn. »Also«, sagte er, kratzte sich am Hals und zupfte an seinem Kragen herum. »Ähm ... ich ... du bist doch mit Taz befreundet und gleichzeitig mit Cross zusammen. Wie kommst du damit klar? Ich meine ... Wo ziehst du die Grenze?«

»Was ist los?«, fragte ich und musterte ihn argwöhnisch.

»Es ist nur eine Frage. Ich meine, wenn was auftaucht, was der andere deiner Meinung nach wissen sollte ...«

»Dann würde ich Cross sofort davon erzählen.«

Race zögerte, die Hand immer noch am Kragen. Dann senkte er sie und sagte: »Fuck.«

»Warum?«

Jetzt rieb er sich die Stirn.

Das alles waren Anzeichen dafür, dass es etwas zu erzählen gab, was ich nicht hören wollte. Aber es war besser, die Sache sofort zu klären, ehe sie vor sich hin köcheln und gären konnte. Sowas war nie gut. Ich wusste, wovon ich redete. So machte ich es nämlich meistens.

»Spuck's aus, Race. Was ist los?«

»Shit.« Er holte tief Luft. »Du weißt, dass ihre Eltern sich scheiden lassen.«

»Ja ...?« Worauf wollte er hinaus?

Er wirbelte herum, als suchte er nach einem Fluchtweg. »Taz hat mir erzählt, dass ihre Mutter sie wahrscheinlich begleitet, wenn sie nächstes Jahr aufs College geht. Egal, wo das ist.«

Dieses Thema schon wieder. Die Zukunft. Das College und ... quietschende Bremsen. Moment. Noch mal zurück.

Ich blinzelte ein paarmal. »Wie bitte? Was hast du gesagt?«

»Taz hat ihre Mutter abends telefonieren gehört. Die Scheidung geht schnell voran. Der Ehevertrag war ziemlich ausführlich, und eigentlich sind sie sich einig. Ich glaube, es lief schon eine ganze Weile schlecht zwischen den beiden. Wie dem auch sei, ihr Vater zieht offiziell nach Fallen Crest – er hat da ´ne Freundin oder so –, und ihre Mutter ... na ja ... sie folgt Taz, wohin sie auch geht.«

»Oh.«

Cross würde ohne seine Familie in Roussou zurückbleiben. Ohne Schwester. Ohne Mutter. Sein Vater war schon weg.

Race musterte mich, dann fragte er: »Sieht er seinen Vater überhaupt?«

Hier war für mich die Grenze zur Heuchelei erreicht. Ich hatte von Race verlangt, dass er mir Dinge erzählte, die er mir vermutlich nicht hätte erzählen dürfen, aber jetzt fragte er nach Cross, und Cross gegenüber war ich loyal, immer und unter allen Umständen.

Ich blickte ihn an.

Er nickte und akzeptierte es.

»Okay ...« Race blickte auf den Weg vor uns. »Nicht, dass ich dir das aufbürden möchte ... Aber ich nehme mal an, dass du es Cross erzählen wirst?«

Er würde seine Familie verlieren.

Echos hallten in meinem Kopf wider. Ich spürte sie in der Brust, mein Herz zog sich zusammen, und sie erinnerten mich daran, wie mein Vater festgenommen worden war.

»Bren?«

»Hm?« Ich blickte auf.

Race war ein Stück weitergegangen. Er blieb stehen und sah, dass ich mich nicht vom Fleck gerührt hatte. »Bist du okay?«

Nein, aber das spielte keine Rolle.

Kapitel 6

Flammen mussten gelöscht werden. Im wahrsten Sinne des Wortes. Als wir am Fuß des Hügels ankamen, standen fünf Autos in Flammen. Zellman hatte alles gegeben. Die meisten Leute waren schon weg, und als wir eintrafen, konnte ich mir nur noch ausmalen, wie die ganze Horde Hals über Kopf geflohen war. Die Bullen waren bereits auf dem Weg, davon war ich überzeugt – Glück für uns, dass sie noch nicht da waren.

Als ich den Parkplatz erreichte, trommelte Zellman bereits auf das Dach von Jordans Pick-up. »Bren! Beeil dich!«

Cross saß auf der Rückbank, Zellman auf dem Beifahrersitz. Er winkte mir zu. Jordan saß hinterm Steuer. Sie konnten nicht zu mir kommen, zu viele Fahrzeuge und Menschen standen ihnen im Weg, also drehte ich mich um und deutete auf das nördliche Ende des Parkplatzes. Dort holten sie mich ab, mit heulendem Motor kamen sie vor mir abrupt zum Stehen. Ich hielt mich an der Ladefläche fest und sprang. Cross zog mich hinauf; innerhalb einer Sekunde war ich im Wagen. Er schlang die Arme um mich, und wir wappneten uns für den Start.

»Fahr!«, schrie er und schlug auf die Seitenwand des Pick-ups.

Eine Sekunde später waren wir weg. Blaulicht färbte den Himmel hinter uns, das Heulen der Sirenen kam immer näher. Wir mussten in die falsche Richtung fahren, aber nachdem wir Fallen Crest hinter uns gelassen hatten, war es gar nicht so übel. Sobald wir die Landstraße erreichten, verlangsamte Jordan das Tempo, und Cross schmiegte sich an mich, das Gesicht an meinem Hals. Mit einer Hand strich er mir das Shirt glatt. »Was hat Race dir erzählt?«

Mist. Sollte ich es ihm jetzt schon sagen?

Nachdenklich sah ich ihn an. An seiner Stelle hätte ich es hören wollen.

»Er hat mir erzählt, dass eure Mutter mit Taz wegzieht, wenn sie aufs College geht. Und dass die Sache zwischen eurem Dad und seiner Freundin allmählich ernst wird.« Da war noch mehr. Ich konnte mich nicht zurückhalten. »Und dass die Scheidung fast durch ist.«

Für einen Moment war er still, dann drehte er sich auf den Rücken. Er hielt mich noch immer im Arm, starrte aber in den Himmel.

Seine andere Hand lag auf seiner Brust, während wir auf dem Schotterweg durchgeschüttelt wurden. »Verdammt.«

Er würde ohne Familie dastehen, es sei denn ...

Himmel. Daran wollte ich nicht mal denken.

Es sei denn, er würde mit ihnen gehen.

Schon bei dem Gedanken tat mir das Herz weh. Schmerz durchfuhr mich, Tränen stiegen mir in die Augen. Was, wenn er mit ihnen ging? Ich musste hierbleiben. So war das eben. Channing wohnte in Roussou. Diese Stadt war mein Zuhause. Bis ins Grab. Ich wusste einfach, dass ich nirgendwo anders leben sollte. Hier konnte ich überleben. Hier konnte ich leben. Aber woanders ... Es sollte nicht sein. Das hatte ich im Gefühl. Und wenn er fortging ...

Was würde ich dann tun?

»Shit«, fluchte er noch einmal.

»Ja.«

»Shit.«

»Ja, verdammt.« Ich spürte eine Träne, die größer wurde. Noch war sie nicht gefallen.

Cross fuhr sich mit einer Hand über das Gesicht. Dann drehte er sich wieder zu mir. Er sah die Träne und wischte sie weg. Und weil er mich kannte, war sein Lächeln sehr traurig.

»Ich geh nicht weg.« Er beugte sich über mich, drückte seine Stirn an meine Schulter, an meinen Hals. Er schlang einen Arm um mich und presste unsere Körper aneinander. »Ohne dich gehe ich nirgendwohin.«

Verdammte Zukunft.

Wer brauchte die schon?

Ich fühlte, wie sich eine weitere Träne bereit machte. Ich hasste diese Dinger.

Ich weinte nicht. Ich blutete, aber auf diese Art würde ich nicht auslaufen. Niemals. Ich hielt mich an Cross fest, denn ich musste die blinde Panik, die mich zu überwältigen drohte, auf andere Art loswerden.

»Cross«, sagte ich leise. Ich schloss die Faust um den Stoff seines Shirts und zog daran.

Er hob den Kopf. Sein Blick wirkte überrascht, aber er erkannte meine Qual, das wusste ich. Seine Miene wurde sanfter. Er legte mir eine Hand auf den Bauch und küsste mich auf den Mundwinkel. »Ich halte dich.«

Ich wimmerte, brauchte etwas – irgendetwas –, um diese Gefühle loszuwerden.

»Pssst«, flüsterte er und blickte auf, um sich zu vergewissern, dass Z oder Jordan uns nicht sehen konnten. Wir waren zu nah am Fenster zur Fahrerkabine. Als er ein Sweatshirt erblickte, griff er danach, legte es über mich und ließ eine Hand darunter gleiten.

Ich schnappte nach Luft und wölbte den Rücken.

»Nicht bewegen.« Erneut küsste er mich aufs Ohr. »Sonst merken sie was.«

Während er redete, ließ er die Hand zum obersten Knopf meiner Hose wandern und zog den Reißverschluss hinunter, gerade weit genug. Er übersäte meinen Hals mit Küssen, dann löste er sich mit einem Stöhnen von mir. Er setzte sich auf, stützte sich auf den Ellenbogen und beugte sich über mich, als ob wir nur reden würden.

Aber seine Hand. Diese Hand.

Sie war in meinem Slip, streichelte mich, und ich spürte, wie er nach meiner Öffnung suchte.

Als er in mich hineinglitt, vergrub ich die Finger an seinem Nacken. Ich keuchte, aber er brachte mich mit einem Kuss zum Schweigen. Seine Finger drangen in mich ein und zogen sich wieder zurück; sie bewegten sich schnell und erreichten dennoch die verborgenen Stellen. Glitten hinein. Wieder heraus. Und noch einmal hinein.

Begierde pulsierte in meinem Körper, von den Fingern bis zu den Zehen, an meinem Hals hinauf, und ich stöhnte.

Als er mich küsste, lächelte er. »Psst.«

Ich biss mir auf die Lippen und nickte. Ich liebte Z und Jordan, als wären sie meine Brüder, aber hieran sollten sie nicht teilhaben. Ich schloss die Augen. Cross würde weiterhin so tun, als redeten wir miteinander, während sich seine Finger in mir bewegten.

Etwas baute sich auf.

Wurde größer.

Ich war kurz davor.

Noch einmal eintauchen, herausgleiten, drücken, halten ... sein Daumen drückte auf meine Klit, und ich explodierte.

Ein tiefes Stöhnen entrang sich meiner Kehle, und ich biss mir noch heftiger auf die Lippen. Meine Augen öffneten sich; ich musste Cross einfach sehen. Er musterte mich, seine Miene wirkte hart und entschlossen. In seinen Augen glitzerte sein eigenes unterdrücktes Verlangen, und er senkte den Kopf und presste seine Lippen fest auf meinen Mund, als könnte er sich keine Sekunde länger beherrschen. Ich öffnete mich ihm, seine Zunge drang fordernd in mich ein, und dann brachte er es zu Ende. Der Höhepunkt überwältigte mich beinahe zu früh, und mein Körper bebte noch lange Zeit unter seinen Ausläufern. Dieser Orgasmus war wie eine Erlösung für mich.

Ich sank auf die Ladefläche der Pick-ups, aber Cross' Zunge liebkoste meine, begleitete mich so sanft durch die letzten Nachwirkungen dieses Erdbebens, dass ich zu zerfließen glaubte.

Stöhnend berührte ich seine Wange.

Als ich nickte, um ihm zu zeigen, dass es mir gut ging, nahm er mich erneut in die Arme. Er legte das Kinn in meine Halsbeuge, und so blieben wir für den Rest der Fahrt liegen. Ich spürte ihn; sein Schwanz drückte gegen den Stoff seiner Jeans, und ich wusste, dass auch er Erleichterung brauchte. Darum würde ich mich kümmern, sobald wir zu Hause waren.

Unsere Blicke trafen sich, und er lächelte. Er beugte sich über mich. »Ich werde dich niemals verlassen. Ich will, dass du das weißt.«

Meine Kehle war vor Rührung wie zugeschnürt, aber ich drückte ihm nur die Hand und legte den Kopf auf seine Brust.

Nach Hause. Ich musste unbedingt nach Hause.

Kapitel 7

Ein Zettel klebte an der Tür, als wir nach Hause kamen – nicht an der Haustür, sondern an meiner Zimmertür. Das Licht war aus, Channings Schlafzimmertür stand offen und niemand war drin, also war ich nicht allzu überrascht. Ich nahm den Zettel ab und las ihn laut vor: »Nicht ficken. Bleibt zu Hause. Heute Abend ist viel Bullshit passiert, und ich will, dass ihr in Sicherheit seid.«

Cross blickte mir über die Schulter, und sein leises Lachen wärmte mich. »Gott, wie süß. Er tut so, als wären wir ganz normale Teenager.«

Er schob sich an mir vorbei ins Zimmer und ließ seine Tasche auf den Boden fallen. Er ließ die Finger an meinem Arm hinuntergleiten, als er auf dem Weg zur Küche an mir vorbeikam. »Ich habe Hunger. Du auch?«

»Nein.«

Einen Augenblick später öffnete er den Kühlschrank, und ich hörte, wie er ihn durchsuchte. Während er sich in der Küche zu schaffen machte, las ich den Zettel noch einmal. Channing wusste über die Academy-Crusties Bescheid. Einer aus seiner Crew hatte sie erwischt, also war Channing entweder am Bahnhof und tat sein Bestes, um den Frieden zwischen den Städten zu wahren, oder er war bei der Arbeit. Ach verdammt. Ich wusste nicht, wo er war. Es gab eine Handvoll Orte, an denen er sein konnte, also holte ich einfach mein Handy heraus.

Als er abhob, waren im Hintergrund laute Geräusche zu hören. »Sag mir, dass du zu Hause bist. Dass ihr beide zu Hause seid.«

»Ja, sind wir.«

»Du und Cross?«

Hinter ihm schrie jemand. Ich konnte die Worte nicht verstehen. Ich runzelte die Stirn und fragte: »Wo bist du?«

»Was?!«, schrie er mir ins Ohr.

Ich wollte die Frage gerade wiederholen, da übertönte er mich erneut: »Ja. Ich weiß. Ich rede mit meiner Schwester. Gib mir 'ne Minute.« An mich gewandt, sagte er: »Warte noch 'ne Sekunde.« Einen Moment später war das Geschrei verstummt, und ich hörte, wie sich eine Tür schloss. »Ich bin im Lagerhaus.«

Das Lagerhaus gehörte eigentlich Channing – ein Gebäude auf den Feldern außerhalb von Rousson –, aber seine Crew nutzte es als Treffpunkt.

»Warum bist du dort?«

»Weil ein paar verdammte Idioten von der Highschool heute versucht haben, deine Schule abzufackeln, und ich weiß genau, wie der Mist anfängt«, knurrte er. »Ich war früher Teil davon, und ich will kein Blut mehr auf den Straßen, keine Leute, die drohen, jemanden zu vergewaltigen, und auch keine verdammten explodierenden Autos, wozu es beim Lagerfeuer des Stadtfests bereits gekommen ist, wie ich gerade gehört habe.« Er verstummte und atmete hörbar durch. »Wart ihr das?«

Cross kam aus der Küche und lehnte sich mit vor der Brust verschränkten Armen an die Wand. Ich musste Channing nicht mal auf Lautsprecher stellen. Ich wusste, dass Cross ihn klar und deutlich hören konnte.

Ich beantwortete seine Frage nicht.

»Bren!«

Ich blickte Cross an, aber er starrte nur mit ausdrucksloser Miene zurück. Ich wusste, dass wir dieselbe Resignation empfanden. Dies war nur ein weiterer Tag in unserem Leben.

»Was willst du von mir hören?«

Channing fluchte, dann fluchte er noch einmal. Nach kurzem Schweigen ließ er eine weitere Litanei von Flüchen folgen. »Du verarschst mich doch!«

Ich seufzte ins Telefon. »Was willst du von mir hören? Dass wir plötzlich andere Menschen geworden sind? Das ist es nun mal, was wir tun. So leben ...«

»Dann solltet ihr vielleicht nicht mehr so leben!«

Ich zögerte. Sechs Monaten zuvor hätte ich diese Worte noch ganz anders verstanden. Jetzt schloss ich nur für eine Sekunde die Augen.

»Okay. Spielen wir das Spiel. Wenn du gehst, gehe ich auch.«

»Zur Hölle mit dir, Bren. Also ... hat deine Crew die Autos hochgejagt? Ist es das, was du mir damit sagen willst?« Seine Stimme überschlug sich, aber er war bereits etwas ruhiger.

»Ja.«

Erneut leises Fluchen. »Okay. Eins von den Kindern, die die Schule anzünden wollten, sagt, Alex Ryerson hätte ihn dazu angestiftet. Also ...«, blaffte er weiter, ehe ich verarbeiten konnte, was er gerade gesagt hatte, mäßigte dann aber seinen Ton und fuhr leiser fort: »Ich weiß nicht, ob das stimmt. Aber falls der Junge lügt, weiß ich, dass er das mit Absicht tut. Und falls er nicht lügt ...«

Jetzt war ich es, die ihm ins Wort fiel. Ich zerquetschte fast das Telefon in meiner Hand. »Falls er nicht lügt, werden alle über Alex herfallen und ihn in Stücke reißen.« Mich eingeschlossen.

Cross' Augen wurden schmal, was ich nicht anders erwartet hatte, da von Alex die Rede war.

Channing fuhr fort, leiser diesmal: »Erzähl mir von Ryerson ... von Alex. Er ist seit einer Woche wieder in der Schule, oder?«

Channing wusste, dass Drake seinen kleinen Bruder an uns ausgeliefert hatte. Er wusste auch, dass Alex für einen Monat im Krankenhaus hatte bleiben müssen, und dass er ohne Crew an die Schule zurückgekehrt war. Dafür gab es jetzt eine Menge Leute, die ihn hassten.

Er hatte nicht nur seine Crew benutzt, um Familienangelegenheiten zu klären, mit denen seine Freunde nichts zu tun hatten, sondern er war auch schuld an Taz' Krankenhausaufenthalt gewesen, weil sie zwischen die Fronten geraten war. Alex kehrte zur Schule zurück wie ein geprügelter Hund.

All das erzählte ich Channing. »Ja, er ist seit einer Woche wieder da. Es gab ein paar Auseinandersetzungen; das war auch nicht anderes zu erwarten nach allem, was er angestellt hat. Aber niemand war so hinter ihm her wie wir. Ein paar ehemalige Mitglieder seiner Crew haben ihn ein bisschen herumgeschubst, vielleicht auch ein paar von den Sportlern.«

»Okay.«

Er klang nicht okay. Ich atmete zischend aus, als ich meine Hand wieder lockerte.

Es hatte Frieden geherrscht. Fast vier Monate lang war nichts Gravierendes passiert, und jetzt gleich sowas? Wie aus dem Nichts?

Cross stieß sich von der Wand ab. Mit ausgestreckter Hand und entschlossener Miene kam er auf mich zu. »Gib mir das Handy«, sagte er leise.

Ich reichte es ihm. In meinem Bauch rumorte es, aber ich konnte hier nichts ausrichten, das war mir klar.

Cross hielt sich das Handy ans Ohr und sagte: »Bei allem gebührenden Respekt, Channing, aber wenn hier wieder ein Konflikt zwischen den Städten entsteht, ist das nicht mehr deine Angelegenheit.« Sein entschlossener Blick hielt meinem stand. »Jetzt sind wir dran.«

Er hatte recht.

Channing hatte zu seiner Zeit in Roussou das Sagen gehabt. In gewisser Weise war das immer noch der Fall, dennoch hatte Cross recht. Hier ging es um die Highschool. Das war unsere Sache.

Ich nickte und nahm das Handy wieder an mich. Anstatt mich mit meinem Bruder herumzustreiten, sagte ich in den Apparat: »Wir geben dir Bescheid, wie's weitergeht.«

»Bren! Cross ...«

Ich legte auf.

Da stand ich und starrte Cross an. Wir mussten erstmal verdauen, was wir da gerade getan hatten. Gründlich. Denn hier und jetzt hatten wir uns von allem gelöst, was bisher unser Leben ausgemacht hatte.

Wir waren Channing immer gefolgt.

Er war der Pate der Crews, und seine Crew kontrollierte alles, aber in diesem Fall war es anders. Hier lehnten sie sich nicht gegen einen Motorradclub auf, der Drogen in die Stadt schmuggeln wollte – das war ihr Territorium. Aber die Schule war unseres.

Was wir gerade getan hatten, war richtig.

Ich sah Cross' Puls in seinem Hals schlagen. »Wir können bei Jordan wohnen.«

Das fühlte sich richtig an. Angebrachter.

»Was erzählen wir den anderen über Alex?«, fragte ich.

Cross dachte nach. »Vielleicht fragen wir ihn erst mal selbst?«

Sein Blick begegnete meinem, etwas Finsteres lag darin. Ich sah es und fühlte es auch in mir aufsteigen. All das Chaos, das ich bewältigt hatte, all die Fortschritte in den vergangenen zehn Wochen meiner Therapie, die Sozialstunden – all das würde ich beiseiteschieben, nur weil Cross mich darum bat.

Ich nickte. »Lass uns hier verschwinden.«

Aber als er wieder in die Küche gehen wollte, erinnerte ich mich an den Wagen und daran, dass er keine Erleichterung gefunden hatte, und ich streckte die Hand nach ihm aus.

»Warte.« Ich zog ihn an mich, spürte, dass er perfekt an den Ort passte, an den er gehörte. Kurz bevor sein Mund meine Lippen berührte, sagte ich: »Wir haben Zeit, und ich bin dir noch etwas schuldig.« Ich ließ die Hand über seine Brust hinunter zu seiner Jeans gleiten und öffnete den

Gürtel.

Grinsend kam er näher, streifte mit den Lippen meinen Mund. »Ich glaube, dieses Etwas gefällt mir.«

Ich ertastete ihn unter den Boxershorts und schloss die Finger um ihn. Er stöhnte und beugte sich über mich, küsste mich heftiger als zuvor.

»Fuck«, krächzte er.

Ich streichelte ihn, spürte, wie er sich aufrichtete und noch härter wurde.

Seine Hand umschlang meinen Rücken, wanderte zu meiner Hüfte hinunter. Cross hob mich hoch und trug mich in mein Zimmer. Wir ließen das Licht aus, schlossen die Tür und gingen zu meinem Bett. Er stand über mich gebeugt, aber ich schob ihn weg, während meine Hand sich noch immer auf und ab bewegte. »Geh weg.«

»Was?«

Ich schob ihn weiter, bis er vor dem Bett stand. Ich grinste ihn an, dann zog ich ihm die Hose hinunter und senkte den Kopf.

»Ich bin dran.«

Als ich den Mund um ihn schloss, packte er mich bei den Haaren und drängte sich an mich. »Oh, fuck!«

Ja. Das traf es in etwa.

Kapitel 8

»Du weißt, dass dein Bruder uns das nicht einfach durchgehen lässt. Er wird etwas unternehmen.«

Es war fünf Uhr morgens. Wir campten vor Alex Ryersons Fitnessstudio. Wir wollten Alex nicht mitnehmen, wenn er sein Haus verließ. Die Einfahrt war zu lang, und möglicherweise war Drake bei ihm. Alex gehörte zu keiner Crew, deswegen galten für ihn andere Regeln, als wenn Drake involviert wäre.

Als Antwort auf Cross' leise Warnung grunzte ich nur und verlagerte das Gewicht auf dem Sitz. Meine Füße lagen auf dem Armaturenbrett, ich hatte einen Becher Kaffee in der Hand. »Ich weiß. Ich dachte nur, wir würden uns später darum kümmern.«

Fünf Uhr morgens war für solche Aktionen eindeutig zu früh, vor allem, nachdem Cross und ich gegen Channings Nicht-ficken-Regel verstoßen hatten. Erst wenige Stunden zuvor hatten wir in den Schlaf gefunden.

Cross gähnte und rieb sich das Gesicht. Er lehnte sich zurück und verschränkte die Arme vor der Brust. »Warum noch mal sind wir gerade nicht im Bett?«

»Weil ...«, setzte ich an und gähnte, »... weil wir ihn zuerst schnappen wollten. Und weil wir meinem Bruder aus dem Weg gehen wollten, ehe er nach Hause kommt.«

»Ah, stimmt ja.« Cross grinste mich an. »Das ist der eigentliche Grund.«

»Exakt.«

Trotzdem war es verdammt früh. Ich brauchte so schnell wie möglich noch einen Kaffee, sonst würde ich stinkig werden. Und das wollte niemand.

»Wenn wir schon mal hier sind, sollten wir über ein paar Dinge reden.« Bei Cross' nüchternem Tonfall verkrampfte sich mein Magen.

Ich sah ihn an, und er musterte mich mit dem resignierten Gesichtsausdruck, den wir in der Nacht zuvor beide gehabt hatten.

Er presste die Lippen aufeinander. »Es war nett von deinem Bruder, mich bei euch wohnen zu lassen, aber das musste ja irgendwann zu Ende gehen. Er hasst es, dass wir unter seinem Dach vögeln.«

Ich grunzte noch einmal. Mehr hatte ich dazu nicht zu sagen.

Ich liebte meinen Bruder. Ich hatte ihn immer geliebt, aber unsere Beziehung war chaotisch. In letzter Zeit lief es relativ gut, trotzdem gab es immer noch schlechte Phasen. Offiziell war er ausgezogen, als unsere Mutter gestorben war, aber er war schon Jahre vorher meistens weg gewesen. Ich fand, es war eine Leistung, dass ich nach wie vor in seinem Haus wohnte.

Der ganze Bullshit von wegen Kein Sex war genau das: reiner Bullshit. Channing redete nicht darüber, wen er selbst flachgelegt hatte, aber ich wusste, dass er und Heather viel früher mit Sex angefangen hatten als Cross und ich.

Außerdem war Channing in letzter Zeit kaum zu Hause. Die Ausgehsperre hatte er nicht aufrechterhalten können, nachdem sein Kopfgeldjägerbusiness erfolgreich geworden war, ebenso wenig die gemeinsamen Abendessen. Cross hatte schon einen ganzen Monat bei mir geschlafen, ehe Channing ihn erwischte. Er war ausgerastet, aber was hatte er denn erwartet?

»Meinst du, er wird was unternehmen, wenn wir bei Jordan bleiben?«, fragte Cross.

»Ja.« Ich biss die Zähne zusammen. »Aber anders, als die meisten Erwachsenen mit Kindern umgehen, die von zu Hause weggelaufen sind. Er wird nicht die Bullen rufen. Er wird einen aus seiner Crew auf uns ansetzen.«

Ich wusste, dass ich recht hatte. Moose. Congo. Lincoln. Chad. Einer von den Jungs. Sie sahen alle aus wie eine Mischung aus professionellem Bodybuilder (außer Lincoln, der war schmal) und Mitglied eines Motorradclubs oder eines SEKs. Und wenn sie ihre kugelsicheren Westen für ihre Einsätze als Kopfgeldjäger trugen, war mit ihnen nicht zu spaßen.

Cross lachte. »Sie ... Sie würden doch nicht Jordans Schuppen anzünden ... Oder?«

Wir blickten uns an und stöhnten.

Und ob sie das tun würden.

Ich schüttelte den Kopf und sagte: »Wir können nicht bei Jordan bleiben.«

»Fuck.«

Genau.

Aber das war ein Problem für später, denn gerade war Alex' Pick-up auf den Parkplatz gefahren. Zeit zu spielen.

Cross und ich stiegen aus und wussten beide sofort, wie wir das hier durchziehen würden. Ohne Worte. Ich lief los, um mich dem Wagen von hinten zu nähern, während Cross über den Parkplatz ging und schon bei Alex war, als er, mit der Sporttasche in der Hand, aus dem Pick-up stieg.

Er schloss die Autotür, ging einen Schritt und blieb abrupt stehen.

Cross stand vor ihm, die Arme vor der Brust verschränkt. »Ryerson.«

Alex seufzte nur und ließ die Tasche auf den Boden fallen. »Bist du allein?« Aber noch während er fragte, blickte er sich um und sah mich von hinten auf sich zukommen.

Ich hatte die Arme nicht verschränkt, meine Hände befanden sich neben meinem Körper

Alex schüttelte den Kopf. »Den Atem hätte ich mir sparen können.« Er seufzte und ließ die Schultern hängen. »Was wollt ihr?«

Der Krankenhausaufenthalt schien ihm nichts ausgemacht zu haben. Er war immer noch kräftig, fast so muskulös wie vorher. Sein rundes Gesicht wirkte ein wenig härter, aber das war vielleicht auch nur mein Eindruck. Seine Augen standen ein bisschen enger zusammen, wirkten eingesunken, aber er hatte an diesem Morgen keinen Bartschatten.

»Hast du gestern Nacht die Typen losgeschickt, die unsere Schule abfackeln wollten?«, fragte ich.

Alex hob ruckartig den Kopf, seine Augen weiteten sich. »Was? Nein ... wie bitte?«

»Ach komm. Als hättest du keine treuen Freunde mehr, die dir erzählt haben, was gestern Nacht passiert ist.« Ich trat näher und senkte die Stimme, damit wir keine Aufmerksamkeit erregten, und auch Cross zuliebe, der in den Eisskulpturenmodus übergegangen war.

Wir hatten uns gerächt, aber für Cross war das nicht genug, nach allem, was Alex Taz angetan hatte.

»Dann erzählen wir dir eben, dass einer von den Typen gepetzt hat, dass du sie dazu angestiftet hast.« Ich zog eine Braue hoch. »Seit wann bist du so gut mit den Typen von der Fallen Crest Academy befreundet?«

Alex machte dicht. Die Arme vor der Brust verschränkt, lehnte er sich an seinen Pick-up. »Ich bin verwirrt. Willst du wissen, ob ich jemanden geschickt habe, um die Schule abzubrennen, oder willst du Tipps von mir, wie du bessere Freunde finden kannst?«

Cross machte einen Schritt auf ihn zu, musterte ihn mit kaltem Blick. »Wir könnten dich hier und jetzt auseinandernehmen, und es wäre allen scheißegal. Vergiss das nicht.«

Alex schluckte, sein Adamsapfel hüpfte auf und ab. Ein wachsamer Ausdruck huschte über sein Gesicht. »Ich schlage diesen Ton nur an, weil ich nicht dumm genug bin, um sowas überhaupt zu versuchen. Warum sollte ich so dämlich sein und eure Schule abfackeln?«

Das war leicht zu beantworten. »Damit du nicht gezwungen bist, in Roussou zur Schule zu gehen, wo alle dich hassen und verachten?« Ich setzte ein gezwungenes Lächeln auf und verengte die Augen zu Schlitzen. »In Frisco hat das funktioniert. Deren Schüler werden jetzt alle zu uns oder nach Fallen Crest gefahren. Unsere Schule geht unter, und deine Familie ist reich genug, um ... na ja, um dich zu Hause zu unterrichten, falls sie beschließen, dich nirgendwo anders anzumelden.«

Cross fügte hinzu: »Es ist schwer, in Roussou zu überleben, wenn man gehasst wird, aber deine Familie hat Geld. Du bist eine der Ausnahmen in der Stadt. Für dich wäre es ein Leichtes, woanders hinzugehen, vielleicht auf eine Privatschule. Die bilden sich was darauf ein, dass sie sicherer sind und eine bessere Ausbildung anbieten als irgendwer sonst hier in der Gegend. Die Fallen Crest Academy zum Beispiel, das ist genau so eine Schule.« Cross' Stimme klang leicht spöttisch. Meine war nur kalt.

Alex blickte zwischen uns hin und her, dann hob er die Hände. »Ich werde nicht lügen und behaupten, dass ich gerne nach Roussou gehe. Alles ist hier anders. Ich habe keine Freunde, okay. Höchstens noch ein oder zwei, die Angst haben zuzugeben, dass sie noch mit mir befreundet sind, aber keiner von denen würde so einen Mist abziehen. Ich würde es nicht darauf ankommen lassen. Nehmen wir mal an, ich hätte das getan, hätte jemanden darauf angesetzt. Ich weiß doch, dass rauskommt, wer dahintersteckt, und was ist dann? Ich werde noch mehr gehasst. Von allen Crews und den Normalos. Ich bitte euch. Ich bin vielleicht dumm, aber so dumm nun auch wieder nicht.« Er bückte sich, um seine Sporttasche aufzuheben. »Ich will nur bis zum Ende des Schuljahres überleben. Ich muss Sommerkurse besuchen, um aufzuholen, was ich verpasst habe, aber danach habe ich den Abschluss und haue von hier ab. Das Crewleben passt nicht mehr zu mir.« Er wartete ab, ob wir ihn aufhalten würden, aber keiner von uns machte Anstalten, sich zu bewegen.

An uns vorbei ging er auf den Bürgersteig, wo er noch einmal stehenblieb. »Hört mal ... behaltet meinen Bruder im Auge, okay? Er ist nicht zurückgekommen, um die Ryerson-Crew zu übernehmen, egal, was er sagt. Ich weiß nicht, warum er hier ist, aber ganz sicher nicht wegen der Crew.«

Cross' Blick begegnete meinem, in seinen Augen lag eine Frage.

Ich fragte mich dasselbe.

Alex bemerkte den Blick. »Ich glaube auch nicht, dass er wegen Bren wieder hier ist. Er hatte Spaß daran, sich in eure Beziehung einzumischen und Race dazu zu bringen, einen Keil zwischen euch zu treiben, aber ich teile mir ein Haus mit ihm. Wenn er wirklich an euch interessiert wäre, würde er mich über eure Crew und Channing ausfragen, aber er ist kaum zu Hause.«

»Ist er bei der Crew?«

»Nein. Die rufen mich ständig an, um herauszufinden, wo er ist.«

Ein weiterer Pick-up kam angefahren, und plötzlich wirkte Alex verkrampft. »Mehr kann ich dazu nicht sagen. Und tut mir bitte einen Gefallen. Wenn ihr mich noch mal befragen wollt, dann nicht in der Schule. Dort bin ich jetzt schon eine Zielscheibe.« Er umfasste die Tasche fester, warf sie sich über die Schulter und ging hinein.

Zwei Bodybuilder-Typen schlenderten an uns vorbei und beäugten uns, aber wir gingen wortlos weiter.

Cross stand neben mir und blickte zu dem Fitnessstudio hinauf. »Was denkst du?«

Ich schüttelte den Kopf und spürte, wie sich mein Magen verkrampfte. »Ich weiß nicht. Aber wann haben wir Alex Ryerson je vertrauen können?«

»Genau.« Sein Arm streifte meinen. »Ich sage das nicht gern, aber wir sollten mit deinem Bruder reden und herausfinden, was man ihm gesagt hat. Wenn es sein muss, befragen wir Alex danach noch einmal, aber dann auf Crew-Art.«

Was Gewalt bedeutete, und zwar viel davon.

Ich nickte und kam mir plötzlich vor wie vierzig. »Noch nicht. Lass uns erst mal zu Jordan fahren, und wenn sie aufgewacht sind, erzählen wir ihm und Z, was los ist.«

»Okay.«

...

Wir kamen nicht mehr dazu.

Als wir ein paar Stunden später bei Jordan aufwachten, hatte sich die Sache bereits herumgesprochen. Jordan wusste nicht mal, dass wir da waren, bis wir aus dem Loft kamen, das er und sein Vater im Monat zuvor gebaut hatten.

Wir fanden ihn mit Race, Zellman und Taz auf der Couch, wo sie darüber redeten, was Alex getan hatte.

»Whoa!« Jordan wich zwei Schritte zurück, als wir die Treppe herunterkamen, und verschüttete dabei etwas von seinem Bier. »Was ... Seit wann seid ihr denn hier?«

Taz hatte Kaffee. Ohne Jordan Beachtung zu schenken, nahm ich ihn ihr einfach aus der Hand.

»Äh ... okaayy ... ja ... den habe ich natürlich nur für dich mitgebracht.«

Ich lächelte und ließ mich neben sie auf die Couch sinken. »Tut mir leid. Ich gehe neuen Kaffee holen, sobald ich den hier ausgetrunken habe. Versprochen.«

Race lachte leise und gab ihr stattdessen seinen Kaffee.

Z hatte einen Ball in die Luft geworfen, fing ihn auf und sprang über seinen Stuhl in die kleine Küche. »Kein Problem. Ich mache uns eine Kanne.« Er kicherte und griff nach einem Filter. »Wir haben sogar aromatisierten Kaffee. Bämm! Was sagt ihr dazu?«

Taz runzelte die Stirn. »Hä?«

»Nichts«, sagte Cross und rieb sich gähnend den Nacken, ehe er links von Zellman Platz nahm. »Habt ihr das von Alex gehört?«

Race grunzte. »Ich bin nicht gerade überrascht.«

Immer noch stirnrunzelnd blickte Taz ihren Freund an und legte ihm eine Hand auf das Bein.

Jordan rutschte nach vorn auf den Rand des Stuhls. »Warum seid ihr beiden eigentlich hier?«

Cross warf mir einen Blick zu, den ich erwiderte. Ich trank einen weiteren Schluck Kaffee. Eigentlich war ich noch nicht bereit, ihnen alles zu erzählen, aber wir hatten Zellman rufen hören: »Alex, dieses

Stück Scheiße, hat die ganze Sache angezettelt!«, also war es jetzt offenbar so weit.

Cross stand auf, als Zellman mit dem Kaffee fertig war und auf einen Stuhl zusteuerte.

»Nein, Mann, lass es. Du siehst echt fertig aus.« Zellman griff nach einem Hocker und nahm ihn mit rüber.

Cross rieb sich das Kinn, blieb aber stehen. »Wenn ich mich wieder hinsetze, schlafe ich ein. Wir ...«, er deutete auf mich, »... hatten einen ereignisreichen Abend. Habt ihr die Gerüchte gehört?«

»Ja.« Jordan reckte das Kinn. »Was wisst ihr?«

»Wir haben gestern Abend von Channing gehört, dass ...«

Ich meldete mich zu Wort, denn ich fühlte mich wieder lebendiger: »Wir haben Alex heute Morgen vor dem Fitnessstudio abgepasst. Wir wussten nicht, dass ihr die Gerüchte schon gehört hattet.«

Jordan winkte ab und lehnte sich auf seinem Stuhl zurück. »Dieses Arschloch erzählt das überall rum. Die wollen nicht verprügelt werden, also schieben sie alles auf Ryerson.« Er hielt inne, blickte Race an und korrigierte sich: »Ich wollte sagen, sie schieben es auf Alex.«

Mit finsterer Miene erwiderte Race: »Es gibt zu viele von uns, wenn ihr mich fragt.« Sein Blick wanderte zu mir, heiße Wut lag darin: »Drake dürfte eigentlich nicht hier sein.«

Ich hob den Kaffee seiner Freundin zum Gruß und sagte: »Da stimme ich dir absolut zu.«

Ich spürte, dass Cross mich beobachtete, also wartete ich ab, ob er den anderen noch mehr von dem erzählen würde, was wir bereits wussten. Aber obwohl Race und Taz enge Freunde der Crew waren und zur Familie gehörten, würden sie niemals zur Wolfscrew gehören. Wir waren immer noch unantastbar.

Jordan blickte mich fragend an, und ich schüttelte zur Antwort den Kopf. Er wusste, dass es noch mehr zu sagen gab, nickte aber zurück. Die Botschaft war angekommen.

Zellman ließ den Hocker um die eigene Achse rotieren.

»Und was ist jetzt der Plan?« Race blickte in die Runde.

»Weil das Gerücht schon im Umlauf ist, sollte dein Cousin am besten sofort die Schule wechseln«, sagte Cross. »Ob es nun stimmt oder nicht, er ist bereits zur Zielscheibe geworden.«

»Ich weiß«, sagte Race, »aber daran ist er selbst schuld. Er hat sich sein eigenes Grab geschaufelt.«

»Die ganzen verdammten sechs Meter.« Cross ging in Richtung Küchenzeile und Kaffee.

Taz hielt den Kopf gesenkt, drehte sich aber um und sah kurz zu, wie ihr Bruder wegging.

»Ihr habt meine Frage nicht beantwortet«, sagte Jordan zu mir. »Seit wann seid ihr beiden hier?«

»Seit heute Morgen, nachdem wir mit Alex geredet haben.«

Seine Augen blieben schmal. Er gierte danach, das zu hören, was wir nicht erzählten.

Ich grinste.

Er kratzte sich die Nase mit dem Mittelfinger.

Ich lachte und hustete dann, um es zu überspielen, als Taz missmutig in meine Richtung sah.

»Also …« Zellman hatte keinen Plan von gar nichts und streckte die Arme über dem Kopf aus. »Wo feiern wir vor dem Straßentanz heute Nacht?« Er sah zwischen Cross, Jordan und mir hin und her. »Party ist doch gebongt, oder? Habt ihr was anderes vor?«

Cross kam mit einem Becher Kaffee in der Hand zurück. »Müssen wir uns nach dem, was ihr gestern Nacht angestellt habt, um Schadensbegrenzung bemühen?« Er nickte Z zu, dann wandte er sich an Jordan und fuhr fort: »Die Leute wissen, dass ihr beide das mit den Autos wart.«

»Scheiß drauf«, sagte Zellman und schnaubte. »Auf keinen Fall. Außerdem war das nur die Quittung für das, was vor vielen Jahren gelaufen ist. Wir reden immer noch von dem Bullshit mit den Broudou-Brüdern. Die hatten schon lange verdient, dass wir mal ihre Autos in die Luft jagen.«

Cross runzelte die Stirn. »Die Typen waren aber nicht von der Academy. Die waren von der städtischen Schule.«

Zellman zuckte mit den Schultern und wirbelte wieder den Hocker herum. »Na und? Ist doch alles dasselbe.«

Ich nahm ein Kissen und warf es nach ihm. »Meine zukünftige Schwägerin war auf der Staatlichen. Das ist nicht dasselbe.«

Mit ungläubiger Miene fing er das Kissen auf. »Ist das dein Ernst? Du setzt dich für die staatliche Schule ein?«

»So weit würde ich nicht gehen. Ich komme hier nur meinen Pflichten als Schwägerin nach.«

»Und Heather ist auch voll in Ordnung, aber sie geht da nicht mehr zur Schule.« Er hob die Hand und rieb seinen Daumen an Zeige- und Mittelfinger. »Die ist jetzt mit Geldverdienen beschäftigt.«

Jordan hustete. »Lasst uns zum Thema zurückkommen«, sagte er und nickte Cross zu. »Ich bezweifle, dass wir uns über Vergeltung Sorgen machen müssen. Die wollten unsere Schule abfackeln. Sie wurden erwischt, wir nicht. Selbst schuld.«

Ich lachte. »Wir sind halt die besseren Kriminellen.«

Jordan grinste, dann stützte er die Ellbogen auf die Knie und legte die Hände aneinander. »Bisher hat niemand behauptet, dass die Academy uns Probleme machen wird. Wir werden der Sache auf den Grund gehen müssen, um herauszufinden, ob Alex dahintersteckt oder nicht.«

Cross nickte und lehnte sich mit der Hüfte an die Couch neben mir. »Das dachte ich auch. Alex sagt, dass er damit nichts zu tun hat, dass er dumm ist, aber nicht so dumm.«

»Stimmst du ihm zu?«, fragte Race.

Alle drehten sich zu ihm um.

»Stimmst du ihm zu?«, fragte Cross.

Für einen Moment schwieg Race und senkte den Blick. »Ich weiß nicht. So sehr ich meinen Cousin auch hasse, das mit Taz tat ihm wirklich leid. Der Arsch hat versucht, sich deswegen umzubringen, und wenn ihr nicht gewesen wärt, hätte er das auch geschafft.«

Einer der seltenen Momente, in denen wir »guter Cop« gespielt haben. Vergessen wir einfach, warum wir überhaupt dort waren. Spielt das im Großen und Ganzen überhaupt eine Rolle?

»Ich kann mir nicht vorstellen, dass er das im Krankenhaus ausgebrütet hat«, fuhr Race fort. »Drake hatte ihm erzählt, er würde wieder in die Crew aufgenommen werden, wenn er sich wegen der Sache mit Taz von euch verprügeln lässt. Dann hat er es wieder zurückgenommen und Alex ins Gesicht gelacht. So habe ich es jedenfalls gehört. Wenn er auf irgendwen sauer ist, dann auf seinen Bruder. Nicht auf unsere Schule. Alex war der König der Vollidioten in Roussou.« Er schnaubte verächtlich. »Er hat perfekt dazu gepasst.«

Ich schürzte die Lippen. Hatte ich da eine Beleidigung gehört? Doch dann zuckte ich die Schultern. Ich war im Grunde seiner Meinung. An unserer Schule gab es eine Menge Vollidioten, aber keiner davon war hier im Raum.

Zellman drehte sich immer noch auf dem Hocker um die eigene Achse.

Okay, einer vielleicht. Aber wir hatten ihn trotzdem sehr lieb.

»Okay«, sagte Cross. »Wir hören uns um und warten ab, was passiert.«

Alle nickten, und die Sache war beschlossen – vorläufig.

Kapitel 9

Race und Taz hatten es nicht eilig, aufzubrechen.

Sie blieben, bis Taz' Handy, Jordans Handy und sogar Zellmans Handy keine Ruhe mehr gaben. Die Mädchen wollten feiern, aber es gab eine Regel. Jordans Eltern waren damit einverstanden, dass unsere Gruppe hier abhing, aber große Partys waren tabu. Deswegen gingen alle zu Tabatha nach Hause.

Ich war noch nie dort gewesen, aber viele Normalopartys stiegen dort, was mich nicht mehr überraschte, sobald wir dort angekommen waren. Ich musste lachen.

»Was ist?«, fragte Cross, während er den Pick-up parkte.

»Ich dachte immer, Roussou und Fallen Crest, das wäre so eine Sache von wegen ›Wir gegen die‹. Wir sind arm, und die sind reich.« Ich deutete auf Tabathas dreistöckiges Zuhause. »Aber ich glaube, da liege ich falsch.«

Es war offensichtlich, dass es Tabathas Eltern finanziell ziemlich gut ging.

Ich wusste, dass Race' Familie wohlhabend war und dass die Eltern von Alex und Drake ein riesiges Anwesen besaßen.

Cross nahm meine Hand in seine. »Es ist gemischt. Viele Eltern der Normalos arbeiten für Firmen in Fallen Crest, aber ja, ich glaube, mittlerweile ist es ein bisschen gleichmäßiger verteilt als noch vor ein paar Jahren.«

In letzter Zeit boomten die Geschäfte. Ich wusste, dass Channings

Bar von Collegestudenten aus einer Stadt besucht wurde, die dreißig Autominuten entfernt lag.

Meine Brust zog sich zusammen, nur ganz leicht. »Hast du auch manchmal das Gefühl, dass du in einem Auto sitzt, das sich nicht bewegt, während alles um dich herum an dir vorbeizieht?«

Cross musterte mich, ohne etwas zu sagen.

Für den Bruchteil einer Sekunde war ich zurück in meinem alten Zuhause. Ich hörte meine Mutter von der Chemo kotzen. Ich hörte meinen betrunkenen Vater rumschreien. Ich hörte Channing, der ihn verfluchte, bevor unvermeidlich jemand an die Wand geknallt wurde, dann das Trampeln von Füßen, als jemand zur Tür rannte, danach das Knallen genau dieser Tür, bevor es endlich still wurde.

Channing war als Erster weg. Immer.

Mein Vater ging kurze Zeit später, machte sich auf den Weg zur Bar, dann war Ruhe. Manchmal waren noch Kotzgeräusche aus dem Badezimmer meiner Mutter zu hören, bis sie ins Bett kroch, das Licht ausschaltete und schlafen ging, als ob nichts wäre – als ob unser Leben nicht gerade auseinanderfiele.

Erst wenn absolute Stille eingetreten war, kam ich aus der Ecke hervor, in die ich mich verkrochen hatte.

Ich tapste barfuß den Flur hinunter und rollte mich am Fußende von Moms Bett zusammen, eingewickelt in eine Decke. Dort blieb ich, bis mein Dad über den Flur gestolpert kam, weil er aus der Bar zurück war. Manchmal stolperte er über mich und bekam nichts davon mit. Dann ging ich zurück in mein Zimmer und in mein Bett und wünschte mir, Cross wäre bei mir.

»Bren?« Cross strich mir mit dem Daumen über den Handrücken.

Ich erschrak und kehrte blinzelnd in die Gegenwart zurück. »Sorry. Ich ... äh ...« Ja. Meine Kehle war wie zugeschnürt. »Wir müssen Jordan erzählen, was Alex über Drake gesagt hat.«

»Ich weiß. Wir finden schon einen passenden Moment.«

Ich nickte und ließ den Blick erneut über Tabathas Haus schweifen. Diese ganze Partyszene war eigentlich nicht mein Ding. Aber die alte

Verachtung für Normalos hatte nachgelassen, war nur noch eine Art schwaches Flimmern.

Etwas hatte sich verändert.

»Möchtest du über etwas reden?«, fragte Cross.

Ich schüttelte den Kopf. »Nein, gar nicht.«

Er lehnte seinen Kopf an die Kopfstütze. »Willst du auf unseren Hügel gehen und dich betrinken?«

Ja. Aber irgendwie war ich nicht dazu bereit. Ich war schon so lange nicht mehr dort gewesen. Ich wollte die Erinnerungen nicht spüren.

»Nein. Lass uns auf eine Normaloparty gehen.« Ich grinste. »Ich wette, du hast nicht erwartet, dass ich sowas mal sagen würde.«

»Nein, eigentlich nicht.« Zärtlich lächelnd sah er mich an. Er streichelte meine Wange. »Wir können es auch lassen – die Party, den Straßentanz und so. J und Z haben ihre Mädels. Die kommen schon klar. Es gibt gerade keinen Crewkrieg.«

Ich wusste, was er mir anbot: Einen ganzen Tag, um mich zu verkriechen. Wir würden auf den Hügel gehen, eine Flasche Whiskey trinken, und ich würde nach einem Geist Ausschau halten, den ich nie wiedersehen würde.

Ich schüttelte den Kopf. »Ich habe das Gefühl, dass sich da irgendwas anbahnt, etwas Großes. Wir müssen bei den Jungs sein, wenn es so weit ist.«

»Okay.« Er beugte sich über mich und küsste mich sanft.

Seite an Seite gingen wir auf das Haus zu.

...

Mit einem warmen Lächeln und verklärtem Blick begrüßte uns Tabatha an der Tür. Sie war glücklich. Sie schlang die Arme um Cross, der erstarrte und sie wegschob. »Was soll das?«

Sie blinzelte ein paarmal, und ihr verklärtes Lächeln wurde noch verklärter. »Oh. Sorry.« Sie drehte sich zu mir und ihre Augen leuchteten auf. Sie streckte die Arme aus. »Bren ...«

»Denk nicht mal dran.«

Sie ließ die Arme sinken und lachte. »Du bist echt lustig. Ich mag dich. Früher habe ich dich gehasst, dann hatte ich Angst vor dir, aber jetzt mag ich dich. Du würdest mir niemals was tun.«

Sie näherte sich gefährlichem Territorium.

»Hunde, die bellen, beißen ni...«

Jordan trat von hinten an sie heran, legte eine Hand auf ihre Hüfte und zog sie an seine Brust. »Baby.« Einen Moment lang vergrub er den Kopf in ihrem Nacken.

»Hmm, Hase?«

Da waren sie wieder, die Kosenamen. Nur dass es diesmal nicht süß war, weil Sweets mich sauer machte. Tendenziell hasste ich es, wenn andere Leute mir erzählten, wie ich war, vor allem, wenn ich sie nicht danach gefragt hatte.

Er murmelte: »Bren ist nicht auf Bewährung, weil sie gebellt hat. Vergiss das nicht.«

Tabatha riss sich los.

Ich wartete. Vermutlich erinnerte sie sich an eine weitere Sache: meine Hände auf ihr. Für jemanden wie sie mochte Gewalt unappetitlich sein, aber so waren wir nun mal – gut, böse, dreckig oder einfach nur blutig.

»Oh.« Ihr Lächeln verrutschte.

Sie erinnerte sich.

Sie blinzelte ein paarmal, dann trat sie einen Schritt zurück und schmiegte sich enger an Jordan. Er schloss die Arme um sie und hob den Kopf, um Cross und mir zuzuzwinkern.

»Lass uns irgendwo hingehen, wo es mehr Privatsphäre gibt«, sagte er. »Ich brauch ein bisschen Zeit mit meinem Mädchen.«

Er zog sie hinter sich her und nickte uns zu. »Z ist draußen«, sagte er im Weggehen. »Er hat schon zwei Runden Handstand auf dem Bierfass hinter sich.«

»Shit.« Cross' Kiefer wurde hart, und er setzte sich sofort in Bewegung.

Überall waren Menschen. Es war fast vier Uhr nachmittags, und ich fragte mich, wann das hier losgegangen war. Wahrscheinlich schon heute Morgen. Normalerweise wichen die Leute zurück, wenn sie uns sahen. Heute nicht. Sie waren überall, rannten, sprangen, preschten vor, fielen zurück, stolperten. Betrunkenes Lachen und Kreischen, genuschelte Unterhaltungen. Wir schnappten eine davon auf, in der ein Mädchen ihrer Freundin riet, es einfach hinter sich zu bringen: »Brecht das Arschsiegel auf.«

Cross warf mir über die Schulter ein Grinsen zu.

Ich schüttelte den Kopf. Das war absolut kein guter Ratschlag.

Draußen war es nicht besser. Tabathas Familie besaß einen Pool und einen riesigen Garten. Ein kleiner weißer Schuppen stand in der Ecke, drum herum ein Zaun, der tatsächlich weiß war. Ein braungebrannter, sportlicher Typ kam zum Tor neben dem Haus herein, eine Wasserpfeife in der einen und einen Schlauch zum Rauchen in der anderen Hand. Er hatte seine Mütze verkehrt herum auf und trug ein Tanktop über dicken, muskulösen Armen und Schwimmshorts. Ihm folgten ungefähr zwanzig seiner Freunde, die genauso aussahen wie er.

»Wow yeah! Hier geht die Party ab!« Er nickte heftig. »Sehr schön.« Der Typ hatte niemanden direkt angesprochen, und zuerst beachtete ihn keiner, aber er machte einfach immer weiter. Er betrat den Garten, als wäre es sein eigener. »Wer ist bereit zu feiern? Lasst uns noch 'ne Schippe drauflegen! Jo, Man!«

Er redete immer noch mit niemandem. Seine Augen schweiften über die Gruppe hinweg, und nach und nach nahmen die Leute ihn wahr. Sein Grinsen wurde breiter, sein Kopf nickte immer noch.

Er hatte keine Kopfhörer in den Ohren.

Jetzt breitete er die Arme aus. »Das ist also eine Roussouparty? Wo ist das Empfangskomitee? Wo sind die Shots? Kommt schon, Leute. Ich dachte, ihr seid alle so hart drauf. Ich fühle mich verarscht.«

Cross blieb neben mir stehen.

Zellman war drüben bei dem Bierfass, aber jetzt kam er näher und nahm den Typen fest in den Blick.

»Verdammt, was wird das?«, knurrte Zellman.

Mir wurde fast übel, so stark war der Biergeruch.

In diesem Moment sah der Volltrottel uns und guckte noch mal genauer hin. Er hielt den Schlauch hoch und zeigte damit auf mich. »Ich kenne dich. Du bist doch die Schwester von Heather Jax, stimmt's?«

Ein weiteres Knurren von Zellman, diesmal tiefer. Er machte einen Schritt nach vorn.

Meine Augen wurden schmal. »Wer bist du?«

»Ich bin Zeke.« Er reckte das Kinn, als er seinen Namen sagte, dann nickte er seinen Freunden zu, die sich nach und nach um ihn versammelten. »Und das sind meine Jungs.«

Eine Hand zur Faust geballt, machte Zellman noch einen Schritt nach vorn. »Ihr seid von der Fallen Crest Academy.«

Zeke musterte ihn verblüfft, dann verzog sich sein Mund zu einem blendenden Lächeln. »Und ob wir das sind. Hast schon von uns gehört, was?«

Zellman, der normalerweise gut drauf war und nur saufen und vögeln wollte, hob den Kopf. Sein Ton war eiskalt. »Ich weiß, dass ihr die Arschlöcher seid, deren Autos ich in die Luft gejagt habe.«

Hatte er ...

Nein.

Moment mal.

Doch. Er hatte es wirklich gesagt.

Ich holte Luft. Damit war die Sache klar. Wir würden kämpfen.

Zekes Lächeln verblasste und er senkte den Kopf. »Verdammt noch mal ... was? Das warst du?«

Drei seiner Freunde schoben sich nach vorn. Ich konnte ihren Selbstbräuner beinahe riechen. Sie sahen aus wie Surfer, die sehr, sehr gern Gewichte hoben. Zeke wäre als Linebacker durchgegangen.

Einer der Typen fuchtelte vor Zellmans Nase herum. »Das warst du?«

Zellman machte einen weiteren Schritt nach vorn. »Ja, Arschloch. Das war ich. Ihr habt eure Freunde geschickt, um unsere Schule abzufackeln.«

Der große Typ ging auf ihn zu, aber Zeke schlug ihm auf die Brust, richtete die Augen auf Zellman, dann auf mich und schließlich auf Cross. »Wir waren das nicht. Um den kleinen Scheißkerl hat sich schon jemand gekümmert, und er besteht darauf, dass einer von euch ihn dazu gebracht hat. Ärger habt ihr mit einem von euch.«

Zellman knurrte erneut, als die Terrassentür zischend aufglitt. Jordan kam heraus, einen Haufen Typen im Schlepptau. Ich suchte nach Leuten aus der Ryerson-Crew, aber da waren keine. Wir waren von Normalos umringt. Dennoch. Die Sportler von unserer Schule standen ihnen in puncto Größe und Muskelmasse in nichts nach. Ihre Klamotten waren nur nicht ganz so hell wie die der Academy Kinder. Die liebten ihre roten, neonblauen und gelben Shirts.

Jordan schob sich durch die Menge der Gaffer. »Haut ab. Ihr seid hier nicht willkommen.«

»Ach ja?« Zekes Nasenflügel blähten sich. »Wer zur Hölle bist du denn?«

»Das hier ist das Haus meiner Freundin.«

Tabatha trat an seine Seite, die Arme vor der bikiniverhüllten Brust verschränkt. »Das ist mein Haus. Ihr seid nicht eingeladen.«

Zekes Augen waren noch immer sehr schmal. Sein Blick wanderte über Tabatha, Jordan, Zellman und Cross hinweg und verweilte dann auf mir.

Warum ich? War das sein Ernst?

Ein Mädchen konnte nicht ewig darauf verzichten sich zu verteidigen und abwarten, bis jemand ihren Bewährungshelfer anrief. Ich hatte mich verdammt lange gut benommen.

»Ey, du«, schnauzte er mich an.

Genau. Und schon flog die positive Akte zum Fenster hinaus.

Ich ging um Zellman und Jordan herum und erwiderte sein Starren. »Ich kann es nicht leiden, wenn man so mit mir redet. Ändere deinen verdammten Ton.«

Er hatte genau eine Chance. Mehr nicht.

»Wie zum Teufel kommst du auf die Idee, du könntest ...«

Das war's. Ich steckte die Hand in die Tasche, zückte blitzschnell mein Messer und war innerhalb einer Sekunde auf der anderen Seite des Gartens.

Er hielt den Mund, weil er kaltes Metall auf seiner Haut spürte. Er erstarrte, die Augen traten ihm fast aus den Höhlen. Ich beugte mich vor, mein Arm war hart wie Stahl. »Willst du den Satz wirklich been…«

Aber auch für mich war es zu spät.

Ich hatte den ersten Schritt gemacht, also mussten die anderen mich unterstützen. Was sie auch taten. Die Typen um Zeke herum wurden zurückgestoßen. Ich blickte nicht auf, um zu sehen, wer wen gepackt hatte, aber ich wartete, bis wieder Ruhe eingekehrt war. Flüche erfüllten die Luft. Ein Mädchen kreischte und schnaubte. All das wartete ich ab, den Blick fest auf Zeke gerichtet.

Ich zeigte ihm mich, mein wahres Selbst. Das Selbst, das Tabatha Sweets manchmal vergaß. Denn tief in meinem Innern, egal wie sehr Therapie und Sozialstunden mich gezähmt haben mochten, steckte immer noch ein wildes Tier. Es brauchte eine Weile, um wieder rauszukommen, aber es war noch da.

Es streckte sich, bis es wach war, und begann dann zu hecheln vor lauter Anstrengung sich zurückzuhalten.

»Bist du sicher, dass du mich richtig einschätzt?«, fragte ich leise.

Denn während er mich erkannte, konnte auch ich in ihm lesen. Und er war widerwärtig. Ein großer Teil von ihm war schmierig und gemein, aber der wurde gerade von Überraschung und Angst überlagert. Die Angst war gerade am stärksten, und sein Adamsapfel bewegte sich an meinem Messer, das ihn schnitt. Ein Tropfen Blut trat hervor und rann über die Spitze der Klinge.

Hierfür könnte man mich verhaften. Sofort. So etwas galt als Körperverletzung, und während ich diesem Typ in die Augen starrte, versuchte ich herauszufinden, ob er zu der Sorte gehörte, die zur Polizei rennen würde oder nicht.

»Wirst du mich verpetzen?«, fragte ich. Und weil er es gewesen war, der Alex erwähnt hatte, fügte ich hinzu: »Du weißt, was wir mit der letzten Petze gemacht haben, nicht wahr?«

Jordan meldete sich zu Wort, während er einen riesigen, muskelpackten Typ schubste. »Der hat Wochen im Krankenhaus zugebracht. Das haben wir mit ihm gemacht.«

Zeke hatte mich die ganze Zeit im Blick behalten. Seine Angst war verflogen, aber er hielt absolut still. »Das wart ihr auch?«

Ich antwortete nicht und reckte nur leicht das Kinn. »Was wirst du jetzt machen, Zeke? Sagst du deinen Jungs, dass sie sich umdrehen und abhauen sollen? Rennst du zu deinen reichen Eltern? Verpetzt du uns? Willst du ihnen erzählen, dass ein kleines Mädchen, das nur halb so groß ist wie du, dir ein Messer an die Kehle gehalten hat? Oder willst du dich umdrehen, weggehen und heute woanders weiterfeiern?« Ich drückte zu, nur ganz leicht, dann ließ ich von ihm ab.

Cross und Jordan, die links und rechts von mir standen, taten dasselbe.

Ich konnte Zellman nicht sehen, aber ich hörte ihn irgendwo hinter mir. »Haut ab. Lasst euch nie wieder auf einer Roussouparty blicken.«

Zeke schluckte, die Augen immer noch auf mich gerichtet. »Wir dachten, das hier wäre eine Party vom Stadtfest.«

»Das Stadtfest ist ein Straßentanz in Roussou. War schon immer so. Der war noch nie 'ne Privatparty«, sagte Jordan.

»Dann sehen wir uns da.« Zeke schloss für eine Sekunde die Augen. Wir sahen, wie er erschauerte, aber als er die Augen wieder öffnete, blickte er mir erneut ins Gesicht.

»Zeke!«, rief einer seiner Kumpel. »Lass uns gehen.«

Sie waren bereits dabei, sich durch das Tor zu verziehen.

Zeke löste den Blick von mir und nahm die Menge hinter uns in Augenschein. Er hielt inne, als er jemanden sah, den er kannte, und verzog den Mund. »Spricht die Puppe hier etwa auch für dich, Gramblin?«

Einer der Normalos trat aus der Menge hervor und blieb neben Cross stehen, ein Bier in der Hand. »Ihr habt versucht, unsere Schule abzufackeln. Das verändert die Lage.«

»Ich dachte, du wärst zu gut für euer bescheuertes Crewsystem«, höhnte Zeke.

Die meisten seiner Freunde waren gegangen. Drei waren noch da, sie wirkten angespannt und behielten uns im Auge.

»Das sagst du jedenfalls immer auf dem Spielfeld«, fügte Zeke hinzu.

Gramblin rollte die Schultern zurück und begann, ungeduldig mit dem Fuß auf den Boden zu tippen. »Tja. Ich kann mich nicht daran erinnern, auf dem Spielfeld je mit dir geplaudert zu haben. Normalerweise verprügeln wir euch nur.«

Zeke presste die Lippen aufeinander. »Ach ja?«

Das gemeine Glitzern, das ich gesehen hatte, kam nun heraus und begann die Angst zu verdrängen.

Ich wusste, was er vorhatte, aber nein – dazu würde es nicht kommen. Ich trat zwischen die beiden und sagte ganz ruhig: »Du wirst deinen Gegner nicht mit einem anderen austauschen. Du hast jetzt ein Problem mit uns, nicht mit einem Normalo, der – ohne ihm zu nahe treten zu wollen – in dieser Sache nicht viel zu sagen hat.«

Zeke richtete den Blick erneut auf mich. »Ach ja?«

Das Adrenalin hatte sein Selbstvertrauen gestärkt. Er hielt den Kopf hoch, hatte die Brust gereckt. Er hatte vergessen, wessen Messer ihn an der Kehle erwischt hatte. Ich war kurz davor, ihn daran zu erinnern, da trat Cross vor, angespannt und bereit zum Kampf.

»Dein Name ist Zeke Allen«, sagte Cross und klang beinahe gelangweilt. »Dein Vater ist im Vorstand von Kade Enterprises. Ihm gehört ein kleiner Anteil, nicht genug, um was zu sagen zu haben, aber genug, um bei den Meetings aufzukreuzen und sich gratis Kaffee und Essen reinzuziehen. Deine Mutter glaubt, dass sie zur High Society von Fallen Crest gehört – Wein zum Brunch, Charitys, solche Sachen halt. Du bist der Älteste in deiner Familie. Du willst auf die Cain University gehen und glaubst, dass du wie Mason Kade sein kannst. Das ist dein Ziel. Du hast ein Bild von ihm in deinem Schließfach. Und woher weiß ich das alles?« Nun war seine Stimme so kalt, dass sie einen schaudern ließ. Er betrachtete Zeke wie ein Raubtier, das seine Beute anvisiert. »Weil wir nicht nur kämpfen. Wir machen unsere Hausaufgaben. Wenn man mir sagt, ein paar Leute von der Fallen Crest Academy wollen eines unserer Gebäude anzünden, dann kannst du dir sicher sein, dass ich herausfinde, mit wem ich mich früher oder später anlegen werde.«

Zeke wirkte jetzt ganz anders. Man sah ihm an, dass ihm einiges klar wurde, und sein Körper war wie erstarrt. »Du bist dann hier wohl der richtige Anführer?«

Im Hintergrund bewegte sich etwas, und dann trat Race an meine Seite.

Zeke sah ihn kurz an, seine Augen wurden schmal, aber dann wandte er sich sofort wieder Cross zu.

»Wir haben hier keinen offiziellen Anführer. So arbeiten wir nicht.« (Tatsächlich war er unser Anführer, und manchmal arbeiteten wir auch so.)

Ich sah ein Grinsen über Jordans Gesicht huschen.

Zeke nickte und wich zurück. Er hob die Hände. »Okay. Hab verstanden. Ihr seid alle krass harte Typen.«

»Komm jetzt.« Einer seiner Freunde klopfte ihm auf den Arm, und zu viert liefen sie zurück hinter den Zaun.

Wir warteten. Einer der Normalos ging zum Tor und beobachtete sie. Wir hörten, wie Autotüren zugeschlagen wurden, Motoren aufheulten und Reifen sich quietschend entfernten, und schließlich hob er den Arm. »Sie sind weg.«

»Fuck«, murmelte Cross.

»Woher wusstest du das alles?«, fragte Jordan ihn.

»Was zur Hölle hast du dir dabei gedacht?«, fragte ich Zellman.

»Was zur Hölle ist hier gerade passiert?«, fragte Race und sah sich nach jemandem um, der ihm die Frage beantworten konnte.

Dann seufzte Cross. »Das passiert jetzt also wirklich. Mist.«

Er sah mich an. Ich wusste, was er dachte.

Nun gab es offiziell Krieg zwischen den Städten.

Kapitel 10

Jeder war verletzlich.

Das war das Miese an einem Stadtkrieg, aber es stimmte nun mal. Du wusstest nicht, was die Gegner tun würden – ob sie jemanden angreifen würden, den du als unschuldig oder schwach ansiehst, oder ob sie sich mit jemandem anlegen würden, der ihnen ebenbürtig war. Gegen diese Gruppe von der Fallen Crest Academy hatten wir noch nie gekämpft.

Cross erklärte, dass er genau das getan hatte, was er Zeke gegenüber behauptet hatte. Er hatte ein paar Leute angerufen und gefragt, wer in ihrer Schule das Sagen hatte. Alle hatten Zeke Allen genannt, also hatte Cross sich Details über ihn besorgt. Davon hatte ich nichts gewusst. Niemand wusste es, aber wir waren froh, dass er es getan hatte. Denn auf diese Art konnten wir ihnen zeigen, dass wir ihnen ein Stück weit voraus waren. Damit hatten wir ihnen den Stachel der Angst ins Fleisch getrieben, und sie waren zurückgewichen. Dieser kleine Stachel würde immer weiterwachsen, bis wir uns erneut mit ihnen anlegten. Psychologische Kriegsführung. Ich hätte nicht gedacht, dass Cross darin so gut war, aber er hatte mir gerade das Gegenteil bewiesen.

Ein weiterer Grund, warum er unser »inoffizieller« Anführer war, wie er es gern ausdrückte.

Ich war mir ziemlich sicher, dass nach dem Abgang der Academy-Crusties die meisten Typen in diesem Garten auf Cross standen. Als wir zurück in Tabathas Haus gingen, waren wir in eine Aura von Bewunderung und Erschütterung eingehüllt. Und natürlich waren auch die

Mädchen nicht immun dagegen. Ich brauchte einen Moment für mich selbst, aber was wir am dringendsten brauchten, war ein Crewmeeting.

Kriege erforderten organisiertes Vorgehen, also wurden sämtliche Crews auf den Plan gerufen, und eine Stunde später trafen sich alle im Keller der Pizzeria von Roussou. Sogar ein paar Normalos waren dabei: Tabatha und Sunday als Vertreterinnen der Mädchen, und ein paar von den Sportlern waren auch aufgetaucht, dazu ein Typ von der Schülervertretung. Er rückte ständig seine Brille zurecht und zupfte an seinen Ärmeln herum. Vermutlich hatte er noch nie an einem vergleichbaren Treffen teilgenommen.

Ich ging zu ihm und fragte: »Musst du aufs Klo?«

Er fixierte mich mit seinem Brillenblick. »Warum fragst du? Sehe ich aus, als würde ich mir gleich in die Hose machen?«

Ja, tat er, aber eigentlich vor allem deshalb: »Du bist ein bisschen grün im Gesicht.«

»Oh.« Er verzog das Gesicht, dann schüttelte er den Kopf. »Ich komme schon klar. Hatte eine leichte Lebensmittelvergiftung, aber das ist schon zwei Tage her.« Er fixierte mich erneut und schluckte heftig. »Weißt du überhaupt, wer ich bin?«

Das war einfach. »Du bist von der Schülervertretung.«

»Ja. Deswegen bin ich hier, aber kennst du auch meinen Namen?«

Roussou war nicht besonders groß. Ich hätte seinen Namen kennen müssen, aber ich konnte nicht lügen. »Nimm's nicht persönlich. Ich weiß sowas nie. So bin ich einfach«, erklärte ich und zeigte auf meinen Kopf. »Die Gerüchte stimmen, ich bin ein bisschen verrückt.«

Er musterte mich finster. »Wir haben alle unsere Probleme. Deine machen dich nicht besser als die anderen hier.«

Das war ... Ich wusste nicht recht, was es war. »Okay. Wie heißt du?«

»Ich bin Harrison Swartz. Und ich bin der Schülersprecher.« Er nickte. »Vielen Dank.«

Na dann. »Äh ... danke für deine Dienste?«

Er verbeugte sich vor mir. »Gern geschehen.« Ein leises Husten, dann deutete er auf den Raum. »Und danke hierfür. Du und deine Crew wissen davon nichts, aber Zeke Allen und seine Freunde haben andere Schüler an unserer Schule regelmäßig gemobbt.«

Ich zog die Brauen hoch. »Warum hat niemand etwas davon gesagt?«

»Mr Allens Vater ist in Fallen Crest sehr gut vernetzt. Zu wem sollten sie gehen? Zur Polizei? Der Schulleitung war das egal. Direktor Neeon hat sie nur ausgelacht.«

Harrison war fast zehn Zentimeter größer als ich und schlaksig; seine Haare waren zurückgekämmt, die Spitzen kräuselten sich. Ich konnte nicht sagen, ob er ohne die Brille gutaussehend gewesen wäre oder ob er es gerade wegen der Brille war. Blass. Grün-braune Augen.

Er bemerkte, dass ich ihn musterte, und setzte rasch wieder den strengen Blick auf. »Ich weiß, wer du bist, falls du dich das fragst. Du bist Bren Monroe. Du bist eine Crew-Adelige. Channing Monroe ist derjenige, der damit angefangen hat, mit der Zer... hiermit.«

»Mit der Zerstörung.«

Er zögerte. »Hmmm?«

Ich durchschaute ihn mühelos. »Zerstörung. Das wolltest du sagen.« Ich erkannte noch mehr von ihm. »Du hasst das hier, nicht wahr? Aber du bist auch dankbar. Du magst es nicht, dass es in Roussou Crews gibt, aber du bist dankbar, weil wir jetzt jemanden bekämpfen, der dich mobbt. Hab ich recht?«

Er wurde blass.

»Ich wette, ein Teil von dir wünscht sich, es gäbe keine Crews, aber ein anderer fragt sich, wie es in Roussou ohne sie zugehen würde. Trifft es das ungefähr?«

Er stieß ein ersticktes Gurgeln aus.

Ich drehte mich um und nahm den Raum in Augenschein. Ich sah ihn in ganz neuem Licht, quasi aus seiner Perspektive. Die Normalos sahen beeindruckender aus als sonst. Tabatha und Sunday waren hübscher, aber auch zickiger. Die Anführer der Crews wirkten härter, gefährlicher. Ein kleiner Angstschauer lief mir über den Rücken, und ich

wusste, dass wir auf jemanden wie Harrison Swartz exakt so wirkten.
Ich blickte ihn erneut an und versuchte zu erspüren, wie er mich sah.
Gefährlich. Tödlich. Und ... Was spürte ich noch? Einsam.
Ach, Mist. Mir wurde schwindelig davon. Und irgendwie hatte er recht. »Du glaubst, ich bin einsam?«
Er wurde noch blasser, erneut gab er ein gurgelndes Geräusch von sich. »Wie hast du ...« Er zupfte sich am Hemdkragen. »Woher weißt du das?«
Ich zuckte mit den Schultern. »Nur so ein Gefühl. Denkst du das tatsächlich?«
Er lachte verlegen. »Ich glaube, wenn wir dieses Gespräch fortsetzen, gehst du mit dem Messer auf mich los.«
Richtig. Mit dem Messer angreifen. Das war es, was ich tat. Ich griff Menschen mit dem Messer an. Deswegen waren wir alle hier. Es war, als läge ein Stein auf meiner Brust. »Wenn du willst, können wir aufhören zu reden.«
Eigentlich redete ich nie mit Fremden. Eigentlich öffnete ich mich nicht. Eigentlich – warum zur Hölle kümmerte mich das eigentlich?
Ich glaubte, dass er noch etwas sagen wollte, aber ich machte mich auf die Suche nach Cross. Was kümmerte mich so ein Kind? Ich spürte, dass er mich verurteilte. Er blickte auf mich herab, auf uns, auf die Crews. Er hatte sich davor gefürchtet, mit mir zu reden.
Ich wusste nicht einmal mit Sicherheit, ob er so fühlte, aber ein Teil von mir verstand ihn. Schließlich verurteilte ich mich andauernd selbst, da konnte ich es einem anderen schlecht übelnehmen. Mir wurde bewusst, dass ich Harrison erneut beobachtete. Wenn es kein Crewsystem gäbe, wie wäre sein Leben dann verlaufen? Er wurde von reichen Arschlöchern an der Fallen Crest Academy gemobbt, wer konnte also behaupten, dass ihm in Roussou nicht dasselbe passiert wäre? Aber vielleicht, nur vielleicht, passierte es nicht wegen des Crewsystems, wegen uns.
Vielleicht, nur vielleicht, waren wir gar nicht so schlimm?
Auf einmal rief Jordan: »Okay. Sind alle da? Wir brauchen nämlich einen Plan für alle.«

Kapitel 11

Der Plan war simpel, aber effektiv. Alle würden nur noch zu zweit losziehen.

Es war eher eine Empfehlung als ein Befehl, aber ich bemerkte, dass sich während des Straßentanzes in dieser Nacht fast alle aus Roussou daran hielten. Als wir uns durch die Menge bewegten, war Cross mein Partner, und wir hatten einen einfachen Job: Wir hielten nach Ärger Ausschau.

Natürlich nicht nur vonseiten der Academy-Crusties. Cross und ich überquerten gerade die Hauptstraße, einen Block von der Bar meines Bruders entfernt, da spürte ich, dass er hinter mir war. »Moose.«

Mist.

Ich drehte nach rechts ab, sah links den großen Vollstrecker meines Bruders, blieb dann aber stehen.

Congo, eine kleinere Version von Moose, war dort.

Wir gingen geradeaus und entdeckten Lincoln. Eine Narbe zog sich über sein ganzes Gesicht, und er hatte Tattoos am Hals und an den Armen.

Ich wich zurück, hörte Cross aber zischen: »Fuck!«. Dann stieß ihn jemand zur Seite, und Hände griffen nach mir.

»Hey, Cousine.«

Ich verzog das Gesicht, als ich Scratches Stimme erkannte, ehe er mich über die Straße in eine Nebengasse führte. Sobald wir zwischen zwei Gebäuden waren, ließ Scratch mich los, platzierte aber eine Hand auf meinem Rücken. Mit einem Finger schob er mich voran. »Dein großer Bruder möchte reden.«

Ich drehte mich um und schlug seine Hand weg. »Lass mich los.«

Cross trat beiseite.

Moose, Congo und Lincoln standen in einer Reihe, neben ihnen ein weiterer Typ meines Bruders, Chad. Groß, rotgesichtig und behaart und kaum kleiner als Moose. Ich sah seine Bartstoppeln und rieb mir das Kinn. »Lässt du dir den Bart wachsen?«

Chad grinste. »Mal sehen, vielleicht. Hab mich noch nicht entschieden. Die Krankenschwester, mit der ich zusammen bin, steht drauf.«

Ich zog eine Augenbraue hoch. »Eine Krankenschwester, hm? Wie praktisch.«

Er zuckte mit den Schultern.

Lincoln trat vor, der stille und tödliche Typ in der Gruppe. »Dein Bruder macht sich Sorgen. Das ist alles.«

Scratch musterte ihn von der Seite. »Alter, dieser Scheiß funktioniert bei Bren nicht. Sie ist eine Monroe. Ein eiskaltes Herz hat die.« Er piekte mich in die Schulter.

Ich schlug seine Hand weg. »Wenn du mich noch einmal anfasst, schneide ich dir den Finger ab, sobald du das nächste Mal bewusstlos bist.«

Stolz flackerte in seinem Lächeln auf, als er seine weißen Zähne zeigte. Er zuckte nicht mal mit der Wimper. »Da ist sie ja wieder. Ich dachte schon, dein privates Glück hätte dich verweichlicht.« Er kicherte. »Gut zu wissen, dass meine kleine wilde Cousine noch da ist.« Er steckte die Hände in die Taschen und ging auf Abstand, behielt mich dabei aber weiter im Auge.

Kämpfen war sinnlos. Cross wusste das so gut wie ich. Diese Typen waren die älteste Crew von Roussou.

Mein Bruder verließ gerade seine Bar und sah uns kommen. Er blieb vor uns stehen, und seine Jungs bildeten einen Kreis um uns, um für ein bisschen Privatsphäre zu sorgen. Um uns herum gingen Leute in seiner Bar ein und aus, die meisten wahrscheinlich, um beim Straßentanz mitzumachen. Aber es wurde allmählich Abend, und die Menschenmenge würde noch größer werden. Vor Channings Bar standen sie abends normalerweise bis um die Ecke und dann den halben Block entlang an, vor allem am Wochenende.

»Ah.« Er verschränkte die Arme vor der Brust. Sein Blick wanderte von mir zu Cross und wieder zurück. »Die beiden undankbaren Teenager, die unter meinem Dach schlafen, ficken und mir alles wegfressen.« Er schnalzte mit der Zunge und schüttelte den Kopf. »Ich gebe euch eine einzige Anweisung, und ihr macht trotzdem das Gegenteil.« Seine Miene wurde hart, und sein Blick verweilte auf mir. »Wo wart ihr gestern Nacht?«

»Streng genommen sind wir im Haus geblieben.«

»Okay.« Er kam einen Schritt näher. »Und heute Morgen?«

»Alex Ryerson geht immer gegen fünf Uhr morgens ins Fitnessstudio«, sagte Cross. »Wir haben uns mit ihm unterhalten.

Channing sah zu meinem Freund hinüber, sein Kiefer zuckte. »Ein Vögelchen hat mir gezwitschert, dass eure Crew vor dem Lagerfeuer in Fallen Crest mit Malina McGraw gesprochen hat.«

Cross und ich tauschten einen Blick aus.

»Streng genommen ...«, das war in dieser Nacht mein Lieblingsausdruck, »... hat Mrs McGraw-Strattan mit uns geredet. Wir wollten sie nicht besuchen, wir kannten sie nicht einmal, bis sie zu unserem Pickup kam.«

»Malinda lebt in einer reichen Gegend. Was hattet ihr da zu suchen?«

»Verdammt«, sagte Cross leise. »Die neue Freundin meines Vaters wohnt da. Ich war neugierig.«

Channing musterte uns durchdringend aus schmalen Augen. »Und? Konntest du deine Neugier befriedigen?«

Yeah. Mein Bruder wusste, dass wir nicht wegen des Nachbarschaftsklatschs dorthin gefahren waren.

Er fuhr fort: »Muss ich dich daran erinnern, dass meine Schwester immer noch auf Bewährung ist?«

»So war das nicht.«

Na ja, eigentlich doch. Ich drehte mich weg, blickte weiterhin geradeaus, als Cross mich musterte. Channing war nicht blöd. Seine Position in Roussou beruhte nicht auf Glück. Kampf, Rücksichtslosigkeit und Intelligenz waren die Hauptgründe dafür.

Wir mussten ihn ablenken. »Mrs McGraw-Strattan sagt, dass sie Mom kannte.«

Channings Blick huschte zu mir.

»Wusstest du das?«, fügte ich hinzu.

»Ist das dein Ernst?«

Ich nickte. »Sie hat es mir erzählt. Sie meinte, sie hätte es sonst niemandem gegenüber erwähnt. Vermutlich meinte sie dich und Heather.«

Channing trat einen Schritt zurück und rieb sich das Kinn. »Ja. Also, nein. Sie hat mir das nie erzählt.«

Es kümmerte mich nicht, was Mrs McGraw-Strattan gesagt hatte oder nicht, aber ich wusste, dass es Channing nicht egal sein würde. Es würde ihn für den Rest der Nacht nerven, und zwar genug, damit er nach Fallen Crest fahren und sie selbst fragen würde. Als unsere Mom starb, war ich noch so klein, dass ich nicht wusste, wie seine Beziehung zu ihr gewesen war, und das gehörte zu den vielen Dingen, über die Channing nicht redete.

Channing fühlte sich schuldig – weil er mich in dem Haus allein gelassen hatte und weil er mich generell alleingelassen hatte, bis unser Dad ins Gefängnis gekommen war und Channing mich aufnahm. Und ja, das war mein Ass im Ärmel, weil es immer funktionierte. Es lenkte ihn ab.

Channing blickte auf den Boden und rieb sich weiter das Kinn. »Ich kenne Malinda nicht besonders gut, aber sie war ein paarmal bei uns. Heather noch öfter. Sie hat dir also davon erzählt, aber uns nicht?«

Ich trat einen Schritt zurück und nickte. »Sie meinte, wir sollten schnell abhauen, weil vermutlich schon in der Sekunde, in der wir in die Straße eingebogen waren, jemand die Bullen gerufen hatte.«

Er grunzte leise, und ein Grinsen blitzte in seinem Gesicht auf. »Vermutlich. Heather ist bekannter, aber hey, wir sind schon lange nicht mehr da gewesen. Ich glaube, ich war nur ein paarmal in dem Haus.« Er wandte sich an Cross und fragte: »Hast du die Informationen bekommen, die du haben wolltest?«

Ich trat erneut einen Schritt zurück.

Cross verlagerte das Gewicht von einem Fuß auf den anderen und schob die Hüfte so weit raus, dass wir uns fast berührten. »Ich weiß über die Frau Bescheid, aber das war's auch schon.« Er hatte seine Stimme voll unter Kontrolle. »Alles weitere krieg ich noch raus.«

Das war eine nette Art, Channing zu sagen, dass er sich raushalten sollte. Wir alle wussten das. Seine Typen, ebenso, und ein paar von ihnen lachten leise.

Als er bemerkte, wie nah ich bei Cross stand und wie weit ich mich von ihm entfernt hatte, ließ Channing die Hand sinken. Seine Augen funkelten. »Okay, Junge. Ich habe dich verstanden, aber das Problem ist, dass du verdammt lange brauchen wirst, um es rauszukriegen. Du wohnst in meinem Haus, und ich verstehe, dass Bren ein emotionales Bedürfnis nach dir hat, und das ist der einzige Grund, aus dem ich das erlaube. Verstanden? Vor einem Jahr hättest du bei Jordan oder Zellman bleiben müssen, und meine Schwester wäre in einen anderen Staat verschleppt worden–«

»Fick dich, Channing!«

Mein Bruder ignorierte mich. »Wenn du mir also noch einmal sagst, dass ich mich um meinen eigenen Kram kümmern soll, ist mir scheißegal, wie angepisst meine Schwester ist. Ich werde dir den Schädel spalten. Verstanden?«

»Channing! Halt endlich die Klappe!« Ich versuchte, mich zwischen die beiden zu stellen, aber es war Cross, der mich aus dem Weg schob.

Er trat vor, Auge in Auge mit Channing.

In diesem Moment fiel mir auf, wie sehr die beiden einander ähnelten. Beide waren braungebrannt. Beide hatten dunkelblonde Haare. Beide waren muskulös. Und beide waren fies. Channing war ein extrovertierter Typ, während Cross sich lieber im Hintergrund hielt, es sei denn, er musste in den Vordergrund treten.

Was er in diesem Augenblick tat.

Die Luft um uns herum begann zu knistern. Die Härchen in meinem Nacken richteten sich auf, und ich konnte mein Zittern nur unterdrücken, indem ich eine Hand um das Gelenk meiner anderen Hand schloss.

»Ist mir egal, dass deine Leute hier sind.« Cross sprach ruhig, leise, aber sehr deutlich. Er zuckte nicht zusammen und wendete den Blick nicht ab. Er hielt sich gerade und blickte meinem Bruder ins Gesicht.

»Mir ist auch egal, wie viel Respekt wir deiner Crew schulden – jedenfalls, wenn du meine Beziehung mit deiner Schwester bedrohst und dich in mein Familienleben einmischst.«

»Ich hab dir doch gesagt ...«

Cross senkte den Kopf und runzelte die Stirn. »Ist mir egal. Bei allem gebührenden Respekt – ich kriege meinen Kram besser geregelt als du in meinem Alter.«

Das war ein Schlag in Channings Gesicht, und das merkte er auch; seine Nasenflügel blähten sich. »Ach ja?«

In sanfterem Ton fuhr Cross fort: »Ich sage das nicht, um dich zu beleidigen – es ist nur eine Erinnerung. Du kommst rüber, als würdest du mich am liebsten rausschmeißen, dabei wissen wir beide, dass dein eigentliches Problem gar nichts mit mir zu tun hat. Brens Geburtstag steht kurz bevor. Sie wird achtzehn, und wenn sie nicht mehr auf dein Essen und dein Haus angewiesen sein möchte, kannst du nichts dagegen tun. Nur ich kann das. Ich bin derjenige, der sie zusammenhält.«

Cross trat einen Schritt zurück. Er drehte sich in meine Richtung und fügte hinzu: »Und das weißt du auch.«

Er hatte alles offengelegt und uns bloßgestellt, denn er hatte recht.

Channing holte tief Luft, seine Brust hob sich, und er hielt den Atem an. Dann blickte er mich an.

Ich biss mir auf die Lippe. Yes. Es gab noch Probleme zwischen uns, und das lag eindeutig an mir.

Mein Bruder blinzelte ein paarmal, runzelte die Stirn, dann legte er den Kopf in den Nacken und blickte in den Himmel. »Fuck. Fuck!« Er atmete durch und fokussierte sich auf mich. »Dein Freund hat mich gerade in die Pfanne gehauen, dabei dachte ich, ich wäre im Vorteil.«

Es schnürte mir die Kehle zu. Ich hatte keine Ahnung, was ich darauf antworten sollte.

Cross anscheinend auch nicht, denn auch er blieb still.

Schließlich sagte Channing leise zu mir: »Du wohnst weiterhin bei mir. Verstanden?«

Cross blickte ihm ins Gesicht.

Channing nickte ihm zu und sagte: »Ja, du auch. Das ist nicht die ideale Lösung, aber du hast recht.« Für einen Moment schloss er die Augen, und eine ominöse Drohung hing zwischen uns in der Luft, als er sagte: »Lass dich nicht schwängern, Bren. Ich meine es ernst.«

»Nein, mach ich nicht. Wir verhüten immer.« Ich verlagerte das Gewicht auf den anderen Fuß. Mein Bauch begann zu glühen und schien sich nach oben zu ziehen.

»Gott.« Channing hob den Kopf, nur für einen Moment. »Was muss ich über diesen Städtekrieg wissen?«

Die Anspannung zwischen uns war verflogen.

Meine Lungen füllte sich wieder mit Luft. Jetzt ging es um Crews. Das war gutes, neutrales Gebiet für uns, quasi eine Familienaktivität.

Cross sprach für uns beide. »Das ist unsere Sache.«

»Cross ...«, sagte Channing.

»Es ist eine Highschool-Sache. Unser Terrain. Nicht deins.«

»Wenn Leute aus der Gemeinschaft verletzt werden, geht es auch mich etwas an.«

»Wie bitte? Willst du dich mit ein paar Academy-Crusties anlegen? Du musst die Zügel lockern und uns ein bisschen Freiraum lassen. Wir kümmern uns schon darum.«

»Das letzte Mal, als sowas passiert ist, sind Menschen verletzt worden. Jemand wurde fast vergewaltigt.«

»Und der Typ kam ins Gefängnis. Ich hab die Geschichte gehört, der Kerl war einer von uns.«

»Broudou war keiner von uns«, zischte Channing.

»Er war aus Roussou. Du weißt, was ich meine.«

Gedankenverloren stierte Channing ihn an. Er ließ die Hände sinken und lockerte seine Schultern. »Okay. Ich lass euch in Ruhe, wenn ihr mir eines versprecht.«

Wir warteten.

»Ihr kommt zu mir, ehe ihr eine Grenze überschreitet und es nicht mehr rückgängig machen könnt. Verstanden?«

Cross nickte.

Mein Bruder durchbohrte mich mit seinem Blick. »Bren? Gib mir dein Wort.«

Ich zwang mich zu nicken. In meiner Kehle brannte es.

»Keine Leute erstechen, vor allem niemanden, der in der Schule arbeitet, und ganz besonders nicht bei Videoüberwachung. Hast du verstanden?«

Okay. Das hatte ich verdient. »Ja, verstanden.«

»Gut.« Er fluchte leise und musterte Cross. »Du bist echt ein gruseliges, kleines Arschloch.«

Dann wendete Channing sich ab und klopfte Cross stärker als nötig auf den Rücken, aber Cross zeigte kaum eine Reaktion. Er steckte es einfach weg, und mein Bruder nickte nur und ging in sein Kopfgeldjägerbüro. Seine Leute folgten ihm, mit Ausnahme meines Cousins.

Scratch trat neben mich. »Wenn es etwas gibt, worüber du nicht mit ihm reden kannst, ruf mich an. Okay?«

Ich nickte.

Er reichte mir die Hand, mit ausgestrecktem kleinem Finger. »Versprich es mir, Bren.«

Ich hakte meinen kleinen Finger um seinen. »Versprochen.«

Damit war er zufrieden. Er drehte sich um, stieß mich mit der Schulter an und grinste, während er den Anfang der Schlange umrundete und unter den Türstehern wegtauchte, um in die Bar zu schlüpfen, die zum Teil ihm und zum Teil meinem Bruder gehörte.

»Warum fühle ich mich, als wäre ich gerade einem Grizzlybären entkommen, der mich an der Kehle gepackt hat?«, murmelte Cross.

»Weil genau das gerade passiert ist«, brummte ich und sah ihn an. »Was du da über mich gesagt hast …«

Ich verstummte.

Cross wartete. Er hörte, was ich nicht sagen würde. Mit einer Hand umfing er meinen Nacken und zog mich an sich.

»Ich bin bei dir«, sagte er leise und beugte sich vor, um mich zu küssen.

Mehr brauchte ich nicht.

Kapitel 12

Der Straßentanz verlief einigermaßen ereignislos.

Ich sage einigermaßen, weil wir in Roussou waren, weil es ein Straßentanz war, und ihr wisst, wie unser Leben hier aussieht. Aber was den Städtekrieg betraf, passierte gar nichts. Ein paar Crusties wurden gesichtet, sowohl von der Academy als auch von der staatlichen Highschool, aber die blieben auf ihrer Seite der Stadt und wir auf unserer. Genau wie früher, jedenfalls nach allem, was Heather mir erzählt hatte.

Der dritte Tag des Stadtfestes war angebrochen.

Die Party in Frisco fand im Wald statt, ähnlich wie das Lagerfeuer von Fallen Crest. Bei beiden Events war Feuer im Spiel, aber das in Frisco ließ die Leute aus Fallen Crest vor Neid erblassen. Ihr Hauptfeuer war so groß wie ein Gebäude und setzte beinahe den Himmel in Brand.

»Ich glaube, ich habe mich in dieses Feuer verliebt.« Zellman blieb wie angewurzelt stehen, als wir uns dem Feuer genähert hatten. Der Parkplatz war voll, und auf beiden Seiten der unbefestigten Straße standen die Autos eine Meile lang.

Ich sah mich um und stellte fest, dass es hier keine Häuser gab. Rechts war ein Feld, links war ein Wald, und das Lagerfeuer befand sich auf einer Lichtung, die beides miteinander verband. Es war von Metallgittern umgeben, damit es unter Kontrolle blieb. Pick-ups standen auf dem Feld und am Waldrand, die Klappen geöffnet, die Ladeflächen voller Kühlboxen.

Rapmusik wurde gespielt, aber nicht zu laut. Leute plauderten, lachten und tranken. Als wir uns der Party näherten, führte ein Typ ein

Mädchen auf das Feld. Ein anderes Mädchen schwankte, ihre Freunde versuchten sie zu stabilisieren. Ein Typ ging zu ihr, bückte sich und legte sie sich über die Schulter. Ihre Freunde sagten etwas, aber er wandte sich ab.

»Sie ist betrunken. Sie muss nach Hause und ins Bett. Entweder bringt ihr sie hin oder ich mache das.«

Zwei der Freunde beschwerten sich, aber einer begleitete ihn widerwillig. Ohne uns anzusehen, gingen sie an uns vorbei.

Zellman runzelte die Stirn. »Die kenne ich gar nicht. Die sind bestimmt nach Fallen Crest gebracht worden.«

»Jordan!«

Wir drehten uns um und sahen Sunday, die eine Gruppe anführte, aber Tabatha hatte nach uns gerufen.

Sunday, Monica, Tabatha, Lilac(?) und vier weitere Mädchen waren auf einmal zu uns gekommen. Taz ging hinter ihnen, neben ihr war Race. Hinter ihm waren noch mehr Typen aus Roussou zu sehen, überwiegend Sportler. Ich sah Harrison hinter ihnen herstapfen, während er sich am Kragen zupfte und kritisch seine Umgebung beäugte.

»Hey, Baby.« Tabatha ging um Sunday und Monica herum und kuschelte sich an Jordan. Er legte ihr den Arm um die Schulter.

Sunday blieb vor Zellman stehen, und die beiden musterten sich von oben bis unten.

Ihre Miene war finster, die Arme hatte sie vor der Brust verschränkt. »Nächsten Freitag habe ich ein Date mit jemandem aus Fallen Crest.«

»Am Samstag ist der Abschlussball.«

Schulterzuckend sagte sie: »Ich geh trotzdem mit dir hin.«

Er zog die Brauen hoch.

Ihr Blick war jetzt ein bisschen freundlicher und passte besser zu seinem Gesichtsausdruck.

Nun zuckte er mit den Schultern und sagte: »Okay.«

»Okay«, sagte sie mit schriller Stimme, bevor sie sich auf dem Absatz umdrehte und davonstürmte. Monica war ihr dicht auf den Fersen und murmelte Zellman zu: »Du bist so ein Arschloch.«

Er sah den beiden nach, ehe er sich wieder uns zuwandte. Als er sah, dass er unsere volle Aufmerksamkeit hatte, schob er die Hände in die Taschen. »Was ist? Ich lasse mich nicht in eine Beziehung manövrieren. Wenn sie andere Typen daten will, find ich das okay.« Er schnaubte, was sehr untypisch für ihn war, und folgte den beiden in etwas langsamerem Tempo.

»Hey, Z! Warte auf uns!« Ein paar von den Normalos eilten ihm hinterher.

Jordan blickte ihm missbilligend nach und schloss Tabatha noch fester in die Arme. »Ich bin sein Partner im Schutzprogramm.«

»Sei lieber mein Partner!«, sagte Tabatha und stöhnte. Sie strahlte ihn an und klimperte mit den Wimpern.

Jordan sah auf sie herab, seine Miene wurde weicher, dann warf er Cross und mir einen flehenden Blick zu und sagte: »Bitte!«

Wir wussten alle, worum er bat.

»Tab, wer ist deine Partnerin?« Taz schlängelte sich an Tabatha vorbei an ihre andere Seite, und Race schloss den Kreis, indem er sich zwischen Taz und Cross stellte.

Tabathas Lächeln wirkte nun angespannt. »Lila.«

Na klar! Ihr Name war Lila!

Lila meldete sich hinter ihr zu Wort. »Ich bin hier! Für das Schutzsystem.« Sie schob sich zwischen Tabatha und Taz und hob eine Hand. »Hi, Leute. Da bin ich. Ich nehme diese Sache mit dem Krieg absolut ernst.«

Jordan musterte sie streng. »Das solltest du auch, es ist nämlich ernst. Letztes Mal sind wegen diesem Mist ein paar Leute im Gefängnis gelandet.«

Ihr Lächeln verblasste und sie blinzelte ein paarmal. »Wie bitte?«

Die anderen Typen gingen an uns vorbei. Harrison folgte ihnen, allein.

»Harrison!« Ich winkte ihn zu mir.

Er blieb stehen und starrte mich an. »Meinst du mich?« Seine Augen weiteten sich und er nahm den Rest der Gruppe in Augenschein, wobei sein Blick erst an Jordan und dann an Cross hängen blieb, der ihn mit schiefgelegtem Kopf erwiderte.

»Ja. Du.« Ich winkte ihm erneut. »Komm her.«

Er machte einen Schritt, dann blieb er stehen. »Warum?«

»Wer ist dein Partner im Schutzsystem?«

Sein Mund verzog sich. »Der ist zu Hause.«

»Verdammt!«, blaffte Jordan ihn an. »Warum bist du dann hier? Allein ist es nicht sicher.«

Harrisons Blick war jetzt argwöhnisch. Er wusste ganz genau, wie gefährlich es sein konnte, aber darüber würde ich ein andermal mit ihm reden. Mit einem Kopfnicken deutete ich auf Lila und sagte: »Für heute Abend hast du einen neuen Partner.«

»Wie bitte?«, fragte Lila.

Ich ignorierte sie. »Das ist Lila. Lila, das ist Harrison.«

»Auf keinen Fall ...«

Ich lächelte. »Wenn ich dich sehe und er ist mehr als einen Meter fünfzig von dir entfernt, schlage ich dich krankenhausreif.« Und weil ich nicht genau wusste, ob sie der Spitzel war, fügte ich hinzu: »Du wirst dich hinterher nicht mehr erinnern, wie du dort gelandet bist. Du wirst nicht wissen, wer dich eingeliefert hat. Wenn du aufwachst, kannst du nur dich selbst dafür verantwortlich machen.«

Sie kochte.

Tabatha biss sich grinsend auf die Lippe.

Taz runzelte die Stirn.

»Und?«, platzte Lila heraus und zeigte auf Harrison. »Warum bedrohst du ihn nicht genauso?«

»Weil er der Schülersprecher ist. Ich glaube, er ist sogar betrunken noch gesetzestreu und hält sich an alle Regeln.«

»Er hat bereits gegen die Regeln verstoßen, indem er hier heute Abend aufgetaucht ist.«

Harrison hustete und hob eine Hand. »Äh ... eigentlich nicht, ich bin nämlich zusammen mit Leuten aus Roussou hier aufgetaucht, und ich hatte vor, heute Nacht in ihrer Nähe zu bleiben.«

»Warum bist du überhaupt hier?« Lila schubste ihn aus der Gruppe und stellte sich ihm gegenüber, die Hände in die Hüften gestemmt.

»Weil Stadtfest ist.« Er sagte das, als wäre es vollkommen selbstverständlich. »Ich bin der Schülersprecher. Wenn etwas vorfällt, das unsere Schule betrifft, möchte ich Informationen aus erster Hand.« Er zögerte, dann fragte er: »Warum bist du hier?«

Darauf fiel Lila keine Antwort ein.

Tabatha lachte. »Sie ist hier, weil sie hofft, dass Cross und Bren sich plötzlich trennen und sie bei ihm landen kann.«

Lila wirbelte herum, sie war blass geworden. »Du Miststück!«

Tabatha winkte ab. »Verpiss dich, Lila. Für dich ist in meiner Clique kein Platz mehr.«

Lilas Gesicht war nun weiß wie ein Bettlaken. »Was? Wieso denn?«

»Weil es mir nicht gefällt, wie du gerade mit Harrison geredet hast. Yale hat ihn bereits angenommen«, sagte Tabatha selbstgefällig. Jordan hatte den Arm um sie gelegt, seine andere Hand lag auf ihrer Hüfte. »Das hast du nicht gewusst, stimmt's?«

Lilas Augen waren geweitet, als sie erneut zu Harrison blickte. Plötzlich wirkte sie niedergeschlagen.

Harrison bedachte Tabatha mit einem finsteren Blick. »Das solltest du für dich behalten.«

Tab zuckte mit den Schultern und räkelte sich träge in Jordans Arm. »Harrison, du bist mein Leben lang mein Nachbar gewesen. Du gibst niemals an. Lass mir doch den Spaß.«

Er brummte etwas, zupfte an seinem Shirt und wandte sich zum Gehen. »Na komm, Lidia. Ich brauche jetzt dringend ein Bier.«

Sie folgte ihm. »Ich heiße Lila ...«

Plötzlich wurden sie von einer Gruppe von Schülern verschluckt, die wir nicht kannten. Sie starrten uns finster an, und Jordan seufzte. »Lass mich raten: Fallen Crest ist gerade angekommen.«

Allerdings.

Zeke Allen war mittendrin, in jedem bulligen Arm ein Mädchen. Seine Leute standen hinter ihm, die meisten ebenfalls mit einem Mädel im Arm. Ich fühlte mich an einen Highschool-Film aus den Neunzigern erinnert.

Zeke verlangsamte den Schritt, als er an uns vorbeikam, und bedachte uns mit einem kalten Grinsen, das berechnend wurde, als er bei mir angekommen war. »Es gibt ein paar Leute, die wir beide kennen«, sagte er. »Coach Strattan und Malinda McGraw sind meine Nachbarn. Wusstest du das, Monroe?«

»Verpiss dich, Allen.« Jordan ließ Tabatha los und stellte sich vor mich.

Cross brachte sich neben ihm in Stellung, Race trat neben mich.

»Haben wir hier heute Nacht ein Problem?«, fragte Cross mit ruhiger Stimme.

Zeke blieb wie angewurzelt stehen. Das Grinsen fiel ihm aus dem Gesicht, als er Cross sah. »Nein, Mann. Ich meine ... vielleicht habt ihr heute Abend ein Problem, aber nicht mit uns. Wir sind alle cool.«

Seine Freunde lachten und klangen dabei sowohl ausgelassen als auch von oben herab.

Zeke ging weiter, die Mädchen, die er im Arm hatte, warfen uns gemeine Blicke zu. Er nickte mir zu und sagte: »Zögere nicht, um Hilfe zu bitten, Monroe. Ich leihe dir gern unseren Familienanwalt, so oft, wie du mit dem Gesetz in Schwierigkeiten gerätst.«

»Was soll das, verdammt?«

Cross war stinksauer. »Allmählich kotzt es mich echt an, wie besessen der Typ von Bren ist«, sagte er, sodass nur wir vier ihn hören konnten.

Jordan senkte den Kopf. »Ja. Mich auch.«

Race fragte: »Was sollte das mit dem Anwalt?«

Jordan schüttelte den Kopf und sah zu, wie der Rest der Gruppe an uns vorbeizog. »Keine Ahnung. Hängt vielleicht mit ihrer Bewährung zusammen oder so?«

An mich gewandt, fragte Cross: »Weißt du, wovon er redet?«

Ich schüttelte den Kopf. »Nein. Ich nehme an, er ist auf mich fixiert, weil mein Bruder Mason Kade kennt. Könnte ja sein. Ist zwar ziemlich

weit hergeholt, aber trotzdem ...« Ich zuckte mit den Schultern und beobachtete Zeke erneut, während sich seine Gruppe mit Erfrischungen aus dem ersten Pick-up versorgte. »Ich hab mit Kade nichts zu tun. Das wird er bald rausfinden, und dann war's das vermutlich.«
Hoffentlich.
»Das bezweifle ich«, sagte Cross und schnaubte verärgert. »Der Typ will dich flachlegen.«
»Glaubst du?«, fragte ich und blickte ihn wieder an.
»Nein, ich weiß es.« Er tippte mir auf den Arm. »Diesen Blick kenne ich.« Er berührte mein Kinn. »Harrison hat ihn auch drauf.«
Es dauerte eine Sekunde, bis ich begriff. »Quatsch, im Leben nicht!«, sagte ich und lachte.
»Oh doch.« Er trat einen Schritt zurück und ließ die Hand sinken. »Bei Harrison musst du vorsichtig sein.«
Er wusste, dass ich bei Zeke bereits in höchster Alarmbereitschaft war.
Ich war zwar anderer Meinung als Cross, nickte aber trotzdem. Manchmal sah er Dinge, die ich nicht sah. »Okay.«
»Cross hat recht«, sagte Race.
»Du nicht auch noch!«
»Als jemand, der selbst zu Beginn des Schuljahres an dir interessiert war, darf ich das sagen.« Er sprach leise, damit Taz uns nicht hörte, das wusste ich. »Ich sehe das mit Harrison genauso. Der Typ ist clever, hat aber keine Ahnung von Mädchen. Schwärmerei kann sich zu etwas Ernsterem entwickeln, je nachdem, wie viel Angst er vor Cross hat.«
Cross grinste. »Das Yale-Arschloch sollte sich lieber mal in die Hose machen.«
Race lachte. »Ja. Ich weiß. Ging mir genauso.« Das war gelogen ... mehr oder weniger.
Ich verdrehte die Augen und löste mich von der Gruppe. »Wir müssen Zellman finden. Schutzsystem und so.«
»Warte.« Cross hielt mich hinten am Hosenbund fest. »Jordan, wir passen heute Nacht auf Z auf. Kommst du später dazu?«

»Ja.« Jordan hob eine Hand, um zu zeigen, dass er uns gehört hatte, dann beugte er sich über Tabatha und vergrub den Kopf an ihrem Hals. Ihre Hand glitt um seinen Nacken. So würden sie die ganze Nacht bleiben, es sei denn, sie suchten sich später noch ein ungestörtes Plätzchen.

»Wartet.« Race und Taz folgten uns. Er hatte ihr ebenfalls den Arm um die Schulter gelegt. »Wir bleiben bei euch.«

»Damit wir in der Überzahl sind?«, witzelte ich.

Taz lächelte mich an. »Eher, weil ich heute Nacht mit meinen wahren Freunden rumhängen will.«

Das klang nach einem Plan. Ein bisschen Zeit mit Taz würde auch mir guttun.

Kapitel 13

Zwei Stunden und drei Flaschen Bier später war ich nüchtern.

Taz konnte von sich nicht dasselbe behaupten. Sie war mehr als nur angeheitert, worüber Cross und Race den Kopf schüttelten. Ich war da offener. Ja, ich überraschte mich selbst. Taz nuschelte nicht, aber sie hatte mir bereits zum achten Mal gesagt, dass sie mich liebte und mich als ihre Schwester betrachtete.

Nach dem neunten Mal trank Cross sein Bier aus. »Okay.« Er wandte sich Race zu, der auf einem Baumstamm neben uns saß. »Ich denke, es ist an der Zeit, dass meine Schwester nach Hause geht.«

Race nickte Cross kaum merklich zu. »Hast du schon mal versucht, sie nach Hause zu bringen, wenn sie so drauf ist?« Er zog die Augenbrauen hoch. »Ist nicht so leicht. Deine Schwester ist widerspenstig.«

»Und ob ich das bin!« Sie rülpste, hob ihr Bier und kam auf die Füße. Als sie versuchte, über den Baumstamm zu springen, stolperte sie und rief noch im Fallen: »Hey, ihr da!«

Ich griff nach ihren Beinen, um ihr Halt zu geben.

Ich glaube, Taz merkte das gar nicht. Sie hob ihr Bier noch höher, ihr Shirt rutschte hoch. »Wer von euch kommt aus Roussou?!«

Jubel ertönte.

»Ja, verdammt, und ob!«

»Yeah!«

»Wir!«

»Buh!«

Sie wartete, bis alle wieder verstummt waren, rülpste noch einmal und rief: »Lasst uns anstoßen, ihr Arschlöcher! Denn wir sind Roussou, und darauf sind wir stolz! Woohoo!«

Erneut kam Jubel von der Gruppe in unserer Nähe und breitete sich zu den anderen Pick-ups aus, unterlegt mit leisem Murren.

Cross stöhnte. »Wie gesagt.« Er klopfte Race aufs Bein. »Bring sie lieber nach Hause, Arschloch.«

Race starrte missmutig zurück. »Bring du sie doch nach Hause. Sie ist deine Schwester.«

»Und deine Freundin.«

»Jungs, jetzt mal im Ernst.« Tabatha kam zu uns stolziert und setzte sich auf den verlassenen Baumstamm am Feuer.

Sie war allein. »Wo ist Jordan?«

»Nachsehen, ob es Zellman gut geht.«

Ich zeigte auf den nächsten Pick-up. Zellman saß im Fond, ein Mädchen auf dem Schoß. »Da ist er. Und der Zweck des Schutzsystems ist nicht, einfach abzuhauen, während der Partner nach jemandem sucht.« Ich stand auf und suchte die Gegend mit dem Blick ab.

Ich hatte nicht aufgepasst, als wir dort gesessen hatten, größtenteils, weil es so nett gewesen war, sich zu entspannen und mit Taz und Race zu sprechen. Aber jetzt, als ich die neun Pick-ups sah, die um uns herum verteilt waren, dazu die kleineren Lagerfeuer und all die Menschen, die sich dazwischen tummelten, jetzt war ich überrascht, wie viele Leute sich versammelt hatten. Die Lichtung war riesig, und wer wusste schon, wie viele sich noch im Wald aufhielten?

»Wo ist er?«, fragte ich leise, als Cross und Race sich auf ihre Baumstämme setzten.

Ich konnte Jordan nicht sehen.

»Oh Mann«, murmelte Race und sah Tabatha an. »Du hast echt Mist gebaut, Sweets.«

Sie war ganz cool und entspannt gewesen, aber jetzt stand sie auf. »Wieso das denn? Wie weit kann er schon gekommen ...?« Sie verstummte und sah sich ebenfalls um.

»In welche Richtung ist er gegangen?«, fragte Cross.

»Ich ...« Tabatha schluckte und wurde blass. Sie hielt ihr Bier fest umklammert. »Ich weiß es nicht. Er hat nur gesagt, dass er Z suchen und danach wieder zu mir kommen will.«

Ich arbeitete mich von Pick-up zu Pick-up vor.

Pick-up Nummer eins: kein Jordan.

Cross tauchte neben mir auf. »Bei welchem bist du?«

Er wusste, was ich vorhatte.

»Ich bin bei Nummer zwei, gleich ist der dritte dran.«

Er drehte sich um. »Ich nehme mir den letzten Pick-up vor. Race, du siehst auf dem Parkplatz nach. Tabatha, behalt den Waldrand im Auge.«

Wir arbeiteten im Team. Taz hatte den Teamgeist von Roussou wiederbelebt.

Tabatha stöhnte leise und sagte: »Oh mein Gott. Was, wenn ihm was passiert ist? Oh mein Gott ...« Sie konnte einfach nicht still sein.

Nummer zwei: kein Jordan.

Drei: auch nicht.

Vier: immer noch kein Jordan.

Cross zählte abwärts, während er sich von hinten durcharbeitete.

»Acht. Sieben. Sechs.«

Wir kamen gleichzeitig bei Nummer fünf an. Immer noch kein Jordan.

»Er würde auffallen. Er ist der größte Typ hier«, sagte Race. »Fuck, Leute.«

Es war an der Zeit, eine Entscheidung zu treffen.

Ich zückte mein Handy und schrieb eine Nachricht, während Cross sich sein Handy ans Ohr drückte.

Ich redete, während mein Daumen über die Buchstaben flog. »Tabatha.« Meine Stimme war ruhig, mein Blutdruck aber nicht. Der schoss in die Höhe.

»Ja?« Sie kam zu mir gerannt. »Wie kann ich euch helfen? Es tut mir so leid, Leute. Ehrlich. Er hat mich hierhergeschickt. Ich hätte nicht gedacht ... ich vertraue Jordan. Er weiß sonst immer, was das Beste ist.«

Ihr Gelaber half niemandem, deshalb fiel ich ihr ins Wort: »Schick eine Gruppennachricht an so viele Leute wie möglich. Alle sollen nach Jordan Ausschau halten, sofort. Schreib! Und dann fang Gruppenunterhaltungen in all deinen sozialen Medien an.«

»Okay. Das krieg ich hin.« Sie zückte ihr Handy und ließ es vor lauter Hektik fallen. Sie hob es wieder auf und ließ es erneut fallen. »Fuck! Fuck! Fuck! Okay.« Sie atmete tief durch. »Ich kann das. Ich schaffe das.«

»Ja, wir sind Roussou. Und wir sind verdammt stolz darauf!«

Weil sie ohnehin schon schrie, zupfte ich Taz am Shirt und sagte: »Ruf Jordans Namen.«

»Verdammt stolz – Jordan! Jordan! Jordan!«

Handys leuchteten auf. Leute drehten sich um. Die Nachricht verbreitete sich wie ein Lauffeuer, und wer nicht auf sein Handy guckte, brüllte mit.

»Lass uns gehen«, sagte Cross. »Es ist Zeit, dass wir uns an der Suche beteiligen.«

Ich nickte und erhob mich von meinem Baumstamm.

»Was sollen wir tun?«, fragte Race, der sich uns angeschlossen hatte.

Taz hielt immer noch eine Faust in die Luft und brüllte Parolen. Ich zeigte auf sie. »Pass auf sie auf. Wenn Jordan wirklich verschwunden ist, müssen wir Druck auf die Leute ausüben, die ihm vielleicht was tun wollen, aber wenn er nicht verschwunden ist, soll hier keiner auf dumme Gedanken kommen. Verstanden?«

Race nickte und fuhr sich mit einer Hand übers Gesicht. Es sah aus, als bekäme er auf der Stelle Augenringe. »Dieser Städtekrieg ist echt, was?«

Cross schnaubte, seine Hand lag auf meinem Rücken. »Ich fürchte, ja. Und unsere Crew hat die Autos in die Luft gejagt. Wir müssen jetzt wirklich los.«

Tabatha schloss sich uns an. »Oh mein Gott!«, rief sie und wedelte mit einer Hand in der Luft herum. »Jemand sagt, er ist in den Wald gegangen!«

»Ähm ...«

Wir drehten uns um. Zellman hatte sich zu unserer Gruppe gesellt.

Er hielt sein Handy in die Luft und fragte: »Warum bekomme ich Nachrichten über Jordan?« Er blickte Taz an, die nun beide Fäuste in die Luft stieß. »Und seit wann ist deine Schwester Anführerin eines Aufstands?« Er blickte sich um. »Wo ist Jordan?«

Ich kämpfte gegen den Drang an, ihm einen Schlag auf den Hinterkopf zu verpassen. »Wie besoffen bist du eigentlich?«

»Ich bin nüchtern. Ich war die ganze Zeit ... anderweitig beschäftigt.« Er grinste und wackelte mit den Augenbrauen. »Wenn ihr versteht, was ich meine.«

Ich stöhnte. Natürlich verstanden wir.

»Tabatha, welche Seite vom Wald? Rechts oder links?«, fragte Cross.

»Ähm ...« Sie grub die Zähne in die Unterlippe, während ihre Finger über ihr Handy flogen. »Ich frage gerade nach.«

Eine Sekunde später sprang sie auf und zeigte nach links. »Da entlang!«

Der Wald war in zwei Teile aufgeteilt, einen, der einen Hügel bedeckte, und einen, der das hintere Ende des Felds einnahm. Hinter dem Waldrand verlief ein Fluss, aber das hier war Frisco. Wir kannten das Terrain nicht.

Sie zeigte den Hügel hinauf, zu den Academy-Crusties.

Eine große Gruppe Menschen bewegte sich den Hügel hinauf. Und während wir ihnen zusahen, drehte ein Typ sich um, gestikulierte heftig mit den Armen, und alle rannten wieder zurück, als wäre nichts gewesen.

»Das ist nicht gut.« Cross.

Auch Tab sah, wie die Gruppe zurückkam. »Oh, fuck.«

»JORDAN! ROUSSOU STOLZ! JORDAN! ROUSSOU STOLZ!«

Taz hatte den Schlachtruf geändert.

Zellman steckte sein Handy in die Tasche. »Worauf warten wir noch? Lasst uns verdammt noch mal losgehen. Ich hab keine Angst vor ein paar Akademiten.«

Cross und ich blickten uns an. Falls Jordan etwas passiert war, würde er Hilfe brauchen.

»Gibt's da hinten eine Straße?«

Zellman schnappte sich jemanden, der gerade an uns vorbeilief.

»Hey!«, quakte der Typ, während das Bier in seinem Becher schwappte.

Z ignorierte beides. »Bist du aus Frisco?«

Der Typ schluckte nervös. »Äh ... ja. Warum? Ich gehe jetzt aber auf eure Schule.«

Cross zeigte zu dem Hügel. »Ist da hinten eine Straße?«

»Äh ...« Er blickte zu der Stelle und zögerte.

Zellman knurrte. »Los, antworte. Sofort.«

»Äh ...« Sein Blick huschte zu Zellman, dann nickte er. »Ja. Ja. Da ist eine. Der Fluss fließt zwischen den Hügeln, aber ja, da ist eine Straße. Etwa eine Meile geradeaus, dann findet ihr sie.«

»Danke«, sagte Cross.

Zellman schubste den Typen weg und knurrte ebenfalls: »Danke.«

Der Typ taumelte zurück und verschüttete noch mehr Bier auf seinem Shirt. Er starrte uns aus geweiteten Augen an und fragte: »Hat das was mit eurem Crewmitglied zu tun?«

Zellman drehte sich um und wollte auf ihn losgehen, aber Cross griff nach Zellmans Arm und trat selbst vor.

»Kann sein. Was weißt du?«

»Äh ...« Er blickte auf sein Handy, dann zu Cross und erneut auf sein Handy ...

»Verdammt noch mal!« Zellman stürmte vor und entriss dem Typen sein Handy. Er las, was auf dem Display stand, und erstarrte.

»Was zum ...«

Wir sahen, wie dem Typen das Blut aus dem Gesicht wich. »Ich habe die Nachricht gerade erst bekommen! Ich schwöre! Ich habe nichts damit zu tun!«

Cross nahm Zellman das Handy aus der Hand und zeigte es mir, sodass ich mitlesen konnte.

Zellman wollte sich erneut auf den Typen stürzen, aber Race fing ihn ab. »Warte, Z. Der Typ könnte nützlich sein.«

Der, um den es ging, machte Anstalten, sich sein Handy zurückzuholen. Race packte ihn am Shirt und hielt ihn zurück.

Unbekannte Rufnummer: Heilige Sch***e! Mitglied der Wolfscrew wurde gerade angegriffen!

Der Typ zeigte mit dem Finger über Race' Arme hinweg. »Es gibt ein Video.«

Cross öffnete es, und ich hatte das Gefühl, dass mein Magen mir erst in die Kniekehlen und dann auf den Boden rutschte.

Wo Jordan lag. Typen, die ich nicht erkannte, umzingelten ihn, schlugen und traten alle gleichzeitig auf ihn ein.

»Wir müssen los! Jetzt!«

»Hol unseren Pick-up«, sagte Cross zu Race. »Fahr die Straße hoch. Wenn er da oben ist, müssen wir dafür sorgen, dass sie aufhören. Wir werden einen Fluchtweg brauchen.«

Race nickte ruckartig. »Verstanden.« Er ließ Z und den Typen los.

»Hey! Mein Handy!«

»Das brauche ich jetzt. Du kannst es dir in der Schule wieder abholen.« Cross schrieb der Person, die das Video geschickt hatte, wir anderen waren bereits losgerannt.

Wir hörten Taz rufen: »ROUSSOU – WAS zur Hölle?«

Mir war sofort klar, dass Race sie geschnappt und mit zum Parkplatz gezerrt hatte.

Tabatha rannte neben mir, Tränen liefen ihr übers Gesicht. »Was kann ich tun? Sagt mir, was ich tun soll.«

Cross warf ihr das Handy von dem Typen zu. »Schreib der Person. Find so viel heraus, wie du kannst, und leite es an uns weiter.«

Sie fing das Handy auf, während wir in vollem Tempo weiterrannten.

Es war Zeit, ein paar Leuten den Kopf einzuschlagen.

Kapitel 14

Ich wusste, dass wir Aufmerksamkeit erregten, als wir an den Leuten vorbeistürmten, aber es war uns egal. Wir bogen links in den Wald ab. Eine Kolonne von Leuten stieg den Hügel hinauf, und als wir an den ersten Bäumen vorbeikamen, hörten wir das Geschrei.

Ich strengte mich an, mein Herz raste, aber ich konnte Jordans Stimme nicht hören.

Wir gingen weiter.

Der Pfad war schmal. Die Bäume hielten das Mondlicht ab, aber vor uns waren Lichter, und die Leute hatten ihre Handys gezückt, die ihnen den Weg zeigten. Wir rannten an ihnen vorbei. Ein paar Leute schrien, andere blickten sich um und machten uns stolpernd den Weg frei. Ein Mädchen schnappte nach Luft.

Jemand rief: »Holy Shit!«

Dann: »Nicht so schnell!«

Gekicher war zu hören. Ein paar Leute fanden das offenbar witzig.

Ich wollte mich umdrehen und auf sie einschlagen, aber Jordan brauchte uns.

Gott sei Dank war Zellman nüchtern geblieben. Gott sei Dank galt das für uns alle.

Normalerweise waren Zellman und ich diejenigen, die in Schwierigkeiten gerieten. Die anderen kamen dann, um uns zu retten oder zu helfen. Aber Jordan und Cross begaben sich nicht in solche Situationen. Das war nicht normal. Andererseits hatte ich das Gefühl, dass Jordan überrascht worden war.

Es war egal. Was auch immer passiert war, wir zogen für ihn in die Schlacht. Egal gegen wen.

Cross' Handy leuchtete auf, und er las, was auf dem Display stand, während er weiterrannte.

»Es sind ein paar Sportler von der Academy«, sagte er, kein bisschen außer Atem. »Sie sind da vorne.« Er steckte das Handy weg und lief schneller.

Wir waren direkt hinter ihm.

Das war einer meiner Vorzüge – ich konnte fast genauso schnell rennen wie die Jungs. Lange Strecken waren nicht mein Ding, absolut nicht, aber ich war schon immer mit Schnelligkeit gesegnet gewesen. Wir näherten uns der Menschenmenge, und ich sah, wie die Sportler sich duckten und auswichen. Ein paar schlugen zu und zogen sich dann rasch zurück, außer Reichweite.

Alles Feiglinge.

Als wir auf die Lichtung kamen, sahen wir, wie Jordan zurückzuschlagen versuchte. Er drohte in die Knie zu gehen, hielt aber den Kopf hoch. Seine Augen waren halb geschlossen, das Gesicht blutverkrustet.

Er holte aus, hatte Glück und traf einen Typen, aber dann versetzte ihm ein anderer von hinten einen Schlag auf den Kopf.

Er ging zu Boden.

Mein Magen rebellierte.

Eine Faust traf ihn seitlich am Kinn. Blut spritzte in alle Richtungen. Sein Kopf flog zurück, und es war, als sähe ich alles in Zeitlupe. Blut, Schweiß, Tränen liefen ihm übers Gesicht. Und er war erschöpft.

Ich wusste nicht, wie lange er schon versucht hatte, sich gegen alle gleichzeitig zu verteidigen, aber nun fielen seine Schultern nach vorn.

Er ging in die Knie, den Kopf gesenkt.

Es war, als bäte er sie um eine Pause, um wieder zu Atem zu kommen. Bei manchen Kämpfen wurde einem das gewährt. Aber ich wusste, bei diesen Typen war es anders. Das waren Feiglinge. Keiner von ihnen hätte allein gegen Jordan eine Chance gehabt. Sie mussten ihn im Rudel angreifen wie die Hyänen, und genauso keckerten sie auch.

Je näher wir kamen, desto ruhiger wurde ich.

Die Wut war da, das Verlangen nach Rache, danach, einen der unseren zu beschützen, aber ich dämpfte all das. In meinem Inneren tobte ein Sturm, aber darunter fand ich innere Ruhe. Die brauchte ich. Es war eine Fähigkeit, die ich mir angeeignet hatte. Den Kopf ruhigstellen. So konnte ich den meisten Schaden anrichten. Ich würde Dinge sehen, die mir sonst entgingen. Unsere Gegner. Unsere Feinde. Wer auch immer uns angriff, würde leiden. Wir würden sie in Stücke reißen.

Wir würden sie zerfetzen.

Wir bewegten uns alle an den Rand des Pfades, schnell und innerlich aufgebracht, aber ruhig – und wir standen am Rand. Falls sie sich umsahen, würden sie auf die Mitte des Weges blicken. Sie würden nach einer Silhouette suchen. Die Dunkelheit würden ihre Augen automatisch übersehen.

Ich hielt mich bereit, wartete darauf, dass jemand uns ankündigte, dazu kam es nicht. Vielleicht hatten die Leute unterwegs uns nicht erkannt.

Vielleicht hatten wir einfach Glück.

Vielleicht sollten wir das Überraschungsmoment ausnutzen.

Vielleicht – aber nur vielleicht – war das Universum diesmal auf unserer Seite.

Wir waren jetzt fast da.

Jordans Körper verkrampfte sich, als er um Luft rang. Während wir die letzten Meter des Weges zurücklegten, trat einer der Angreifer aus der Formation heraus. Mit erhobener Faust ging er auf Jordan zu. Er näherte sich ihm von hinten rechts.

Jordan würde den Schlag nicht kommen sehen.

Dann sah der Typ hoch und entdeckte uns. Seine Augen weiteten sich.

Auch das sah ich wie in Zeitlupe.

Sein Mund formte ein Wort, er wollte schreien und die anderen warnen, während sein Blick auf mich fiel. Ich sah ihm in die Augen, hielt ihm stand und ließ ihn die tödliche Ruhe in mir sehen. Er begriff. In diesem Augenblick sah er alles, was ich in mir hatte.

Es war nicht unsere erste Begegnung mit Gewalt.

Wir schwelgten darin.

Wir verstanden uns glänzend darauf.

Ich machte einen Schritt, dann noch einen und stürmte los. Cross kümmerte sich um die Typen, die uns den Rücken gekehrt hatten, und als einer davon zu Boden ging, nutzte ich ihn als Sprungbrett. Ich rannte seinen Rücken hinauf, holte auf seinen Schultern Schwung und flog durch die Luft.

Der Typ sah mich, Angst und Überraschung zeigten sich in seinen Augen, und er blieb reglos stehen. Er war wie erstarrt, mein Anblick hatte genügt. Er versuchte, mir aus dem Weg zu gehen, kam aber gleichzeitig auf die Idee, mich zu packen. Schützend hob er eine Hand, aber das war nicht genug. Ich traf ihn sauber mit der Ferse. Weil ich gesprungen war und mein ganzes Körpergewicht in dem Tritt lag, ging er zu Boden. Ich folgte ihm, schlug ihm aber mit voller Wucht mit der Faust gegen den Hals.

Er krümmte sich vor Schmerzen und rang nach Luft.

Aber ich war schon weg, stürzte mich auf den Arm seines Freundes, der gekommen war, um ihn zu retten.

Ich war kleiner als die meisten dieser Typen. Sie waren Sportler. Die meisten arbeiteten an ihren Körpern, hoben Gewichte, und mit reiner Kraft kam ich nicht gegen sie an. Aber Geschwindigkeit, Eleganz und Wissen? Damit konnte ich sie bekämpfen. Und mit Raffinesse.

Ich war absolut klar im Kopf. Sie nicht.

Wenn ich mich später an die Situation erinnerte, würde mir auffallen, dass es keine Schreie gegeben hatte. Sie hätten schreien oder wenigstens fluchen müssen. Aber nichts war zu hören.

Sie hatten ihre Freunde angefeuert, als sie gegen Jordan kämpften. Aber dann kamen wir, und alle verstummten.

Ich benutzte den Arm, der mich gerade schlagen wollte, als Hebel und ließ mich nach hinten fallen, um den Typen umzuschmeißen. Dann schwang ich mich hoch und traf den nächsten Typen mit einem Scherentritt im Gesicht – er war der Dritte, den ich umgehauen hatte.

Dann endlich sah ich mich um.

Sie rannten weg.

Alle rannten davon, niemand blieb zurück, um seinen Freunden zu helfen. Damit war alles über diese Typen gesagt.

»Bren«, krächzte Jordan und fiel hin.

»Jordan!« Ich rannte los und fing ihn auf, ehe sein Gesicht auf dem Boden aufschlug. Kniend hielt ich ihn fest, beobachtete dabei aber Cross und Zellman. Beide kämpften, machten kurzen Prozess mit den beiden Typen, die übrig geblieben waren.

Zellman stürzte sich auf einen von ihnen und warf ihn zu Boden, er richtete den Oberkörper auf und ließ Fausthiebe auf ihn regnen. Cross' Gegner versuchte, ihn umzurennen. Cross packte ihn am Arm und drehte sich um, sodass er ihm die Schulter an die Brust drückte. Er ging auf die Knie, warf den Typen auf den Boden und schlug ihn K.O. Dann blickte er sich um. Als er Zellman sah, lief er zu ihm und versucht ihn von dem anderen herunterzuziehen.

»Z«, grunzte Cross und wollte Zellman wegschieben.

»Nein. Lass mich! Ich hasse diese Arschlöcher.« Er wehrte sich gegen Cross, versuchte sich loszureißen.

Zellman war geladen. Er würde nicht aufhören, und als Cross das sah, schrie er den Typen an: »Los, verschwinde!«

Alle anderen waren abgehauen, außer denen, die bewusstlos auf dem Boden lagen. Nur er war noch übriggeblieben, und er nickte kaum merklich. Mühsam kam er auf die Füße und setzte sich in Bewegung, um den Pfad hinunterzugehen, auf dem wir hochgekommen waren. Er taumelte, fiel hin, stand wieder auf und schaffte ein paar weitere Schritte, ehe sich das Szenario wiederholte. Nachdem wir ihn dreimal hatten hinfallen sehen, riss er sich endlich zusammen und lief zügig davon, bis er hinter einer Biegung verschwand.

Cross ließ Zellman los, der sich, immer noch lautstark fluchend, beschwerte.

»Was soll das, Mann!«

Cross ignorierte ihn, kam zu mir herüber und kniete sich hin. »Jordan?«

»Diese Arschlöcher hatten Pfefferspray. Ich hatte keine Ahnung, was los war, bis ich schon am Boden lag. Ich konnte mich erst nicht wehren.« Sein rechtes Auge war zugeschwollen. »Cross. Bren.« Seine Stimme zitterte. »Ich dachte ... ich dachte, ich würde heute Nacht sterben. Wenn sie nicht aufgehört hätten ... Wenn sie einfach weitergemacht hätten ...«

Ein Schaudern überlief mich. Ich hielt ihn fester.

Nicht in dieser Nacht. Nicht, solange wir da waren. Cross und ich sahen uns in die Augen. Niemals.

Wir waren ganz allein auf dem Hügel.

»Himmel! Diese Arschlöcher! Ich will ... warum hast du mich zurückgehalten?« Zellmans Arme ruderten durch die Luft, als wollte er sich für ein Rennen aufwärmen. Seine Brust bebte. Sein Blick war wild. »Ich ...«

Ich schob Jordan sanft Cross in die Arme und ging mit steifen Schritten auf Zellman zu. »Was zur Hölle ist dein Problem? Wir kämpfen mit klarem Kopf!« Ich hätte ihm am liebsten den Hals umgedreht; und meine Hände schnellten hoch und ballten sich zu Fäusten.

Zellman sah es, und aus irgendeinem Grund beruhigte ihn die Geste. Er trat einen Schritt zurück und ließ die Arme sinken. »Bren?«

»Was zur Hölle hast du dir dabei gedacht? Du hast einfach weiter auf den Typen eingeschlagen.« Ich erinnerte mich an Zellmans Feindseligkeiten am Tag zuvor. »Seit Tabathas Party bist du total durchgeknallt. Was ist los mit dir?«

Klingeling!

Cross half Jordan gerade dabei aufzustehen, als sein Handy klingelte und unseren Streit verstummen ließ. Als er es herausholte, sah ich die Lichter. Der Himmel leuchtete rot und blau.

»Fuck«, murmelte ich, während Cross den Anruf annahm.

»Ja?« Er hörte der Person am anderen Ende zu. »Alles klar. Taz kann sich mit meinem Handy verbinden, also achtet auf mein GPS.« Er nahm das Handy vom Ohr und tippte ein paarmal auf das Display, bevor er es in die Tasche zurücksteckte.

Zellman kam erneut zu mir und fluchte leise.

Cross sprach aus, was wir alle wussten: »Die Bullen sind da.« Aber dann sagte er etwas, das wir nicht wussten: »Die stehen da unten mit dreißig Wagen.«

Mir fiel fast die Kinnlade runter. »Dreißig?«

Sein Kiefer zuckte, seine Miene war düster. »Race hat sie kommen sehen, als er gerade auf die Straße abgebogen ist. Sie haben die Lichter gesehen, aber nicht die Bullen selbst. Ich nehme an, sie sind gerade noch weggekommen, ehe die Streifenwagen den letzten Hügel hinter sich gelassen haben.« Cross zeigte auf den Weg hinter uns. »Da können wir nicht runter. Die werden uns festnehmen.«

Was bedeutete, dass wir einen Fußweg von etwa einer Meile vor uns hatten.

Mir fiel wieder ein, was der Typ aus Frisco gesagt hatte. »Er meinte doch, dass wir auf die Straße treffen, wenn wir geradeaus gehen. Oder?«

Eine Meile wandern war in Ordnung, aber nur bei Tageslicht und wenn keiner von uns Probleme hatte, sich auf den Beinen zu halten.

Als hätte er meine Gedanken gelesen, stieß Jordan Cross weg und knurrte: »Ich kann mich sehr gut auf den Beinen halten.«

Konnte er nicht. Er sank wieder zu Boden.

Cross fing ihn bereits auf, als Zellman und ich aufsprangen.

»Ich krieg das hin. Ich krieg das schon hin.« Aber Jordan geriet schon beim Sprechen außer Atem, und weil wir wussten, dass er ohnehin nicht auf uns hören würde, stellten Cross und ich uns einfach links und rechts von ihm auf. Wir legten uns seine Arme um die Schultern, und Zellman ging voran. Er hatte sein Handy herausgeholt und würde den Weg beleuchten.

»Los geht's.«

Weiter gab es nichts zu sagen. Nicht, solange wir nicht die Straße erreicht und Jordan ins Krankenhaus gebracht hatten.

Wir waren vielleicht drei Meter weit gekommen, als wir die ersten Schreie hörten und uns alle gleichzeitig umdrehten.

Die roten und blauen Lichter waren da, aber sie bewegten sich nicht mehr. Was sich bewegte, war etwas anderes: Taschenlampen.

»Die sind hinter uns her«, sagte Zellman verwirrt.

Kapitel 15

Wir kamen nur langsam voran. Jordans Bein war so schwer verletzt, dass wir ihn beim Gehen unterstützen mussten.

Als ihm das klar wurde, löste er sich von uns. »Leute, geht vor.« Er bedeutete uns weiterzugehen, sah dabei aber aus, als würde er gleich tot umfallen. »Ich mein's ernst. Geht. Ich bekomme keine großen Schwierigkeiten, schließlich wurde ich überfallen.«

Damit hatte er zwar recht, trotzdem gingen in meinem Kopf die Alarmsirenen los.

Ich schüttelte den Kopf. »Nein, Jordan. Du kommst mit.« Cross und ich wechselten vielsagende Blicke. Wir würden ihn tragen müssen. Jordan wog mehr als hundert Kilo. Wir würden alle drei mit anpacken müssen.

»Komm.« Cross stand vor ihm. »Beweg dich nicht. Verstanden? Sonst machst du mir den Rücken kaputt.«

Jordan riss ungläubig die Augen auf, aber Cross beugte sich bereits vor, drückte den Kopf an Jordans Seite und … zack!, hob er ihn hoch und legte ihn sich über die Schultern wie ein Feuerwehrmann.

Mir blieb der Mund offen stehen.

Der Anblick, wie Jordan um Cross' Schultern gewickelt war … wow. Es war unpassend, dass mir das Wasser im Mund zusammenlief, aber ich sabberte.

Mit zuckendem Kiefer und finsterer Miene knurrte er: »Los jetzt.«

Langsam joggte er los, während Jordan stöhnte und die Hand ausstreckte, um mit dem Handy den Weg zu beleuchten.

»Das hier wird mich für immer verfolgen, glaube ich.«
Zellman und mir stand immer noch der Mund offen.
Das war ... das war heiß.
Z schnalzte mit der Zunge und machte endlich den Mund zu. »Verdammt.«
Mehr musste er nicht sagen. Wir waren auf einer Wellenlänge.
»Leute!«, rief Cross. »Kommt jetzt!«
Ein leises Kichern entfuhr Zellman, dann rannte er los, um aufzuholen. Ich war direkt hinter ihm; in meinem Magen flatterten Schmetterlinge. Und die Taschenlampen verfolgten uns noch immer.
Zellman rannte ein Stück vor und benutzte sein Handy, um zusammen mit Jordan den Weg auszuleuchten. Ich bildete die Nachhut und behielt die Bullen hinter uns im Auge. Sie waren so weit weg, dass sie unsere Handys nicht sehen konnten, aber nachdem wir zehn Minuten langsam gelaufen waren, ertönte von rechts ein Schrei.
Ich hatte kein einziges Mal auf diese Seite geschaut!
»Sie sind hier!«
Wieder ein Schrei, wild wurden Taschenlampen geschwenkt.
»Elf Uhr! Sie sind auf elf Uhr!«
»Oh, Mann.« Zellman hatte sich zurückfallen lassen und ging neben mir.
Cross ging einfach weiter und versuchte noch an Tempo zuzulegen.
Wir würden es nicht schaffen. Der Schrei hatte ihnen neuen Antrieb gegeben. Sie schlossen auf, und zwar immer schneller.
»Ich will Jordan nicht zurücklassen«, flüsterte ich.
Zs Stimme war leise. »Ich weiß.«
Aber ...
»Hey!« Zweige knackten, und Zellman und ich sprangen erschrocken zurück.
Unsere Lichter schwangen herum, und dort stand ein Mädchen. Sie war groß, hatte lange Beine und war gertenschlank. Ihre Haare waren unordentlich zu einem Dutt hochgebunden. Sie hob einen Arm, um sich vor dem Licht zu schützen, das sie blendete.

»Woah! Ich komme in Frieden, liebe Erdlinge. Ich schwöre es. Ich stehe nur auf Bücher, mehr nicht.«

Wir leuchteten sie immer noch an.

Ich trat einen Schritt vor und fragte: »Wer bist du?«

»Äh ...« Eine Haarsträhne fiel ihr ins Gesicht, und sie schob sie sich hinters Ohr, während sie sich auf die Lippe biss. »Können wir das mit den Namen auf später verschieben? Ich meine, bringt mich nicht um oder so, aber ich kann mir denken, was hier gerade passiert.« Sie zeigte auf die näherkommenden Taschenlampen.

»Leute!«, rief Cross mit gedämpfter Stimme. »Wo zur Hölle bleibt ihr?«

»Oh!« Sie drehte sich um und hob die Hand zum Vulkaniergruß, Ringfinger und kleinen Finger weit abgespreizt. »Ich komme in Frieden. Ich schwöre.« Sie biss sich wieder auf die Unterlippe. »Mist«, flüsterte sie und blickte plötzlich nach unten. »Ihr findet mich bestimmt alle super unheimlich, oder? Mist, Mist, Mist!« Sie fauchte sich selbst an, wandte sich ab und ließ die Schultern sinken. »Ich bin so dumm. Warum hab ich mich euch auf diese Art genähert?«

»Komisches Mädchen.« Zellman trat vor und fragte energisch: »Was willst du?«

»Genau.« Sie fing sich wieder. Ihr Shirt war verrutscht, aber das schien sie nicht zu bemerken. »Ich kann euch helfen. Ich meine ...« Sie verstummte und biss sich erneut auf die Lippe.

Mir ging die Geduld aus. »Komm endlich auf den Punkt, verdammt, du hältst uns gerade davon ab, unserer Verhaftung zu entgehen!«, schnauzte ich sie an.

Ihre Augen schienen aus den Höhlen zu treten, sie wurde bleich, aber es funktionierte.

Die Worte sprudelten nur so aus ihr heraus. »IchkenneeinenOrtandemihreuchversteckenkönnt undwosieeuchnichtfindenwerden. Ichmeine, wenneseuchnichtausmacht, insWasserzuspringen. Ichschwöre, dassessicherist.«

Sie sagte das alles auf einmal. Ja. In einem Wort. Ohne Luft zu holen.

Z und ich musterten uns mit hochgezogenen Brauen.

Er schnaubte, aber ein Grinsen umspielte seine Lippen. »Ich weiß nicht, ob ich beeindruckt oder verstört sein soll.« Er dachte kurz nach und fügte hinzu: »Ich glaube, das macht mich scharf.«

Cross war zurückgekommen. »Leute, was ist hier los?«

Sie sprang zu uns auf den Weg und wedelte mit den Händen. »Okay. Ja. Wenn es euch nichts ausmacht, ins Wasser zu springen – ich schwöre, es ist ungefährlich –, dann folgt mir. Ihr könnt euch da verstecken und werdet absolut in Sicherheit sein. Das verspreche ich. Ich meine, es wird kalt, aber ich glaube, ihr werdet es überleben. Also, das hoffe ich zumindest.«

»Wer bist du?«, fuhr Cross sie an.

Jordan hob sein Handy, um sie ebenfalls in Augenschein zu nehmen, und runzelte die Stirn.

»Äh ... Lasst uns das später klären. Ich ... äh ... Vertraut mir einfach. Ich war gestern mit meinen Eltern hier, deswegen weiß ich, wo dieses Wasserloch ist ...«

»Ein Wasserloch?!« Zellman trat einen Schritt vor.

Sie lachte nervös, was in einem Seufzer endete. »Uns rennt die Zeit davon.«

An Cross und Jordan gewandt, sagte ich: »Ich kann nicht verhaftet werden.«

»Wir haben nichts falsch gemacht«, brummte Zellman. »Ich meine, warum rennen wir überhaupt weg? Jordan wurde überfallen. Ach, egal. Ihr wisst, was ich meine.«

Cross bewegte sich auf das Mädchen zu. »Alkoholkonsum Minderjähriger. Wenn die bei einer Party vom Stadtfest eine Razzia veranstalten, ist ihnen alles egal. Wir müssen dem Mädchen folgen.« Sein Blick huschte zu mir. »Du hast recht.«

Zellman stöhnte. »Großartig.«

Jordan hob den Kopf. »Halt die Fresse, Z. Du bist weder verletzt noch auf Bewährung.«

Die Augen des Mädchens weiteten sich, und sie zog die Brauen hoch. »Waaas? Einer von euch ist auf Bewährung?«

Zellman musterte sie streng. »Nein.«

Jordan verdrehte die Augen.

Cross sagte: »Hier ist niemand auf Bewährung.«

Ich ging einen Schritt auf sie zu und sagte so freundlich wie möglich: »Okay, wenn wir dich begleiten sollen, müssen wir jetzt los.«

Ich betete, dass sie keinen Rückzieher machen und davonrennen oder, noch schlimmer, nach den Bullen rufen würde. Denn das konnte sie. Sie hatte es selbst gesagt. Sie war ein Bücherwurm, und so sah sie auch aus.

Mir waren Klischees egal, aber sie war wunderschön, und das ganz ohne Schminke. Sie trug einen Kapuzenpulli zu Jeansshorts und Turnschuhen. Ihre Art zu sprechen war nicht gerade elegant oder intellektuell. Wir waren Kriminelle, und das wusste sie jetzt auch.

»Oh Gott.« Ihre Stimme zitterte genauso stark wie ihre Hände. »Okay. Ja. Okay. Ich kann kaum glauben, dass ich das tue. Okay.« Sie drehte sich um und signalisierte uns, ihr zu folgen. »Es ist da drüben.«

Cross nickte mir zu.

Ich musste übernehmen. Sie war ein Mädchen. Ich war ein Mädchen. Man musste sie mit Samthandschuhen anfassen, oder sie würde abhauen.

Ich ging neben ihr, und während ich das Tempo anzog, fragte ich sie leise: »Du warst also gestern hier?«

Sie führte uns von der Straße weg und zurück in Richtung der Polizei. Sie stolperte fast über einen Baumstamm. Ich griff nach ihrem Arm, und sie brachte ein Lächeln zustande. »Danke. Mist. Ich bin echt mies in solchen Dingen. Ich hätte nicht kommen sollen.«

»Aber du warst hier«, wiederholte ich. Wir hatten keine Alternative, es sei denn, wir ließen Jordan einfach liegen und rannten ohne ihn davon. Aber das würde nicht passieren.

»Ja.« Ein langgezogener Seufzer. »Meine Eltern waren hier oben. Sie arbeiten an einem Projekt. Sie haben mich quasi mitgeschleppt.«

Noch vier Schritte, plötzlich ein steiles Gefälle, und dann blieb sie stehen. »Hier ist es.«

Hier?

Ich ließ mein Handy aufleuchten und hielt es über den Boden. Da war ein Loch im Erdreich, gerade so groß, dass eine Person hineinspringen konnte.

Zellman und Cross hatten uns eingeholt. Cross bückte sich und ließ Jordan auf die Füße hinunter.

Zellman trat vor und leuchtete mit dem Handy direkt in das Loch. »Fuck.« Er blickte auf. »Man sieht überhaupt nichts. Bist du dir sicher, dass da unten Wasser ist?«

Sie holte tief Luft und trat vor. »Ja. Ich meine, das habe ich gestern gesehen.«

»Gestern? Du bist da noch nie reingesprungen?«

»Nein ...« Sie riss den Kopf hoch. »Aber ich springe jetzt als Erste! Versprochen! Ich habe nur ...« Sie war immer noch unschlüssig.

»Was ist das Problem?«, fragte Cross.

»Ich ... äh ...« Sie lachte, aber es hörte sich fast an, als schluchzte sie. »Ich habe Höhenangst.«

»Oh. Dann ist ein tiefes, dunkles Loch mitten in der Nacht ja genau das Richtige für dich«, höhnte Zellman.

Ich schlug ihm auf den Arm.

Er warf mir einen bösen Blick zu und sagte: »Sie ist eine Fremde, und sie versucht uns dazu zu bringen, in dieses Ding da reinzuspringen? Ist das vielleicht eine Bärenhöhle? Könnte doch sein.«

Jordan wirkte skeptisch. »Gibt es Bärenhöhlen tatsächlich?«

»Oh mein Gott! Ich geh schon.« Und ohne noch eine Sekunde zu zögern, tat sie genau das. Sie stürmte vor und verschwand in dem Loch. Eine Sekunde später hörten wir ein Platschen, dann: »Mir geht's gut. Ich schwimme jetzt zur Seite.«

Nun mussten wir wirklich springen.

Cross' Arm streifte meinen. »Unsere Handys ...«

Ich beendete den Satz für ihn: »... werden zerstört.«

»Oh nein! Einen Moment noch.« Zellman kramte in seinen Taschen herum und fischte alle möglichen Sachen heraus. »Aha!« Er zauberte drei Kondome hervor. »Hab ich doch gewusst, dass ich die gebrauchen kann.«

»Ist das dein Ernst?«

»Klar.« Er zuckte mit den Schultern und riss bereits eine Folie auf. Dann stopfte er sein Handy in das Kondom und verschloss es mit einem Doppelknoten. »Vielleicht habe ich sogar genug, um sie doppelt einzuwickeln. Wir müssen es wenigstens versuchen.«

Er hatte recht. Ich fand es furchtbar, dass er recht hatte, wusste aber nicht, warum. Es fühlte sich falsch an, unsere Handys in Kondome zu stecken, aber harte Zeiten verlangen nun mal harte Maßnahmen.

»Oh!« Auch Jordan wühlte jetzt in seinen Taschen. »Moment. Ich habe einen Plastikbeutel. Mit Reißverschluss!«

»Äh ... Leute?« Ihre Stimme stieg aus dem Wasser zu uns herauf. »Wo bleibt ihr?«

»Wir kommen«, rief ich und reichte Jordan mein Handy. »Hier. Einer von uns muss zu ihr runter.«

Als er es genommen hatte, griff Cross nach meiner Hand. Er zog mich zu sich, seine Lippen berührten meine, dann grinste ich und ging einen Schritt zurück. Für eine Sekunde hing ich in der Luft.

»Oh!«

Platsch!

Ich tauchte ins Wasser ein, und es war eiskalt, aber ich stieß mich vom Boden ab, kam wieder an die Oberfläche und schwamm aus dem Weg. »Mir geht's gut. Ihr habt freie Bahn.«

»Ich bin hier drüben.«

Ich bewegte mich auf sie zu. Ich konnte ihre Zähne klappern hören. »Wie heißt du?«

»Aspen.«

Sie klapperte wirklich heftig mit den Zähnen.

Das war nicht gut. »Kommst du hier unten klar? Wahrscheinlich müssen wir uns eine Weile hier verstecken.«

»Mhm.« Sie klang nicht gerade überzeugt.

»Ich komme!« Ein lauter Platscher folgte, das Wasser schwappte unter dem Gewicht.

»Z.«

Er tauchte auf, schwamm zu mir und griff nach meinem Arm.

»Alles frei.«

Ein weiterer Platscher, noch lauter.

»Das ist Jordan.«

Z schwamm zurück, um ihn an den Rand zu ziehen.

»Ich kann schwimmen, du Volltrottel.« Seine Stimme klang verärgert, verriet aber, dass er immer noch Schmerzen hatte. »Ah. Krampf im Bein. Fuck!«

Ein letzter Platscher.

Eine Sekunde später fragte Cross, von all dem völlig unbeeindruckt: »Geht's allen gut?« Er schwamm auf mich zu. »Bren?«

»Ja, hier.« Ich spürte, wie er an meinem Shirt zog, und drehte mich um. Unsere Hände verflochten sich, und ich zog ihn zu mir. »Wir müssen weiter. Das Mädchen erfriert schon fast.«

»Mir geht's gu... u... ut!«

Selbst Zellman schnaubte. »Ja. Klar. So holst du dir bloß ´ne Lungenentzündung.«

»Ich ... habe ... eine ... Tasche ... mit ... Wechselsachen ... am ... Ufer.« Sie schnappte nach Luft. »Direkt da vorne.«

»Bitte was?«

Ich knurrte und übertönte damit, was auch immer Jordan oder sonst noch wer zu sagen hatte. »Dafür haben wir keine Zeit. Wir müssen hier weg.« Ich griff nach ihrem Shirt. »Haltet euch alle fest. Du gehst vor.« Ich klopfte ihr auf den Arm, und sobald Zellman und Jordan sich aneinander festhielten und Jordan Cross' Schulter gepackt hatte, ging es los.

Schweigend waren wir ungefähr eine halbe Minute lang geschwommen, als wir über uns Stimmen hörten. Licht fiel in das Loch.

»Hey! Hier ist ein Wasserloch!«

»Hier drüben!«

Wir hörten, wie sie sich oben durch das Unterholz kämpften und die Stimmen immer deutlicher wurden. Immer noch schien Licht herunter, aber wir waren weit genug weg. Sie konnten uns nicht sehen.

»Sie sind nicht hier. Auf keinen Fall. Sie sind bestimmt zur Straße gegangen. Lasst uns hier oben weitersuchen.«

Cross' Hand drückte meine. Er zog mich an sich, und seine Lippen berührten fast meine Stirn, bevor wir weiterschwammen.

Wer auch immer dieses Mädel war, wir standen in ihrer Schuld. Und zwar tief.

Kapitel 16

Wir erfuhren zwei Dinge, als wir bis zu der Böschung weiter unten am Fluss schwammen. Erstens: Aspen hatte hier gecampt. Sie hatte ein Zelt, in das sie nun eilig schlüpfte, um sich umzuziehen. Zweitens: Zwei unserer Handys funktionierten noch, das von Zellman und das von Cross. Die beiden waren doppelt eingepackt und in Jordans Plastikbeutel gesteckt worden und hatten die Reise auf diese Art überlebt. Mein Handy und das von Jordan, die beide jeweils in nur einem Kondom steckten, hatten es nicht überstanden.

Wir würden unsere Handys beerdigen müssen, aber vorerst gab es Wichtigeres zu tun. Ganz oben auf der Liste stand, uns selbst in Sicherheit zu bringen. Die Bullen waren weiter den Hügel hinuntergegangen, also hatte Cross sein Handy wieder eingeschaltet und Race angerufen. Er folgte dem Fluss stromabwärts, um nach der Straße zu suchen.

Seine Stimme wehte zu uns herüber. »Ja. Ist Taz' Handy mit meinem verbunden? Könnt ihr sehen, wo wir sind?« Pause. »Nein. Wir mussten uns im Fluss vor den Bullen verstecken. Habt ihr sie gesehen? Kann sein, dass sie die Straße weiter unten absuchen, da, wo ihr seid.« Eine längere Pause. »Ja.«

Er drehte sich um.

Aus südlicher Richtung näherten sich Scheinwerfer und wurden immer größer.

»Ich glaube ich sehe euch. Parkt hier oben. Jordan ist verletzt. Wir bringen ihn zu euch.« Kurze Pause. »Habt ihr Wechselsachen dabei? Oder Decken?« Ein Nicken. »Okay. Wir sind gleich da.«

Cross legte auf und kam zu uns zurück. Er wollte das Gespräch wiedergeben, aber ich fiel ihm ins Wort: »Haben wir gehört.«

Der Reißverschluss am Zelt öffnete sich, und Aspen kam heraus, die Kapuze ihres Pullovers hochgezogen. »Schall wird vom Wasser getragen.« Sie blickte in die Richtung, wo immer noch die Lichter der Bullen zu sehen waren. Ihre Taschenlampen waren verschwunden, aber das Blaulicht der Streifenwagen blinkte immer noch.

Für eine Sekunde waren wir ruhig, waren alle – mit einer Ausnahme – auf derselben Wellenlänge.

Dann fragte Jordan mit sanfter Stimme: »Ähm … Du hast also heute Nacht hier gecampt?«

Zellman funkte dazwischen. »Allein? Und Alter, warum hier?«

»Zellman!«, fauchte ich kaum hörbar.

Er zuckte mit den Schultern und vermied es, mich anzusehen. »Ich sage nur, was wir alle denken.« Er musterte prüfend das Zelt und verzog spöttisch den Mund. »Das ist doch seltsam. Wer geht denn allein campen? Und vor allem: Welches Mädel macht sowas?«

Jordan seufzte.

Ich hätte Zellman am liebsten geschlagen. Mal wieder.

Cross stand direkt neben mir und verlagerte das Gewicht auf den anderen Fuß.

»Leute, das ist komisch. Und gefährlich.« Zellman war nicht zu stoppen. »Bist du irgendwie sozial zurückgeblieben oder so? Hast du hier gecampt, um die Party auszuspionieren?«

Bei der letzten Frage erstarrte sie. Ihre Augen weiteten sich, und sie presste die Lippen aufeinander.

Oh. Gott.

Genau das hatte sie getan.

Es war seltsam … und auch traurig.

Zellman hatte eine Menge Höflichkeitsregeln gebrochen … unbehagliches Schweigen senkte sich auf die Gruppe.

Dann murmelte Jordan: »Ignorier unseren Freund einfach. Neunzig

Prozent der Zeit ist er ein Volltrottel, und die restlichen zehn Prozent ist er ignorant ...«

»Hey!«

»Wir müssen dir heute Nacht für vieles dankbar sein. Wenn du uns nicht geholfen hättest, wären wir ...« Jordan blickte zu mir herüber.

Ich hätte eine Menge Ärger am Hals gehabt.

»Ja«, sagte ich und nickte. »Danke. Zellman möchte eigentlich niemanden beleidigen. Er kann sich nur nicht richtig ausdrücken.« Ich warf ihm einen Blick zu. »Taktgefühl ist nicht seine Stärke.«

»Oh.« Sie lachte, aber es klang hohl und gezwungen. »Nicht der Rede wert. Ich meine, ich hab die Polizei kommen sehen und dachte mir, dass ich wenigstens versuchen sollte, euch zu helfen.«

Ich blickte zu ihrem Zelt, und mir drehte sich fast der Magen um. Dieses Lager sah so traurig aus. So einsam. Andererseits: Ich hatte gut reden. Wenn mich jemand dabei sah, wie ich mein altes Haus beobachtete, konnte er leicht zu demselben Schluss kommen. Und hätte damit recht.

Hinter uns leuchteten Scheinwerfer auf und erloschen dann.

Cross räusperte sich. »Sie sind hier.«

»Na endlich!« Zellman schnaubte, ging neben Jordan in die Hocke und legte sich seinen Arm über die Schulter. Sie setzten sich in Bewegung, um die Böschung hinaufzugehen.

Cross berührte die Innenseite meines Handgelenks und nickte Aspen zu, die sich rasch umgedreht hatte und auf den Fluss starrte. Sie hatte dem Pick-up den Rücken zugekehrt und die Arme vor der Brust verschränkt.

Ich nickte und blieb zurück, während er sich beeilte und Jordans anderen Arm nahm.

»Brauchst du ... brauchst du irgendwas? Essen, oder ...?«

»Wie bitte?« Sie drehte sich zu mir um, ihr Mund war eine schmale Linie. Sie legte den Kopf schief und sagte: »Moment mal. Glaubst du etwa, ich bin obdachlos?«

Ich hatte keine Ahnung. Und das sagte ich ihr auch. »Ich ... äh ...

Bist du obdachlos?« Ich atmete zitternd durch. »Ich meine, wenn es so ist, will ich dich dafür nicht verurteilen. Wo gehst du zur Schule?«

Sie brachte einen Schritt Abstand zwischen uns und verzog das Gesicht, als hätte ich gerade ein Kapitalverbrechen begangen.

Ich fluchte leise. »Wenn du es nicht bist, entschuldige ich mich. Und wenn doch, ist es mir egal. Wir sind dir etwas schuldig – ich bin dir was schuldig. Du kannst mitkommen und bei mir zu Hause wohnen. Mein Bruder würde sich rührend um dich kümmern, glaub mir.«

Einen Moment lang schwieg sie und wich meinem Blick aus, dann stieß sie hervor: »Nein, danke. Und ich habe nicht gelogen. Ich wollte nur helfen.«

Ich war der schlimmste Mensch auf Erden.

Ich wollte die Dinge richtigstellen, wollte mich mit ihr verstehen, aber ich konnte ihr ansehen, dass sie mit mir fertig war. Sie wollte allein sein, also nickte ich und wandte mich zum Gehen. »Okay. Vielen Dank für alles. Das meine ich ernst.«

Sie antwortete nicht, aber ich sah sie langsam nicken, als sie mir wieder den Rücken gekehrt hatte und auf den Fluss blickte.

Schweren Herzens stapfte ich zu der Stelle zurück, wo Race' SUV auf uns wartete. Taz saß auf dem Rücksitz, und als sie mir die Tür öffnete, hielt sie eine Decke für mich bereit. Wärme schlug mir entgegen und der vertraute Geruch nach Familie.

»Wer ist das da unten?«, fragte Race.

Zellman schnaubte. »Irgendeine seltsa...«

Ich fiel ihm ins Wort. »Jemand, dem wir was schulden. Sie hat uns geholfen.«

»Das ist gut.« Race fuhr den SUV zurück auf die Straße, aber anstatt nach Süden fuhr er nach Norden. Wir würden Frisco komplett umrunden, dann nach Osten fahren und schließlich südlich nach Roussou fahren müssen.

Wir fuhren eine Weile dahin und wärmten uns auf, dann sagte Race: »Ich finde, ihr sollt wissen, was da unten für ein Desaster abgegangen ist.«

Cross blickte ihn von der Seite an. »Wie meinst du das?«

Taz lehnte sich über den Sitz und schob einen Arm zwischen ihren Freund und ihren Bruder. »Die Polizei. Es hat bereits die Runde gemacht. Sie haben keinen von der Fallen Crest Academy oder der staatlichen Schule in FC festgenommen.«

»Was?«

»Sie haben alle zusammengetrieben und gefragt, auf welche Schule sie gehen«, sagte Race. »Alle aus Roussou wurden festgenommen.«

»Was?!« Jordan fuhr hoch, verzog vor Schmerz das Gesicht und ließ sich wieder in den Sitz fallen.

Zellman beugte sich vor. »Im Ernst?«

Race nickte. »Ja. Und es gibt ein Video davon. Derselbe Account, der den Angriff auf Jordan aufgezeichnet hat, hat auch die Massenfestnahme aufgezeichnet. So nennen sie das.«

»Was ist mit den Frisco-Schülern, die jetzt nach Roussou gehen?«

»Dasselbe. Wer nach Roussou gewechselt hat, wurde festgenommen. Wer auf der Academy oder FC Public ist, wurde laufen gelassen.«

»Wie können sie damit durchkommen? Ist das überhaupt legal?«

Race zuckte mit den Schultern. »Wer weiß das schon? Ich meine, sie können alles Mögliche sagen, um sich zu rechtfertigen.«

Der Schock fuhr mir in die Glieder. Es kam durchaus vor, dass bei einer Highschool-Party Leute festgenommen wurden. Jedenfalls wenn sie betrunken oder high waren. Wenn du in einer Crew warst, hatten sie dich sowieso auf dem Kieker. Aber der Rest ... Sogar diejenigen, die nichts getrunken hatten?

»Alle?«, fragte ich.

Race nickte. »Alle. Ob nüchtern oder nicht. Alle wurden festgenommen.«

Cross sah mich über die Schulter an, aber was hätte er sagen sollen? Es fühlte sich so falsch an. Es fühlte sich ungerecht an. Es fühlte ... es fühlte sich an, als wäre an der Sache etwas faul.

Ich machte mich innerlich hart, und das Gefühl, dass etwas in der Luft lag, wurde noch intensiver. Ich wusste nicht, was für ein Sturm gerade aufzog, aber ich wusste, es würde ein großer sein, und es fühlte sich an, als stünde er schon vor der Tür und wartete darauf, endlich unser Haus wegzublasen.

Ich konnte nur hoffen, dass wir alle das überleben würden.

»Wir müssen deinem Bruder davon erzählen«, sagte Cross.

Ich nickte, die Muskeln in meinem Nacken waren angespannt. »Ich weiß.«

Kapitel 17

Der Duft von Kaffee weckte mich, aber der Geruch von Toast und das Geräusch in der Pfanne brutzelnder Eier waren es, die meinen Magen zum Knurren brachten. Ich schlüpfte unter Cross' Arm hervor, ging ins Bad, putzte mir die Zähne und zog mir eine Jogginghose und ein Shirt über, bevor ich den Flur hinunterging.

Der tätowierte Rücken meines Bruders begrüßte mich als Erstes. Tattoos bedeckten einen Großteil seines Körpers. Mit finsterer Miene drehte er sich zu mir um.

»Ich halte das nicht mehr aus, Bren.« Er hob den Pfannenwender. »Wenn Cross hier wohnen soll, muss er nach unten ziehen. Du weißt schon, in eins der zwei Gästezimmer. Oder auf die Couch. Oder – und das, das ist das Mindeste ...« Er verstummte, und sein Blick richtete sich auf eine Stelle hinter meiner Schulter.

Auf diese Art war ich vorgewarnt, als sich eine Hand um meine Taille legte.

»Steh in Zukunft wenigstens vor mir auf, und schleich dich nach unten, okay? Was sagst du dazu? Kriegst du das hin?«

Cross drückte mich an sich und gab mir einen Kuss auf die Stirn, ehe er weiterging. Barfuß trottete er zur Küchentheke, zog einen Hocker darunter hervor und nahm Platz.

Channing beobachtete ihn und wirkte immer noch ziemlich finster. »Genau. Setz dich ruhig, Cross. Ich bin nur hier, um dir Frühstück zu machen und es auch noch zu servieren.«

Cross fuhr sich grinsend mit der Hand durchs Haar. Dadurch stand es ab, was gut aussah. »Tu mir einen Gefallen.« Cross senkte den Kopf, grinste Channing aber nach wie vor an. »Sag uns einfach vorher, wann du nachts nach Hause kommst, dann stelle ich mir gern einen Wecker und schleiche nach unten, bevor du nach Hause kommst.«

Channing richtete sich zu seiner vollen Größe auf. Er wirbelte herum und legte den Pfannenwender auf der Arbeitsfläche ab.

Die Luft knisterte. Cross hatte Channing noch nie herausgefordert. Gelegentlich hatte er einen dummen Spruch gebracht, aber sowas war noch nicht vorgekommen. Nicht mit diesem respektlosen Unterton.

Mein Bruder erstarrte. »Ist das dein Ern...«

Cross fing an zu lachen, ließ die Hände sinken und lehnte sich zurück. »Nein! Um Himmels willen, nein, ich verarsche dich nur. Und ja, ich werde in Zukunft unten schlafen.«

»Oh.« Der Kampfgeist hatte meinen Bruder verlassen, aber er zögerte, ehe er den Pfannenwender wieder in die Hand nahm. Er musterte Cross und mich durchdringend aus schmalen Augen. »Das geht mir echt auf die Nerven.« Er deutete mit dem Pfannenwender auf mich. »Und komm mir jetzt bloß nicht mit der Nummer, dass ich in eurem Alter auch nicht anders drauf war. Ist mir egal, ob ich schlimmer war als ihr. Jetzt bin ich hier der Erwachsene. Es ist mein Haus und ...« Aber sein Ärger war bereits verpufft. Er wandte sich wieder den Eiern zu und fuhr in normalem Tonfall fort: »Ihr seid sowieso besser als ich. Und ihr werdet auch in meinem Alter noch besser sein. Ihr kriegt euren Kram garantiert viel schneller auf die Reihe als ich.«

Cross und ich blickten uns skeptisch an.

»Äh ... okay?!« Ich war zu müde, um zu diskutieren oder um mich zu vergewissern, wovon er redete.

Für meinen Bruder lief es ziemlich gut. Er war nie im Knast gewesen, was in meinen Augen ein Erfolg war. Ich ging an ihm vorbei zum Kühlschrank und holte die Milch heraus. »Cross, möchtest du Saft?«

»Orangensaft, bitte.«

Danach frühstücken wir weiter wie üblich oder zumindest auf die Art, wie wir frühstückten, wenn wir alle drei in der Küche waren.

Es gab wenig Platz, deswegen musste normalerweise eine Person draußen bleiben. An diesem Morgen war Cross diese Person. Ich holte Teller aus dem Schrank und gab sie ihm. Cross brachte sie zum Tisch. Dann war das Besteck an der Reihe. Er deckte den Tisch und ließ genug Platz für die Pfanne mit den Eiern. Ich goss den Saft ein, und er stellte sein Glas an seinen Platz. Ich goss Kaffee in die Tassen, fügte Milch hinzu. Cross stellte die Tassen neben Channings und meinen Teller. Ich brachte noch die Gewürze zum Tisch, und wir hatten uns gerade hingesetzt, als Channing mit den Vorbereitungen fertig war. Er trug einen Teller mit Toast in der einen, die Pfanne mit den Eiern in der anderen Hand und stellte beides auf dem Tisch ab.

Er setzte sich am Kopfende, Channing und ich saßen nebeneinander.

»Keine Heather?«, fragte ich, während Cross sich etwas Ei nahm. Ich griff nach einem Stück Toast.

Channing lud sich zwei auf den Teller. Er schüttelte den Kopf und nahm sich Honig. »Nope. Sie hatte letzte Nacht Freunde zu Besuch, darum ist sie in Fallen Crest.«

Cross erstarrte. »Wo wir gerade von Fallen Crest sprechen ...«

Er erzählte Channing, was in der Nacht zuvor passiert war.

»Bist du dir sicher?«, fragte mein Bruder, als Cross fertig war. Er hatte die Augenbrauen zusammengezogen. »Sie haben nur Kids aus Roussou verhaftet?«

»Das haben sie uns erzählt. Wir sind nicht zur Schule gegangen, um Leute auszufragen, aber wenn Race das sagt, glaube ich ihm.«

Channings Blick wanderte zu mir. »Und dieses Mädchen ... du sagst, ihr Name ist Aspen?«

Ich nickte. »Kennst du sie?«

Er schüttelte den Kopf und hob den Toast an seinen Mund. »Nein, aber ... Irgendwas war mit diesem Namen ... Kennt ihr ihren Nachnamen?«

»Nein. Sie hat abgeblockt, als ich ihr angeboten habe, mit zu uns nach Hause zu kommen.«

»Ich werde mal bei ihr vorbeischauen, mal sehen, ob ihr Zelt noch dort steht oder nicht. Wenn sie tatsächlich obdachlos ist, kann ich nicht zulassen, dass sie allein da draußen bleibt.«

Ich versuchte mir vorzustellen, was sie sagen würde, wenn ein stark tätowierter Typ bei ihr vorbeischaute.

»Vielleicht solltest du lieber Heather mitnehmen?« Wobei keiner von beiden eine besonders warmherzige Ausstrahlung hatte.

Channing schnaubte, musste aber grinsen. »Ja. Vielleicht. Ich könnte Ava mitnehmen. Neben uns wirkt sie so gefährlich wie ein Lamm.« Seufzend lehnte er sich im Stuhl zurück. »Mir gefällt das alles nicht, ganz und gar nicht. Die Bullen lassen sich sonst nie beim Stadtfest blicken. Das ist eine Tradition. Früher fanden sie es gut, wenn die drei Städte miteinander auskamen.«

»Vielleicht war es eine Falle.«

Channing nickte und griff nach seiner Kaffeetasse. »Sieht so aus. Und das bedeutet, dass die Sache jetzt auch mich betrifft.« Er zog eine Braue hoch und blickte Cross an. »Hast du gehört? Um die Polizei kümmere ich mich. Das betrifft nicht nur die Highschool. Es ist eine Sache der Gemeinde. Also meine Sache.«

Cross schüttelte den Kopf und verdrehte andeutungsweise die Augen. »Wie auch immer.« Er grinste. »Trotzdem finde ich, dass du alt bist.«

»Alt, so'n Quatsch.« Channing grinste zurück, dann wurde er wieder ernst. »Jetzt mal ehrlich: Was ist euer Plan für die Crew? Ich weiß, dass ihr irgendwas unternehmen werdet.«

Cross sah mich an.

Ich sagte: »Wir wissen es noch nicht.«

Bislang hatten wir nicht darüber geredet. Alle waren erschöpft gewesen, nachdem wir Jordan zur Untersuchung ins Krankenhaus gebracht hatten. Der Rest der Nacht war bedrückend. Zuzusehen, wie Jordan in der Notaufnahme von einer Krankenschwester untersucht und befragt wurde, die uns alle beim Namen kannte, war völlig normal für uns, obwohl es das nicht sein sollte. Aber so war das Leben.

Was Jordan passiert war, machte uns wütend, und wir hatten bereits Rache geschworen, aber unter all diesen Emotionen war etwas, das dort eigentlich nicht hingehörte. Akzeptanz. Das war aufregend, ohne dass ich gewusst hätte, warum. Und es war nicht die gute Art von Aufregung, sondern die schlechte. Eine Warnung.

Am einfachsten war es, dieses Gefühl zu unterdrücken und zu ignorieren.

Channing setzte langsam die Kaffeetasse ab und zog erneut die Brauen zusammen. »Gibt es noch was, das ich wissen sollte? So ein Angriff auf Jordan lässt euch sonst nicht so kalt.«

Cross blickte auf. »Hä?«

Ich sah ihn von der Seite an. Er blinzelte, als wäre auch er in Gedanken versunken gewesen.

»Jordan. Euer Crewmitglied. Er wurde gestern angegriffen.«

»Oh.« Cross beugte sich vor und stützte die Ellbogen auf den Tisch. »Ja. Wir überlegen noch, wie wir jetzt vorgehen, was wir als Nächstes tun.«

Channing lehnte sich zurück. »Okay ...«

Er glaubte uns offenbar nicht oder er war beunruhigt, weil wir so gleichgültig reagierten. Auch ich war besorgt – in einem finsteren Teil meines Selbst.

Als wir mit dem Frühstück fertig waren und uns für die Schule fertig machten, plagte mich der Gedanke noch immer.

In der Nacht zuvor war mein Herz gerast wie wild, ich wollte Blut sehen. Wir hatten gar nicht schnell genug zu Jordan kommen können. Wir mussten zu ihm, ihn retten und dann diejenigen zerstören, die ihm das angetan hatten. Aber mein Bruder hatte recht – Vergeltung war an diesem Morgen nicht mein erster Gedanke gewesen –, und das wurde mir jetzt erst klar. Vor der Polizei zu fliehen und uns zu verstecken hatte Vorrang gehabt. Dann der Ausflug in die Notaufnahme. Und immer wieder musste ich daran denken, wie wir das letzte Mal dort gewesen waren. Wir hatten jemanden hingebracht, um ihm das Leben zu retten.

Und so ging es immer weiter.

Cross und ich stiegen gerade in seinen Pick-up, als er mich fragte: »Bist du okay?«

Ich nickte, während er den Motor anließ. »Ja. Hab nur komische Gedanken im Kopf.«

Ich erinnerte mich an seinen abwesenden Gesichtsausdruck beim Frühstück. »Was ist mit dir? Bist du okay?«

Er zögerte, dann sah er mich an und nickte energisch. »Ja. Mir geht's super.« Er fuhr vom Bordstein.

Eines wusste ich an diesem Morgen mit Sicherheit: Cross hatte mich angelogen.

Kapitel 18

Cross grinste, als wir in der Nähe der Schule anhielten. »Guck mal. Wir haben unser eigenes Begrüßungskomitee.«

Taz, Sunday und Tabatha standen am Bordstein, Rucksäcke auf dem Rücken, Handtaschen in der Hand und die Schule im Hintergrund. Schüler liefen hinter ihnen über den Gehweg.

Wir parkten gegenüber vom Parkplatz, und sobald wir ausstiegen, kamen uns die Mädchen entgegen.

»Na endlich!«, rief Taz und warf uns einen durchdringenden Blick zu. »Wir warten hier seit einer halben Stunde, eine halbe Stunde Lebenszeit, die wir nie wieder ...«

Tabatha legte ihr eine Hand auf die Schulter und lächelte beruhigend. »Sie hatte heute Morgen drei Tassen Espresso.«

»Aber sie hat nicht ganz unrecht«, murmelte Sunday. Sie wandte sich von uns ab und ließ den Blick über den Parkplatz schweifen.

Als ich ihm folgte, sah ich den Rest ihrer Clique inklusive Lila und dem anderen Mädchen aus Frisco, das Tabathas Gruppe beigetreten war. Mittendrin befanden sich Jordan, Zellman und ein paar Sportler.

Cross trat näher an mich heran, und ich flüsterte: »Warum habe ich das Gefühl, dass die Normalos uns auffressen?«

Er lachte leise, und seine Hand berührte meine. »Vielleicht, weil es so ist?« Er nickte der Gruppe zu. »Ich geh zu ihnen. Die Crew muss später planen.«

Zur Antwort nickte ich. Er hatte recht und Channing ebenso. Unabhängig von den seltsamen Festnahmen mussten Köpfe rollen für das, was sie Jordan angetan hatten.

»Jordan konnte heute Morgen nicht mal eine Faust machen. Er konnte sich die Zähne nicht putzen. Er hat mich angerufen, damit ich ihm helfe«, sagte Tabatha, als Cross nur noch wenige Meter von ihr entfernt war. Sie schluckte und blinzelte ein paar Tränen weg. Ihre Stimme war heiser. »Dieses Video hat sich in mein Gehirn gebrannt. Ich werde es nicht mehr los. Ich weiß, ich fand das Crewsystem manchmal unverantwortlich und dumm, aber ganz ehrlich? Falls ihr temporäre Mitglieder sucht, bin ich dabei.« Mit funkelnden Augen und gerecktem Kinn starrte sie mich an.

Sunday schüttelte den Kopf. »Machst du Witze? Dein Freund wurde angegriffen. Überraschung! Er ist in einer der härtesten Crews hier. Diese Leute sind wandelnde Zielscheiben. Willkommen in meinem Leben, ich hab mir im letzten Jahr ständig Sorgen um Zellman gemacht. Und krieg dich mal wieder ein. Hast du vergessen, was wir durchmachen mussten? Du weißt schon.« Sie trat näher zu Tabatha und verschränkte die Arme vor der Brust. »Abgesehen von denen da, sind wir alle verhaftet worden.« Sie deutete mit dem Kopf auf Taz und mich.

Tabatha atmete tief durch und schloss die Augen. Sie massierte sich die Schläfen, dann trat sie einen Schritt zurück. Als sie aufblickte, hustete sie. »Ich habe es nicht vergessen. Ich sorge mich nur um jemanden, der nicht ich ist.« Und nachdem sie das gesagt hatte, stürmte sie vor, bis sie direkt vor Sunday stand. »Was ist eigentlich dein Problem? Wir haben alle dasselbe Stück Papier unterschrieben. Wir haben uns alle auf denselben Deal eingelassen. Und der ist nicht mal zu unserem Nachteil. Wir haben uns doch sowieso alle gefreut ...«

»Moment mal«, sagte ich und hob eine Hand. »Wovon redet ihr? Welcher Deal? Was für ein Stück Papier?«

Die beiden Mädchen erstarrten und traten widerstrebend auseinander. Tabathas Augen schimmerten schuldbewusst, und Sunday weigerte sich, mich anzusehen.

Taz fragte leise: »Sunday?«

Sunday blickte auf.

»Wir dürfen nicht darüber reden«, sagte Tabatha. »Niemand darf das, aber glaub mir, ihr werdet es noch herausfinden ...« Sie verstummte, ihr Blick wanderte zu einer Stelle hinter meiner Schulter.

Ich wollte mich gerade umdrehen und ihrem Blick folgen, da räusperte sich jemand.

Mrs Cooke, die Schulsekretärin, hob eine dünne nachgezogene Augenbraue. »Miss Monroe, der Direktor erwartet Sie in seinem Büro.«

»Wann?«

Sie schniefte und musterte mich geradezu geringschätzig. »Jetzt.«

Taz lachte, als Mrs Cooke wieder ins Gebäude ging, wobei sie mehreren Schülergruppen auswich wie Kuhfladen auf einem Feld. Ständig zog sie ihren Blazer glatt und strich mit den Händen über ihren Rock.

»Äh ... Ich war letzte Nacht und heute Morgen hier in der Schule mit dir zusammen«, stellte Taz fest. »Ich weiß, dass du nicht verhaftet wurdest. Was hast du also angestellt, und warum hast du jetzt Ärger?«

Ich kicherte und verstellte die Gurte an meinem Rucksack. »Was weiß ich? Vielleicht hab ich ja zu viel geatmet.« Ich deutete mit dem Kopf Richtung Schule. »Ich geh schon mal rein und pack meine Sachen weg.«

»Wir kommen mit.« Tabatha ging auf meine andere Seite. »Es klingelt sowieso bald.« Sie drehte sich nach Sunday um, aber die war weg.

Sunday war über den halben Parkplatz zu ihren anderen Freunden gelaufen, die immer noch zusammenstanden, lachten und die Jungs umringten. Cross beobachtete uns und legte fragend den Kopf schief.

Zur Antwort zuckte ich mit den Schultern und formte mit dem Mund: »Direktor.«

Er runzelte die Stirn, aber ich zeigte auf Taz.

Er nickte.

»Kannst du mir einen Gefallen tun?«, fragte ich sie, als wir ins Gebäude gingen. »Erzählst du deinem Bruder, dass ich zum Direktor zitiert wurde?«

»Oh, hey. Ja, klar!« Sie berührte mich am Arm.

Tabatha blieb stehen, aber Taz senkte den Kopf. »Ähm... Kannst du... äh...« Sie zeigte abwechselnd auf Tabatha und auf mich, dann platzte aus ihr heraus: »Es geht um meinen Bruder.«

»Oh!« Tabatha trat zurück und hob beschwichtigend die Hände. »Ja. Ich verstehe. Wir sehen uns später im Unterricht.«

Taz und ich gingen weiter den Flur hinunter. Die Leute bemerkten mich und traten zur Seite, bildeten eine Gasse bis zu meinem Schließfach. Taz machte keine Anstalten, ihres zu öffnen. Sie fummelte an ihrem Rucksack herum und hielt den Blick gesenkt.

Schließlich sagte sie seufzend: »Ach, verdammt. Mein Dad hat angerufen und mir eine Nachricht hinterlassen. Er hat auch versucht, Kontakt zu Cross aufzunehmen. Er ...« Sie blickte auf und biss sich auf die Lippe. »Er und seine Freundin, Marie.« Sie rümpfte die Nase. »Na ja, wie auch immer. Sie haben Cross und mich zum Abendessen eingeladen.«

»Wann?«

»Das erste Abendessen war vor ein paar Wochen. Cross ist nicht aufgetaucht, und du hast nie was dazugesagt ...« Sie zuckte mit den Schultern. »Na ja, Dad will es noch mal versuchen. Er glaubt, wenn ich dich einlade, kann er Cross eher dazu bringen, auch zu kommen. Er hat Race auch eingeladen.«

Meine Augen wurden schmal. »Bittest du mich gerade, Cross zu hintergehen?«

»Was?« Sie riss die Augen auf. »Nein! Um Himmels willen, nein! Ich ... ich weiß nicht.« Sie schüttelte den Kopf. »Sieh mal, Cross geht auf seine Art mit der Sache um, aber ich muss da auftauchen. Du kennst mich doch. Ich kann nicht wegbleiben, wenn meine Eltern mich um etwas bitten. Cross hingegen kann einfach »Fick dich« sagen und ist immer noch ihr Liebling.« Sie atmete hörbar durch. »Aber egal. Das tut nichts zur Sache. Wenn Cross nicht auftaucht, kannst du dann trotzdem kommen? Mir zuliebe? Ich brauche Unterstützung. Und so sehr ich Race auch liebe, er ist immer noch ein Typ und blickt manchmal einfach nicht durch. Er vergöttert seine Mutter und hasst seinen Vater, also versteht er nicht, was gerade vor sich geht. Ich könnte gut jemanden gebrauchen, der mich unterstützt, weißt du?«

Die Regeln der Crew waren hier eindeutig. Ich konnte nichts tun oder sagen, ohne es vorher mit Cross abzusprechen. Die Regeln für Freundinnen ... waren ein bisschen anders.

Ich seufzte. »Okay. Ich kann dir nicht garantieren, dass Cross sich blicken lässt, aber ich kann als deine Freundin mitkommen.«

»Das würdest du tun?« Sie fasste mich an beiden Armen und schüttelte mich aufgeregt. »Meinst du das ernst?«

Ich wusste bereits, dass das keine gute Idee war. In meinem Magen rumorte es jetzt schon. »Ja. Klar mach ich das«, sagte ich trotzdem. »Wann ist denn dieses Abendessen?«

»Oh mein Gott! Ich bin so froh, dass du kommst. Es ist nächsten Sonntag. Sie wollten bis nach dem Abschlussball warten.«

»Ä-hem.« Jemand räusperte sich, und es klang, als hätte er Übung im Räuspern. »Ich glaube, Ihre Anwesenheit ist woanders gefragt, Miss Monroe.«

Taz und ich blickten uns an. Seit wann wussten alle möglichen Lehrer, wann ich zum Direktor musste?

Aber ich packte meine Tasche weg, nahm einen Stift heraus und schloss mein Schließfach ab.

»Brauchst du für deine erste Stunde kein Buch?«, fragte der Lehrer.

Taz öffnete jetzt ihr Schließfach und tat so, als bekäme sie überhaupt nichts mit. Tat sie aber.

»Nee. Man weiß ja nie, wie lange ich dableiben muss. Aber lieb, dass Sie sich solche Sorgen um mich machen, Mr Ortega. Das bedeutet mir echt viel.«

Er schnaubte und ging zurück in sein Klassenzimmer.

Cross und die anderen kamen rein, und er blieb vor mir stehen. »Was ist los?«

Ich deutete mit dem Kopf nach links. »Das wird deine Schwester dir erklären, und frag sie dann auch gleich mal nach nächstem Sonntag.«

»Fick dich!«, rief Taz, sobald ich mich in Bewegung gesetzt hatte.

Ich grinste sie über die Schulter an, dann beschleunigte ich den Schritt.

Kapitel 19

»Bren.« Direktor Broghers deutete mit der Hand auf den Stuhl gegenüber seinem Schreibtisch.

Er musste sich die Haare gefärbt haben, denn seine normalerweise fast weißen Zotteln mit leichtem Rotstich waren nun dunkelrot. Offenbar hatte er gelernt, sich um seine Erscheinung zu kümmern. Seine sonst so buschigen Augenbrauen waren heute gestutzt.

Er war immer noch dünn, und an diesem Morgen wirkte er abgelenkt. Obwohl es frisch gefärbt war, wirkte sein Haar etwas zerzauster als in der Woche zuvor. Es stand regelrecht von seinem Kopf ab. Sein Blick war auf den Computer gerichtet, und er fluchte leise, während er sich mit einer Hand das spitze Kinn rieb. Dann klickte er etwas an, lehnte sich in seinem Stuhl zurück und konzentrierte sich auf mich.

»Miss Monroe.«

Ich hatte vor Kurzem Die Matrix gesehen und war versucht, ihn zu korrigieren, indem ich mit »Mr Anderson« antwortete. Aber vielleicht vermisste ich auch nur Direktor Neeon. Wer wusste das schon? Letzteres bezweifelte ich allerdings.

Stattdessen lächelte ich ihn mit geschlossenem Mund an. »Geben Sie's mir schon. Wofür wollen Sie mich drankriegen?«

Er runzelte die Stirn. »Wie bitte?«

Ich zeigte von ihm zu mir und dann in den Raum. »Sie. Ich. Dieser Raum. Hierher werde ich gerufen, wenn ich in Schwierigkeiten bin. Erinnern Sie sich?«

»Oh!« Er blinzelte ein paarmal. »Sie sind nicht in Schwierigkeiten.

Es geht um Ihre Bewährung, also quasi um die Sache, wegen der Sie immer noch in Schwierigkeiten stecken.«

Ach. Das.

Ich war auf den vorherigen Direktor mit dem Messer losgegangen. Witzige Sache, das.

»Verstehe.« Tat ich nicht.

»Ähm ...« Er räusperte sich, und sein Blick wanderte wieder zum Monitor. »Ich lese hier gerade, was letzte Nacht passiert ist.« Er sah mich an, die Brauen leicht hochgezogen.

Er sagte nichts weiter.

Ich auch nicht.

Er beugte sich vor. »Wollen Sie mich vielleicht auf den neusten Stand bringen?«

»In welcher Hinsicht?«

»Im Hinblick auf letzte Nacht.«

Hm ... Ich war mir ziemlich sicher, dass ich genug Dokumentationen auf Netflix gesehen hatte, um zu wissen, was das hier sollte. Es war eine Falle; er wollte, dass ich mich in Widersprüche verstrickte. Also würde ich mich dumm stellen.

»Wovon sprechen Sie?«

»Ich bin mir sicher, dass Ihre Freunde Sie bereits darüber aufgeklärt haben, was gestern Nacht passiert ist.«

Wie gesagt. Eine Falle. Sollte ich ihm das erklären?

»Ja ...?« Ich beugte mich vor, während in seinen Augen Triumph aufblitzte. Ich stützte die Ellbogen auf den Schreibtisch und schüttelte den Kopf. »Ich kann Ihnen immer noch nicht folgen, Mr Bro.«

Seine Lippen wurden schmal. »Wollen Sie mich auf den Arm nehmen?«

»Mir scheint, Sie sollten mich erstmal auf den neusten Stand bringen.«

Er hatte vergessen, wer ich war. Ich war eine Crew- Adelige. Mein Vater saß im Gefängnis. Mein Lebenslauf war voll mit Erfahrungen im Umgang mit Autoritätspersonen wie ihm. Ich war auf Bewährung.

Er murmelte leise etwas vor sich hin und lehnte sich in seinem Stuhl zurück. Er verschränkte die Finger über der Brust. »Mir ist zu Ohren gekommen, dass Sie und Ms Bagirianni ...«

»Die Schnüfflerin.«

Ohne auf meine Worte zu achten, fuhr er fort: »... vor ein paar Wochen eine Unterhaltung geführt haben. Sie haben Interesse daran geäußert, den Rest Ihrer Sozialstunden auf andere Weise abzuarbeiten als durch Therapie und das Eventkomitee. Ist das richtig?«

Oh.

Mist.

Das.

Er sah meinen Gesichtsausdruck und lachte leise. »Ich sehe Ihnen bereits an, dass Sie sich an die Unterhaltung erinnern.«

Ich hatte eigentlich versucht, sie aus meinem Gedächtnis zu löschen. Ich schluckte den Kloß in meinem Hals herunter. Ich hatte niemandem davon erzählt. Nicht Cross. Nicht Channing. Niemandem. Aber irgendwie hatte es sich herumgesprochen, denn ich hatte das Hollywoodgeflüster selbst gehört.

»Wird aus diesem Ding also doch noch was?«

»Ob dieses Ding, wie Sie es nennen – eine Dokumentationsreihe, die in Fallen Crest gedreht wurde – zur Produktion freigegeben wurde? Ja, das wurde es tatsächlich, und ...« Er beugte sich vor. Sein Stuhl quietschte. »Sie haben darum gebeten, nach Roussou kommen zu dürfen. Für weiteres Material und Interviews.«

Das hier. Das, wovon er da redete, war mein schlimmster Albtraum.

Die Schnüfflerin hatte es mir gegenüber vor einem Monat zur Sprache gebracht. Die ursprüngliche Produktion hatte von Mason Kade und seiner Frau Samantha gehandelt – von ihrer Geschichte. Sie war eine olympische Läuferin. Er hatte jetzt zwei Superbowl Ringe. Das Projekt war auf ESPN ausgestrahlt worden und ein Hit gewesen.

Das war super, ganz wunderbar. Es war nicht mein Problem. Mit meinem Leben hatte das nichts zu tun.

Dann hatte die Schnüfflerin gesagt, das Interesse am Verhältnis der

Städte zueinander sei so groß, dass ein weiteres Projekt genehmigt worden war. Die Filmcrew würde wiederkommen, aber diesmal, um die Geschichte der Rivalität zwischen Fallen Crest und Roussou zu erzählen.

Direktor Broghers räusperte sich. »Ms Bagirianni möchte, dass Sie einem der Produktionsteams helfen, da Sie eine besondere Verbindung zu Mr und Mrs Kade haben.«

Ich biss die Zähne zusammen, verschränkte die Arme vor der Brust, und jeder verfickte Muskel in meinem Körper spannte sich an. »Ich habe keine Verbindung zu ihnen.«

Erneut ergriff er das Wort, aber ... nein. Ich beugte mich ruckartig vor, die Arme immer noch vor der Brust verschränkt. »Ich habe kein Problem mit diesem Footballtypen oder der berühmten Läuferin, aber ich kenne sie nicht. Er ist mit meinem Bruder befreundet. Sie ist mit der Verlobten meines Bruders befreundet. Sie sind mit deren Leben verbunden, nicht mit meinem. Nicht mit mir. Nicht mit meiner Crew. Und ich hab der Schnüfflerin schon danke gesagt – nein danke. Ich habe um eine andere Möglichkeit gebeten, weil ich mit der Therapie fertig bin und das Eventkomitee seine Arbeit für dieses Jahr abgeschlossen hat. Der Abschlussball ist das letzte Event, und damit hatte ich nichts zu tun.«

Er redete einfach übergangslos weiter. »Und ich sage Ihnen, dass Ms Bagirianni keine weiteren Therapiestunden anbietet, mit denen Sie Ihre Sozialstunden abarbeiten können. Weil Sie sich entschieden haben, nicht bei der Organisation des Abschlussballs mitzuwirken, fehlen Ihnen zehn Stunden, um Ihre Auflage zu erfüllen.«

Oh ...

Er war noch nicht fertig. »Ich habe alle anderen Optionen überprüft, und es gibt nirgendwo einen Platz für Sie. Das bedeutet, dass Sie die Wahl haben: Sie können Ihre Stunden abarbeiten, indem Sie einem der Produktionsteams helfen, oder Sie gehen ins Jugendgefängnis.« Er zog eine gepflegte Augenbraue hoch. »Ihre Entscheidung.«

Ich musterte ihn finster. »Mein Bruder kann Alternativen ...«

»Nein, das kann er nicht.« Jetzt war er aalglatt. »Dafür wäre viel Papierkram nötig. Ich müsste sehr viele Dinge genehmigen, und ich teile Ihnen hiermit mit, dass ich das nicht tun werde.«

Ich öffnete den Mund, um zu widersprechen. Ich wusste nicht, was ich sagen würde, aber es würde ein gutes Argument werden.

Der Direktor hob eine Hand. »Und ich habe gerade mit Ihrem Bruder telefoniert. Ich habe ihm das Projekt erklärt, die Verbindung zu seinem Freund, und es tut mir sehr leid, Ihnen das sagen zu müssen, aber Ihr Bruder hält das für eine gute Idee.«

Mir tat es auch verdammt leid. Es haute mich praktisch um.

Mein Mund klappte zu.

Mein Bruder. Mein eigen Fleisch und Blut. Channing hatte mich ausgeliefert.

Mr Bro lachte erneut. »Ich sehe, dass Ihnen das nicht passt, aber ich verstehe nicht, warum. Wirklich nicht. Warum wollen Sie diesem Kamerateam nicht helfen?«

Ich versuchte, ihn mit meinem Blick zu erdolchen. Er musste mich verstanden haben, er stellte sich jetzt nur dumm.

Mr Broghers war vielleicht ein bisschen zögerlich rübergekommen, als er für Direktor Neeon übernommen hatte, aber er hatte in den letzten Monaten viel erreicht. Ich konnte ihm ansehen, wie berechnend er war.

Produktionsteams bedeuteten Aufmerksamkeit. Mir war egal, mit wem sie reden würden. Wenn sie nach Roussou kamen, würde es Kommentare und Statements über das Crewsystem geben. Das war unvermeidlich, und was war die Konsequenz? Mehr Aufmerksamkeit.

Ich wusste nicht, was die Kameras auffangen und wie es geschnitten werden würde, aber ich wusste, dass es Zuschauer geben würde. Die erste Dokumentation war landesweit auf ESPN ausgestrahlt worden. Würde mit diesem Film dasselbe passieren?

Einen Scheinwerfer von nationalem Interesse auf uns gerichtet zu haben, war nicht gut, es war überhaupt nicht gut.

»Bren?«, hakte er nach.

Ein anderer Gedanke kam mir, und ich setzte mich aufrechter hin.
»Sind Sie dafür verantwortlich?«
Seine Mundwinkel zeigten jetzt nach unten, nur ein kleines bisschen.
Ich rutschte vor bis an die Stuhlkante. Meine Hände umklammerten seinen Schreibtisch. »In der Dokumentation ging es um Freunde meines Bruders. Das hier, Roussou, hat mit denen nichts zu tun. Sind Sie dafür verantwortlich?«
Er schluckte.
»Haben Sie die darum gebeten, eine andere Serie speziell in Roussou zu drehen?«
Jetzt wurde ein Schuh daraus.
Im Halbjahr zuvor hatte die Schule begonnen, Kameras zu verwenden, um gegen das Crewsystem vorzugehen. Es war nicht viel passiert, aber wir hatten uns Sorgen gemacht, dass sie es auf uns abgesehen haben könnten. Aber es war weiter nichts gekommen.
Und jetzt das hier. Das Produktionsteam. Ich wurde gezwungen, ihnen zu helfen, als eins von nur zwei Mädchen in einer Crew ...
Vielleicht zog ich voreilige Schlüsse und war zu übereifrig. Vielleicht hatte es gar nichts mit den Crews zu tun.
»Ich weiß nicht, Bren.« Mr Broghers Gesicht war völlig ausdruckslos, ließ kein Gefühl erkennen. »Ich kann Ihnen nur sagen, dass Sie in wenigen Momenten Miss Sallaway treffen werden, denn Sie werden dem Team helfen, und das wissen wir beide.«
»Wer ist Miss Sallaway?«
Jemand klopfte an die Bürotür, als Mr Broghers sich gerade erhob. »Eine von den Produzenten, denen Sie zugeteilt werden«, sagte er. »Sie wird Ihre Kontaktperson sein, was die von Ihnen geleistete Hilfe angeht. Und wenn ich Ihnen einen Rat geben darf?« Er ging um den Schreibtisch herum zu Tür, aber hielt inne, bevor er sie öffnete. »An Ihrer Stelle würde ich ihr so gut wie möglich helfen. Wenn sie nicht glücklich ist, bin ich es auch nicht. Und Sie wollen, dass ich glücklich bin, denn Sie brauchen mich, damit ich den Papierkram für Ihre Bewäh-

rung unterschreibe. Wenn ich mich recht erinnere, besagen diese Dokumente, dass Sie ›die Stunden entsprechend der Erwartungen der Aufsichtsperson‹ ableisten müssen, und da Ms Bagirianni sich zurückgezogen hat, bin diese Person jetzt ich.«

Er öffnete die Tür und alles, woran ich denken konnte, war, dass es nun soweit war. Ich hatte das Bedürfnis, auch auf diesen Schulleiter mit dem Messer loszugehen.

Kapitel 20

Ich machte nur Spaß.

Mehr oder weniger.

»Und Sie haben keine Zeit zu verlieren«, sagte Mr Bro.

Ich machte Anstalten aufzustehen, und die Selbstgefälligkeit in seiner Stimme ließ mir einen Schauer über den Rücken laufen. Ich bewegte mich langsam, aber ich wusste, dass ich hier mitspielen musste. Gericht und Jugendknast waren nicht die Dinge, mit denen ich den Rest meines Jahres verbringen wollte.

»Komme ich ungelegen, Kenneth?«

Kenneth.

Ich drehte mich herum und sah eine Frau, die Kenneth gerade die Hand schüttelte. Sie sah jung aus, ungefähr fünf Jahre älter als ich? Meine Größe, schlank, glatte, rotbraune Haare. Der Haaransatz war röter als der Rest ihrer Mähne, anscheinend färbte sie sich die Haare also dunkler.

Sie trug Jeans und ein weißes Shirt und hatte einen blauen Loopschal locker um den Hals gelegt.

Broghers schüttelte ihr die Hand und lächelte übereifrig. »Nein, nein«, säuselte er.

Ich kämpfte heftig gegen den Drang an, mit den Augen zu rollen. Aber immerhin hatte ich noch nicht das Bedürfnis, mein Messer zu zücken. Rehabilitation – es war also tatsächlich möglich.

Seine Wangen bekamen plötzlich Farbe. »Dein Timing ist perfekt.

Du wolltest ortskundige Assistenz, und ich habe das Mädchen gerade hier. Wir haben über die Dokumentation gesprochen.«

Der Blick der Frau richtete sich auf mich, sie wirkte eifrig. Außerdem blitzten noch ein paar andere Gefühle auf, die sie aber rasch unterdrückte. Aus schmalen Augen musterte sie mein Gesicht, während Kenneth weiterredete.

Als er fertig war, reichte sie mir die Hand. »Hallo! Ich bin Rebecca. Du kannst mich Becca nennen.«

Ich sagte kein Wort.

Ich schüttelte ihr auch nicht die Hand.

Ein heiseres Lachen stieg aus der Kehle des Direktors auf, und er griff nach meiner Hand, um sie selbst in die Hand dieser Frau zu legen. »Das ist Bren, Bren Monroe.« Erneut lachte er nervös, mit einem kleinen Kiekser am Ende. »Und sie freut sich ganz ungemein, helfen zu können. Nicht wahr, Bren? Nicht wahr? Oder ...« Er senkte die Stimme. »Du kannst dich immer noch für die andere Option entscheiden.«

»Option?« Rebecca kam weiter ins Büro herein, ihr Blick huschte zwischen uns hin und her. Sie zog ihre Hand zurück. »Ist alles in Ordnung?« Ihre Stimme hatte einen scharfen Unterton.

»Ja. Ja! Alles ist in Ordnung. Nicht wahr, Bren?«

Ich brauchte unbedingt ein bisschen Zeit mit mir allein.

Ein Sturm zog herauf. Ich spürte die drohende Zerstörung in meinen Knochen. Die alte Bren warf sich gegen die Stäbe des Käfigs, in den ich sie tief in meinem Inneren eingesperrt hatte. Ich hatte sie nicht mehr herausgelassen – nicht, seitdem ich auf Principal Neeon eingestochen hatte, nicht, seitdem Taz angegriffen worden war, nicht, seitdem ich Cross mit einer Pistole in der Hand gesehen hatte, nicht, seitdem ich ihm ausgeredet hatte, etwas zu tun, was ihn mir für immer weggenommen hätte.

In diesen Augenblicken war mein Leben an mir vorübergezogen, und ich hatte gebetet. Gebettelt. Geschworen.

Ich hatte alles getan, was notwendig gewesen war, um Cross von dem abzuhalten, was er hatte tun wollen.

Er war trotzdem in das Haus gegangen.

Aber er hatte Alex das Leben gerettet, anstatt es ihm zu nehmen, und bei mir hatte es Klick gemacht. Ich hatte bekommen, worum ich gebettelt hatte, also hatte ich danach geschworen, mich zu ändern.

Es hatte funktioniert.

Bis jetzt ... bis man mich zu etwas zwang, das ich nicht tun wollte. Ich wusste ... wusste einfach, dass das hier mir und meiner Crew irgendwie schaden würde. Ich wusste es, aber es war entweder dieser Film oder der Jugendknast.

Ich hatte mir geschworen, niemals ins Gefängnis zu gehen, egal, in was für eins.

Fick dich, Kenneth. Ich hatte meine Entscheidung getroffen, aber trotzdem: Fick dich ins Knie.

Ich funkelte ihn böse an und schwor mir, ihm wehzutun, sobald ich eine Gelegenheit dazu bekam. Dann räusperte ich mich und zwang mich zu lächeln.

Es fühlte sich an, als bräche ich durch Asphalt, während ich den Kopf schüttelte. »Ja. Alles ist in Ordnung. Hi. Ich bin Bren.«

»Hi.« Becca lächelte erleichtert. Sie schob sich eine Haarsträhne hinters Ohr. »Dein Nachname ist Monroe? Bist du mit Channing Monroe verwandt?«

»Nein.« Ich warf meinem Schulleiter einen warnenden Blick zu. Wenn er mich zwang, hier mitzumachen, würde ich ihn zwingen, Stillschweigen zu bewahren. Und ich wollte ihr Channing nicht einmal verheimlichen. Ich wollte nur weiter nichts mit der Sache zu tun haben. Mein Bruder war in seiner Jugend ein aufbrausendes Arschloch gewesen. Und wenn sie ihn kannte ...

»Oh«, sagte sie. »Ich kannte einen Max Monroe, als ich in Fallen Crest zur Schule gegangen bin.«

Oh ... Meine Widerspenstigkeit schmolz dahin. »Ach ja?«

Sie nickte. »Er war Channings Halbbruder. Ich wusste nicht, dass es hier in der Gegend so viele Monroes gibt.« Dann stellte sie ihr strahlendes Lächeln noch ein wenig heller und zückte ihr Handy. »Okay. Ich habe gehört, dass alle Freigabegenehmigungen unterschrieben sind?«

»Ja. Das sind sie«, flötete Mr Bro. »Jede einzelne. Sie sollten eine Liste der Schüler in Ihrem E-Mail-Postfach haben. Die habe ich heute Morgen abgeschickt.«

»Großartig. Perfekt. Können wir unser Set in einem Hinterzimmer aufbauen? Privatsphäre ist bei diesen Interviews wichtig. Wir wollen, dass die Schüler sich wohlfühlen.«

»Oh ja.« Er überschlug sich fast vor Schleimerei, während er nach einem Schlüsselbund griff und zur Tür deutete. »Wenn Sie rausgehen, schließe ich ab und zeige Ihnen den Weg. Wir haben schon den passenden Raum für Sie.«

Ich trat zur Seite, als wir aus dem Büro kamen, und sah Jordan im Sekretariat, eine schriftliche Entschuldigung in der Hand und das Gesicht voller Prellungen.

Becca sah ihn im selben Moment und schnappte nach Luft.

Er reagierte nicht, sah mich nur an, bis sein Blick zum Schuldirektor wanderte, der in diesem Moment sein Büro abschloss.

»Was ist los?«, fragte er.

Ich öffnete den Mund, aber Mr Bro kam mir zuvor. »Ah, Mr Pitts. Ihre Mutter hat bereits angerufen wegen Ihres Attests.« Ich spürte, wie er sich hinter mich stellte, und Jordans Augen weiteten sich panisch, bis mir klar wurde, was gleich passieren würde.

Ich fuhr herum und sah, wie der Direktor die Hand senkte. Er hatte mich an der Schulter berühren wollen, und sofort erwachte mein Kampfinstinkt. Ich bleckte die Zähne und hob die Fäuste.

Blitzschnell stand Jordan an meiner Seite. »Fassen Sie sie nicht an.«

Direktor Broghers befolgte den Befehl. Seine Hand ballte sich zur Faust, aber er ließ sie sinken. Er wirkte verlegen, so als wüsste er nicht, was als Nächstes zu tun war.

Becca beobachtete die Interaktion. Sie war beiseitegetreten, mit einer Tasche, die ich vorher nicht bemerkt hatte, die sie jetzt aber vor sich trug. Sie hielt die Tasche fest, wirkte aber nicht so, als würde das Geschehen ihr Angst einjagen. Sie war nur neugierig. Sie legte den Kopf schief und betrachtete mich. Als Mr Bro nichts mehr sagte, übernahm sie.

Mit ausgestreckter Hand kam sie zu uns rüber, ein höfliches Lächeln im Gesicht. »Ich bin Miss Sallaway. Du kannst mich Becca nennen. Wie heißt du?«

Jordan blickte auf ihre Hand und stellte sich dann hinter mich, sodass ich eine Barriere zwischen den beiden bildete.

Als Becca seine Absicht bemerkte, räusperte sie sich, aber ihr Lächeln verblasste nicht. Sie nickte und murmelte: »Interessant.«

»Das ist Mr Pitts. Jordan Pitts.«

Mr Bro hatte sich endlich wieder gefangen. Er zupfte an seiner Krawatte und stellte sich neben sie, den Blick auf mich gerichtet. Er schien sich daran zu erinnern, was beim letzten Mal passiert war, als mich jemand gegen meinen Willen angefasst hatte. Er versuchte zu lächeln. Ich wusste, dass es eine Entschuldigung sein sollte.

Die alte Bren wäre beinahe wieder dagewesen. Sie hatte genug davon, herausgefordert zu werden, und ich seufzte tief, während ich sie wieder nach unten schob. Sie musste sich erstmal beruhigen.

»Ist er ... äh ...«, fragte Becca Mr Bro mit einem unauffälligen Nicken in Jordans Richtung.

»Ah. Nein, leider nicht.«

»Ist sie ... äh ...« Erneut unauffälliges Nicken in meine Richtung.

Er schüttelte schweigend den Kopf. »Aber sie soll Ihnen so gut es geht assistieren.«

Assistieren?

»Ach, soll sie das?«, fragte Jordan. Dann stieß er mich mit dem Ellbogen an und fragte so leise, dass nur ich ihn hören konnte: »Bist du okay?«

Ich nickte kaum wahrnehmbar. »Später.«

Er nickte zurück.

Der Direktor war um uns herumgegangen und sprach nun mit der Sekretärin. Das Buch für die erste Stunde im Spind zu lassen, war die richtige Entscheidung gewesen. Anscheinend würden wir in einem Hinterzimmer der Bibliothek drehen, einem Raum, den nur selten jemand nutzte, wenn er es sich nicht gerade dringend selbst besorgen wollte.

»Ein Kamerateam?«, fragte Jordan. »Verdammt, was soll das?«

»Mr Pitts«, ermahnte ihn die Sekretärin, die gerade ans Telefon ging. »Achten Sie auf Ihre Sprache.«

Jordan grinste sie an und wackelte mit den Augenbrauen. »Ach, kommen Sie, Miss Marjorie.« Er zeigte auf sein Gesicht, zwinkerte ihr zu und stöhnte dann. »Haben Sie Erbarmen. Ich denke und bewege mich langsamer als sonst.« Erneut stupste er mich an.

Die Geste war nicht für Becca bestimmt, aber irgendwas sagte mir, dass ihr nichts entging.

Er beugte sich vor und flüsterte mir ins Ohr: »Die Bullen wollen mich zu gestern Nacht befragen. Cross hat gesagt, ich soll warten, bis wir uns abgesprochen und für eine Geschichte entschieden haben.«

Ich konnte ihm nicht sagen, was ich dachte – meine ehrliche Meinung. Neugierige Menschen belauschten uns, also flüsterte ich zurück: »Was für eine Geschichte? Wir waren gestern Nacht zu Hause, hast du das vergessen?«

Jordan verstummte, und Mr Broghers hatte inzwischen gefunden, wonach er gesucht hatte.

»Okay. Ja. Gehen wir, Miss Salla...« Er ging um uns herum und zur Bürotür.

»Becca, bitte.« Sie folgte ihm, warf Jordan und mir aber einen verstohlenen Blick über die Schulter zu. »Oder Rebecca.«

Er zögerte, ein aufrichtiges Lächeln im Gesicht. »Dann Rebecca. Und ich bin Kenneth, wie gesagt.« Erneut lachte er nervös und glucksend.

»Das ist echt widerlich«, stöhnte Jordan hinter mir. »Er ist mindestens dreißig Jahre älter als sie.«

Das sah ich genauso.

Becca ging an ihm vorbei auf den Flur.

Mr Bro hätte beinahe die Tür zugemacht, so sehr strengte er sich an, bei ihr zu landen, aber dann erinnerte er sich an mich und stieß die Tür noch mal auf. Mit finsterer Miene sagte er: »Miss Monroe?«, und in dieser Aufforderung lag keine Frage. Er tat nur so.

»Was ist los?«, flüsterte Jordan.

»Erzähl ich dir später«, flüsterte ich zurück und machte mich auf den Weg. »Sag einfach gar nichts. Ich hab Direktor Vollpfosten schon wegen gestern Nacht angelogen.«

Jordan verzog ungläubig das Gesicht. »Er hat danach gefragt?«

»Bren!«

Ich konnte nur noch nicken, dann betrat ich den Flur und folgte den beiden zur Bibliothek.

Das Positive an meiner Lage war, dass Cross, wie ich wusste, in der Bibliothek seine Lernstunde hatte. Noch besser, sie war in der ersten Schulstunde. Wenn Miss Becca bereits mich und Jordan interessant fand, würde Cross sie umhauen.

Irgendwie freute ich mich darauf.

Kapitel 21

Ich hatte recht.

Sobald wir die Bibliothek betraten, sah ich Cross an einem Schreibtisch sitzen. Er drehte sich zu uns um, wir näherten uns ihm, und Mr Bro stöhnte, als Becca wie angewurzelt stehen blieb.

»Oh, wow«, sagte sie. »So sehen heute Highschool-Schüler aus?« Ihre Augen wurden schmal; sie sah aus, als redete sie mit sich selbst. »Andererseits ...«

»Mr Shaw.« Direktor Broghers hob die Schultern, behielt sie oben und ließ sie wieder sinken. Sehr dramatisch. »Was tun Sie hier? Warum sind Sie nicht im Unterricht?«

Cross stand vom Schreibtisch auf und stellte sich daneben, um mich besser sehen zu können.

Mr Bro trat zwischen uns. »Vergessen Sie's. Miss Monroe ist hier, um Rebecca zu assistieren. Sie ist dafür vom Unterricht befreit.«

Cross zog die Brauen hoch. »Tatsächlich?«

»Wirklich?«, wiederholte ich.

Becca stand stumm dabei und ließ die Szene auf sich wirken.

»Mr Shaw, noch einmal: Warum sind Sie hier? Ich warte.«

Wenn er mit dem Fuß hätte aufstampfen können, ohne dabei auszusehen wie ein Kleinkind in der Trotzphase, hätte er das zweifelsohne getan. Seine Stimme hatte bereits einen nörgelnden Unterton.

»Tut mir leid.« Becca trat vor und streckte ihre Hand aus. »Du bist ...« Vor Bewunderung schüttelte sie den Kopf. »Du siehst einfach großartig aus, meine Güte!«

Cross ergriff ihre Hand nicht, aber das schien sie gar nicht zu bemerken. Sie trat einen Schritt zurück und musterte ihn von Kopf bis Fuß. »Hat dir schon mal jemand gesagt, dass du ein gutes Model wärst?« Das sah ich genauso.

»Treibst du Sport?«, fragte sie weiter.

»Ähm ...« Cross wandte sich mir zu. »Was machst du hier? Was ist hier los?«

»Mr Shaw!«, blaffte der Direktor ihn an.

»Ganz ruhig, Kenneth. Er verbringt hier seine erste Stunde. Lernstunde.«

»Kenneth?«, formte Cross mit den Lippen, und ein Grinsen umspielte seinen Mund. »Wir dürfen nicht mehr in die Cafeteria. Jemand in der Schulleitung meinte, das wäre sonst wie eine Freistunde. Sie wissen schon, alle reden und essen. Sie haben uns in die Bibliothek geschickt, weil es keine freien Klassenzimmer mehr gibt. Schon vergessen?«

Becca zeigte auf uns beide. »Moment. Sind die beiden in einer ...«

Kenneth deutete ein Augenrollen an. »Sie sind ein Paar, ja.«

Becca war verstummt, aber ihr Mund stand immer noch offen. Ihr Blick huschte zwischen uns hin und her. Als ob sie zu einer Entscheidung gekommen wäre, faltete sie die Hände und trat einen Schritt zurück.

Ich konnte Cross' Gedanken lesen: Was ist hier los, verdammt? Und das fragte ich mich ebenfalls.

»Steht das Hinterzimmer zur Verfügung?«, fragte Kenneth die Bibliothekarin, die an der Theke stand und wartete.

Sie griff nach dem Schlüssel und durchquerte unseren kleinen Kreis. »Ich schließe Ihnen auf.«

Becca machte Anstalten, ihr zu folgen, aber der Schulleiter wartete und behielt uns im Auge.

Ich rührte mich nicht vom Fleck. Cross auch nicht.

Dann seufzte Cross. »Ernsthaft? Wir können nicht mal miteinander reden? Sie muss doch nirgendwohin.«

Kenneth kaute auf seiner Wange herum und dachte offenbar nach.

»Also gut, von mir aus.« Seufzend gab er auf. »Aber beeilen Sie sich. Miss Monroe wird mit diesem Projekt ihre restlichen Sozialstunden abarbeiten. Es ist von großer Bedeutung, und ich möchte nicht, dass es ruiniert wird.«

Die Drohung war eindeutig. Er wollte nicht, dass wir es ruinierten, unsere Crew.

Er stolzierte davon. Cross stellte sich neben mich und sah dem Direktor nach, der sich zwischen den Tischen der Schüler hindurchschlängelte. »Was zum Teufel ist hier eigentlich los?«

So schnell und so gründlich ich konnte, brachte ich ihn auf den neusten Stand. Mr Bro würde jeden Moment zurückkommen und mich anschnauzen, dass ich ihm folgen sollte.

»Kenneth?« Das war Cross' erste Frage.

Ich grinste. »Ja. Ist das nicht geil? Ich kannte seinen Vornamen gar nicht.«

Cross grinste ebenfalls. »Okay, Kenneth beiseite: Machst du dir Sorgen wegen dieser Serie?«

Ich blickte ihn an. »Du etwa nicht?«

Er zuckte mit den Schultern und lehnte sich an die Theke. »Keine Ahnung. Ich meine, warum sollten wir? Mit uns hat das doch nichts zu tun, oder? Es geht um die Freunde deines Bruders, stimmt's?«

»Das glaube ich nicht.«

»Und was glaubst du?«

Ich machte einen Schritt auf ihn zu. »Die Serie über die Kades ist längst fertig. Warum kommen sie dann noch mal zurück? Und warum habe ich das Gefühl, dass es doch mit den Crews zusammenhängt?«

Cross straffte die Schultern. Jetzt hatte ich seine volle Aufmerksamkeit. »Du glaubst, das ist gegen uns gerichtet?«

»Ich weiß nicht, ob es gegen uns persönlich geht, aber auf jeden Fall gegen die Crews, ja. Ich meine, sie haben doch letztes Semester schon angefangen, gegen das Crewsystem vorzugehen.«

»Ja, aber ...« Cross unterbrach sich selbst, während er nachdachte. Sein Kiefer mahlte. Dann fluchte er leise und sagte: »Du hast recht. Sie haben es nicht geschafft, das System loszuwerden. Was könnten sie als letzte Rettung versuchen?«

Ein mieses Gefühl war in mir aufgestiegen und immer stärker geworden, seit ich ins Büro des Direktors gerufen worden war. »Uns ins Rampenlicht schieben?«

»Wir sehen für Außenstehende wie verfickte Gangs aus. Die Leute mögen keine Gangs. Sie hassen sie. So werden sie sich die Geschichte zurechtlegen. Sie werden nur über die Gewalt berichten.« Sein Blick richtete sich auf mich. »Sie werden über dich reden. Aber ...« Er trat einen Schritt zurück. »Wer würde denn überhaupt reden? Wenn du ein Normalo bist, hältst du die Klappe. Wenn du Crew bist, hältst du auch die Klappe. Ich glaube, wir müssen uns keine Sorgen machen.«

Ich machte mir aber Sorgen. Und ich sah ihm an, dass es ihm mittlerweile genauso ging.

Erneut fluchte er und fuhr sich mit der Hand durch die Haare. »Das ist nicht gut.«

»Wo wir gerade bei nicht gut sind: Ich habe Jordan im Sekretariat gesehen. Hat er die Bullen erwähnt?«

»Ja ...«

»Miss Monroe!«

Da war es, das Schnauzen, auf das ich gewartet hatte.

Kenneth stand zwischen zwei Bücherregalen und hatte seine Krawatte über die Schulter geworfen. Er fuchtelte mit den Händen in meine Richtung. »Kommen Sie?«

Cross stellte sich hinter mich, berührte mich leicht. »Warum nur fallen mir bei Broghers immer so schlimme Sachen ein? Sachen, mit denen wir ihm das Maul stopfen könnten«, flüsterte er.

Ich grinste. »Ich glaube, es würde nicht reichen, sein Auto mit Eiern zu bewerfen.«

»Wir haben ja gesehen, wie super der letzte Direx darauf reagiert hat, dass Jordan mit seiner Tochter zusammen war.«

»Bren!«

Ich musste wirklich los. »Ja, aber der ist jetzt weg!«, rief ich über die Schulter.

Cross antwortete nicht, aber er beobachtete mich, und seine braungrünen Augen wirkten erst sanft, begannen dann aber zu funkeln. Ich konnte seine Gedanken lesen: Er brauchte mich, und mir ging es mit ihm genauso.

Ich unterdrückte ein Stöhnen. Ich spürte, dass mich das Verlangen jederzeit überwältigen konnte, denn es breitete sich bereits in meinem Körper aus.

Seine Augen wurden dunkler. Er sah, was ich empfand, und seine Mundwinkel zuckten. Mit den Lippen formte er das Wort später.

Ich nickte und ging widerstrebend von ihm fort.

Mr Broghers schnaubte ungeduldig und machte einen Schritt zur Seite, als ich in den Gang zwischen den Regalen trat, der zum hinteren Teil der Bibliothek führte.

»Ich werde Ihren Freund für diese Stunde in eine andere Klasse schicken«, sagte er. »Und beschweren Sie sich bloß nicht, sonst verbanne ich ihn nämlich für das gesamte restliche Jahr aus der Bibliothek. Und ja, solange Sie Miss Sallaway helfen, werden Sie die meiste Zeit in der Bibliothek verbringen.«

Ich wusste nicht, was ich davon halten sollte. Mir wurde klar, dass Cross' Anwesenheit dieses Projekt gefährden würde und dass es dem Direktor sehr wichtig war. All diese Fakten musste ich präsent haben für das, was auf uns wartete.

»Was ist mit meiner Unterrichtszeit?«, fragte ich.

»Ich habe mit Ihren Lehrern gesprochen. Angesichts der Tatsache, dass das Schuljahr nur noch wenige Wochen dauert und Sie nicht vorhaben, aufs College zu gehen, haben Ihre Lehrer eingewilligt, Ihnen leicht abgewandelte Aufgaben zu erteilen. Es wird spezielle Tests für Sie geben, für die Sie auch lernen müssen. Die nötigen Lernmaterialien werden bereitgestellt.«

»Aber ...« Mir wurde schwindelig. War das überhaupt legal?

»Dies sind besondere Umstände, und ja, ich habe die Erlaubnis dazu von Ihrem Vormund«, fuhr er mich an. »Ich habe ihm das ungefähre Ausmaß des Projekts erklärt und den zusätzlichen Lernaufwand, den Sie erbringen müssen, um Ihre Kurse zu bestehen. Seien wir ehrlich: Sie sind intelligent. Sie müssen im Unterricht wenig tun, um Ihre Prüfungen zu bestehen, und die meisten Schüler in der Abschlussklasse haben ohnehin bereits die Voraussetzungen für den Abschluss erfüllt. Den letzten Monat absolvieren Sie praktisch nur zum Spaß, und für die Abschlussklasse ist der letzte Schultag sowieso schon in zwei Wochen. Also nein, Sie werden kein Schlupfloch finden, um aus diesem Projekt herauszukommen. Sie sind auf Bewährung. Das Gesetz verlangt, dass Sie hier sind, ich verlange, dass Sie sich nützlich machen, und ich bin sowohl Ihr Richter als auch Ihr Henker. Verstanden?«

Mit diesen Worten stürmte er zurück in den Raum. In der Tür stand ein Typ mit Kamera und hatte die Linse auf uns gerichtet.

Jep.

Mir wurden zwei Dinge auf einmal klar: Erstens, was auch immer da gerade aufgenommen worden war, musste zerstört werden. Zweitens, ich sollte wirklich wieder mein Messer mit in die Schule nehmen.

Kapitel 22

Becca saß auf einem Hocker gleich rechts hinter der Kamera. Nachdem ich den Gesamtaufbau der Kamera gesehen hatte, war ich beeindruckt, aber auch nervös, und fragte mich, worauf das Ganze hinauslaufen würde.

Becca sprach kurz mit der Bibliothekarin und dann mit Kenneth. Ein älteres Pärchen um die fünfzig war ebenfalls dort. Sie steckten die Köpfe zusammen.

Die Bibliothekarin ging zuerst.

Dann der Direktor.

Becca sprach weiter mit den anderen beiden, und ich hatte allmählich den Eindruck, dass sie hier das Sagen hatten. Sie gingen eine Liste durch und zeigten darauf, während sie mit Becca sprachen. Becca nickte, bis sie etwas gefragt wurde.

Sie zeigte auf mich. »Das ist sie.«

Alle drei blickten mich an.

Die Frau hatte fast silberne Haare, die sie aber nicht alt wirken ließen. Eher majestätisch. Mit ihrer schlanken Figur und den zu einem lockeren Knoten hochgesteckten Haaren, aus dem sich einige Strähnen gelöst hatten und ihr markantes Gesicht einrahmten, hätte sie früher Model sein können. Lange Arme, lange Beine. Sie musterte mich durchdringend von Kopf bis Fuß.

Lange Zeit schwieg sie. Auch der Mann schwieg, aber sie war es, die mich in ihren Bann geschlagen hatte. Ich wollte mich bewegen, mir das Shirt zurechtzupfen, mich im Gesicht kratzen. Aber unter ihrem Blick brachte ich das nicht fertig. Kenneth war manchmal ein Vollidiot. Becca war jung und intelligent, aber neben dieser Frau hier war sie praktisch ein Nichts. Sie war eine undurchdringliche Mauer. Es war, als könnte sie in mich hineingreifen und außerdem all meine verborgenen Gedanken und Gefühle sehen. Und das erweckte die alte Bren wieder zum Leben.

Fast hätte ich geseufzt.

Sie war heute mehrmals geweckt worden, und das gefiel mir nicht. Ich hatte eine Art von Balance gefunden. Aber sobald jemand zu tief in meinem Inneren wühlte, würde die alte Bren wieder herauskommen, und das wollte niemand. Mich eingeschlossen.

Okay, scheiß drauf. Wenn diese alte Schrulle mich tiefenpsychologisch analysieren wollte – es fühlte sich jedenfalls so an –, würde ich mich ihr eben rückhaltlos zeigen. Ich hatte in einer Ecke gestanden, aber ihr durchdringender Blick hatte mich fast bis in die Mitte des Raumes gezogen. Ich stand direkt vor ihnen. Mit hängenden Armen. Schultern zurück. Kopf hoch.

Die Frau straffte ebenfalls die Schultern und reckte das Kinn. Sie trug einen langen, weiten Rock und einen schulterfreien Pullover aus Kaschmir. Außerdem trug sie einen Loopschal, aber ihrer war deutlich hochwertiger als der von Becca.

Ich erkannte den Ansatz eines Lächelns in ihrem Gesicht, ihre Augen funkelten, dann nickte sie. Sie war fertig mit mir.

Ich kam mir vor wie ein Stück Vieh im Auktionshaus. Jemand hatte sein erbärmliches letztes Gebot abgegeben, und der Kauf war abgeschlossen. Links raus ging es zu meiner Hinrichtung.

»Okay. Das klingt nach einem guten Plan«, sagte Becca, und die anderen beiden verschwanden durch die Schiebetür.

Becca drehte sich um und kam zu mir. »Dann lass uns mal das erste Mädchen holen, okay?«

Ein aufgeregtes Summen erfüllte den Raum, und Becca klatschte in die Hände. »Auf geht's.« Sie kam noch näher und sagte leise: »Das erste Mädchen, das wir interviewen werden, ist dieses hier.« Sie holte einen Ordner hervor und Tabatha Sweets' Gesicht starrte mich an. »Wir haben eine allgemeine Liste mit Fragen, aber während wir sie aufwärmen und dafür sorgen, dass sie sich vor der Kamera wohlfühlt, möchte ich, dass du dir ein paar persönlichere Fragen für sie notierst. Du weißt schon, Fragen, die nur du ihr stellen würdest – Fragen, die sie nicht beantworten möchte. Du kannst sie dir aufschreiben, während wir sie interviewen, einfach alles, was wir sie deiner Meinung nach fragen sollten.«

Was zum Teufel sollte das werden?

Sie ging fort, um mit ihrem Team zu sprechen, und ich nahm undeutlich wahr, dass sich die Tür wieder öffnete. Jemand kam herein, und ich hörte Tabathas Stimme.

Ich sah mir gerade die Fragen an, blickte aber auf, als ich hörte, wie wenig Tabatha nach Tabatha klang. Sie hatte die Arme um sich geschlungen und zupfte nervös an ihrem Shirt herum. Die Haare waren ihr ins Gesicht gefallen und verdeckten ein Auge, und sie sah sich im Raum um – es wirkte, als könnte sie nicht richtig sehen und versuchte, sich anhand von Geräuschen zurechtzufinden.

Bis ihr Blick auf mir landete. Sie zögerte, trat einen Schritt zurück, wurde kreidebleich.

»Oh nein.« Sie biss sich auf die Unterlippe.

Ich senkte den Blick wieder auf die Fragen, und gleich darauf wusste ich, dass mein Bauchgefühl mich nicht getrogen hatte.

Es gab allgemeine Fragen zum Aufwärmen: Was sie zum Frühstück gegessen hatte, wie alt sie war, Fragen über ihre Familie und dazu eine ganze Liste von Notizen. Wenn Quelle angespannt ist, Gemeinsamkeiten finden. Nervige jüngere Geschwister? Bringt sie zum Lachen. Liebstes Hobby. Sprecht zuerst über Themen, die sie auftauen lassen. Erst zu schwierigeren Fragen übergehen, wenn Vertrauen aufgebaut wurde.

Das Herz war mir in den Magen und weiter bis auf die Füße gerutscht.

Ich entdeckte eine weitere Liste.

Bist du in einer Crew?

Erzähl uns vom Crewsystem.

Was gefällt dir nicht an den Crews?
Was gefällt dir an den Crews?
Das war mein schlimmster Albtraum.

Da sah ich oben auf dem Blatt Papier den Namen des ganzen verdammten Projektes: Die Welt der Crew-Gangs.

Ich war so benommen, dass ich Muster vor den Augen sah. Partikel schwammen in der Luft herum, und meine Haut wurde zu heiß für mich. Ich musste hier raus. Ich musste ...

»Bist du so weit?«

Beccas zwitschernde Stimme drang in meine Panik, und ich hob den Kopf. Ich hielt das Klemmbrett fest umklammert. Meine Knöchel wurden weiß. Ich würde es zerbrechen, wenn ich mich nicht unter Kontrolle bekam.

Was war zu tun? Was sollte ich tun?

Das hier würde mit oder ohne mich stattfinden.

Ich musste sie aufhalten. Sie würden uns falsch verstehen. Sie würden uns verleumden, uns kreuzigen. Ich schluckte, in meinem Hals bildete sich ein Kloß. Ich sah den Hass, der Channings berühmten Freunden entgegengebracht wurde. Es gab Liebe und Bewunderung, aber auch sehr viel Hass. Uns würde es schlimmer treffen. Wir waren keine Erfolgsgeschichte, kein verliebtes Pärchen mit niedlichen Kindern. Die Welt der Gangs. Das war der Titel, den sie gewählt hatten.

»Okay.« Becca war aalglatt und total ruhig. Warum war sie so verdammt ruhig?

Ich schluckte und fühlte mich, als müsste ich ersticken, dann hörte ich Gemurmel, und das Licht ging aus. Der Scheinwerfer wurde eingeschaltet, und mitten im Raum, auf einem hohen Stuhl vor der Kamera, saß Tabatha.

»Es geht los.«

Becca beugte sich auf ihrem Hocker vor und wirkte so warm, so beruhigend, beinahe verführerisch, als sie ihre erste Frage stellte. »Na, bist du ein bisschen nervös?«

...

Ich stieß Tabatha gegen den Handtrockner im Waschraum. »Was zum Teufel war das eben?!«

Ich stand direkt vor ihr. Es war mir egal.

Ich war die Böse. Ich war die Bedrohung. Ich erfüllte alle Stereotypen, aber ich war wütend, und unter der Wut ... hatte ich Angst.

Entsetzliche Angst.

Meine Hände zitterten – die Nachwirkungen davon, dass ich die ganze Zeit einfach dasitzen musste, während Becca es langsam angehen ließ. Sie plauderte mit Tabatha. Brachte sie zum Lachen. Brachte sie zum Seufzen. Nach und nach hatte Tabatha sich entspannt. Sie fühlte sich wohl. Becca tat ihr leid, als sie Geschichten aus ihrer Kindheit erzählte. Sie fühlte sich mit Becca verbunden, und ich sah, wie die Augen der jungen Produzentin aufleuchteten. Von dem Bullshit, den sie erzählt hatte, war vermutlich überhaupt nichts wahr. Aber das spielte keine Rolle, es erfüllte seinen Zweck, und nachdem Rebecca eine Beziehung aufgebaut hatte, begann sie die richtigen Fragen zu stellen.

Als sie damit durch waren und Tabatha gegangen war, verabschiedete ich mich aufs Klo. Ich war ihr dicht auf den Fersen, und sobald sich die Gelegenheit geboten hatte, hatte ich sie beim Arm gepackt und in den Waschraum gezogen.

Die Klingel läutete zur dritten Stunde, und jemand versuchte, die Tür zu öffnen. Ich stieß sie wieder zu und trat dagegen.

»Hey!«, kam eine Stimme von der anderen Seite.

»Nimm ein anderes Klo. Hier ist besetzt.«

»Ich komme zu spät!«

»Du bist schon zu spät. Hau ab!«

Was sie auch tat. Ich konnte sie meckern hören, aber sie verschwand. Das Quietschen ihrer Sohlen verstummte, und ich drehte mich wieder um, wobei ich mir vorkam wie ein Raubtier mit seiner Beute. Aber ich wollte Tabatha nicht fressen. Ich wollte sie in Stücke reißen.

Ich trat einen Schritt zurück. »Du hast eine Minute, um alles zu gestehen. Eine Minute!«

Ihr strömten bereits Tränen übers Gesicht, aber sie wischte sie nicht weg. Sie hielt die Ärmel in den Fäusten, die sie tatsächlich erhoben hatte, dann rutschte sie an der Wand hinunter, bis sie auf dem Boden saß. Ich war mir nicht sicher, ob sie das überhaupt bemerkte.

»I...ch musste, Bren! Du wurdest nicht festgenommen! Dich haben sie nicht gezwungen, diesen Zettel zu unterschreiben! Ich musste unterschreiben! Ich musste!« Sie brabbelte vor sich hin, wie sie das in der ganzen zurückliegenden Stunde getan hatte, während sie vor laufender Kamera immer mehr Geheimnisse über das Crewsystem ausplauderte.

Beim Zuhören war mir schlecht geworden. Aber ich war auch hart und kalt. Am Ende hatte ich mich in einen mordlustigen Roboter verwandelt, und nun hatte meine Wut ein Ziel gefunden.

»Was für ein Zettel?«, fragte ich.

»Ich wurde verhaftet! Du nicht!«

Sie versuchte sich aufzurappeln.

Ich drückte sie wieder runter und beugte mich über sie. »Erklär's mir, sonst bringe ich Jordan innerhalb von fünf Sekunden gegen dich auf, das schwöre ich dir. Und dafür muss ich mir nicht mal was ausdenken. Ich werde ihm einfach die Wahrheit erzählen.« Ich zeigte in Richtung Bibliothek. »Für das, was du da drin angestellt hast, hast du eigentlich eine Abreibung von uns allen verdient. Niemand verrät uns. Niemand! Du bist davon nicht ausgenommen, nur weil du Jordans Freun...«

»Sie haben mich gezwungen!« Sie rang nach Luft, während ihre Tränen weiterströmten. Sie bekam Schluckauf und versuchte, wieder zu Atem zu kommen. »Ich kann nicht ...«

Ich knurrte.

»Sie haben uns Vertraulichkeitsvereinbarungen unterschreiben lassen. Wenn ich dir davon erzähle, können sie meine Familie verklagen«, sagte Tabatha und ließ den Kopf hängen.

Ich ging auf die Knie. War mir scheißegal. »Mir geht gleich die Geduld aus. Rede endlich, oder ich stelle Dinge mit dir an, die wir beide hinterher bereuen werden.«

Als sie den Kopf hob und mich prüfend musterte, sah sie die Wahrheit.

Ich würde diese Schule zur Hölle auf Erden machen, wenn sie mir nicht erzählte, was los war.

»Deswegen haben sie uns gestern Nacht verhaftet.«

Endlich.

Kapitulation.

Mein Zorn beruhigte sich. Nur ein kleines bisschen. Endlich redete sie.

»Mach weiter«, sagte ich.

Erneut ließ sie den Kopf hängen. Jeder Widerstand war gebrochen. Ihre Stimme war so schwach, so mickrig. »Sie haben jedem Schüler auf der Party, der nach Roussou geht, einen Deal angeboten. Wir wurden aufgeteilt. Die eine Hälfte wurde zur Wache nach Fallen Crest gebracht, die andere hierher. Ich weiß nicht ... vielleicht, um Zeit zu sparen, weil es allmählich eng wurde? Aber ich weiß, dass jeder Schüler in einen Raum gebracht wurde. Ein Polizist, ein Anwalt, jemand von der Schule, und dann wurden die Eltern reingebracht. Ungefähr zwanzig Minuten, bei einem waren es sogar vierzig, und wenn die Tür aufging, schüttelten die Eltern Hände und die Schüler unterschrieben Zettel.«

»Du hast gesagt, jemand von der Schule?«

»Ja.« Sie klang sehr müde. Sie hob den Kopf und lehnte ihn an die Wand, aber die Tränen flossen weiter. Sie schniefte und wischte sich mit dem Ärmel übers Gesicht. »Ich hab Direktor Broghers gesehen, und dann kam der Oberschulrat, und später dann Ortega, dieser Lehrer. Sie haben sich abgewechselt, damit jeder mal Pause machen konnte.«

Mir war kotzübel. Wortwörtlich; der Drang, meinen Magen zu entleeren, wurde immer stärker und setzte sich sogar gegen meinen Zorn durch. Ich wusste, was sie getan hatten. Ich hatte die Verbindungen durchschaut, aber ich musste es von Tabatha hören. Ich musste hören, dass es tatsächlich Realität war, dass alles so vor sich ging, wie ich befürchtet hatte.

»Weiter.« Meine Stimme klang heiser.

Sie seufzte. »Ich kam auch dran. Meine Eltern wurden auf die Wache geführt, sie haben mich in Handschellen gesehen, und meine Mom ist zusammengebrochen. Es war chaotisch und peinlich, und sie hat Jordan für alles verantwortlich gemacht, bevor sie überhaupt wusste, was passiert war.«

Sie schwieg, ihre Unterlippe bebte.

Ich wartete, bis sie ihren Schmerz runtergeschluckt hatte.

»Was ist passiert?«

»Sie haben mir einen Deal angeboten: Wenn ich bei diesem Projekt mitmache und alles offenlege, bin ich raus aus der Sache. Keine Anzeige. Keine Bußgelder. Nichts auf meinem Führungszeugnis.«

»Warum wollten sie dich denn anzeigen?«

»Ist das nicht egal? Irgendwas hätten sie schon gefunden. Alkoholkonsum Minderjähriger? Auf der Party gab es Drogen. Du weißt, dass Frisco da noch drinsteckt. Vielleicht sogar Hausfriedensbruch. Die Cops meinten, dass der Grundstückseigentümer die Party gemeldet und sich beschwert hat, weil angeblich Teenager sein Feld verwüstet haben.« Sie schnaubte. »Das ist doch Bullshit. Alle, die festgenommen wurden, müssen vor der Kamera reden und kooperieren. Wenn nicht, werden sie angezeigt. Ich will mit Bewährung oder Sozialstunden nichts zu tun haben. Nicht in diesem Sommer. Nicht direkt vor dem College. Wenn mein College davon erfährt, schmeißen sie mich womöglich raus. Nächstes Jahr gehe ich auf eine Privatschule. Die könnten auf die Idee kommen, dass ich nicht zu ihnen passe, und bämm! bin ich wieder draußen. Und dann? Community College?«

Ich biss die Zähne zusammen, verlagerte das Gewicht auf die Fersen und stand auf. »Die Freundin meines Bruders war auf dem Community College. Es geht ihr super. Glaub bloß nicht, dass deine Zukunft ruiniert ist, wenn das deine einzige Option ist.«

Ich ging zur Tür; ich hatte gehört, was ich hören wollte. Sie war mit allen Details herausgerückt. Jetzt konnten nur noch Rechtfertigungen kommen, Entschuldigungen, das übliche Opfergelaber. Sie würde mir nicht leidtun. Es war ihre Entscheidung gewesen, diese Zettel zu unterschreiben. Keiner war dazu gezwungen worden.

Sollten sie doch alle in der Hölle schmoren.

Ich hatte den Türriegel bereits zurückgezogen und wollte gerade aus der Kabine schlüpfen, als Tabatha sich erneut zu Wort meldete.

»Was wirst du Jordan erzählen?«

Ich blickte mich nicht um.

Tabatha war ein Normalo. Ich war weich geworden, hatte es in den vorangegangenen Wochen fast vergessen. Jetzt wusste ich es wieder.

»Die Wahrheit«, sagte ich. »Dass du eine Verräterin bist.«

Ich war drei Schritte gegangen, da stand plötzlich Taz vor mir. Sie hatte einen Toilettenschein in der Hand und blieb überrascht stehen, ehe sie auf mich zustürmte. »Hey! Mir ist gerade eingefallen ... wir haben noch gar nicht über den Abschlussball geredet. Ich meine ... wirklich gar nicht. Das ist seltsam.«

Ich blickte über meine Schulter.

Wenn Taz jetzt da reinging ... wenn Tabatha rauskam, wusste ich nicht, was ich sagen würde. Oder tun.

Ich war immer noch stinksauer. Mehr als das.

Diese Kameras waren hier, um unser Leben zu zerstören – mein Leben –, und sie hatten kein Recht dazu.

»Bren? Hallo!« Taz wedelte mit der Hand vor meinem Gesicht herum und folgte mir, als ich mich abzuwenden versuchte. Aber ich konnte ihr das nicht antun, ihr nicht.

»Ich ... Äh, was?«

»Der Abschlussball.« Sie runzelte die Stirn und wedelte zerstreut mit ihrem Toilettenschein. »Diesen Samstag. Ich weiß, dass wir alle zusammen in einer Limousine hinfahren, aber was wirst du anziehen? Monica hat gefragt, zu welcher Kosmetikerin wir morgens gehen, und ich hatte angenommen, dass du dabei sein würdest, aber dann ist mir aufgefallen, dass wir nie darüber geredet haben. Das ist total seltsam.«

Ich wollte stöhnen. Diese Unterhaltung war total seltsam. Der Abschlussball war mir scheißegal.

»Äh, ja. Vielleicht. Weiß ich nicht.«

Ich musste Cross finden. Ich musste den Jungs alles erzählen. Ich musste mir überlegen, was als Nächstes zu tun war, denn Becca würde nach mir suchen. Und dann? Ich hätte diese Schule am liebsten niedergebrannt, war mir aber ziemlich sicher, dass die Jungs da nicht mitmachen würden. Was dann? Einfach alles aussitzen? Was konnte ich denn tun?

»Bren.« Taz senkte die Stimme und kam näher. Ihre Miene wirkte besorgt. »Geht's dir gut?«

»Willst du die kurze Antwort?« Nein. Verdammt noch mal, nein.

Aber ich log, weil ich wusste, was ich zu tun hatte. »Mir geht's gut. Ich ... mach mir nur Sorgen wegen des Abschlussballs. Du hast recht.«

Ich musste zurück in diesen Raum. Ich musste bei jedem Interview dort sitzen.

Sie wollten, dass ich ihnen maßgeschneiderte Fragen für jede Person lieferte, also würde ich das tun – Fragen, die nichts mit den Crews zu tun hatten.

Ich würde dort sitzen. Mir etwas ausdenken. Spionieren.

Und dann würde ich entscheiden, was zu tun war – mit den Jungs, und zwar nur mit den Jungs. Ich würde nicht reagieren. Ich würde verhindern, dass jemand ins Gefängnis wanderte oder dass ich selbst die Schule in Handschellen verlassen musste. Das würde ich tun.

»Bren. Der Abschlussball. Hast du ein Kleid oder hast du keins?« Taz versuchte, witzig zu sein. »Das ist hier gerade das Thema.«

Ein Kleid? Fuck.

Der Abschlussball war für Normalomädchen eine große Sache. Ich gehörte nicht dazu, aber wir gingen trotzdem hin. Taz hatte gebettelt und gefleht, und dem hatten wir alle bereits vor längerer Zeit nachgegeben. Ich hatte die Sache aus meinem Kopf verbannt, und nein. Ich hatte kein Kleid.

»Ich ...«

»Ich mach doch nur Witze!« Taz klopfte mir auf den Arm und hüpfte rückwärts. »Natürlich hast du ein Kleid, aber jetzt mal im Ernst, was ist mit der Kosmetikerin? Kommst du mit? Monicas Mutter hat einen Termin gemacht. Im Fallen Crest Country Club. Ihre Mutter kennt da den Manager oder so, und sie haben jetzt ein Spa. Wir haben da den Morgen gebucht. Möchtest du mit mir zusammen hinfahren? Um neun sollen wir da sein.«

»Äh ... Ja. Klar.«

Der Abschlussball. Mist.

Kapitel 23

Stille. Absolute, vollkommene Stille.

Ich zwang mich, zurück in die Bibliothek zu gehen und in diesem Raum zu sitzen, als sie einen weiteren Schüler reinbrachten. Danach gab es Mittagessen und ich konnte mich nicht länger zurückhalten. Wir trafen uns zu viert auf der Tribüne beim Footballfeld.

Während des Mittagessens war niemand dort. Und wenn doch, sahen sie uns und verschwanden wieder. Überlebensinstinkt.

Ich hatte den Jungs gerade alles erzählt.

Schweigen.

»Sie hat über uns ausgepackt?«, fragte Jordan schließlich. Seine Schultern waren nach vorn gesunken.

Ich nickte. »Sie hat unsere Namen nicht genannt, aber alles andere hat sie ihnen erzählt. Sie haben gefragt, was sie vom Crewsystem hält. Und sie hat geantwortet, ich zitiere, sie ›mochte es erst nicht‹, hat aber ›vor Kurzem ihre Meinung geändert‹.«

Mit rauer Stimme fragte Jordan: »Hat sie das näher erklärt?«

»Ob sie erwähnt hat, dass ihr Freund in einer Crew ist? Nein. Sie hat von der Ryerson-Crew erzählt und von der neuen aus Frisco, aber über uns hat sie geschwiegen.« Ich wusste, dass es nur eine Frage der Zeit war, bis sie reden würde. »Sie werden es rausfinden. Das weißt du. Sie hat gesagt, dass alle kooperieren müssen.«

»Die Ryerson-Crew ist heute nicht hier.« Cross sah sich um. »Sie haben diese Papiere nicht unterschrieben.«

Das war mir gar nicht aufgefallen.

Als hätte er meine Gedanken gelesen, sagte er: »Du warst die ganze Zeit in einem Büro oder der Bibliothek eingepfercht. Du hättest das höchstens heute Morgen bemerken können, und wem fällt so früh schon etwas auf?«

Das stimmte. Ich war aufgestanden, um die schlechten Nachrichten zu verkünden, aber jetzt setzte ich mich und wandte mich den anderen zu.

Zellman war still, saß halb von uns abgewandt.

»Z?«, fragte ich.

»Diese Academy-Crusties haben da ihre Hand im Spiel. Garantiert.«

Cross und ich tauschten Blicke, und Jordan verzog das Gesicht.

Kopfschüttelnd fuhr Z fort: »Ich weiß nicht, was das bedeutet, aber sie müssen davon gewusst haben. Sie haben Jordan vor unseren Augen angegriffen. Wir waren da. Die Ryerson-Crew war da. Sie haben das vermutlich gemacht, weil sie wussten, dass die Bullen kommen würden. Sie wussten, dass wir uns nicht rächen konnten, und hey ... Vielleicht haben sie ja geglaubt, dass sie uns verhaften würden, dann hätten wir keine Zeit gehabt, an Vergeltung auch nur zu denken.« Ein Knurren entrang sich seiner Kehle. »Ich hasse diese Arschlöcher von der Academy. Reiche Scheißkerle, die glauben, sie könnten sich alles erlauben.«

Ich lehnte mich ein bisschen weit aus dem Fenster, aber ... »Kann es sein, dass der Typ, mit dem Sunday ein Date hat, auf diese Schule geht?«

Er schüttelte den Kopf. »Jetzt nicht mehr. Nicht, wenn ich ihr erzähle, was die gemacht haben. Den wird sie sofort abservieren. Sunday wurde auch festgenommen. Der Scheißkerl hat sie nicht gewarnt.«

»Ich verstehe die Zusammenhänge nicht«, sagte Cross, eher in Gedanken versunken als wütend. Er stand auf und fing an, auf und ab zu gehen, den Kopf in den Nacken gelegt. »Ich verstehe, dass die Schulleitung mit der Polizei zusammenarbeitet. Das ergibt aus ihrer Sicht Sinn, aber ...«

»Aber warum besteht Direktor Vollpfosten darauf, dass Bren ihnen hilft?«, fiel ihm Jordan ins Wort. »Das verstehe ich nicht. Wissen die, dass Bren in einer Crew ist?« Er sah mich an.

»Ich weiß es nicht. Eigentlich müsste ihnen das jemand erzählt haben, aber diese Becca tut so, als wüsste sie nicht, wer ich bin.«

»Du meinst, sie kennt Channing?«

Ich blickte zu Cross auf. »Sie hat gefragt, ob ich mit ihm verwandt bin. Ich habe nein gesagt, und dann hat sie erzählt, dass sie Max kannte.«

»Moment. Wer ist Max?«, fragte Zellman.

»Mein Halbbruder. Wir hatten kaum etwas mit ihm zu tun, als wir klein waren.«

»Oh.« Z runzelte die Stirn. »Tut mir leid, Bren. Das wusste ich nicht.«

»Ich rede nicht über ihn.«

Die Jungs blickten sich an, Jordan hustete. »Und sonst sprichst du über alle Leute in deinem Leben?«

Ich grinste. »Touché. Ist eh nicht weiter wichtig. Max hatte eine andere Mutter und ist in Fallen Crest auf die staatliche Schule gegangen. Sie hat nicht zugelassen, dass wir uns sehen, fast nie.«

»Trotzdem. Sowas ist mies. Sorry, B.«

Jordan rieb sich mit einer Hand übers Kinn. »Ich weiß, dass Bren hier heute die Bombe hat platzen lassen, aber nach der Schule warten die Bullen auf mich. Meine Eltern haben eingegriffen und dafür gesorgt, dass ich heute zur Schule gehen kann, aber die werden mit einem Panzerwagen hier auftauchen, wenn ich nicht sofort nach der letzten Stunde zu ihnen fahre.« Er blickte uns der Reihe nach an. »Was soll ich ihnen erzählen?«

»Nichts«, knurrte Cross und ließ sich auf den Sitz neben mir sinken. »Übliche Vorgehensweise. Warum fragst du überhaupt?«

»Weil es ein Video davon gibt, wie diese Arschlöcher mich überwältigen. Darum.«

»Und diese Typen waren auf der Party ...«, rief Zellman uns ins Gedächtnis.

»Nein, waren sie nicht«, widersprach Cross.

Alle blickten ihn erwartungsvoll an.

»Wenn sie da gewesen wären, wären sie festgenommen worden. Wurden sie aber nicht. Warum sollte nur eine Gruppe benachteiligt werden? Folglich wird niemand sagen, dass sie dort waren.«

»Alter. Das Video«, sagte Zellman.

Cross zuckte mit den Schultern. »Das werden sie verwenden, falls es rechtliche Konsequenzen geben sollte, aber ich wette, bis dahin ignorieren sie es. Wenn sie überhaupt davon wissen.«

»Also, was soll ich sagen?«

»Sag, dass du nicht weißt, wer es war. Sie haben dich überfallen, und danach kannst du dich nicht mehr erinnern.«

Es dauerte einen Moment, bis Jordan das verarbeitet hatte. »Okay.« Er nickte. »Das krieg ich hin.« An mich gewandt, fuhr er fort: »Hat Kenneth dich nach mir gefragt?«

Zellman kicherte. »Kenneth. Das ist so geil.«

»Er hat mir allgemeine Fragen zu gestern Nacht gestellt, um zu sehen, ob ich einknicke. Dich hat er nicht direkt erwähnt.«

»Na, das ist doch immerhin etwas.«

»Lass uns was unternehmen, okay?« Zellman sprang auf. Er schob die Hände in die Taschen und ging nun anstelle von Cross auf und ab. Er hatte genug gekichert. Ich kannte diesen Gesichtsausdruck bei ihm. Alle kannten ihn. Z war zappelig und wollte Action.

Ich blieb ruhig.

Cross war der Klügste von uns, also würde ich tun, was er sagte. Und nachdem sie im Semester zuvor die Hierarchie geklärt hatten, würde auch Jordan Cross' Anweisungen Folge leisten, also lag die Entscheidung letztlich bei ihm.

Z wusste das. Er hörte auf, hin- und herzulaufen, und wir beobachteten unseren offiziellen inoffiziellen Anführer.

Cross schüttelte den Kopf. »Ich weiß nicht, Leute. Ich finde, da ist zu vieles gleichzeitig in Bewegung, und zu vieles ist noch ungeklärt. Wir brauchen mehr Informationen, ehe wir etwas tun.«

»Was ist mit dem Schutzsystem für den Städtekrieg?«

Cross schüttelte den Kopf. »Na ja, sie haben sich wegen der Autos an euch gerächt. Wenn Z recht hat, haben sie sich an uns allen gerächt. Ich glaube, dass alle im Schutzsystem bleiben sollten, nur zur Sicherheit, aber mache ich mir Sorgen, dass die Fallen Crest Academy jemand anders angreifen wird? Nein. Werde ich das an die große Glocke hängen? Auch nicht.«

Zellman knurrte und trat gegen einen Stein auf der Tribüne. Er prallte an einer anderen Bank ab, ehe er auf den Boden fiel. »Scheiß drauf. Ich will jemandem den Schädel einschlagen.«

Cross verzog den Mund und stand auf. »Warum gehst du nicht einfach ficken? Um die Machtverhältnisse zwischen Sunday und dir klarzustellen?«

Er rümpfte die Nase. »Ich will keine Beziehung.«

»Willst du sie verlieren? Es klingt nämlich, als wäre sie schon fast weg.«

Cross hatte recht, und Zellman wusste das. Ihm fiel keine Antwort ein, nur eine Unmenge an Flüchen platzte aus ihm heraus, er ballte die Fäuste und stürmte davon, zurück zur Schule. Die Tribüne erzitterte unter der Wucht seiner Schritte.

Jordan wartete, bis Z auf halbem Weg zurück zur Schule und längst außer Hörweite war. »Sein Problem mit Sunday ist nicht, dass sie eine Beziehung will. Sie ist schwanger.« Er sah uns nacheinander ins Gesicht. Niemand blinzelte. »Z liebt Sunday nicht. Das wissen wir alle, aber sie bedeutet ihm trotzdem etwas. Der Kindsvater ist einer von der Academy. Der Scheißkerl will, dass sie abtreibt.«

Oh. Wow. Das hatte ich nicht kommen sehen.

»Aber sie hat am Wochenende doch Alkohol getrunken?«

»Sie hat nur so getan. Du weißt doch, wie's läuft. Pass dich an, damit du durchkommst und so.« Jordan seufzte und stand auf. »Was mache ich wegen Tab?«

Cross und ich tauschten Blicke.

»Sie ist nicht in unserer Crew.« Ich streckte einen Ölzweig der Vergebung aus. Na? Das war ein Fortschritt. Ein großer Fortschritt für mich.

»Mir gefällt nicht, was sie getan hat, aber sie hat nur vage geantwortet. Das hilft uns.«

Jordan schwieg eine Weile und ließ dann die Schultern sinken. »Ja, okay.« Er klang erschöpft. »Aber sie hätte mir Bescheid sagen sollen. Um die Erkenntnis komme ich nicht herum.« Schmerz lag in seinem Blick, und er blinzelte ein paarmal, ehe er seine Maske wieder aufsetzte. »Heute Abend werde ich mich besaufen. Aber so richtig.«

Cross beugte sich vor, die Ellbogen auf die Knie gestützt. »Dann machen wir das. Nur die Wolfscrew.«

»Verdammt. Das klingt nach 'nem perfekten Plan.« Jordan stand auf. »Ich werde dafür sorgen, dass Zellman keine Dummheiten anstellt.«

»Bist du okay?«, fragte ich.

Unsere Blicke trafen sich, und erneut wallte der Schmerz in seinen Augen auf. »Nein, aber dafür habe ich ja euch. Bis heute Abend.«

Cross und ich erwiderten: »Bis heute Abend.«

Ich wartete, bis er die Ränge hinabgestiegen und auf dem Weg zurück zur Schule war.

»Verhalte ich mich da drin normal?«

Cross atmete tief durch und beugte sich wieder vor. »Ja, verdammt. Warum haben sie es ausgerechnet auf dich abgesehen?«

»Das werde ich bestimmt noch herausfinden«, sagte ich schulterzuckend.

Er blickte mich von der Seite an. Ich hob meine Hand und legte sie ihm auf den Rücken. »Frag deinen Bruder mal nach dieser Becca«, sagte er. »Mal sehen, was er dazu zu sagen hat.«

»Okay.« Ich strich ihm über den Rücken.

Aber im Moment passierte Wichtigeres. Zellman blutete das Herz wegen jemandem, der ihm etwas bedeutete. Jordan fühlte sich hintergangen von jemandem, der ihm wichtig war. Die beiden, Mitglieder unserer Crew, brauchten uns.

»Heute Abend«, murmelte ich.

Cross setzte sich auf, legte einen Arm um mich und zog mich an sich. Er rieb die Nase an meinem Ohr und gab mir einen Kuss auf die Stirn. »Heute Abend.« Er küsste mich sanft auf den Mund. »Warum habe ich dauernd das Gefühl, dass ich dich brauche? Warum kriege ich nie genug von dir?«

Ich lehnte mich zurück, gerade so weit, dass ich ihm in die Augen sehen konnte. »Weil es so ist?«

Er grinste. »Ich liebe dich.«

»Ich liebe dich auch.«

Kapitel 24

Nach der Schule und einem kurzen Abstecher, bei dem ich mir ein neues Handy besorgte, berichtete ich Zellman und Cross, wie der Rest des Tages gelaufen war. Wie ich mir alle Einzelheiten notiert hatte, die jemand in den Interviews erwähnt hatte. Wie sie alle plötzlich still wurden, als sie sahen, dass ich mir Notizen machte. Und dass das gut so war.

Zellman fläzte sich auf den Sitz des Pick-ups, einen Fuß auf dem Armaturenbrett. »Ich glaube, das ist ein gutes Zeichen. Vielleicht halten die Leute jetzt endlich ihre verdammte Fresse. Crews gehen sonst niemanden was an.«

Cross schwieg. Ich auch. Es gab im Grunde nichts mehr dazu zu sagen, also warteten wir stattdessen auf Jordan. Wir standen vor der Polizeiwache, und er war reingegangen, um seine Aussage zu machen.

Seine Eltern begleiteten ihn.

Uns war das nicht erlaubt worden, und als sie wieder rauskamen, schüttelten seine Mutter und sein Vater nur den Kopf. Er kam zu uns und teilte uns zusammenfassend mit, dass er nichts gesagt hatte. Er konnte sich nicht mehr erinnern, wie er zu den Prellungen und dem ramponierten Gesicht gekommen war.

Die Bullen waren nicht glücklich. Seine Eltern waren nicht glücklich. Niemand war glücklich außer uns.

Na ja, mehr oder weniger, Zellman war unglücklich.

Er wollte ans Steuer. Jordan sagte nein.

Zellman sagte, Jordan sähe aus, als wäre er aus dem Krankenhaus geflohen.

Jordan war das egal.

Der Streit endete damit, dass Cross die Autoschlüssel nahm und sie über den Parkplatz pfefferte.

»Wer sie als Erster aufhebt, fährt.«

Zellman wollte losstürmen.

Jordan umfasste seine Stirn und schob ihn zurück. Zellman wich zurück, und Jordan war bereits über den halben Parkplatz gerannt. Er hob die Schlüssel auf, aber jetzt hatte Zellman schlechte Laune. Konnte ich verstehen. Das war ein mieser Trick von Jordan gewesen, aber es war auch irgendwie schön zu sehen, dass der miese Teil von Jordan immer noch da war.

Nachdem das erledigt war, fuhren wir aus der Stadt hinaus.

Wir hatten einen Treffpunkt nördlich von Fallen Crest und Frisco. Wir hatten ihn aus Versehen gefunden, als wir in der Gegend herumgefahren waren, und bislang waren wir nur ein paarmal dorthin zurückgekehrt. Aber an diesem Abend war es Zeit für den Strand.

Wir hatten Alkohol dabei. Decken. Flüssiganzünder für ein Feuer. Essen zum Grillen, falls die Jungs Lust darauf hatten, aber falls nicht, hielten wir in der letzten Stadt vor unserem Treffpunkt noch bei einem Drive-through an.

Jordan und Zellman saßen vorne. Cross und ich belegten die Rückbank, und es war eine holprige Fahrt gewesen, aber wir waren angekommen. Jordan bog in den Schotterweg ein, der uns näher zum Strand brachte. Von dort aus mussten wir eine Klippe hinuntersteigen, um zu unserer kleinen Nische zu kommen.

Ein Bach floss ins Meer, schlängelte sich zwischen zwei Felskanten hindurch, und dort saßen wir normalerweise.

»Wir sind da«, sagte Jordan. Der Pick-up hielt an, und Zellman und er sprangen sofort hinaus.

Sie umrundeten den Wagen, und jeder nahm etwas mit, als wir uns auf den Weg machten.

Es war nicht weit, aber steil genug, dass wir langsam gehen mussten, um uns nicht die Knöchel zu brechen.

»Himmel.« Am Fuß der Klippe blieb Jordan stehen und legte den Kopf in den Nacken, um tief Luft zu holen. »Warum fällt einem hier das Atmen so viel leichter als zu Hause?«

Z ging an ihm vorbei und murmelte: »Gibt eigentlich keinen Grund dafür. Wir haben in der Schule gelernt, woran das liegt, aber ich hab den Scheiß vergessen. Ich weiß nur, dass es nicht so ist. Du atmest hier nur leichter, weil Tab dich nicht finden kann.«

»Ach.« Jordans Stimme triefte vor Ironie, während er Zellman betrachtete, der vor uns her stapfte. »Schon klar. Die Stimme der Vernunft.« Er lächelte schwach. »Wer war noch der Gelehrte in unserer Crew?«

»Fick dich, Alter!« Zellman zeigte ihm den Mittelfinger. »Google doch mal. Ich hab recht.« Er zögerte kurz, dann setzte er hinzu: »Mit beidem!«

Jordan antwortete nicht. Er hielt den Kopf gesenkt, hatte die Augen geschlossen, und mit einem leisen Seufzer ging er weiter.

Cross und ich folgten. Zellman suchte sich einen Platz am Bach aus und ließ dort seine Sachen fallen. Er schob die Hände in die Hosentaschen und rief über die Schulter: »Ich such nach irgendwelchem Zeug, das wir anzünden können.«

»Das ist der Zellman, den ich kenne.«

Jordans Stimme war so laut, dass Zellman ihn hören musste, aber er reagierte nicht. Er ging nur weiter zum Strand hinunter.

Jordan begann, die Taschen zu durchwühlen, während Cross die Klappstühle aufbaute und im Kreis aufstellte. Mein Job war es, Steine zu suchen und damit abzustecken, wo das Feuer sein sollte, aber ich wusste, es würde ein Gespräch geben. Ich ließ mir Zeit. Ich wollte zuhören.

Cross' Blick traf meinen und ich nickte ihm zu. Jetzt oder nie.

»Warum sind Zellman und du eigentlich zerstritten?«, fragte er.

Jordan sah nicht auf und wühlte weiter in den Taschen herum. Er holte den Flüssiganzünder und die Streichhölzer raus. »Weil wir die ganze Zeit aufeinanderhängen, verdammt.« Eine Pause. Er blickte auf. »Also, nicht auf die Art aufeinander wie du und Bren. Aber ihr versteht, was ich meine.«

»Haha.« Ich ging zu ihm und schlug ihm auf die Schulter.

Jordan kicherte und holte das Grillgut heraus. Anscheinend hatte er Lust darauf.

Er zuckte mit den Schultern. »Ich weiß nicht. Wir sind einfach beide genervt und lassen das aneinander aus. Das ist alles. Wird schon wieder. Gib uns Alkohol, was zum Grillen, was zum Anzünden und eine Nacht zum Auskotzen. Wenn wir später zurückfahren, werden wir uns alle wie neu fühlen oder so.«

Ich mochte es nicht, wenn meine Crewmitglieder Kummer hatten. Es machte mich fertig, aber leider konnte ich meistens nichts daran ändern.

»Tut mir leid, Jordan.«

Er bedachte mich mit einem kleinen Lächeln. »Danke, B. Wir kriegen das schon hin. Wie sonst auch.«

Ich wollte es gern glauben. Tat ich aber nicht.

Cross' Handy vibrierte, und eine Sekunde später folgte mein eigenes. Ich blickte auf das Display. Es war Taz, und als ich aufblickte, musste ich nicht mal nachfragen, denn Cross beugte sich bereits über mich und drückte auf den Ablehnen-Knopf.

Als ich es zurück in die Tasche steckte, begann Jordans Handy zu klingeln. »Geht es um diese Sache mit dem Abendessen am Sonntag?«

Cross fuhr herum. »Was?«

Jordan lehnte den Anruf ebenfalls ab und steckte das Handy zurück in die Tasche. »Was ist los? Am Sonntag?«

Ich öffnete den Mund.

Cross kam mir zuvor, blickte mich mit funkelnden Augen an. »Im Ernst? Du willst es ihnen erzählen?«

Ich schloss den Mund wieder, und heißer Schmerz fuhr mir in die Lunge.

Seine Augen funkelten warnend, und ich fühlte, wie mir der Schmerz in die Brust schnitt. Er vertraute mir nicht! War das sein Ernst?

»Äh ...« Jordans Augen waren schmal, sein Blick wirkte hart. »Kannst du mir erklären, warum ich damit klarkommen muss, dass das Mädchen, das ich liebe, über Sachen redet, über die eigentlich nicht geredet werden soll, während du deinem Mädchen sagst, dass sie die Klappe über etwas halten soll, das wir vielleicht alle erfahren sollten? Hmmm?«

Jep. Er war nicht glücklich. Überhaupt nicht.

»Es ist nichts Ernstes.«

»Fick dich.«

Cross warf Jordan einen Blick zu, aber der ließ nicht locker. Er trat vor und sah auf Cross hinunter, so gut er das mit seinen fünf Zentimetern mehr Körpergröße eben konnte.

Ein Schauer lief mir über den Rücken, und mir sträubten sich die Nackenhaare.

Jetzt hätte ich Zellman gut gebrauchen können.

»Hey.« Ich trat vor, meine Stimme war sanft.

Ich schob mich zwischen die beiden und legte meine Hände auf Cross' Brust. Er war steinhart, seine Muskeln zuckten unter meinen Händen, aber er ließ Jordan nicht aus den Augen.

»Hey.«

Ich schob Cross einen halben Meter zurück, ehe ich mich wieder der Szene vor mir zuwandte. Beide waren sauer, aber Jordan war nicht ganz so wütend.

Ich sprach ihn zuerst an: »Du bist verletzt.«

»Und ob ich das bin.« Er zeigte mit dem Finger auf Cross. »Allmählich geht mir die Geduld aus. In deinem Haushalt passiert irgendwelcher Mist, und du erzählst uns einen Scheißdreck davon. Was soll das, verdammt noch mal? Hm? Hm?! Wir sind heute Abend meinetwegen hier. Weil ich dir erzählt habe, was bei Z und mir so abgeht. Und du ... du erzählst uns einen Scheiß. Wo bleibt das Vertrauen, Bro?«

Wow.

Punkt für ihn. Verdammt viele Punkte für ihn.

Ich schwieg und blickte Cross an.

Er hatte sich abgewandt, sah in Richtung Strand.

»Bren?«, fragte Jordan. »Kannst du mir erklären, was los ist? Was. Für. Ein. Abendessen. Am. Sonntag?«

Ich schloss die Augen. Ich brauchte eine Sekunde nur für mich.

Ich wurde offiziell aufgefordert, mich zwischen meiner Crew und meiner Beziehung zu entscheiden, und mir kam unvermittelt etwas in den Sinn, das Cross im Halbjahr zuvor gesagt hatte: »Deine Treue gilt zuerst der Crew, aber meine gilt dir.«

Ich fühlte mich, als würde mir das Herz aus der Brust gerissen, genau wie damals. Er hatte es in der Hand. Es schlug noch, pumpte Blut, aber er hielt es gefangen.

Als hätte er gespürt, was in mir vorging, nahm Cross mir endlich die Entscheidung ab.

»Du weißt, dass meine Eltern sich scheiden lassen«, sagte er.

»Ja, ich weiß. Ist es das, worum es hier ...«

»Mein Vater hat noch ein Kind.«

Was?! Ein Schock durchfuhr mich, so heftig, dass ich beinahe schwankte.

»Was?« Ich ging auf Cross zu.

Er wich zurück und schüttelte den Kopf. »Ich kann das alles gar nicht erklären, weil es so unglaublich abgefuckt ist.« Er atmete hörbar ein. »Mein Vater hatte vor langer Zeit eine Affäre. Er ist beruflich ständig unterwegs, aber von der Affäre wusste ich bis vor einem Monat noch nichts.«

Ein Monat ... Er hatte das einen Monat lang gewusst und mir nichts erzählt.

Ich gab mir Mühe, nicht zu verletzt zu sein.

Aber es tat weh.

Jordan musterte mich mitleidig. Was nicht hilfreich war.

Shit. Shit. Shit.

»Die Beziehung meiner Eltern war schon im Jahr davor ziemlich kaputt. Ich weiß nicht. Keine Ahnung, was passiert ist. Ein Teil von mir will es auch gar nicht wissen, aber ich weiß, dass sie damals drüber hinweggekommen sind, was auch immer es war. Alles war gut, aber dann hat meine Mom ihn betrogen. Und jetzt weiß ich nicht ...« Er drehte sich zum Ozean, seine Stimme war rau und brüchig.

Ich spürte, dass Tränen in mir hochstiegen, und blinzelte sie weg. Ich schluckte den Kloß in meinem Hals herunter.

»Die Details kenne ich nicht, aber ich weiß, dass seine neue Frau dieselbe ist, mit der er eine Affäre hatte, und der Sohn lebt in Fallen Crest. Er ist auch in der Abschlussklasse.«

Jordan sah aus wie eine Statue.

Keiner sagte etwas.

»Taz weiß von nichts.«

Oh ... Jetzt wäre ich beinahe hingefallen, stattdessen setzte ich mich.

Jordan lachte bitter und ließ sich neben mir nieder. »Das ist ...« Er beugte sich vor und umschlang seine Knie. »Holy Shit, Cross. Das ist ... ich weiß gar nicht, was das ist.« Er drehte den Kopf, um Cross besser sehen zu können. »Alter, du hast einen Bruder?«

Cross antwortete nicht und starrte weiter aufs Meer hinaus.

Er blinzelte ein paarmal, und ich sah, dass ihm eine Träne über die Wange lief. Ohne sie zu beachten, blickte er uns wieder an. Ich spürte, dass er erneut von Gefühlen überwältigt wurde. Ich sah, wie sie eine Mauer durchbrachen, und seine verborgene Qual ließ den Kloß in meinem Hals auf doppelte Größe anschwellen.

Ich sprang auf. Ich musste ihn einfach in die Arme nehmen. Anders als beim letzten Mal schmiegte er sich an mich. Er legte den Kopf an meine Schulter, an meinen Nacken und schlang die Arme um mich.

Lange Zeit standen wir so da, bis er einen Schritt zurückging und sich mit dem Daumen über die Augenwinkel fuhr. »Sorry. Ich ... fuck-fuck.« Bebend atmete er durch und setzte sich neben mich.

»Das ist hart«, sagte Jordan leise.

Cross nickte. »Ja.«

»Hey!«

Jordan drehte sich um. »Ah. Z kommt zurück.«

Zellman hatte eine strenge Miene aufgesetzt und wedelte mit seinem Handy in der Luft herum. »Warum ist Taz so sauer auf euch? Ihr nehmt ihre Anrufe nicht an, sagt sie?«

Cross lachte, und Jordan verdrehte die Augen, als auch er wieder aufstand. »Ja.« Er ignorierte die Frage und deutete auf Zs leere Hände. »Wie ich sehe, hast du uns jede Menge Zeug zum Anzünden mitgebracht, hm?«

Zellman zeigte ihm den Mittelfinger. »Verbrenn doch den hier.«

Jordan lachte und schlug Z auf die Schulter. »Los, komm mit. Ich hab da was im Pick-up. Etwas, das wir risikolos verbrennen können. Hilf mir beim Tragen.«

»Was? Warum denn?«

»Komm einfach.«

Wir hörten, wie Zellman sich weiterhin zu streiten versuchte und sich die ganze Zeit lauthals beschwerte, aber er ging mit.

Sobald sie außer Hörweite waren, beugte Cross sich so weit vor, dass sein Kopf zwischen seinen Knien war. »Fuck, Bren.«

Ich konnte ihm den Schmerz nicht nehmen, obwohl ich es wollte. So sehr. Stattdessen konnte ich ihm nur den Rücken streicheln. »Das mit deinem Bruder tut mir leid.«

Er stieß ein sarkastisches Lachen aus. »Dad hat noch ein Kind gehabt, genau in der Zeit, in der unsere Mom schwanger war. Kannst du dir das vorstellen? Das sind beinahe zwei Leben.«

»Hat er es die ganze Zeit gewusst?«

Er erstarrte. »Weiß ich nicht«, sagte er und seufzte. »Mist. Bevor ich ihn verurteile, sollte ich das wissen, oder?«

Ich wusste nicht, was ich darauf antworten sollte. Cross hatte sehr lange über seine Familie geschwiegen. Das Wenige, das ich wusste, war ihm im Lauf der Jahre herausgerutscht. Aber ich wusste, dass es ihn quälte. Ich wusste, dass er wütend war, und diese Wut ergab jetzt Sinn, aber ich hatte keine Ahnung, wie ich mit ihm darüber reden sollte.

Sollte ich ihm Fragen stellen? Versuchen, ihn zu trösten? Mit ihm Pläne schmieden, wie er seinen Halbbruder loswerden konnte?

Ich hatte keine Ahnung, also schaltete ich meinen Kopf aus und verließ mich auf mein Bauchgefühl.

Unsere Beine berührten sich, und ich sagte leise: »Ich weiß nicht, wie es ist, wenn man herausfindet, dass der eigene Vater heimlich noch ein Kind hat oder dass es eine Affäre gab oder dass auch deine Mom eine Affäre hatte. Ich habe keine Ahnung, wie sowas in Familien funktioniert. Vermutlich wurde das Vertrauen zerstört. Es gab Kränkungen. Schmerz. Wut.« Ich gab mir Mühe, hatte aber im Grunde keine Ahnung, was ich da redete. »Also ... soweit ich weiß, sind deine Eltern beide mit der Scheidung einverstanden ...«

Cross sprang auf. »Aber ich bin nicht einverstanden! Wer zur Hölle trifft die Entscheidung, eine Familie einfach aufzulösen? Taz und ich wurden dazu nicht gefragt. Es war ... Ich dachte, es ginge ihnen gut. Ich glaube ...«

Tat er aber nicht, und das wusste er auch.

»Cross.« Ich ergriff seine Hand und zog ihn wieder zu mir herunter. »Was ...«

»Sie haben nur so getan. Alles nur vorgetäuscht.«

Ich machte den Mund zu.

»Wenn ich zurückblicke, weiß ich genau, wann sie aufgehört haben, so zu tun, als wären sie eine glückliche, verlässliche Einheit. Und das war nicht erst, als sie anfingen, sich zu streiten.« Erneut beugte er sich vor, den Kopf in die Hände gestützt, und fuhr sich mit den Fingern durchs Haar. »Ich habe versucht, mich an Zeiten zu erinnern, in denen sie nicht so verkrampft miteinander umgegangen sind, in denen es nicht so wirkte, als wollten sie einander eigentlich den Kopf abreißen, anstatt so gezwungen zu lächeln, und ich schwöre, ich kann mich nicht erinnern. Zwischen ihnen war immer schon dieser unterschwellige Hass, den habe ich schon gespürt, als ich aufgewachsen bin. Als ich aufgewachsen bin, Bren.« Sein Blick wirkte gequält. »Taz hat keine Ahnung. Sie leidet, aber sie versucht, den Schein zu wahren und so zu tun, als ob sie ›für Mom und Dad da‹ wäre. Sie meint, dass wir ›Mom und Dad unterstützen müssen, wenn sie das glücklich macht‹. Aber mir ist das inzwischen scheißegal. Sie ist mir egal, und der Rest der Familie auch.«

»Tut mir leid, Cross.«

Er schüttelte den Kopf und seufzte. »Hast du jemals das Gefühl gehabt, dass du mit einer Lüge großgeworden bist? Denn so fühle ich mich gerade.«

Das konnte ich nachempfinden. »Ja.«

Nur ein einziges, schlichtes Wort, aber Cross erinnerte sich. Eine Mauer um ihn herum, von deren Existenz ich nichts gewusst hatte, stürzte ein, und er griff nach meiner Hand. »Meine Güte, Bren. Es tut mir leid. Ich jammere hier rum, dabei ...«

Ich unterbrach ihn. »Bei mir zu Hause hat niemand gelogen. Es war offensichtlich, dass Channing alle hasste. Meine Mom war dabei zu sterben. Mein Vater war Alkoholiker. Es fällt mir also schwer, mich in deine Situation hineinzuversetzen, abgesehen davon, dass du deine Familie verlierst, und das ...« Ich verwob unsere Finger miteinander. »... das kann ich nachvollziehen, und es ist absolut beschissen.«

Er nickte. »Tut mir leid, dass ich dich nicht an mich rangelassen habe.« Er deutete in die Richtung, in die die Jungs verschwunden waren. »Und auch die beiden. Ich habe nicht bewusst beschlossen, euch da rauszuhalten. Eigentlich wollte ich mich selbst raushalten. Ich wollte mich nicht damit auseinandersetzen. Verstehst du das?«

Ich verstand. »Ja«, flüsterte ich, während ich meine Stirn an seine lehnte. »Aber mach sowas nicht noch mal.«

Er lächelte. »Versprochen.«

»Oh-kay!«, erklang Jordans Stimme hinter uns. Er und Zellman waren plötzlich wieder da, sie kamen über den Sand marschiert. Beide hatten die Arme voller Holz und trugen Kühltaschen. »Wir haben gewartet, aber als wir gesehen haben, dass ihr zu knutschen anfangt, dachten wir, wir könnten wieder zurückkommen.«

Zellman musterte uns stirnrunzelnd von oben. »Was ist los? Dieses

Arschloch wollte mir nicht erzählen, was los ist, also müsst ihr das jetzt machen. Sofort.« Er umklammerte das Holz fester. »Rückt raus mit der Sprache, sonst lasse ich euch was auf die Schuhe fallen, und das muss nicht unbedingt das Holz in meinen Armen sein.«

Ich verzog das Gesicht. »Das ist die ekeligste Drohung, die ich je von dir gehört habe.«

Zellman ließ sich nicht beirren. »Rückt raus mit dem Scheiß, oder ich rücke mit anderem Scheiß raus.« Er fixierte uns mit leerem Blick. »Glaubt bloß nicht, dass ich bluffe.«

Taten wir nicht.

Genau deswegen liebten wir ihn.

Cross stand auf und nahm ihm ein paar Holzstücke ab. »Wie wär's, wenn wir jetzt ein Feuer machen, was grillen, uns besaufen, und dabei erzähle ich dir alles, was du wissen willst?«

»Warum nicht gleich so? Glaubst du, es macht mir Spaß, euch zu drohen? Es tut mir in der Seele weh«, knurrte Zellman.

Wir schnaubten. Das war sowas von gelogen.

Zellman grinste.

Kapitel 25

»Ist er das?« Zellman reckte auf der Rückbank von Jordans Pick-up den Kopf.

»Was denn?« Cross beugte sich vor, lehnte sich aber gleich wieder zurück. »Nein. Ich hab dir doch gesagt, dass ich nur ein Bild von ihm besitze, und darauf ist er ungefähr zwölf. Er spielt Fußball.« Er zögerte, dann fuhr er fort: »Und er hat braune Haare. Der Typ hat sich die Haare blondiert.«

Wir waren nicht in der Schule, wo wir hätten sein sollen. Nope. Nachdem wir Zellman alles erzählt hatten, hatte er vorgeschlagen, die Nacht durchzumachen und uns zu besaufen, und wenn wir wieder nüchtern waren, sollten wir zur Fallen Crest Academy fahren und nach dem Halbbruder Ausschau halten.

»Ich will ihn sehen.« Das hatte er gesagt und mit diesen Worten die Kette der Ereignisse in Bewegung gesetzt.

Und weil sowohl Jordan als auch Cross schon sehr angetrunken gewesen waren, hatten sie das zur besten Idee aller Zeiten erklärt. Also waren wir hier. Und hielten Ausschau.

Mein Handy klingelte, und ich fluchte, als ich Channings Namen auf dem Display sah.

Cross sah mich an und lachte. »Hast du ihm nicht gesagt, dass wir die Nacht über weg sind?«

Ich stöhnte. »Du kennst die Antwort. Ich hab das Ding erst gestern bekommen.«

Es klingelte immer noch.

Jordan schüttelte den Kopf und blickte weiter aus dem Fenster. »Geh einfach ran. Wir wollen nicht, dass dein Bruder uns verfolgt und Moose oder Congo hier auftauchen, um uns zu holen.«

»Ja.« Zellman steckte den Kopf durch das hintere Fenster und verfehlte meinen nur knapp. Sein Atem wehte mir ins Ohr. »Vor allem nicht, wenn wir rumspionieren.«

Ich wich zurück und verzog angewidert das Gesicht. »Ich bin mir ziemlich sicher, dass du mir bei dem Wort gerade ins Ohr gerotzt hast. Lass das.«

Er rümpfte die Nase. »Ich dachte, du bist zufrieden, solange du deinen Kaffee kriegst. Warum hast du so miese Laune?«

Ich war bereit, ihn umzubringen. Meine Hand formte sich zu einer Faust, während ich das immer noch klingelnde Telefon ignorierte. Langsam drehte ich mich um. »Ernsthaft?«

Cross hielt mein Handgelenk in demselben Moment fest, in dem Jordan mir das Handy abnahm. »Bren.«

Jordan nahm den Anruf an. »Jo, Pate. Was geht ab?«

Ich keifte Zellman an: »Meine ›miese Laune‹ kommt daher, dass du mich alle fünf Minuten mit einem Furz geweckt hast, verdammt. Hast du überhaupt eine Ahnung, wie laut du im Schlaf bist? ›Lasst uns einfach am Strand bleiben, Leute‹«, imitierte ich ihn. »›Wir haben Schlafsäcke, Leute. Das wird witzig, Leute. Bringt uns als Crew näher zusammen, Leute.‹« Ich schoss vor, und unsere Gesichter wären fast zusammengeprallt. »Rück mir bloß nicht auf die Pelle. Ich hab dich lieb, Z, aber umbringen will ich dich trotzdem.«

Er schnaubte und zog sich langsam von mir zurück. »Ich furze nur, wenn ich zu viel trinke und zu viele Hotdogs gegessen habe. Sonst nicht.«

»Das ist es, was du aus dieser Unterhaltung mitnimmst? Echt jetzt?«

Cross lachte leise und drehte sich um. »Beruhig dich, Bren. Wir holen dir später noch mehr Kaffee.«

»... Jep. Sie ist hier.« Pause. »Nope. Sie will gerade Zellman umbringen. Keine Ahnung, warum. Ich glaube, er hat sie angeatmet.« Jordan reichte mir das Telefon, ein Grinsen im Gesicht. »Dein Bruder möchte mit dir reden. Er ist nicht gerade glücklich.«

Ich nahm das Handy und zog die Brauen hoch. »Ach ja? Was du nicht sagst.«

Er lachte und setzte sich bequemer hin. »Channing ist der Pate. Er ruft und wir antworten. So funktioniert das«, sagte Jordan und zuckte mit den Schultern. »Außerdem habe ich ihn schon milder gestimmt, weil du seinen Anruf auf diese Art wenigstens nicht ignoriert hast. Gern geschehen.«

Meine Faust funktionierte wieder und sehnte sich danach, Jordan zu schlagen.

Mit einem Seufzer nahm Cross mir das Handy ab. »Hey, Channing.« Pause. »Ja. Wir waren letzte Nacht mit der Crew zelten. Alles ist gut, wir suchen nur jemanden, danach gehen wir zur Schule.« Pause. Längere Pause. »Ja. Sie ... äh ... Sie ist heute auf dem Kriegspfad. Vielleicht lieber später?« Er nickte. »Okay. Ja. Abendessen klingt gut. Tschüss.«

Er legte auf, gab mir das Handy zurück und sagte, ohne mich anzusehen: »Gern geschehen. Wir essen heute Abend mit deinem Bruder.« Er bedachte mich mit einem überheblichen Grinsen. »Rache für nächsten Sonntag.«

Ich steckte das Handy in die Tasche. »Wenn du nicht hingehen willst, lass es bleiben. Ich habe Taz gesagt, dass ich als Freundin mitkomme.«

Er schüttelte den Kopf und konzentrierte sich auf die Schule auf der anderen Straßenseite. »Meine Schwester hat dich total unter ihrer Fuchtel.«

Stand ich unter der Fuchtel einer Freundin?

Ich dachte darüber nach und zuckte mit den Schultern. Ja, vermutlich hatte er recht.

»Ist er das?« Zellman steckte den Kopf durchs Fenster und verfehlte mich erneut nur knapp.

»Z!«, knurrte ich.

»Warte.« Mechanisch griff Cross nach meinem Handgelenk, beugte sich dabei aber vor. »Das könnte er sein.«

Jeder Kampfgeist verließ mich, und ich sah ebenfalls hin. Ein athletisch gebauter Typ, der aus einem ...

»Himmel!«, kam es vom Fenster her.

»Zellman!«, brüllte ich ihn an.

»Das ist ein Mercedes Benz G-Klasse. Leute!« Er schlug mir vor Aufregung auf die Schulter, hatte die Augen weit aufgerissen. »Der ist dieses Jahr ganz neu rausgekommen. Holy Shit!«

Jordan stieß einen anerkennenden Pfiff aus. »Dein Halbbruder ist ein reicher Scheißkerl.«

Cross grunzte und verschränkte die Arme vor der Brust. »Was hast du erwartet? Er geht auf die Academy, und du hast die Frau gehört – seine Mutter ist fünfzehn Millionen wert. Überrascht mich nicht.«

Der Pick-up war weiß mit schwarzen Leisten und schwarzem Dach, und obwohl der Wagen wirklich hübsch war, richtete ich den Blick auf Cross. Ausnahmsweise bemerkte er es nicht. Er nahm mich immer wahr, aber dieses Mal konnte er den Blick nicht von seinem Bruder losreißen. Stumm und wie erstarrt saß er da, nur sein Kiefer zuckte, und ich spürte, wie angespannt seine Muskeln waren.

»Du bist dir nicht sicher, ob dein Vater die ganze Zeit von ihm wusste?« Jordan beobachtete Cross ebenfalls.

»Nein. Ich weiß überhaupt nur von seiner Existenz, weil meine Eltern sich nachts gestritten haben. Taz war bei Race. Ich hatte mich reingeschlichen, um ein paar Sachen zu holen, bevor ich zu Bren gefahren bin, und da habe ich sie gehört. Sie waren verdammt laut. Ich hätte an der Tür klingeln können, sie hätten nichts mitgekriegt. Ich wollte sie ignorieren. Sie hatten sich das ganze Jahr über gestritten, aber als ich meinen Scheiß schon zusammenhatte und auf dem Weg nach draußen war, hat er die Bombe platzen lassen. ›Ich habe noch ein Kind.‹ Seine Worte. Meine Mutter hat nach Luft geschnappt und angefangen zu heulen, und dann ist er davongestürmt. Ich bin abgehauen – mir war nicht danach, sie zu trösten. Keinen von beiden.«

»Wo hast du dann sein Bild gesehen?«

»In Dads Büro.« Ein Grinsen umspielte seine Mundwinkel. »Da habe ich in einer anderen Nacht rumgeschnüffelt. Ich hab den kompletten Ordner mitgehen lassen, den er über ihn hatte.« Er hob den Blick. »Könnt ihr euch das vorstellen? Dass jemand über seinen eigenen Sohn Buch führt? Als wäre er ein Patient oder ein Klient oder sowas.« Das leichte Grinsen verstärkte sich. »Sein Name ist Blaise.«

»DeVroe. Die Frau meinte doch, dass die neue Frau deines Dads so heißt. Blaise DeVroe.«

Z schüttelte den Kopf. »Sogar sein Name klingt nach Geld.«

Die anderen beobachteten den Typen, aber ich betrachtete nach wie vor Cross. Er verfolgte den Typen mit dem Blick, als er über den Parkplatz ging und schließlich im Gebäude verschwand.

Es war fast acht. An der Fallen Crest Academy ging der Unterricht früher los als an den anderen Schulen. Das gab uns dreißig Minuten, bis wir in Roussou sein und in unsere Klassenzimmer spazieren mussten.

»Nun.« Jordan setzte sich aufrechter hin. »Da war er. Wir haben ihn gesehen, wenn er das wirklich ist.«

»Ja, eindeutig.« Noch immer saß Cross reglos und mit zuckendem Kiefer da. »Er sieht aus wie mein Vater in dem Alter.«

Keiner sagte etwas.

Cross' Hand war zur Faust geballt und lag auf seinem Knie.

Zellman zappelte herum, wenn er angespannt war. Cross hingegen wurde ruhig, total ruhig, wenn er jemandem den Kopf abreißen wollte.

»Oh, fuck.«

Ich wollte gerade vorschlagen, dass wir losfahren sollten, als Zellman plötzlich fluchte und auf der Ladefläche auf die Füße kam. Das war die einzige Warnung, die wir bekamen. Er schlug mit den Fäusten auf die Fahrerkabine, und Jordan zuckte zusammen und fluchte ebenfalls.

Das hörte auf, als wir Zeke mit einer Gruppe von Freunden auf uns zukommen sahen. Sie zeigten auf uns, und was sie wollten, war klar.

»Heute nicht, Arschlöcher«, flüsterte Jordan, während er seine Schlüssel in die Tasche schob. »Ihr seid nicht zwölf gegen einen, und ich habe kein Pfefferspray abgekriegt.« Er blickte uns an. »Na los, vorwärts!«

Zellman schrie bereits: »Wollt ihr was von uns, hä? Diesmal sind die Bedingungen fairer, ihr Arschlöcher.«

Cross sagte kein Wort. Er war blitzschnell aus dem Pick-up gestiegen. Ich zögerte, nur für eine Sekunde, und tippte eine Nachricht in mein Handy, ehe ich es wieder zurück in die Tasche steckte. Dann beeilte ich mich, weil wir diesmal nicht abwarten würden.

Zeke kam zögerlich näher, so als wollte er erst mal nur reden.

Aber nicht mit uns. Diesmal nicht. Nicht nach dem, was sie mit Jordan gemacht hatten.

Zellman sprang von der Ladefläche und johlte: »Auf geht's!«

Jordan preschte voran. Zeke fixierte ihn, und ich sah wie in Zeitlupe, dass er die Zähne fletschte. Er war absolut auf Jordan konzentriert, und für seine Freunde galt dasselbe. Sie schnaubten und warfen sich in die Brust, stießen davor die Fäuste zusammen.

Cross war derjenige, den niemand kommen sah.

Er ging auf sie zu, hielt sich hinter Jordan und Zellman. Dann schlängelte er sich an den beiden vorbei und stürmte vorwärts.

Ich rannte zur anderen Seite.

Zeke bekam nichts mit.

Cross war auf ihm, landete einen Volltreffer mit der rechten Faust und warf sein ganzes Gewicht in den Schlag. Er war kleiner als Zeke, seine Muskeln waren schlanker.

Zekes Kopf wurde von dem Schlag herumgerissen, seine Augen weiteten sich vor Überraschung und Furcht, aber er konnte nicht reagieren. Wie ferngesteuert stolperte er weiter, immer weiter, und dann fiel er hin. Bämm! Ausgeknockt lag er auf dem Boden.

Cross hatte ihn mit einem Schlag umgehauen, und während alle Zeke beobachteten, nutzte er seinen Schwung aus und nahm sich gleich den nächsten Typen vor.

Der zweite sah ihn kommen und trat einen Schritt zurück, sodass

Cross' Faust ihn nicht im Gesicht, sondern am Hals traf. Er krümmte sich vor Schmerzen und rang nach Luft.

Cross ging zu Boden – das war unvermeidbar gewesen, weil er sein ganzes Körpergewicht in den Angriff gelegt hatte. Aber niemand hatte ihn geschlagen oder gestoßen. Er konnte sich nur nicht gegen die Schwerkraft wehren, und einen Moment später hatte er sich wieder aufgerappelt. Jordan stand hinter ihm und erwischte den zweiten Typen mit einem weiteren Schlag, und er ging direkt neben Zeke zu Boden.

Dann ging es los.

Wir alle zogen mit, denn das hier war unsere Crew. Jordan war einer von uns.

Während wir kämpften – schlagen, ducken, einstecken – genoss ein Teil von mir all das. Die alte Bren, die in meinem Inneren in einem Käfig saß, hatte die Kontrolle übernommen.

Sie war diejenige, die lächelte, während Blut aus einer Wunde in meinem Gesicht rann. Sie war diejenige, die endlich atmen konnte, und auch diejenige, die das hier genoss, denn unter der Brutalität eines Kampfes verbarg sich die Schönheit der Gewalt. Die Hässlichkeit, die Grausamkeit, die Echtheit des Ganzen.

Es ist ganz einfach.

Bei Gewaltanwendung wird jemand verletzt. Es wird passieren. Du bist auf der einen Seite oder auf der anderen. Es gibt kein Dazwischen, das ist die Quintessenz der Gewalt. Du kannst deinen Kopf ausschalten. Dein Körper übernimmt. Und dein Körper weiß, wie er sich und die Seinen beschützen kann.

In diesem Augenblick, an diesem Morgen, trafen wir eine Entscheidung.

Sie hatten einen von uns erwischt, aber nicht an diesem Tag. Nicht jetzt. Jetzt waren wir dran.

Dies war unsere Vergeltung.

Entweder wirst du verletzt oder du verletzt selbst. Wir hatten uns entschieden, zuerst zuzuschlagen.

Kapitel 26

Ein Signalhorn zerriss die Luft.

Alle erstarrten.

Der Kampf schien gerade erst begonnen zu haben, aber das stimmte nicht. Gleich zu Beginn war die Hälfte der anderen Typen weggerannt, und Zuschauer hatten sich eingefunden.

Jemand hatte »Schlägerei!« gerufen. Es war also wenig überraschend, dass wir Zuschauer hatten, die außerdem ihre Handys auf uns richteten.

Was mich überraschte, war, wer das Signalhorn betätigt hatte.

Cross' Halbbruder.

Und jetzt konnte ich ihn auch besser sehen.

Er war ... Verdammt. Cross hatte recht.

Ich richtete mich wieder auf, nachdem ich einen Satz zurück gemacht hatte, um einem Arm auszuweichen. Cross blieb ebenfalls stehen, ein kehliger Laut entfuhr ihm.

»Bren«, sagte er leise und schob den Typen, den er festhielt, vor mich, sodass ich gegen die Handys abgeschirmt war. »Lauf!«

Auch Jordan hörte ihn, und wir begriffen beide gleichzeitig. Er setzte mir eine Baseballkappe auf und zog sie mir ins Gesicht.

Ich war auf Bewährung. Das hier war nicht der erste Kampf, an dem ich seither teilgenommen hatte, aber dieser hier wurde gefilmt. Ich steckte in Schwierigkeiten. In verdammt großen sogar.

»Bren.« Eine weitere geflüsterte Anweisung von Cross. »Hau ab. Fahr nach Roussou, damit du ein Alibi hast.«

Dafür war es fast zu spät, aber ich flüsterte zurück: »Schon erledigt. Ich habe eine Nachricht verschickt, ehe wir angefangen haben.«

Cross und Jordan musterten mich beide mit hochgezogenen Brauen.

Sein Bruder schob sich durch die Menge. »Geht zurück, verdammt noch mal!«, rief er. »Und löscht diese verfickten Videos! Wir sind keine verdammten Spitzel!«

Für ihn sprach, dass zahlreiche Schüler tatsächlich auf ihren Handys herumzutippen begannen. Ein paar zeigten ihm ihre Displays. Einige zögerten, und er schien zu spüren, wer das war, denn er pickte sich ein paar Leute heraus. Er zeigte mit dem Signalhorn auf sie und schnauzte sie an: »Wenn ich ein einziges von diesen Videos online sehe, finde ich heraus, wer es hochgeladen hat, und verlasst euch drauf: Ich werde ihn vernichten. Löscht die Videos! Sofort!«

Er kochte vor Wut, seine Brust hob und senkte sich, und als sich einige nicht schnell genug bewegten, ging er auf sie los. Er richtete das Horn auf sie und drückte erneut auf den Knopf, während er schrie: »Verzieht euch in die Schule! Sofort!«

»Ja, Blaise.«

Jemand rannte zur Tür. »Sorry, Blaise. Tut mir leid, Mann.«

Ein paar von Zekes Leuten waren noch da, und der, den Cross festhielt, riss sich los. Cross schubste ihn noch. Zellman war mit einem anderen Typen verkeilt, sie rangen miteinander, um sich zu befreien. Jordan stellte sich vor mich, Cross spielte auf der anderen Seite Schutzschild für mich.

Blaise nahm das Schlachtfeld in Augenschein. Drei Typen waren ausgeknockt worden, zwei weitere versuchten, wieder auf die Füße zu kommen, und bluteten im Gesicht.

Blaise schüttelte den Kopf. »Ist das euer Ernst, verdammt? Dieser Scheiß hier?« Dann blickte er Jordan an und sagte: »Ihr kommt her und legt euch mit uns an? Wisst ihr überhaupt, wer wir sind? Hä?«

Ich erstarrte zur Salzsäule. Dieser Typ war …

Cross explodierte. Ein lautes Knurren entrang sich seiner Kehle, und mit zwei schnellen Schritten war er bei ihm. »Für wen haltet ihr euch eigentlich, verdammt? Weißt du nicht, wer wir sind?«

Blaise starrte Cross an und stolperte einen Schritt zurück. Cross ging weiter auf ihn zu. Er war fuchsteufelswild. »Weißt du, wer ich bin? Kennst du meinen Namen?«

Holy. Shit.

Mir klappte die Kinnlade runter, und ich atmete tief durch, um mich zu beruhigen.

Jordan legte mir eine Hand auf die Schulter. Er sagte leise: »Wir kümmern uns schon um ihn. Keine Angst.«

»Los, verpiss dich.« Zellman kickte in die Luft, gleich neben einem der Typen, die noch auf den Knien waren. Er zeigte auf Blaise: »Nimm deine Kumpels mit, und legt euch nie wieder mit uns an.«

Er ließ den Blick über die restlichen Typen schweifen, und mir wurde klar, wen er suchte: Sundays Kindsvater. Ich wusste nicht, um wen ich mir mehr Sorgen machen sollte, um Zellman oder um Cross.

Jordan drückte meine Schulter. »Ich kümmere mich um Z. Du übernimmst Cross.«

Die Entscheidung war gefallen. Ich trat vor und zog mir die Kappe noch tiefer ins Gesicht.

Auf den ersten Blick war Blaise DeVroe einfach nur ein Goldjunge. Klassisch attraktives Gesicht, hohe Wangenknochen, markanter Kiefer. Blaise' Gesicht war schmaler als das von Cross. Seine Nase war ein bisschen größer und er hatte eine rundere Stirn. Seine Haare waren etwas heller als die von Cross, aber auch bei ihm war der Grundton karamellbraun. Cross' Haare waren nur stärker von der Sonne gebleicht. Cross war größer, aber Blaise hatte breitere und muskulösere Schultern. Cross war schmaler gebaut.

Ihre Augen waren unterschiedlich.

Cross hatte grünbraune Augen, die gelegentlich dazu führten, dass man ein zweites, drittes oder sogar viertes Mal hinsah. Mädchen wurden bei diesen Augen schwach. Blaise hatte dunkle, fast schwarze mandelförmige Augen.

Cross' Vater hatte verflixt starke Gene, so viel stand fest.

»Nein, Freundchen.« Blaise hatte die Fassung wiedergewonnen und klappte den Mund zu, während seine Augen zu funkeln begannen. Er machte einen Schritt auf Cross zu und legte den Kopf schief, um ihn möglichst herablassend anzusehen. »Das weiß ich tatsächlich nicht. Ich bin nämlich neu hier.«

»So benimmst du dich aber nicht. Du tust so, als hättest du hier was zu sagen.«

Blaise schnaubte. Er bereitete sich auf einen Kampf vor, aber alle wussten, dass es vorbei war. »Ich bin hier, um meinem besten Freund zu helfen.«

»Deinem besten Freund?« Cross' Augen waren kalt und sein Ton noch kälter. »Hier sind nur meine besten Freunde. Geh, Freundchen. Geh zurück in die Schule.«

»Nicht ohne Zeke.«

»Verdammt, was soll das werden?« Jordan und Zellman traten neben mich.

»Allen ist dein bester Freund?«, fragte Jordan.

Zellman kratzte sich hinterm Ohr. »Das ist doch der Typ, oder, Cross?«

Cross überlegte kurz und traf eine Entscheidung. Er machte einen Schritt zurück, gab den Weg frei und legte den Kopf schief.

»Ja, das ist der Typ«, sagte er. »Ihr habt ihn gehört. Soll er seinem besten Freund doch aus der Klemme helfen.« Er zog eine Augenbraue hoch und forderte seinen Halbbruder wortlos heraus. »Lasst ihn seinen Kumpel mitnehmen. Wir müssen sowieso los.«

Einer der Typen am Boden kam wieder zu sich. Stöhnend öffnete er die Augen und setzte sich auf.

Blaise zeigte auf ihn. Er ging auf Zeke zu, ohne Cross aus den Augen zu lassen. »Kannst du mir unter die Arme greifen, Darby?«

Der Typ war immer noch dabei, seine Gedanken zu sortieren. »Ja ... Äh. Warte kurz.« Er blinzelte. »Was ist passiert?«

»Ihr habt einen von uns umgehauen«, erklärte Zellman. »Also haben wir uns doppelt revanchiert.«

Jordan klopfte ihm auf die Schulter. »Lass uns gehen, Z.«

Z beäugte ihn immer noch mit angewiderter Miene, während er sich rückwärts von ihm entfernte. »Ja.« Er streckte einen Finger in die Luft. »Bis zum nächsten Mal.«

Cross löste den Blick von seinem Bruder und griff nach meiner Hand. Er drehte sich um, und wir gingen zu Jordans Pick-up. Dann war es, als wäre der Zauber gebrochen, und die Realität holte uns ein. Wir hatten gerade gegen Schüler von der Fallen Crest Academy gekämpft, gleich neben ihrem Schulgelände. Sie hatten dort mit Sicherheit Überwachungskameras, und auch wenn wir auf der anderen Straßenseite geblieben waren, hatten sie möglicherweise alles aufgenommen.

Wir mussten weg. Sofort!

»Los, kommt schon!« Jordan klopfte auf das Dach seines Pick-ups und ließ bei offenem Fenster den Motor aufheulen. Zellman war auf die Ladefläche gesprungen und warf den anderen Typen immer noch finstere Blicke zu.

Cross sprang hinter ihm auf, und ich warf mich auf den Beifahrersitz. Jordan sauste davon, die Räder wirbelten schon Dreck auf, ehe ich meine Tür geschlossen hatte. Wir waren weg, und ich hatte keinen Zweifel, dass wir gerade ein weiteres Problem auf unseren nicht unbeachtlichen Problemstapel gelegt hatten, aber ich konnte nicht leugnen, was für einen Kick mir die Sache gegeben hatte.

Ich fühlte mich lebendig.

Das war falsch, aber es war auch wahr.

Ich drehte mich um und stellte Blickkontakt zu Cross her, der verstand, was ich brauchte. Er nickte und legte eine Hand auf die Fensterscheibe zwischen uns. Ich legte meine Hand auf der anderen Seite der Scheibe dagegen. Ich würde ihm in der Schule davon erzählen, dass ich Race geschrieben hatte, damit er uns ein Alibi verschaffte. Er würde überall verbreiten, dass wir pünktlich in der Schule erschienen waren.

Wir würden als verspätet eingetragen werden, aber die Schüler würden rumerzählen, dass wir pünktlich vor Ort gewesen waren.

Das musste reichen für den Fall, dass wir vernommen wurden. Als wir um die Ecke bogen, sah ich wie drei Mitarbeiter der Schule über den Parkplatz kamen.

...

Fünf Minuten nach dem letzten Klingeln zur ersten Stunde kamen wir an.

Vor den Waschräumen teilten wir uns auf, ich rannte hinein und wusch mich oberflächlich, roch aber immer noch nach Alkohol, Lagerfeuer, kaltem Schweiß und Blut. Und nach Dreck. Ich stöhnte, wusch mir das Gesicht und flocht mir die Haare zum Zopf. Sonst konnte ich nicht viel tun, außer mir einen anderen Pullover überzuziehen. Das würde nichts gegen den Geruch ausrichten, aber ich hatte Deo in meinem Spind, und Taz hatte ein Körperspray.

Als ich wieder rauskam, schloss Cross gerade seinen Spind. Er hielt inne, ein Buch in der Hand, und lehnte sich an den Schrank. Er grinste mich überheblich an und verschränkte die Arme vor der Brust.

»Sieh mal an!«, gurrte ich beinahe.

Er lachte, aber dann wurde sein Grinsen noch breiter. Ich öffnete meinen eigenen Spind, und er wartete, bis ich ihn durchwühlt und gefunden hatte, was ich brauchte.

Als er den neuen Pullover in meiner Hand erblickte, fragte er: »Was hast du vor?«

»Ich stinke.«

Ich zog die Ärmel so heraus, dass sie richtig herum waren.

»Na und?« Er beugte sich zu mir und beschnupperte mich. »Tust du gar nicht.«

Und ob ich das tat. »Ist egal. Mädchen stinken halt nicht gern.«

»Äh ... Mädchen stinken eigentlich nie. Das glauben sie immer, aber sie tun es nicht.«

Hier und jetzt würde ich mit ihm garantiert keine Genderdebatte über meinen Geruchssinn führen. Ich deutete mit dem Kopf auf Taz' Schließfach und fragte: »Kannst du das aufmachen? Und mir ihr Körperspray geben? Ich weiß, dass da drin welches ist.«

Während er mir den Wunsch erfüllte, benutzte ich mein Deo und zog mir den Pulli an. Ich schloss den Reißverschluss, zog das alte Shirt darunter aus und warf es in meinen Spind.

Cross bemerkte es, noch ehe es darin landete. »Was macht du da?« Er gab mir das Spray und sah mich wieder an, als hätte ich den Verstand verloren.

»Das Shirt riecht nach Lagerfeuer. Meine Haare stinken. Dieses Ding hier muss reichen.«

»Tststs«, sagte er und ging zu seinem Spind. Er gab den Code ein und beugte sich vor, während ich mich mit dem Bodyspray einsprühte und es zurück in Taz' Spind stellte. Als ich mich wieder zu ihm drehte, hielt Cross ein Shirt in Händen.

»Was ist das?«

»Ein Shirt.«

»Ist es sauber?«

Er hob es an seine Nase, roch daran und begann zu husten. Dann lachte er und gab es mir. »Ich mach nur Spaß. Ja. Das ist ein altes Shirt von mir, habe ich letzte Woche hier reingelegt. Ich hab's nicht getragen. Nimm es. Es ist besser als ein Pullover. Du weißt doch, die Bibliothekarin hat was gegen Pullover.«

Ich schüttelte mich. Er hatte recht. Sie hielt Pullover für Jacken. Alle Jacken und Kopfbedeckungen mussten abgelegt werden, bevor man ihre Bibliothek betreten durfte.

Ich führte das Manöver ein zweites Mal durch und zog sein T-Shirt unter meinem Pullover an.

Cross' Grinsen wirkte inzwischen ein bisschen dämlich; sein Blick war auf meine Brust gerichtet.

Ich hielt inne und zog einen Kreis um meine Brüste. »Du guckst mich an, als wärst du chronisch untervögelt.«

Ich wusste, dass er das nicht war.

Er grinste glückselig vor sich hin, und sein sexy Gesicht verwandelte sich in das eines niedlichen Hundebabys, das ich in die Arme schließen wollte.

Himmel, ich liebte diesen Kerl so sehr.

»Ich genieße nur die Show. Und denke darüber nach, ein riesiges Sweatshirt für uns beide zu kaufen. Darunter musst du dann die Klamotten wechseln.« Sein Grinsen wurde wieder schelmisch, und seine Augen dunkel. »Die Vorstellung wird mich für den Rest der Woche begleiten.«

Wir gingen den Korridor entlang und waren spät dran. Wir würden Ärger kriegen, aber ich konnte nicht anders. Ich küsste ihn und sagte leise: »Du bist glücklich.«

Das war keine Frage.

Er blieb stehen, nahm mich bei der Hand und dachte über meine Worte nach. Dann schloss er mich in die Arme, ohne sich über mich zu beugen und mich zu küssen. Stattdessen hielt er meinem Blick weiterhin stand.

»Ja. Ich glaube, das bin ich.«

Ich lehnte mich ein wenig zurück und legte den Kopf schief. »Wegen deines Bruders?«

Cross legte sein Buch auf den Boden. Dann schob er mir beide Hände unter das Shirt und ließ sie an meinem Rücken hinaufgleiten. Er legte das Kinn auf meine Schulter, und ich schlang die Arme um ihn, fuhr ihm mit den Fingern durchs Haar.

Ohne hinsehen zu müssen, wusste ich, dass er die Augen geschlossen hatte.

»Weiß nicht«, flüsterte er und küsste meine Schulter dort, wo der Kragen des Shirts verrutscht war. Ich spürte, wie sein Körper sich beim Einatmen an- und beim Ausatmen wieder entspannte. »Er wusste nicht, wer ich bin.«

»Sah jedenfalls nicht danach aus.«

»Glaubst du, er hat gelogen?«

»Ich weiß es nicht.«

Ich beschrieb mit dem Finger Kreise auf seinem Nacken. In diesem Moment waren wir einfach nur ein Pärchen. Keine Crew. Keine Probleme. Kein Bruder traute sich, uns zu stören.

»Ich glaube nicht, dass er etwas weiß.«

Ich nickte. »Wirst du Taz davon erzählen?«

Cross erstarrte, dann trat er einen Schritt zurück. Ich hob den Kopf, um ihn anzusehen, und er lächelte mich traurig an. Er legte mir eine Hand um die Hüfte und zog mich an sich.

»Keine Ahnung. Aber warum eigentlich nicht? Er sieht mir verdammt ähnlich.«

Ich verzog den Mund zu einem schiefen Grinsen. »Er sieht dir ziemlich ähnlich. Aber du bist viel heißer.«

»Und Zeke Allen ist sein bester Freund. Wie zur Hölle konnte das passieren?«

Kopfschüttelnd antwortete ich: »Keine Ahnung. Aber dein Halbbruder ist reich, und Zeke Allen wirkt zwar wie ein Trottel, aber wie einer, der sich gern nützliche Freunde sucht. Vielleicht ist das der Grund?«

»Ja, vielleicht.« Er vergrub die Finger in meinen Hüften, dann ließ er wieder locker. »Wir sollten jetzt gehen.«

»Hey.« Er wollte sich gerade von mir lösen, aber nun berührte ich mit einem Finger sein Kinn.

Er hielt inne, wartete.

»Was auch immer passiert: Zwischen uns ist alles gut. Am Ende zählt nur die Crew.«

Er nickte. »Ja, ich weiß.« Er richtete sich auf und gab mir einen Kuss auf die Stirn. »Soll ich dich zur Bibliothek bringen?«

Kapitel 27

An diesem Nachmittag, nach der Schule, stieg ich in die Hölle hinab – in meine persönliche, die zwar keine Hölle für normale Mädchen, aber definitiv für mich war.

Ich ging ein Kleid für den Abschlussball kaufen, und ich stank immer noch. Ich wusste, dass ich wie ein Albtraum aussah – ein Albtraum mit Ringen unter den Augen. Ich hatte drei Energydrinks inhaliert, und zwar große, nicht die niedlichen kleinen Dosen für Mädchen. Folglich benahm ich mich beinahe, als hätte ich was genommen, und irgendwie hatte ich das ja auch.

Mein Handy vibrierte in der Tasche. Als ich sah, dass es Cross war, nahm ich den Anruf an. »Hallo, mein Penis!«

Schweigen.

Ich nahm das Handy vom Ohr, sah auf dem Display nach, ob er es wirklich war, und fragte: »Cross? Hallo?«

»Hast du mich gerade deinen Penis genannt?«

Ich ging weiter den Gang entlang. Wie viele Nuancen von Schwarz gab es eigentlich? Verwaschenes Schwarz. Mitternachtsschwarz. Graphit. Tiefschwarz. Onyx. Und dabei sah ich mir weder die Schnitte noch die Stoffe der Kleider an.

»Na ja, wenn man's genau nimmt, bist du das doch.«

Ooooh. Ich hatte gar nicht gewusst, dass ich die Art von Mädchen war, die auf schwarze Spitze stand, aber ich klemmte das Handy zwischen Schulter und Hals und nahm das Kleid von der Stange. »Ich habe keinen Penis, aber du, und du bist mein Freund. Siehst du?«

Mochte ich Ärmel mit Rüschen?

Ich hängte es zurück. Ich war nicht der Typ für Rüschenärmel.

»Okay. Du klingst komisch. Wo bist du?«

»Ich bin shoppen.«

Und war schon wieder abgelenkt. Pink? Wieso fühlte ich mich von dieser pinken Falle angezogen? Ich glaubte nicht einmal, dass das ein Kleid war. Es sah eher wie ein Schal aus, den ich mir um den Kopf wickeln würde. Könnte die perfekte Waffe sein, wenn ich ihn jemandem um den Hals band, auf seinen Rücken stieg und zuzog ... Ich zwang mich, weiterzugehen. Diese Gedanken waren nicht gut für die neue, bessere Version von Bren.

Ich beschloss, nicht weiter über die letzten beiden Kämpfe nachzudenken, an denen ich beteiligt gewesen war.

»Shoppen?« Cross fluchte in den Hörer. »Hast du was genommen? Ich kann nicht glauben, dass ich dich das überhaupt fragen muss.«

»Was meinst du denn? Shoppen oder das andere?«

Für einen Moment war er still. »Äh ... beides?«

Ich lächelte, und mir wurde am ganzen Körper warm. »Nein, aber ich glaube, ich darf nach den Crewnächten nicht so viele Energydrinks trinken. Entweder Kaffee oder Mittagsschlaf.« Mich überkam das Bedürfnis zu gähnen, und ich wartete, bis es vorbei war, ehe ich murmelte: »Vielleicht hätte ich morgen shoppen gehen sollen.«

»Ähm.« Er war total verwirrt. »Warum gehst du shoppen? Ich habe nach der Schule nach dir gesucht.«

»Oh.« Jep. Das hatte ich vergessen. »Ich bin shoppen, weil dieses Wochenende der Abschlussball ist.«

Er schwieg. Schon wieder.

Dann: »Oh verdammt!«

»Ha. Dann bin ich wohl nicht die Einzige, die das vergessen hat.«

»Brauch ich dafür einen Anzug?«

Ich zuckte mit den Schultern, obwohl er es nicht sehen konnte, und ging auf dieses glitzernde Ding zu. Darin würde ich wie eine Meerjungfrau aussehen.

»Frag Race. Tu, was auch immer er dir sagt. Sag ihm aber nicht, dass ich jetzt erst shoppen gehe. Wenn Taz das erfährt, dreht sie durch. Anscheinend hätte ich das hier schon vor Ewigkeiten erledigen sollen.«

Er lachte, klang aber gezwungen. »Okay. Ich werde auch mit Jordan und Z darüber reden. Wo bist du eigentlich?«

Ich biss die Zähne zusammen, denn ich wusste, dass ihm die Antwort nicht gefallen würde. »Ich bin in Fallen Crest.«

»Was?!«

»Reg dich nicht auf, ich bin inkognito hier«, stellte ich rasch klar.

Und das war ich auch. Ich hatte zu Hause angehalten, nicht um zu duschen, was ich hätte tun sollen, sondern um ein paar Klamotten auszutauschen. Heather hatte ein paar ihrer Sachen in Channings Zimmer gelassen, also hatte ich mir eine ihrer Lederjacken genommen, ein weißes Top darunter angezogen und dazu eine Jeans. Meine Haare waren immer noch zum Zopf geflochten, aber ich hatte eine von Channings Baseballkappen tief ins Gesicht gezogen.

Niemand würde mich erkennen, schon gar nicht hier.

»Man kann in Roussou nicht gut shoppen«, fuhr ich fort. »In Fallen Crest schon. In Frisco gibt es exakt einen Laden, und das ist ein Billigladen. Ich musste entweder nach Fallen Crest oder in die große Stadt. Und für Letzteres habe ich keine Zeit.«

Er stöhnte. »Das gefällt mir nicht.«

Mir auch nicht. »Shoppen ist nicht mein Ding. Glaub mir. Ich beeile mich.«

Ich nahm ein weiteres Kleid von der Stange. Es war aus weißem Tüll mit rosa Glitzer, und es war nicht sehr lang.

Tüll.

Ich hasste Tüll.

Normalerweise.

Uah.

Warum konnte ich das hier nicht aus der Hand legen?

Es war so mädchenhaft. So gar nicht ich.

»Das würde dir perfekt stehen!«

Ich zuckte zusammen, als wie durch Zauberei eine Verkäuferin neben mir auftauchte, die Augen vor Bewunderung geweitet und mit offenstehendem Mund. »Oh mein Gott!«, sagte sie und nahm es mir aus der Hand. »Ich suche dir eine Umkleidekabine. Du musst das einfach anprobieren. Deine Figur würde darin wunderbar zur Geltung kommen, und ich bin gerade wahnsinnig eifersüchtig. Auf dieses Kleid habe ich schon ein Auge geworfen, als es reingekommen ist, aber ich habe einfach nicht die Figur dafür. Meine Schwester auch nicht. Aber du.« Sie musterte mich von Kopf bis Fuß und schüttelte den Kopf. »Du würdest super auf die Pinnwand bei Pinterest passen. Hast du ein Glück.«

Sie drehte sich um und ging in den hinteren Teil des Ladens.

»Was war das denn gerade?«, fragte Cross. Am Telefon. Er war immer noch da.

»Ich ... habe wirklich keine Ahnung.«

Er schnaubte. »Okay, ich werde darüber nicht mit dir streiten, aber kauf jetzt dein Kleid und sag mir, wann du gehst. Das Schutzsystem ist immer noch gültig, und du verstößt gerade dagegen.« Er senkte die Stimme. »Sie werden sich revanchieren. Und mir gefällt der Gedanke nicht, dass du da draußen allein rumläufst.«

Das wusste ich. Ich wusste es, aber es ging um ein Klein. Nur ein Kleid.

Ich brummte ins Handy: »Kann man auch in einer schicken Jogginghose auf den Abschlussball gehen?«

»Gibt es sowas?«

Es musste sowas geben. Woher kamen sonst diese glamourösen Fotos von Flughäfen. »Prominente fliegen ständig in solchen Dingern.«

»Ja. Okay. Ich habe keine Ahnung, wovon du redest. Kauf dein Kleid. Schreib mir oder ruf mich an, wenn du den Laden verlässt, wenn du ins Auto steigst und wenn du losfährst. Denk dran, wir essen heute Abend mit deinem Bruder.«

Ich zuckte zusammen. Das hatte ich auch vergessen. Sowas passierte, wenn ich nicht genug Schlaf bekam und wie weggetreten dabeistand, während zwei Normalos interviewt wurden. Als sie zu den Crews befragt wurden, war ich kurz wach geworden und hatte sie böse angestarrt. Ich hatte ihnen meine besten bösen Blicke zugeworfen.

Sobald sich rumgesprochen hatte, dass ich mir Notizen darüber machte, was die Leute sagten, musste ich nichts weiter tun, als ab und zu böse gucken. Aber darin bin ich richtig gut geworden. Das ein oder andere Mal hatte ich mein Messer gezückt. Und das musste ich tun, wenn ich hinten stand, sodass keiner der Kameramänner es sehen und aufnehmen konnte. Wenn das passierte, würde ich ganz schön in der Scheiße stecken. Aber das war es mir wert. Ihre Augen wurden richtig groß, sobald mein Messer sich auch nur für eine Sekunde zeigte, und die anderen Schüler schafften es, ihre Fragen zu beantworten, ohne viel oder überhaupt irgendwas über die Crews auszuplaudern.

»Mach ich. Ich liebe dich«, sagte ich zu Cross.

»Denk dran, bleib unbedingt inkognito.«

Die Klingel an der Ladentür ertönte, als hinter mir jemand reinkam. Ich nickte. »Ich bin wie ein Chamäleon. Niemand wird mich hier erkennen. Versprochen.«

Ich legte auf, drehte mich um ... und stand meinem Ex gegenüber.

»Oh, fuck. Du bist es.«

Drake Ryerson grinste mich von oben herab an. »Du gehst in den Kleidern hinter dir zwar fast unter, aber ich bin mir ziemlich sicher, dass mir gerade Bren Monroe gegenübersteht.«

»Sieh nur, wie ich lache. Ein Comedian hat den Laden betreten.«

Er lachte, aber seine Überheblichkeit ließ etwas nach. Er ging um mich herum und nahm den Laden in Augenschein. Seine Hand fuhr über ein paar Kleider. »Stell dir vor, wie erschrocken ich war, als ich diese Straße in Fallen Crest entlangfuhr und einen Pick-up deines Bruders dort stehen sah.«

Na? Ich war so unglaublich inkognito, dass ich sogar den Schlüssel für einen von Channings Wagen hatte mitgehen lassen.

»Und ich war mir ziemlich sicher, dass das Mädchen, das ich aus diesem Pick-up steigen und in diesen Laden gehen sah, nicht Heather war.« Er berührte das Ende meines Zopfes. Ich schlug seine Hand weg.

»Deine zukünftige Schwägerin hat keine dunklen Haare.« Er musterte mich von Kopf bis Fuß, wie es die Verkäuferin getan hatte, aber er hinterließ eine dicke Schicht Schmutz auf dem Boden hinter sich. »Und Jax zeigt mehr Haut als du ... nicht, dass ich mich beschweren würde. Du könntest ruhig viel mehr Haut zeigen.«

Oh Mann. Dieses Grinsen.

Ich wollte ihm gegen die Kehle boxen und ihm das Grinsen vom Gesicht wischen. »Was willst du hier, Drake?« Ich blickte hinter ihn. »Noch dazu allein?«

»Warum bist du allein hier?«, konterte er.

Ich ging nicht davon aus, dass Drake mein Feind war, zumindest im Moment nicht, also sollte ich tatsächlich endlich dieses verdammte Ding kaufen und verschwinden. Die Verkäuferin war nicht zurückgekommen. Ich sah mich nach weiteren Optionen um.

»Ich shoppe und verstecke mich dabei vor Taz, weil sie meint, dass ich schon längst ein Kleid haben sollte. Ich habe also einen guten Grund. Warum bist du allein? Du gehörst schließlich auch zum Schutzsystem.«

Er folgte mir und hielt mir ein Kleid hin. »Das würde dir gut stehen.« Er deutete auf den kurzen Rock. »Ganz viel Oberschenkel. Cross wäre mir dankbar.«

Ich nahm das Kleid, hängte es zurück und baute mich vor ihm auf. Multitasking war hier nicht angebracht. Immer nur ein Gegner auf einmal.

»Es hat doch einen Grund, dass du hier bist. Du bist mir doch nicht ohne Grund gefolgt.« Mir fiel wieder ein, wovor Alex uns gewarnt hatte – dass Drake nicht hier war, um die Ryerson-Crew anzuführen.

Hatte Alex sich geirrt? War Drake doch meinetwegen hier? Das fühlte sich nicht richtig an. Drake hätte mich ansonsten schon lange vorher genervt. Es war zu viel Zeit vergangen, ohne dass er sich bemerkbar gemacht hatte.

Wenn Drake etwas wollte, machte er so lange Jagd darauf, bis er es bekam. Früher hatte ich das attraktiv gefunden. Nun war es ein Warnsignal für mich.

Nein. Drake wollte mich nicht, aber was dann?

Ich musterte ihn durchdringend. »Sag mir einfach, warum du mir hinterhergelaufen bist.«

Er zögerte, und ich wusste, dass ich recht hatte.

Er nahm die Maske ab. Erneut ließ er den Blick durch den Laden und zur Straße wandern, dann sagte er leise: »Wusstest du, dass dein ehemaliger Direktor letzten Sommer geheiratet hat?«

Ich verzog das Gesicht. Was sollte das? »Direktor Neeon?«

Er fuhr fort, als hätte er mich nicht gehört. »Und dass seine neue Frau die Schwester deines neuen Direktors ist?«

Ein weiblicher Kenneth?

Vorsichtig geworden, fragte ich leise: »Worauf willst du hinaus?«

Er ignorierte meine Frage erneut. »Und dass Neeons Tochter in den Ferien einen Zusammenbruch hatte. Sie musste auf ein Internat verfrachtet werden, aber eins, in dem es nicht nur um normale Schulbildung geht.«

Irgendetwas wollte er mir sagen. In seinen Augen flackerte eine versteckte Botschaft, aber ich verstand sie nicht. Er gab mir Hinweise und wollte, dass ich ihm folgte.

»Drake.«

»Wusstest du, dass Broghers Schwester bei den Bullen ist?« Die einsame Augenbraue wanderte erneut in Richtung Haaransatz. »Hier, in Fallen Crest.« Dann wurde sein Blick ausdruckslos.

Er war fertig. Er hatte gesagt, was er zu sagen hatte, und ich war nicht überrascht, als er mich beinahe vollständig umrundete.

»Lass dir das mal durch den Kopf gehen. Ist das nicht interessant?« Mit diesen Worten ging er fort.

Er warf mir einen letzten Blick zu, ehe er aus dem Laden spazierte, während ich die Verkäuferin zurückkommen hörte.

Sie klatschte strahlend in die Hände. »Ich hoffe, es macht dir nichts aus, aber ich habe noch ein paar Kleider für dich mitgebracht. Es ist alles fertig zum Anprobieren.« Sie beugte sich vor und flüsterte: »Und ganz unter uns: Ich habe mit meiner Chefin geredet. Ich habe ihr gesagt, dass ich vielleicht ein Model für unsere Modenschau gefunden habe. Du würdest Geld dafür bekommen, und wir müssen sichergehen, dass dir das Kleid auch passt, aber ich glaube, du wirst super darin aussehen. Bist du so weit? Ist das nicht aufregend?«

Ja. Wahnsinnig aufregend.

Aber ich brauchte immer noch ein Kleid. »Wo ist die Umkleidekabine?«

Kapitel 28

Als ich nach Hause kam, herrschte dort Chaos.

Ich hatte Cross geschrieben, dass ich auf dem Rückweg war, und er hatte gesagt, das Essen sei fast fertig. Ich hatte mit Channing, Cross und vielleicht noch mit Heather gerechnet.

Aber ich hörte die Stimmen bereits, als ich am Bordstein parken musste. Die Einfahrt war voll. Ich lief den Gehsteig entlang und blickte zurück zur Straße. Fünf Harleys standen dort, daneben Taz' Ford, Jordans Pick-up und etwas, das ich für Race' Auto hielt. Was war hier los?

Ich ging ins Haus und wurde von Geräuschen und Gerüchen gleichzeitig bombardiert. Es wurde gegrillt. Hot Dogs. Burger. Kichern und Kreischen. Volles Lachen und das Gemurmel tiefer Stimmen. Das Ganze war unterlegt mit leiser Musik: »Sabotage« von den Beastie Boys.

Eine Party. Das war hier los.

Zellman spielte Luftgitarre, als ich in die Küche kam. Jordan spielte Schlagzeug auf dem Tisch mit zwei Holzlöffeln als Drumsticks.

Wenn gleich »Make Some Noise« kommen würde, würde ich sie alle auf die Straße setzen.

»Bren!« Taz winkte mir von der Kellertreppe aus zu. »Komm runter, wir müssen reden.«

Die Jungs unterbrachen ihr Luftkonzert und winkten mir zu. »Hey, Bren.«

»Wo ist Cross?«

Jordan zeigte mit einem Holzlöffel auf die Terrasse. »Da würde ich aber nicht hingehen. Dein Bruder hat die Hand auf Cross' Schulter. Seine ganze Crew ist da.«

Ich nickte und sagte zu Taz: »Eine Sekunde noch.«

Das neue Kleid lag mir über der Schulter. Ich wusste nicht, ob sie es schon gesehen hatte, aber ich wollte ihr nicht auf die Nase binden, wie spät ich mit den Vorbereitungen für den Abschlussball dran war.

Sie zog die Brauen hoch. »Was ist das?«

»Habe ich aus der Reinigung geholt. Für Channing.« Ähm ... »Es ist sein Lieblingshemd.« Ich machte rasch einen Schritt rückwärts. »Ich hänge es nur schnell auf.«

»Komm aber sofort wieder runter. Mit Monica ist was Ernstes passiert. Das musst du unbedingt wissen.«

Oje, Monica. Es brach mir das Herz.

Ich drehte mich in demselben Moment um, in dem Heather aus dem Schlafzimmer kam. Sie blieb stehen, legte den Kopf schief und musterte mich aus schmalen Augen. »Schicke Jacke.«

Mein Lächeln war starr. »Ja.«

Sie blickte auf mein Shirt. »Das Top auch.«

»Danke.«

Als ich an ihr vorbeiging, musterte sie meine Jeans.

»Das ist meine.«

Sie nickte. »Das habe ich bemerkt, aber ich frage mich, warum ich die nicht auch habe.« Sie fixierte mich mit dem Blick. »Wird das jetzt ein Problem? Klamotten teilen?«

»Nicht, solange du nicht anfängst, meine zu teilen.«

Sie schnaubte. »Touché, kleine Miss Monroe. Touché.«

Heather ging an mir vorbei und grüßte Zellman und Jordan mit dem Metalgruß, während sie den Kopf zur Musik bewegte.

»Hey! Yeah!«

Jordan fuhr auf ein Drumsolo ab, während Zellman ebenfalls die Metalfork machte. Dann spielte er weiter.

Heather schnappte sich grinsend eine Flasche Rum und ging auf die Terrasse.

Ich verstaute gerade mein Kleid im Kleiderschrank, als ein leises Klopfen ertönte. Ich öffnete die Zimmertür, und Cross schlüpfte herein. Sein Blick wurde wärmer, als er mich sah. Er kam auf mich zu und legte mir eine Hand um die Taille. »Hey«, sagte er und küsste mich.

Ich konnte den Rum schmecken. Lust und Wärme erfüllten mich, und ich schwöre, ich bekam eine Gänsehaut. Furchtbar kitschig, aber so war es. Auf diesen Kuss war ich nicht vorbereitet.

»Hmm. Wow.« Ich löste mich von ihm. »Was war das denn?«

Er zog mich fester an sich und bewegte die Hüften.

Ich grinste, als ich ihn spüren konnte. »Ah. Das.«

Er lachte und knabberte erneut an meinen Lippen. »Ja. Das.« Erneut drückte er seine Lippen auf meinen Mund, heiß und voller Verlangen. »Ich will dich.«

Die Versuchung war groß. Und ich sollte ihr eigentlich nicht nachgeben. Wir hatten im wahrsten Sinn des Wortes full house, aber Cross drückte mich in den Kleiderschrank, sein Mund wurde immer fordernder, und dann ... fuuuuuck ... schob er mir eine Hand in die Jeans und fand genau die Stelle, die sich am meisten nach ihm sehnte. Mein Verstand ging auf Stand-by.

Jemand rüttelte am Türknauf.

»Hey ... Was ist?«

Taz. Sie klopfte an die Tür. »Bren? Bren! Bist du da drin?«

Cross fluchte und riss sich los. »Shit. Tut mir leid, ich ...« Er grinste verlegen. »Ist mir peinlich, das zu sagen, aber wir haben heimlich Alkohol in unsere Getränke geschmuggelt.«

»Klar«, sagte ich trocken. »Mein Bruder hat natürlich überhaupt nichts davon mitbekommen.«

Er zuckte die Achseln und legte die Stirn auf meine Schulter. Er zog die Hand aus meiner Jeans und streichelte meinen Bauch. »Wir haben eine ausgezeichnete Regelung getroffen – er fragt nicht nach, ich erzähle nichts. So einfach ist das.«

»Bren!« Jetzt wurde heftig an der Tür gerüttelt. »Bist du da drin?«

Ich seufzte und löste mich aus den Armen ihres Bruders. »Ich bin hier. Und gerade ein bisschen beschäftigt.«

»Was? Warum? Ich hab dich doch vor fünf Sekunden erst gesehen.«

»Taz.« Cross' Atem kitzelte auf meiner Haut, seine Stirn lag immer noch an meiner Schulter. »Verzieh dich.«

»Oh ... oh mein Gott! Habt ihr etwa gerade Sex?«

»Jetzt nicht mehr.« Er seufzte noch mal, dann hob er den Kopf. Zwei Schritte rückwärts, und er hatte die Tür aufgeschlossen und geöffnet. »Meine Schwester. Platzt immer im richtigen Moment dazwischen.«

Taz war nicht allein.

Tabatha stand neben ihr und biss sich auf die Lippe, um nicht loszulachen. Sunday war neben ihr, eine Mischung aus Ekel und etwas anderem, was ich nicht definieren konnte, im Gesicht. Sie hatten ein weiteres Mädchen dabei, aber ich erkannte sie nicht. Weder Lila noch Monica. Ich war erleichtert. Die beiden standen noch auf Cross.

Taz machte pfft, kam in mein Zimmer und schubste ihren Bruder zur Seite. »Du hast sie immer für dich. Jetzt sind wir mal dran.« Sie drehte sich um, verschränkte die Arme vor der Brust und baute sich breitbeinig vor ihm auf.

Wirklich? Ja, wirklich. Sie bot ihrem Zwilling die Stirn.

»Hau ab, Bruderherz. Heute Abend will ich meine Freundin für mich haben.«

Die Mädels lachten.

Cross musterte sie aus schmalen Augen. »Vergiss nicht, dass ich der Grund bin, warum ihr heute Abend überhaupt eingeladen seid.«

»Ich bin eingeladen, weil du eine Knautschzone zwischen dir und Brens Bruder haben wolltest. Wir wissen alle, dass du dir in die Hose machst, wenn du mit ihm allein bist.«

Cross' Blick huschte zu mir, und ich unterdrückte ein Lachen. Cross legte Channing gegenüber zwar eine gewisse Vorsicht an den Tag, aber ansonsten lag Taz komplett daneben.

Er schüttelte den Kopf. »Du hast recht, Schwesterherz. Ich habe Todesangst vor dem Typen, mit dem ich zusammenwohne.« Sein Ton war spöttisch. »Du hast mich durchschaut.«

Taz schloss den Mund, und ihr stiegen Tränen in die Augen. Sie hatte für einen Augenblick vergessen, dass ihr Bruder nicht mehr bei ihr wohnte.

»Genau«, fuhr sie schließlich fort. »Ist mir völlig egal. Hau ab. Ich will Bren jetzt haben.«

Cross sah aus, als wollte er sich mit ihr streiten, wahrscheinlich nur, weil er Spaß daran hatte, seine Schwester zu ärgern, aber jetzt mischte sich Tabatha ein.

»Wir haben Mädchenkram zu besprechen. Kannst du runtergehen und nachgucken, ob ich noch einen festen Freund habe?«

Der amüsierte Ausdruck in Cross' Augen verschwand. Ich hatte recht.

Eine Maske trat an seine Stelle. »Für dich tue ich gar nichts. Verpiss dich.« Unsere Blicke trafen sich für einen Moment, ehe er an den Mädchen vorbeiging.

Es folgte ein Moment der Stille. Dann raufte sich Tabatha die Haare. »Jordan war mir gegenüber in letzter Zeit ziemlich distanziert, das hat es jetzt noch mal bestätigt.« An mich gewandt, fuhr sie fort: »Du hast es ihnen doch erzählt.«

Ich schüttelte den Kopf. »Hast du wirklich geglaubt, dass ich es nicht erzählen würde? Ernsthaft?«

Sunday spottete: »Crewregeln, Tab. Schon vergessen? Bren hält sich nicht an Mädchenregeln.«

Ich fuhr herum und starrte sie an. »Hast du ein Problem mit mir?« Mein Ton war eisig.

Die Mädchen wichen kaum merklich zurück. Wenn sie vergaßen, wer ich war, würde ich es ihnen wieder ins Gedächtnis rufen. Ich ließ ein bisschen von der alten Bren raus, und Sunday nahm sich zurück.

Sie hustete und blickte überall hin, nur nicht zu mir. Ihre Stimme war gepresst. »Hey, ist doch egal. Erzählt ihr, was passiert ist.«

»Genau.« Taz ergriff das Wort. »Wir nennen es die Monica-Meuterei.«

»Monica-Meuterei?«

»Es ist bescheuert.« Sie wedelte mit der Hand vor ihrem Gesicht herum. »Und ich bin echt stinkig deswegen.«

»Erzähl's ihr einfach. Sie muss Bescheid wissen.« Sunday sah aus, als würde sie gleich explodieren.

»Ja. Okay.« Taz holte tief Luft. »Monica hat die Gruppe verlassen. Und sie hat Lila und Angie mitgenommen.«

»Wer ist Angie?«

»Meine Güte«, murmelte Tabatha. »Du kennst ja wirklich niemanden. Sie war die letzten drei Jahre lang eine meiner besten Freundinnen.«

Okay. Angie war Tabatha also wichtig. Ich verzog das Gesicht. »Warum muss ich das wissen?«

»Weil die Regeln erledigt sind. Weg. Zerstört.«

»Welche Regeln?«

»Die Mädchenregeln!«, keifte Sunday, hob aber sofort beschwichtigend die Hände. »Sorry. Es ist nur ... Das ist halt so 'ne Sache. Nicht nur Crews haben Regeln. Sondern auch Freundinnen.« Sie deutete auf Taz. »Dein Teil, Taz. Sorry.«

»Ja.« Taz wandte sich wieder mir zu. »Dieses Problem betrifft auch dich, weil sie am Ende der Woche ein Interview für diese Sendung hat. Wir wissen, dass du denen helfen sollst ...«

Tabatha schnaubte. Sunday versuchte, ihr Lachen zu unterdrücken und drehte sich um hundertachtzig Grad in Richtung Flur. Die Mädchen draußen vor der Tür kicherten.

Taz verdrehte die Augen. »Ja. Sollst du. Aber alle wissen, dass du ihnen eigentlich nur Angst einjagen willst, damit sie nichts über die Crews verraten, aber egal. Monica. Sie wird da reingehen, dich sehen, und darauf scheißen. Für sie herrscht jetzt Krieg.«

»Krieg? Warum?« Hatte ich sonst noch was verpasst?

»Sie hat genug davon, sich an die Regeln zu halten.« Das kam von dem Mädchen, das ich nicht kannte.

»Wer bist du denn?«

Sie lief rot an.

»Oh mein Gott. Siehst du? Das meine ich. Sie weiß überhaupt nichts!« Sunday warf die Hände in die Luft. »Das ist so nervtötend. Wir sind auch Menschen, Bren. Es dreht sich nicht immer alles nur um euch.«

Ich konnte es mir nicht verkneifen. »Du wirkst irgendwie aufgebracht.«

»Argh!«

Ich lachte. »Entspann dich. Ich weiß schon, aber von welchen Regeln reden wir gerade? Wieder die Mädchenregeln?«

»Nein. Freundschaftsregeln.«

Es gab so viele Regeln.

»Na ja, die Mädchenregeln ... eigentlich nicht, aber ist egal. Freundschaftsregeln halt. Sie hat sich von der Gruppe getrennt, weil sie jetzt mit jemandem von der Fallen Crest Academy zusammen ist. Er sagt, dass das Crewsystem dumm ist, und folglich glaubt Monica das jetzt natürlich auch. Er hat sie einer Gehirnwäsche unterzogen, sodass sie euch jetzt für den Feind hält. Sie glaubt, dass es ihre Mission ist, das Crewsystem zu zerstören. Ihr steckt ganz schön in Schwierigkeiten, denn sie wird alles ausplaudern. Und mit alles meine ich wirklich alles.«

»Was kann sie schon erzählen? Dass wir in Schlägereien geraten?«

»Dass ihr Alex Ryerson krankenhausreif geschlagen habt!« Sundays Hände waren wieder in der Luft. »Dass Cross eine Pistole dabeihatte, als ihr zu ihm gefahren seid. Sie wird darüber reden, dass du auf den Direktor eingestochen hast und dein Bruder die Stadt kontrolliert und seine Beziehungen hat spielen lassen, damit du nicht ins Gefängnis musstest. Wahrscheinlich wird sie noch irgendwelchen Scheiß dazuerfinden. Du hörst mir nicht zu. Das hier ist riesig. Also ... riesig riesig. Alle wissen, dass es in der Dokumentation um die Crews geht. Direktor Broghers will das System loswerden – es soll sich in Luft auflösen. Ihr seid für ihn wie Kakerlaken. Einmal Licht draufscheinen lassen, und sie verteilen sich wieder. Wusstest du eigentlich, dass sich diese Woche zwei Crews aufgelöst haben?«

Sie kam auf mich zu. »Die Frisco-Crew ist erledigt und diese andere auch. Ich kann mir den Namen nie merken. Nur noch ihr und die Ryerson-Crew seid übrig. Das ist alles ... oh, und die von deinem Bruder, aber die sind ja nicht mehr auf der Schule. Und sind sie nicht mittlerweile eher Kopfgeldjäger? Ist das überhaupt noch eine Crew?«

Das war eine endlose Debatte, waren sie Crew oder waren sie es nicht mehr? Ich hob eine Schulter. Das konnte selbst ich nicht beantworten.

Ich hörte ihr zu und merkte mir alles. Wir würden uns um Monica kümmern, aber eine Sache irritierte mich: »Warum bist du deswegen so aufgebracht?«

»Weil du und deine blöde Crew und Zellman mir was bedeuten!«, schrie Sunday. »Okay?! Ist halt so. Ich mag euch nun mal. Ich habe zwar keine Ahnung, warum, und es ist verdammt frustrierend, aber es ist nun mal, wie es ist. Okay?!« Sie schrie mich an, ihr Atem strömte direkt in mein Gesicht.

Auf einmal wollte ich sie umarmen, aber das war bescheuert. Stattdessen grinste ich sie an. »Danke.«

Sie hielt inne. Sie blies die Wangen auf, und dann schrie sie los, während sie mit den Händen in der Luft herumfuchtelte: »Oh mein Gott! Du bist dermaßen frustrierend!«

»Hey, hey, hey.« Jordan kam ins Zimmer, mit erhobenen Händen, als wollte er für Ordnung sorgen. Neben mir blieb er stehen. Zellman stand noch auf dem Flur, die Stirn gerunzelt. Ich bekam mit, wie hinter ihm noch andere den Flur hinunterliefen, aber Z blickte in ihre Richtung und schüttelte den Kopf. Sie blieben stehen, gingen aber nicht weg.

»Was ist da drüben los?«

»Dein Mädchen ist so unglaublich frustrierend!« Sunday schrie immer noch. »Das ist hier los.«

»Tabatha?«

»Nein! Bren!« Sie tat so, als würde sie mich erstechen.

»Ja. Ich weiß, wie Freundschaften funktionieren«, sagte Tabatha. »Bren nicht. Für sie ist man entweder Familie oder nicht. Dazwischen gibt´s nichts.«

»Hey.« Es gab sehr wohl etwas dazwischen für mich. »Wir sind irgendwie ... Freundinnen?«

»Du hast mich bei meinem Freund verpetzt.«

Ich schürzte die Lippen. »Es gibt eine Hierarchie. Du stehst unter Jordan.«

Zellman fing an zu lachen.

Sunday drehte sich zu ihm um. »Das ist nicht witzig!«

»Irgendwie doch.«

Jetzt sprang sie ihm ins Gesicht. »Ist es gar nicht! Hast du nicht zugehört? Monica und Lila haben sich von der Gruppe getrennt. Lila wird sich an Cross ranschmeißen, und Monica will alles zerstören.«

»Okay!« Jordan erhob die Stimme, um Sunday zu übertönen. »Wir kümmern uns um Monica. Lila ist nicht wirklich ein Problem, aber wer ist der Typ, mit dem Monica jetzt zusammen ist?«

»Warum?« Sunday schob die Unterlippe vor und stemmte die Hände in die Hüften. »Damit ihr ihn verprügeln könnt?«

»Was? Nein.« Jordan verschränkte die Arme vor der Brust. »Damit Channings Crew ihn verprügeln kann.«

Einer der Typen auf dem Flur hörte das und lachte. »Ja nee, ist klar. Ich dachte, das hier wäre ´ne Highschool-Sache.«

Noch ein Typ fing an zu lachen, dann zogen sie in Richtung Küche davon.

Die Terrassentür öffnete sich und ich hörte Heather fragen: »Was ist hier los?«

Jemand sagte: »Highschool-Drama.«

Daraufhin kreischte Sunday: »Oh mein Gott! Warum nimmt mich hier niemand ernst?«

»Oh mein Gott, Sunday!« Zellman berührte sie am Arm. »Komm

wieder runter, verdammt noch mal. Wir nehmen dich ernst, aber wir verarschen dich auch. Jordan und Bren genauso. Also beruhig dich.«

»Oh.« Sie zog die Brauen zusammen. »Wirklich?«

Jordan und ich nickten. »Du machst es uns gerade echt leicht«, fügte ich hinzu.

Sie starrte uns an, und ich glaubte fast zu sehen, wie ihr Dampf aus den Ohren kam. Innerlich kochte sie, und sie war bereit, erneut auf uns loszugehen.

»Z«, sagte ich.

Als sie gerade wieder zu zetern begann, hielt er ihr den Mund zu. »Hab schon verstanden.«

Er nahm sie bei der Hand und zog sie zur Tür. Wenig später hatten sie den Raum verlassen.

»Okay.« Jetzt war Tabatha dran. Sie war viel ruhiger. »Die Sache mit Monica ist ein echtes Problem, ob ihr es nun ernst nehmt oder nicht.«

»Sie ist mit jemandem aus Fallen Crest zusammen. Das allein ist schon ein riesiger Fehler«, sagte ich. »Also ja, wir nehmen das ernst, aber wir kümmern uns hier um unseren eigenen Scheiß. Wir werden sie uns vornehmen, aber auf unsere Art.«

»Also mit körperlicher Gewalt?« Tabatha stolzierte zu ihrem Freund hinüber. Sie reckte das Kinn. »Ihr werdet ihn verprügeln, stimmt's? Ihr habt Sunday zwar ausgelacht, aber so regelt ihr die Dinge nun mal. So wart ihr immer schon. Warum solltet ihr eure Taktik plötzlich ändern?«

Jordan und ich tauschten Blicke. »Wir benutzen nicht immer nur Gewalt.«

Ich nickte. »Wir haben auch schon Folter angedroht. Das ist was anderes.«

»Stimmt, das haben wir.« Jordan bemühte sich, nicht zu grinsen.

Tabatha schüttelte den Kopf. »Ich gebe auf. Egal. Tut, was ihr nicht lassen könnt.« Sie machte Anstalten, aus dem Raum zu stürmen, blieb aber plötzlich stehen und drehte sich wieder um. »Es ist nur so, dass Gewalt nicht immer funktioniert. So ist es nun mal. Warum, glaubt ihr, gibt es hier Kameras? Weil das funktionieren wird. Ich sage das nicht gern, weil ich das Crewsystem immer dumm, aber irgendwie auch heiß und aufregend fand – aber jetzt hasse ich es. Ich hasse es, dass mein Freund in einer der gefährlichsten und strengsten Crews überhaupt ist. Und ich hasse es, dass ich mir ständig Sorgen um ihn machen muss. Ich hasse es, dass ich Albträume habe, in denen eine eurer Schlägereien aus dem Ruder läuft. Ich hasse es, dass ich manchmal schreiend aufwache, sodass meine Mutter reingerannt kommt. Und ich hasse es wirklich, dass ich ständig lügen muss, damit Leute, die mich lieben und sich Sorgen um mich machen, meinen Freund nicht hassen. Und am allermeisten hasse ich, dass es drei Menschen gibt, die ihm immer wichtiger als ich sein werden, egal, wie sehr ich ihn liebe. Das hasse ich, aber trotz alledem werden Crews an unserer Schule gebraucht. Denn es ist gefährlich hier draußen, aber ich weiß, dass ich in Roussou trotzdem sicher bin. Niemand wird mich vergewaltigen oder überfallen oder ausrauben. Und auch wenn ich nur in Roussou sicher bin, ist das viel wert. Meine Cousine wurde letztes Jahr auf einer Party vergewaltigt, und der erste Gedanke, der mir kam, galt nicht ihr, sondern mir.« Ihre Stimme zitterte. »Er lautete: Gott sei Dank, dass das hier niemals passieren würde. Und ich dachte, dass es so war, weil die Crews, weil ihr das niemals zulassen würdet. Dazu haben alle zu viel Angst vor euch. Ich meine, die Ryerson-Crew kam mir wegen Alex einen Moment lang gruselig vor, aber das hat sich auch erledigt. Jetzt sind sie okay. Ihr versteht, was ich meine. Alex war ein paar Monate lang ziemlich durchgedreht, aber ihr habt ihn aufgehalten. Darum geht es mir.«

Alex. Drake.

Den hatte ich ganz vergessen, und auch, was er gesagt hatte. Ich musste den anderen davon erzählen.

Ich blickte Jordan an, aber er beachtete mich nicht. Er war komplett auf seine Freundin konzentriert, und ich berührte ihn am Arm. Er senkte den Kopf, und ich deutete mit dem Kopf auf Tabatha. Geh zu ihr.

Er ließ die Schultern sinken. Ich hatte gar nicht bemerkt, dass er sie angespannt hatte, aber jetzt ging er zu ihr.

»Baby«, sagte er sanft und nahm sie in den Arm.

Er drückte ihr einen Kuss auf die Stirn, und sie begann zu schluchzen. Sie schlang die Arme um ihn und hielt sich fest, den Kopf an seiner Brust vergraben. Er streichelte ihre Haare, ihren Rücken.

Taz war die erste, die sich aus dem Raum schlich. Ich folgte ihr auf dem Fuß.

Jordan formte ein »Danke« mit den Lippen.

Ich nickte und hatte ein Déjà-vu, denn eine ähnliche Situation hatten wir schon einmal erlebt. Die Leute hatten sich im Wohnzimmer zusammengefunden, abgesehen von Channings Freunden. Die waren draußen.

Cross und Race saßen auf dem Sofa und warteten auf uns, die Ellbogen auf die Knie gestützt.

Als wir reinkamen, hob Cross den Kopf. »Alles in Ordnung da oben?«

Ich ließ mich neben ihm auf die Couch sinken und berührte sein Bein. »Später. Crewmeeting.« Taz setzte sich auf Race' Schoß, und ich suchte ihren Blick. »Wir müssen uns um das Monica-Problem kümmern.«

Kapitel 29

Cross war über mir, die Lippen an meinem Hals, während er sich in mir bewegte.

Er hatte sich zu mir raufgeschlichen, nachdem Channing und Heather abgehauen waren. Vermutlich waren sie zu ihr nach Hause gefahren, wahrscheinlich, damit sie nicht leise sein mussten. Theoretisch wohnte ihr Bruder bei ihr, aber ich wusste, dass es Nächte gab, in denen er nicht da war. Heute war wohl eine dieser Nächte, und sie dachten offenbar, dass sie bis nach drei Uhr warten mussten, um sicher zu sein, dass wir Kiddies fest schliefen und nicht merkten, dass sie aus dem Haus schlichen. Aber sie waren Idioten ... Idioten, die ich auf keinen Fall eines Besseren belehren würde.

Oh nein.

Cross drang wieder in mich ein, bewegte sich wundervoll langsam. Sein Mund wanderte von der einen Seite meines Halses zur anderen, seine Hand und sein Daumen rieben über meine Brust. Als er in mein Zimmer gekommen war, hatte ich gedacht, dass es hart zugehen würde. Er war den ganzen Abend hungrig gewesen, aber jetzt überraschte er mich. Es war langsam und liebevoll und brachte mich zum Weinen, kurz bevor ich den Höhepunkt erreichte, obwohl ich das zuvor schon getan hatte. Zweimal.

Ich stöhnte, als er sich schneller bewegte und seine Hände über meine Arme glitten, meine Hände ergriffen und sie über meinem Kopf festhielten. Ich benahm mich ohnehin schon mädchenhaft, aber als er das tat, rollten mir noch ein paar Tränen übers Gesicht. Er konnte in mich hineinsehen, in mir sein, und das hielt ich kaum aus.

»Zeig es mir«, flüsterte er und knabberte an meiner Lippe. Bei diesem Befehl stieß er härter zu. »Zeig dich. Ich will dich sehen.«

Oh Gott.

Es riss ein Loch in die Mitte meiner Brust, da, wo ich sie vergraben hatte. Sie war dort drin, zusammen mit all dem Schmerz aus meiner Vergangenheit, fest verschlossen. Er wusste, wo ich sie eingesperrt hielt, und er wollte, dass sie rauskam.

»Cross«, flüsterte ich flehend.

»Zeig dich.« Er ließ meine Hand los und rieb mir mit dem Daumen über die Lippen. »Ich muss dich sehen, Bren. Nicht die Bren, die ich gerade in den Armen halte, nicht die Bren, die du allen anderen zeigst. Ich brauche die echte Bren, von der ich weiß, dass du sie versteckst. Ich brauche dich.«

Ich schnappte nach Luft und wölbte den Rücken.

Ich spürte, wie sie in mir aufstieg.

Ich konnte sie nicht zurückhalten, nicht, wenn Cross nach ihr verlangte.

Ich brach aus, meine Stimme war heiser und rau: »Nur du. Nur für dich.«

Er stöhnte und schloss die Augen, als er erneut tief in mich eindrang – und innehielt. Und dann durchströmte mich der Schmerz. Überall.

Es war nicht nur Schmerz. Es war alles. Ich fühlte alles.

Liebe.

Leiden.

Schmerz.

Wut.

Ich konnte unseren Schweiß riechen. Ich konnte riechen, dass Channing oder Heather vor Kurzem meinen Kissenbezug gewaschen hatten. Ich konnte das Fliederparfüm riechen, das Cross mir geschenkt hatte und von dem ich besessen war. Und ich konnte meine Tränen schmecken – nicht die, die er hervorgerufen hatte, indem er mich zum Höhepunkt brachte, nur um meinen Körper gleich noch einmal dorthin zu treiben, sondern die Tränen der Vergangenheit. Die Tränen, die daher kamen, dass ich meine Mutter vermisste, dass ich meinen Vater vermisste, dass ich mir selbst verboten hatte, ihn zu besuchen, die Tränen, die daher kamen, dass ich mich meinem Bruder gegenüber zurückhielt und ihn nicht einfach wie ein Familienmitglied lieben konnte, die Tränen, weil Jordan verletzt worden war, die Tränen, weil ich sah, wie zerrissen Zellman wegen Sunday war, aber vor allem schmeckte ich die Tränen, die auf Cross' inneren Qualen über das Auseinanderbrechen seiner Familie beruhten.

All das fühlte ich.

Und ich konnte auch in ihn hineinblicken.

Er war hier, sah mir in die Augen, und ich erkannte das tiefe Verlangen, das er zurückhielt, weil er wusste, wie sehr ich mich zurückhielt.

Aber das musste ich. Ich konnte das Leben auf diese Art nicht ertragen, nicht, wenn ich alles fühlen musste. Ich konnte nicht, aber in diesem Augenblick, als sich meine Beine enger um seine Hüften schlangen, war dies der Ort, an dem ich sein musste.

Seine Lippen fanden meine, hielten sie fest, forderten sie ein.

Er begann, sich heftiger zu bewegen, drang tiefer in mich ein, hielt dann inne und kreiste mit den Hüften, sodass er alles in mir berührte, und ich hätte beinahe aufgeschrien. Ich war geblendet vor Verlangen. Erneut wölbte ich den Rücken, hob ihn fast vom Bett ab, nur mein Kopf und meine Hüften berührten die Matratze. Cross erhob sich mit mir, sein Mund schloss sich um meinen Nippel, kostete ihn, während er knurrte, meine Taille umschlang und mich hinunterdrückte. Er bewegte sich nun fieberhaft, und drängte mich wie rasend an ihn.

Tränen liefen mir über die Wangen.

Er küsste sie weg, dann berührte sein Mund meine Lippen. »Ich liebe dich«, flüsterte er.

Ein tiefes Stöhnen entrang sich meiner Kehle. »Ich liebe dich.«

Als wir beide erneut kamen, griff er nach meiner Hand, verflocht unsere Finger miteinander, und drang ein letztes Mal tief in mich ein. Gemeinsam kamen wir wieder auf die Erde herab, die Nachwirkungen des wilden Spiels ließen unsere Körper zucken, und dann war Ruhe.

Absolute. Vollkommene. Ruhe.

Sie füllte mich genauso aus wie alles andere zuvor, und ich lag still, ganz still da, und genoss es.

Ich konnte ihn spüren. Ich konnte uns spüren.

Seine Lippen lösten sich von meinem Hals und wanderten über mein Gesicht. Erneut kostete er meine Tränen.

Ich rang nach Luft, der unvermeidliche Schmerz durchfuhr mich, als mein Höhepunkt verebbte und ich ins Leben zurückkehren musste.

»Cross«, schluchzte ich, immer noch heiser. »Cross.«

Er nahm mich in seine Arme, hauchte Küsse über meine Wangen, die Stirn und verweilte auf meinen Lippen.

»Ich bin hier. Tu's nicht, Bren. Bitte. Bleib bei mir. Ich weiß, dass du sie wieder wegsperren wirst, aber nicht heute Nacht. Nicht bis zum Morgen.«

Ich konnte nicht. Die Weigerung lag mir bereits auf den Lippen, aber als ich seine Qualen sah und wusste, wie sehr er mich brauchte, schluckte ich sie hinunter. Ich blieb und zog ihn fester an mich. »Okay.«

»Okay?« Fragend blickte er mir ins Gesicht.

Ich nickte. »Ja, okay.«

Und ich blieb.

Am Morgen würde ich sie wieder wegsperren.

Er umschlang mich, legte die Stirn an meinen Hals, eine Hand auf meine Brust und schob ein Bein zwischen meine Schenkel. Wir schliefen ein.

Kapitel 30

Für das, was ich tat, konnte ich ins Gefängnis kommen.

Es war mir egal. Als ich in Cross' Armen aufgewacht war, hatte ich damit begonnen, sie wieder in mir zu verschließen. Ich hatte mich selbst betäubt, bis ich nur noch ein Drittel von dem fühlte, was ich ertragen konnte, aber mittendrin hatte ich einfach aufgehört. Ich wusste nicht warum. Normalerweise konnte ich es gar nicht erwarten, meine Gefühle endlich abzuschalten, aber an diesem Morgen, nachdem ich all diese Dinge mit Cross gefühlt hatte, war mir klar, dass ich etwas ganz Besonderes erlebt hatte, und ich spürte ein Verlangen, das ich schon eine ganze Weile nicht mehr empfunden hatte. Vielleicht schon seit Monaten nicht mehr.

Es war jetzt fast sieben Uhr morgens. Das Timing war leichtsinnig knapp, aber ich konnte nicht anders.

Ich stieg über den Zaun, öffnete aber den Riegel nicht, da ich sah, dass sie endlich so schlau gewesen waren, sich einen richtigen Zaun zu kaufen, der den Rasen vollständig umschloss. Wer weiß, was sie sonst noch verändert hatten. Nach meinem letzten Besuch hatten sie sich einen Hund zugelegt, aber die Spielzeuge waren dieselben.

Ich hatte sie früher bereits beobachtet. Es kam mir vor wie etwas aus einem anderen Leben, so viel war seitdem passiert. So viele Veränderungen, aber ich musste einfach vorbeikommen. Ich musste herausfinden, ob ich sie sehen konnte.

Ich stieg über den Zaun, weil ich weder Alarm auslösen noch quietschende Angeln riskieren wollte, ließ mich fallen und beging dann offiziell Hausfriedensbruch. Es spielte keine Rolle, dass es das Haus war, in dem ich aufgewachsen war, oder dass mir hier meine Familie weggenommen worden war. Zu einem früheren Zeitpunkt war dieses zweistöckige Haus mein Zuhause gewesen, und obwohl ich wusste, dass es irrational und sinnlos war, fragte ich mich immer noch, ob ich einen Blick auf meine Mutter erhaschen konnte, die über den Flur lief.

Ziemlich gestört, ich weiß.

Es hätte mir nicht gleichgültiger sein können.

Eine Barbiepuppe blickte mich aus dem Gras an. Ein kleines Dreirad. Viele Pick-ups und Züge. Ein Dinosaurier. Ein paar Superhelden. Große Puzzleteile aus Plastik.

Ich hob alles auf und brachte es zur vorderen Terrasse, wo ich die Sachen vor die Holztreppe legte. Ich wusste, dass die Stufen knarzten. Das Haus war nicht renoviert worden, und ich konnte sehen, dass sie an den Treppen und der Terrasse nichts gemacht hatten, also bewahrte ich mir das bis zum Schluss auf.

Nach und nach hob ich das Spielzeug auf, trug es hinüber und legte es ins Gras. Ging ein zweites Mal zurück. Ein drittes Mal. Ich musste mehr als sechs Mal laufen, bis ich alle Spielzeuge eingesammelt hatte. Danach begab ich mich in den Schleichmodus. Sie hatten zwei große Spielzeugtruhen neben dem Fenster. Beide waren geöffnet, der Deckel lag daneben, und warum auch nicht? Der Zaun war hoch genug, um die Leute davon abzuhalten, hier einzudringen, was ihnen sogar auf dem Rasen vor dem Haus ein wenig Privatsphäre verschaffte. Roussou hatte es nicht so mit Hausbesitzervereinigungen.

Ich kniete mich hin und manövrierte leise jedes einzelne Spielzeug durch das Geländer der Terrasse. Zwischen den Streben war genug Platz. Das Dreirad ließ ich aus, es war zu groß. Sobald alles andere auf der Terrasse war, übersprang ich die Stufen und kletterte über das mittlere Geländer. Es war das stabilste und das einzige, das unter meinem Gewicht nicht knarzen würde. Dann ließ ich mich auf das mittlere Dielenbrett hinunter – von dem ich ebenfalls wusste, dass es kein Geräusch machen würde – und begann, die Spielzeuge in die Truhen zu packen.

Eins nach dem anderen. Nachdem ich damit fertig war, legte ich den Deckel drauf und beugte mich über das Geländer, um das Dreirad darüber zu heben. Ich drehte mich auf den Fersen um und stellte das Dreirad zwischen die Truhen.

Ich war fertig.

Der Rasen war frei.

Jetzt war der richtige Zeitpunkt, um zu verschwinden.

Ich hätte mich umdrehen und auf demselben Weg zurückschleichen sollen, auf dem ich gekommen war, weil ich nicht der Typ dafür war, einzubrechen und Sachen zu stehlen. Aber ich konnte mich nicht dazu überwinden.

Ich schluckte schwer, meine Instinkte schwiegen. Ich hörte im Allgemeinen auf sie, aber ich konnte mich nicht bewegen. Ich atmete leise und ging weiter auf die Terrasse, wobei ich darauf achtete, sehr leicht aufzutreten, sodass nur zwei Dielenbretter unter meinem Gewicht protestierten, und schon war ich bei der Hollywoodschaukel.

Ich setzte mich so auf den Rand, dass ich das Haus sehen konnte, aber nur den Kopf drehen musste, um die Straße im Blick zu haben.

Ich beobachtete das Haus.

Ich belog mich nicht einmal selbst, als ich mir sagte, dass ich nur kurz bleiben würde.

Ich sah kein einziges Mal zur Straße hinüber. Mein Kopf war zum Haus gedreht, mein Blick suchte angestrengt nach einem winzigen Schatten, einer Bewegung in den Vorhängen. Hätte man mich gefragt, wonach ich suchte, ich hätte es nicht erklären können. Wie kann man nach einem Geist Ausschau halten? Aber das war es, was ich tat, immer noch.

Ich wollte sie nur sehen. Noch ein letztes Mal.

Wuff!

Für den Bruchteil einer Sekunde erstarrte ich. Ich hatte den Hund vergessen.

»Jaa ... jaaa. Okay, Kumpel. Ich komme.«

Licht ging an.

Ich hörte Pfoten drinnen über den Boden tapsen.

Ehe ich von der Schaukel springen konnte, war der Hund auf der anderen Seite der Tür. Er blieb stehen, nahm meinen Geruch auf. Ein tiefes Knurren, gefolgt von lautem, wütendem Gebell.

Fuck. Fuck. Fuck.

Ich war von der Schaukel runter, sprang über das Geländer, aber anstatt durch das vordere Tor zu gehen, rannte ich zu dem Zaun an der Seite zum Nachbarhaus. Ich kletterte drüber und ließ mich auf die andere Seite fallen, als ich hörte, wie sich die Tür öffnete.

»Was ist denn mit dir los?« Der Mann klang halb ärgerlich, halb belustigt, als er aus dem Haus kam.

Füße trappelten über die Terrasse, und ich hörte den Hund auf der anderen Seite des Zauns knurren und schnüffeln. Ein verzweifeltes Winseln war zu hören, als er versuchte, sich unter dem Zaun hindurchzugraben.

»Groot! Hör auf!«

Sie hatten ihren Hund Groot genannt. Ich lächelte.

»Hey, was riechst du denn da?«

Er kam näher.

Ich rannte los, über den Rasen der Nachbarn. Die hatten keinen Zaun errichtet. Der Hund folgte mir, und ich hörte den Besitzer sagen: »Oh. Wow. Was ist denn los, verflixt?«

Dann erreichte ich den Gehsteig, und nachdem ich an ein paar Fahrzeugen vorbeigelaufen war, verlangsamte ich den Schritt und krümmte die Schultern. Ich setzte mir die Kapuze meines Sweatshirts auf und vergrub die Hände in den Taschen. Es war Ende April, aber morgens war es immer noch verdammt kalt.

Ich hatte schon ein paar Blöcke hinter mir gelassen, als mein Handy zu vibrieren begann und ich hinter mir einen Motor hörte.

Wie immer wusste ich, dass es Cross war, denn er folgte mir jedes Mal.

Ich schaute nicht mal hin.

Er verlangsamte den Wagen, und ich tastete nach dem Türgriff. Ich stieg ein, nahm seinen Geruch nach Sand und Kiefern wahr und brach zusammen. Die Tränen wollten nicht mehr aufhören, und ich weinte nicht nur, weil ich meine Mom vermisste.

»Bren.« Cross parkte den Pick-up und rutschte zu mir rüber, nahm mich in den Arm. »Baby.«

Ich weinte nur noch heftiger.

Das Leben war hart, manchmal beinahe zu hart.

Darum weinte ich.

Kapitel 31

Am nächsten Morgen, eine halbe Stunde, bevor die Schultore geöffnet wurden, ging es mir immer noch mies.

Nachdem Cross mich abgeholt hatte und während meines Zusammenbruchs bei mir gewesen war, hatte ich es nicht geschafft, alle Gefühle wieder auszuschalten. Das machte mich aggressiv, und niemand mochte eine aggressive Bren – ich selbst am allerwenigsten. Nachdem ich die Dinge also mit Cross besprochen hatte (und damit meine ich, dass wir abgewartet hatten, bis Channing nach Hause kam, sich umzog, und wieder weg war), nahm ich mir den Tag frei. Cross rief für mich in der Schule an, weil er Channing mittlerweile perfekt imitieren konnte. Dann ging er zur Schule, und ich blieb zu Hause, um meine Emotionen wieder unter Kontrolle zu bringen.

Das hatte nicht vollständig geklappt.

Aber an diesem Tag ging es mir besser, und nachdem wir ein Crewmeeting gehabt hatten, um alle auf den neusten Stand bezüglich Drake und seiner Informationen zu bringen, hatten wir beschlossen, uns zuerst um Monica zu kümmern.

Es war gegen meine Natur, so früh in der Schule aufzutauchen, aber da waren wir.

Zellman war offenbar sehr unbehaglich zumute, und er verzog das Gesicht. »Ich glaube nicht, dass das die richtige Art ist, um mit ihr fertig zu werden.«

Wir würden sie zur Rede stellen.

Ich zog die Brauen hoch. »Warum nicht?«

»Erstens, weil du aussiehst, als ob du jemandem den Kopf abreißen wolltest.«

Die Jungs musterten mich.

Ich nickte. »Das stimmt.« Am liebsten Monica.

»Zweitens, Monica hat keine Angst vor uns. Sie weiß, dass wir ihr nicht wirklich was tun werden.« Er zögerte, dann fügte er hinzu: »Also, ihr zumindest nicht.«

Ich hob eine Hand. »Ich vielleicht doch.«

Zellman deutete auf mich. »Genau das meine ich. Aber drittens, was haben wir eigentlich genau vor? Sie bedrohen? Monica ist ein bisschen durchgedreht, und jetzt ist sie noch durchgedrehter als sonst, weil ihre Freundinnen nicht mehr da sind, um sie zurückzuhalten. Und ...« Sein Blick huschte zu Cross. »Monica hasst Bren wie die Pest.« Er hustete. »Deinetwegen.«

Das wussten wir alle. Niemand bestritt es.

Ich schnitt eine Grimasse. »Ist Monica wirklich so durchgeknallt?«

Cross und Zellman sagten gleichzeitig: »Ja.«

Hm. Das war mir nicht klar gewesen. Okay.

»Neuer Plan.« Ich hob eine Hand. »Cross spricht mit Monica und ...«

Er zog die Brauen hoch. »Du willst mich ihr ausliefern?«

Als wäre nichts gewesen, fuhr ich fort: »... und tut so, als wäre er eifersüchtig auf ihren neuen Freund. Auf diese Art können wir herausfinden, wer das ist.«

Jordan legte den Kopf schief. »Warum können wir nicht einfach Tabatha fragen?«

»Weil sie es nicht weiß. Monica hat es den Mädels nicht erzählt.«

Cross nickte. »Taz meinte, dass Monica ihnen den Namen nicht sagen wollte, aber sie wissen, dass es jemand von der Fallen Crest Academy ist.«

Zellman knurrte. »Ich hasse diese Arschlöcher. Moment!« Er erstarrte. »Was, wenn es dasselbe Arschloch ist, das Sunday geschwängert hat?«

»Vielleicht noch ein Grund, ihm den Schädel einzuschlagen?«, überlegte Jordan laut.

»Nein, das ist egal. Ich glaube nicht, dass sie mir das erzählen wird. Sie weiß, dass sie mir scheißegal ist.«

Ich hatte so einen tollen Freund. Vor Stolz bekam ich Schmetterlinge im Bauch.

»Monica ist durchgeknallt, aber nicht auf diese Art«, sagte Jordan. »Sie und Sunday waren beste Freundinnen. Sie hat die Gruppe wegen Sundays Verbindung zu uns verlassen.« Er deutete auf Zellman, der grinste. »Nicht, weil sie sich zerstritten hätten.«

»Mein Freund ist Zeke Allen«, meldete sich eine Stimme hinter uns.

Ooooooh.

Fuuuuck.

Wir drehten uns alle gleichzeitig um, wobei sich unsere Gesichtsausdrücke vermutlich unterschieden. Wir hatten nichts gehört, kein Geräusch, kein Auto, keine Schritte.

Zellman knurrte, zog die Brauen hoch.

Jordan verzog das Gesicht und trat einen Schritt zurück.

Ich wusste nicht, wie Cross aussah, weil er so still war wie immer, es sei denn, er musste das Kommando übernehmen. Aber ich? Ich fand das hier super.

Ich lächelte und wusste, dass Monica damit nicht gerechnet hatte. Sie blinzelte ein paarmal, und ihre finstere Miene hellte sich ein wenig auf.

Ich ging einen Schritt auf sie zu. »Tatsächlich? Zeke Allen?«

Sie hängte ihre Tasche über die andere Schulter und ging an uns vorbei in Richtung Schule. »Warum freut dich das?« Sie deutete auf uns. »Und versucht es gar nicht erst. Mir ist klar, dass ihr hier gerade zu einer Crewintervention oder so ansetzt, aber das wird nicht funktionieren. Ich weiß, dass ihr keine Mädchen verletzt, und gegen euch direkt werde ich sowieso nichts unternehmen.«

Die Jungs zögerten. Ich überhaupt nicht. Ich sabberte fast. Ja, die alte Bren war zurück, sie kam an die Oberfläche, und sie hatte eine Menge Spaß.

»Du meinst, du wirst in deinem Interview nichts erzählen? Du bist nämlich heute Morgen dran. Becca hat mir den Plan per E-Mail geschickt, falls ich wieder krank werde.«

Monicas Mund klappte zu. Ich hatte sie offensichtlich aus dem Konzept gebracht.

»Du hast nicht vor, irgendwas über mich, Cross, Zellman oder Jordan zu sagen?«

Sie schluckte. »Muss ich nicht«, sagte sie kleinlaut.

»Aber du wirst etwas über die Ryerson-Crew erzählen?«

Sie öffnete den Mund, zögerte und schloss ihn wieder. Sie sagte kein Wort.

»Was wirst du sagen, wenn sie dich nach den Crews fragen?«, fragte ich.

Ihr Gesichtsausdruck veränderte sich, bis er irgendwann bei einem überheblichen Grinsen angekommen war. »Wusstet ihr, dass keiner von den Ryersons einen Deal mit den Bullen machen musste?« Sie beobachtete uns, und ihr überhebliches Grinsen wurde noch breiter. »Ihr wart alle mit eurem eigenen Leben beschäftigt, also würde ich wetten, dass euch das nicht aufgefallen ist. Sie wurden festgenommen. Genau wie wir. Und ihnen wurde der Deal angeboten. Genau wie uns. Sie haben den Deal nicht angenommen. Und dennoch wurden sie am nächsten Tag freigelassen. Gegen niemanden wurde Anklage erhoben. Sie sind alle komplett straffrei davongekommen. Wundert euch das nicht? Mich würde das an eurer Stelle wundern.«

»Sie haben die Kaution bezahlt. Genauso wäre das mit uns auch gelaufen«, sagte ich.

»Nein.« Sie klang sehr ruhig und sehr selbstsicher. Sie wusste Bescheid. Sie wusste etwas, das wir nicht wussten. »Keine Kaution. Sie wurden freigelassen. Meine Tante arbeitet für die Polizei in Fallen Crest. Sie konnte mir davon erzählen, weil es keine Geheimhaltungspflicht gab. Sie sind alle einfach so davongekommen. Und sie sind ruhig geblieben. Ist euch das auch aufgefallen?«

»Weil Drake ihr Anführer ist«, sagte Zellman, wirkte dabei aber nicht so selbstsicher wie sie.

Das war kein gutes Zeichen.

»Also wirklich.« Sie lachte spöttisch. »Bist du dir da sicher? Sind die Ryersons überhaupt noch eine Crew?« Unsere Blicke begegneten sich, und sie wandte sich nicht ab. »Habt ihr nicht bemerkt, dass es kaum noch Crewaktivitäten gibt? Ich meine, sie haben die rausgefischt, die euch zusammenhält. Wenn sie in der Schule ist, ist sie in der Bibliothek eingeschlossen und geht ihren Aufgaben als Helferlein nach.«

Sie hatte recht.

Ein ungutes Gefühl machte sich in mir breit.

»Ich habe die Unterhaltung zwischen Broghers und der Schnüfflerin gehört. Sie wollte ihre Therapiestunden mit dir nicht aufgeben. Da ging es ganz schön zur Sache. Und jetzt überlegt mal, wer in den letzten Wochen ebenfalls abwesend war. Wir hatten auch keine Komiteetreffen. Ich bin heute so früh hier, um mit den Dekorationen für den Abschlussball anzufangen, was du gewusst hast, denn deswegen seid ihr hier.«

Sie hatte schon wieder recht.

Fuck.

Allmählich erkannte ich da ein Muster.

Als hätte sie die Entscheidung für uns getroffen, setzte sie sich rückwärts in Richtung Schule in Bewegung. »Und noch etwas: Du möchtest vielleicht mit der Produzentin sprechen, der du hilfst. Es gibt da ein paar enge Verbindungen zwischen dir und ihr.« Sie sprach mich direkt an. »Ich muss es wissen. Zeke ist ein riesiger Fan von Mason Kade. Er ist geradezu von ihm besessen.«

Ich reckte das Kinn. »Mit diesen Leuten habe ich nichts zu tun.«

»Du nicht, aber dein Bruder und deine zukünftige Schwägerin ...« Sie ließ die Behauptung zwischen uns in der Luft hängen, dann drehte sie sich um und ging ins Schulgebäude.

»Ey, Alter!« Zellman seufzte, als sie verschwunden war. »Ich war mir nicht sicher, ob ich wollte, dass Bren ihr Messer rausholt oder nicht.«
»Das hätte nicht funktioniert«, sagte ich leise. Ich drehte mich zu den Jungs. »Sie hat recht. Monica hat recht. Wir können nichts Körperliches tun. Wir müssen uns was anderes einfallen lassen, etwas ...«
Cross sprach es für mich aus. »Etwas ohne Crew.«
Mir war kotzübel.
Zellman fluchte leise und sprach damit für uns alle.
»Was hast du jetzt vor?«, fragte Jordan.
Ich zuckte mit den Schultern. »Mit Becca reden. Das ist das Einzige, was ich tun kann.«

...

»Du möchtest was?«
Becca Sallaway stand die Verblüffung ins Gesicht geschrieben.
Wir hatten einen einfachen Plan entwickelt, nachdem ich erst mit Channing und dann mit Heather gesprochen hatte, und ich setzte die erste Phase in die Tat um. Der Rest des Kamerateams baute gerade auf. Monica würde jeden Moment zur Tür hereinkommen, aber diesen Moment wollte ich hinauszögern.
Ich sagte noch mal: »Ich möchte interviewt werden.«
»Du?« Becca zog die Augenbrauen hoch. »Man hat uns gesagt, dass du nicht Teil der Dokumentation bist. Um genau zu sein: Dein Direktor meinte, wir sollten nicht mal daran denken, dich danach zu fragen. Oder den hübschen Kerl, mit dem du da neulich rumgemacht hast.« Sie klang wehmütig. »Aber ich kann dir sagen, die Kamera würde ihn lieben. Das würde ihm wunderbare neue Möglichkeiten eröffnen.«
»Er auch.«
»Bitte was?«
»Er will auch interviewt werden. Und Jordan. Und Zellman. Und ich bin mir ziemlich sicher, dass ich noch ein paar andere dazu bewegen kann, ihre Interviews zu wiederholen.«

Sie senkte den Kopf. Sie presste ihren Laptop an ihre Brust und sah mich prüfend an. »Warum sollte jemand sein Interview wiederholen?«

»Meinetwegen.«

»Wie meinst du das?«

»Sie waren nicht so ehrlich, wie sie hätten sein können, und das liegt an mir.«

»Ich verstehe nicht ganz. Warum liegt das an dir?«

»Hat Kenneth euch das wirklich nicht gesagt?«

»Was hat er uns nicht gesagt?«

»Dass ich in einer Crew bin.«

»Du bist was?« Sie trat einen Schritt zurück und ließ beinahe den Laptop fallen. »Nein. Das hat er mit keinem Wort erwähnt. Aber ...« Sie seufzte und schüttelte den Kopf. »Das wird zum Teil an uns gelegen haben. Wir wurden gebeten, herzukommen und eine sehr persönliche Serie über die Geschichte von Roussou zu drehen – wie es heute ist und wie es dazu kam.«

Ich konnte ihr nicht folgen.

»Wir sind nicht das einzige Team, das in Roussou arbeitet. Es gibt noch zwei weitere. Wir sind nur diejenigen, die den derzeitigen Schülern zugeteilt wurden.«

Ich schluckte. Mir saß ein riesiger Kloß in der Kehle. Es tat ekelhaft weh. »Wie bitte?«

»Das andere Team arbeitet nicht nur hier. Sie interviewen ehemalige Schüler, und einer davon ist jetzt im Gefängnis. Ein anderes Team sieht sich in den Städten um. Die Serie geht bei Fallen Crest und Roussou in die Tiefe. Bei Frisco auch. Wir wollten rechtzeitig zum Stadtfest hier sein, aber das haben wir nicht geschafft.«

»Ihr ...« Ich konnte nicht sprechen. Der Kloß wuchs weiter und drückte mir die Kehle zu. »Aber warum? Ich meine, was ist an dieser Gegend so wichtig?«

»Na ja, also, da gibt es mehrere Faktoren. Erstens ist Mason Kade immer noch eine große Nummer. Er hat zwei Super Bowls gewonnen, dabei ist er erst seit zwei Jahren im professionellen Football tätig. Hinzu kommt, mit wem er verheiratet ist, das ist sehr interessant. Die erste Sendung über Mason Kade sollte eigentlich nur den Appetit anregen, wenn ich ehrlich bin. Die Zuschauer wollen mehr über ihn wissen, und wenn wir nicht hier wären, würden andere kommen. Die Produktionsleitung hat außerdem persönliche Gründe. Sie haben – eigentlich darf ich dir das nicht erzählen, aber sie haben ihre eigenen Gründe, dafür zu sorgen, dass die Serie über Roussou und Fallen Crest gut wird und dass kein alter Staub aufgewirbelt wird. Ob du es glaubst oder nicht, darum geht es uns nicht.«

»Ich dachte, ihr seid wegen der Crews hier? Euer Projekt heißt Die Welt der Crew Gangs.«

»Oh!« Sie lachte. »Das ist nur für Kenneth. Sein Anliegen ist ziemlich offensichtlich, also spielen wir mit. Wir stellen die Fragen, die wir stellen wollen, aber auch solche, die ihn interessieren, und vielleicht konzentrieren wir uns auf die Crew. Das ist noch nicht endgültig entschieden.«

Ich versuchte zu verarbeiten, was sie gesagt hatte. »Du hast von mehreren Faktoren gesprochen. Das waren zwei.«

»Ja. Ein dritter ist, dass es in Roussou ebenfalls eine Berühmtheit gibt, über die hier aber niemand spricht.«

»Und wer ist das?«

»Brett Broudou.«

»Der Typ im Gefängnis?«

»Nein, sein Bruder – der Mason und Sam ebenfalls kennt und im College gemerkt hat, dass er verdammt gut Football spielen kann. Er hat seine eigene Geschichte, aber niemand redet über ihn. Das ist ziemlich seltsam.«

Oh.

Ich war verblüfft.

»Über die Broudous redet hier keiner.«

»Ich weiß, wegen dem, was Budd getan hat. Ich bin damals hier zur Schule gegangen. Ich weiß, was passiert ist.«

»Ich auch.«

Sie rümpfte die Nase. Ihr Haar saß normalerweise perfekt, aber als ich das sagte, begann sie an einer Strähne herumzuspielen. Schien eine Angewohnheit zu sein, wenn sie nervös wurde. »Was soll das heißen, du auch?«

»Ich kenne die Geschichte, ich weiß, wen Brett Broudou vergewaltigen wollte. Ich weiß auch, wer es verhindert hat. Und auf wen er es abgesehen hatte.«

Sie schluckte und blinzelte mehrmals. »Ich ... Das ist nicht öffentlich bekannt ... Nur ein paar Leute wissen es.« Sie schüttelte den Kopf, wie um sich selbst von ihren Worten zu überzeugen.

Ich legte meine letzte Karte offen. »Ich habe dich angelogen, was Channing Monroe angeht.«

Sie erstarrte. »Sag das noch mal!«

»Channing Monroe ist mein Bruder. Heather Jax ist meine zukünftige Schwägerin. Und ich habe heute Morgen mit beiden gesprochen. Sie haben mir erzählt, dass du normalerweise Becky Sallaway genannt wirst. Sie haben mir überhaupt eine Menge über dich erzählt.«

Sie blieb stumm, ihre Augen waren groß wie Untertassen. Ihr Kinn zitterte, aber in der nächsten Sekunde atmete sie tief durch und rollte die Schultern.

Fünf Sekunden vergingen.

Dreißig.

Ihre Stirn war gerunzelt. Eine dicke Haarsträhne fiel ihr in die Stirn. Immer noch nichts.

Dann hatte sie offenbar eine Entscheidung getroffen. Ihr glasklarer Blick traf meinen, und sie legte los.

»Die Produktionsleiter haben nur um Informationen von Leuten gebeten, die sich zu einem Interview bereit erklärt hatten. Der Direktor und deine Beratungslehrerin sind beide zu mir gekommen. Sie haben mir angeboten, inoffizielle Interviews zu geben. Ich habe das abgelehnt. Es war offensichtlich, dass sie uns Informationen geben wollten, von denen wir nicht wussten, ob wir sie überhaupt haben wollten, und alles, was uns inoffiziell erzählt wird, können wir nicht verwerten. Sie beharrten beide darauf, nur inoffiziell interviewt zu werden. Jetzt frage ich mich, ob mir jeder von ihnen auf seine Art erzählen wollte, dass du mit einer Person in Verbindung stehst, mit der ich mal befreundet war.« Ihre Stimme brach. »Es ist schon eine Weile her, aber ich habe Mist gebaut«, fuhr sie fort, »und zwar nicht nur einmal. Ich schleppe also ein paar Altlasten mit mir rum. Mit dieser Dokumentation entschuldige ich mich gewissermaßen bei dieser Person. Und die Produzenten ... ich glaube, sie wollen auch etwas wiedergutmachen. Wir sind mit unserem eigenen Anliegen hier, aber es ist nicht, was du denkst. Niemand weiß, worum es uns wirklich geht, und auch wenn ich dir nicht sagen kann, was letztlich im Schneideraum landet und was nicht, kann ich dir immerhin versichern, dass du uns hier haben willst. Andere Projekte waren geplant, und die wären weit weniger positiv gewesen. Wir waren zuerst hier. In unserer Branche ist das wichtig. Die anderen Projekte wären nicht so nett ausgefallen.«

In ihren Augen glänzten ungeweinte Tränen, aber sie reckte das Kinn.

»Ich war mit jemandem verlobt, der Samantha und Mason verletzen wollte. Sam hat mich gewarnt, aber ich entschied mich für ihn. Das war ein Fehler. Und jetzt versuche ich, mich bei ihnen zu entschuldigen.«

Ich wandte den Blick ab.

Dachte nach.

Wog das Für und Wider ab.

Und traf eine Entscheidung.

»Ich möchte trotzdem interviewt werden, denn ich weiß, dass der Direktor Aufmerksamkeit auf das Crewsystem lenken will, ob ihr wollt oder nicht. Ich muss sichergehen, dass beide Seiten gehört werden.«

Sie nickte, noch bevor ich ausgeredet hatte, und schob sich die lose Haarsträhne hinters Ohr. »Ich denke, es ist eine gute Idee, beide Seiten anzuhören.« Sie hustete und räusperte sich, dann hatte sie sich wieder im Griff. »Und wir würden dich und deine Crew liebend gern interviewen.«

Ich sah ihr in die Augen.

Sie zuckte zusammen. »Und natürlich alle, die noch einmal interviewt werden müssen.«

Kapitel 32

Nachdem ich mit Becca/Becky gesprochen hatte, wurde ich offiziell als ihre Helferin entlassen.

Ich hatte meine Stunden bis dahin abgearbeitet, es war also nicht weiter wichtig.

Monica betrat den Raum, als Becca gerade sagte, sie müsse mit Direktor Broghers sprechen. Ich wusste nicht, was das genau bedeuten sollte, es war aber auch nicht mein Problem. Nichts von dem hier war mehr mein Problem. Als Becca zur Tür hinausrauschte, biss Monica sich auf die Lippe und schien offenbar auf das zu warten, was ich ihr zu sagen hatte.

Was überraschenderweise nicht viel war. »Du kannst ihnen erzählen, was du willst.«

Ihr stand der Mund offen. »Was?«

Ich machte Anstalten, sie einfach stehenzulassen, hielt aber nach dem ersten Schritt neben ihr an und flüsterte ihr ins Ohr. »Du hast nichts gegen uns in der Hand. Nicht mehr. Und was Allen angeht ...« Jetzt blickte ich ihr direkt ins Gesicht. Sie wandte sich ab, und ich sah ihr an, dass sie Angst bekam. »Ich wünsche dir noch ein schönes Leben mit ihm.«

Und das war's. Schönes Leben noch.

In zwei Tagen war der Abschlussball. Vielleicht lag es daran, dass ich mich in diesem Jahr vor so vielen Dingen versteckt hatte, oder daran, dass ich das Gefühl hatte, stillzustehen, während alle anderen an mir vorbeizogen, vielleicht lag es auch daran, dass ich jetzt öffentlich über meine Crew sprechen musste. Vielleicht war der Grund, dass der heutige Tag nur eine weitere Bedrohung gegen uns darstellte, von der ich wusste, dass es nicht die letzte sein würde, und die wir überleben würden, was auch passierte. Vielleicht lag es an all diesen Dingen oder einfach nur daran, dass ich überhaupt wieder etwas fühlte. Aber was ich fühlte, war Hoffnung – aus welchem Grund auch immer.

Ich spürte, dass ein neuer Anfang auf mich wartete. Und obwohl ich normalerweise mit Panik in die Zukunft sah und mich fragte, wen sie mir als Nächstes nehmen würde, war es diesmal anders.

Als es klingelte, ging ich durch die Bibliothek und sah, wie Jordan hinausging, einen Arm um Tabatha gelegt. Zellman war bereits auf dem Flur und zankte sich mit Sunday, und bei meinem Spind wartete Cross.

Ich freute mich beinahe auf das, was die Zukunft bereithielt.

Aber vielleicht wurde ich einfach nur erwachsen.

Was auch immer es war, ich lächelte Cross an, als ich näherkam, und er blickte hinter sich. »Da steht niemand, den du verprügeln möchtest, also gilt das wohl mir.« Sein Blick wurde wärmer. Er streichelte mir die Wange, dann zog er mich an sich und lehnte seine Stirn an meine.

Er sagte leise: »Ich liebe dich.«

Jep. Im Moment war das Leben super.

»Ich liebe dich auch.«

»Oh Gott! Ihr beiden. Hört auf, in aller Öffentlichkeit so einen kitschigen Scheiß von euch zu geben«, stöhnte Zellman. »Sonst sehen wir noch Brens Gesicht vor uns, wenn wir Pornos gucken und uns einen runterholen.«

Alle erstarrten.

Niemand sagte ein Wort.

Dann:

»Das ist ja widerlich!«

»Igitt!«

»Oh mein Gott! Meinst du das ernst?«

Mir wurde schlecht.

Cross sah aus, als wäre ihm schlecht.

Sogar Jordan warf seinem besten Freund einen argwöhnischen Seitenblick zu. »Boah, Alter. Das ist echt eklig.«

»Was?« Zellman musterte die Umstehenden. »Macht das sonst niemand? Im Ernst?«

Cross trat auf ihn zu. »Müssen wir beiden uns mal unterhalten?« Zellman schluckte. »Das war ein Kompliment. Bren ist heiß.«

Sunday schwieg. Sie holte weit aus und – bämm! -verpasste Zellman eine saftige Ohrfeige.

»Aua!« Er duckte sich vor einem zweiten Schlag und sah sie böse an. »Lass das!«

»Das ist ja ekelhaft. Du denkst an dein Crewmitglied, wenn du dir einen runterholst?«, fragte sie.

»Na und? Das machst du selbst doch auch«, sagte er schulterzuckend. »Tu doch nicht so, als ob du nie an Cross denken würdest, während du an dir rumspielst.«

»Nein! Ich denke dabei an dich!«

Er strahlte sie an. »Was? Echt?« Er griff nach ihrer Hand. »Also, ungefähr neunzig Prozent der Zeit denke ich auch an dich. Ich meine, wenn wir hier schon alles offenlegen ...«

»Niemand legt hier irgendwas offen. Nur du«, unterbrach ihn Cross. »Und jetzt hör auf damit. Bitte.«

Zellman ignorierte ihn. »Um Bren geht es nur in ungefähr zwei Prozent der Zeit, aber das ist mir auch schon unangenehm. Nur deswegen hab ich was gesagt.«

»Und die anderen acht Prozent?« Sunday verschränkte die Arme vor der Brust.

Zellman rieb sich das Kinn. »Muss ich das etwa auch erzählen?« Er beugte sich vor und senkte die Stimme, aber wir konnten es trotzdem alle hören. »Denn das, Babe, solltest du wirklich nicht erfahren. Ich bin ein Typ. Wir sind eklig. Meistens jedenfalls.«

»Und du solltest aufhören, solange du noch nicht in Schwierigkeiten steckst«, riet Cross ihm.

Zellman drehte sich ihm zu. »Du meinst, ich stecke noch nicht in Schwierigkeiten?«

»Immerhin will dich dein Mädchen noch nicht erstechen.«

»Aber ich vielleicht«, knurrte ich.

Zellman grinste mich unbekümmert an, als hielte er das für einen Witz, aber als Sunday davonstakste und er folgte, blickte er noch einmal zurück und wirkte leicht besorgt.

Auf halbem Weg durch den Flur rief er: »Ist doch alles okay, oder, Bren? Du wirst mich nicht zerstückeln, wenn ich Samstagnacht umkippe, oder? Denn ich bin mir zu achtundneunzig Prozent sicher, dass das passieren wird.«

Ich zeigte ihm den Mittelfinger. »Da wir gerade offen über alles reden: Ja.«

Er legte einen Schritt zu, um Sunday einzuholen. »Okay. Ich ... Lass mich bitte am Leben. Crewmitglieder bringen sich nicht gegenseitig um!«

Ich legte den Kopf schief. »Crewmitglieder sagen auch nicht übereinander, was du gerade über mich gesagt hast!«

»Ja, okay. Ich sehe es ein.« Sunday bog um die Ecke, und Zellman war ihr dicht auf den Fersen. Er winkte mit seinem Buch und rief: »Sorry, B!« Dann waren sie weg.

Jordan hustete. »Mir fällt gerade auf, dass du hier bist. Auf dem Flur.«

Ich wusste, was er wissen wollte. »Ja. Ich habe mit ihr gesprochen. Sie bereiten alles vor.«

»Für uns alle?«, fragte Cross.

»Auf dich ist sie natürlich besonders scharf.«

»Großartig.«

Ich lachte.

Auch Cross lächelte. Jordans Mundwinkel wanderten nach oben, und selbst Tabatha entspannte sich ein wenig. Als ob ich sonst nie lachen würde.

Lachte ich sonst?

Mist. Wahrscheinlich nicht.

Ich seufzte. Daran würde ich arbeiten müssen. Aber nicht jetzt.

»Wie geht es Sunday mit dem Baby?«, fragte ich Tabatha.

Sie löste sich von Jordan und zuckte mit den Schultern »Ich weiß es nicht. Manchmal frage ich sie danach, aber sie will nicht drüber reden.« Sie blickte über die Schulter, dorthin, wo Sunday und Zellman gerade verschwunden waren. »Ich war vor Kurzem bei ihr zu Hause. Z war auch da, und ich habe gehört, wie sie sich gestritten haben. Ich weiß nicht, was er euch erzählt hat, aber er versucht herauszufinden, wer der Typ ist. Sie sagt es ihm nicht. Mir auch nicht, weil ...« Erneut lehnte sie sich bei Jordan an. »Na ja, aus offensichtlichen Gründen.«

Cross zog die Brauen hoch. »Mir gefällt nicht, dass so ein Scheißkerl einen von uns verletzen kann und ungeschoren davonkommt.«

»Ja.« Sie kaute auf der Innenseite ihrer Wange herum. »Ich weiß.«

Jordan sah auf sie hinab, dann zu mir.

Cross bemerkte den Blick, und wir waren alle drei auf einer Wellenlänge. Zumindest glaubte ich das.

»Ihr Handy«, sagte ich.

»Gute Idee«, sagte Cross.

Und Jordan sprach es aus: »Nehmt ihr Handy.«

»Was?«

»Kennst du den Code, um es zu entsperren?«, fragte ich.

Tabatha schüttelte den Kopf. »Nein.«

Das war ziemlich leicht. »Beobachte sie mal. Also, wie sie ihr Handy entsperrt. Merk dir den Code, und dann klau ihr das Handy. Wir können darin herumschnüffeln, wenn du willst.«

»Schlagt ihr gerade vor, ihr Handy zu hacken?« Tabatha wirkte schockiert.

»Ja, gute Idee«, knurrte Jordan. »Sie schützt einen Dreckskerl. Wir müssen wissen, wer das ist.«

»Aber das ist ihr gutes Recht ...«

»Nicht in diesem Fall«, sagte Cross und schüttelte den Kopf. »Oder finde einfach nur den Code heraus. Wir erledigen den Rest. Wenn sie ihr

Handy verliert, kannst du ehrlich sein und sagen, dass du nicht weißt, wo es ist.«

»Oje.« Sie kaute auf der anderen Wange herum. »Was habt ihr vor?«

Ich senkte den Kopf, die Augen weiter auf sie gerichtet. »Willst du das wirklich wissen?«

Sie schluckte. »Vielleicht lieber nicht.«

Er würde gleich klingeln. Das wussten wir alle, und da ich dem Kamerateam nicht mehr helfen musste, würde es vermutlich nicht reichen, wenn ich ihnen einfach erzählte, dass ich während der Interviews nicht mehr böse gucken würde. Ich musste schließlich auch in den Unterricht.

Es klingelte.

Jordan grüßte mit erhobener Hand, während er rückwärtsging. Tabatha blieb noch.

Cross wartete, bis ich meine Bücher geholt hatte.

»Besorg einfach den Code«, sagte ich zu Tabatha, als wir an ihr vorbeigingen. »Besser früher als später, nur zur Sicherheit. Es ist besser, in einer solchen Situation Bescheid zu wissen.«

Normalerweise waren wir nicht diese Art von Pärchen, aber Cross legte mir den Arm um die Schulter. Mir war es egal.

Einen Moment lang war ich diese Art von Mädchen.

Kapitel 33

»Oh, wow.«

Nervös flocht ich meinen Zopf zu Ende, ehe ich mich zur Tür umdrehte. Dort stand Heather, mit einem Ausdruck des Erstaunens im Gesicht.

Sie schüttelte den Kopf. »Ich meine ... wow.« Sie blinzelte heftig. »Bren, du siehst atemberaubend aus.«

Oh, fuck.

Ich sah aus wie ein Mädchen.

Ich hatte das Kleid mit dem weißen Tüll und dem rosa Glitzer an. Die Verkäuferin hatte eine ganze Menge Namen für das Design gehabt, aber es war jedenfalls schulterfrei. Das Oberteil war glatt und glänzend, mit einer kleinen Einkerbung zwischen meinen Brüsten. Der Rock war mit sehr wenig Tüll besetzt, er stand nicht ab oder so. Aber richtig cool fand ich ihn erst, als ich Heathers Lederjacke dazu angezogen hatte.

Der Look. Das Gefühl. Die Ausstrahlung. Das war ich.

»Äh ... danke?«

Sie fing an zu lachen. »Du findest es furchtbar, stimmt's?«

Ich zuckte die Schultern und ging zu meinem Kleiderschrank. Ich nahm eine Clutch heraus. Taz sagte, dass ich eine brauchte. Und dass sie zum Kleid passen musste. Ich betrachtete die Tasche. Sie war schwarz. Mein Kleid war rosa und weiß.

Die Clutch passte nicht dazu.

Taz würde einen Nervenzusammenbruch erleiden.

»Bren?«, fragte Heather leise und kam näher.

Die Clutch sollte zum Kleid passen.

Warum plante ich sowas nicht vorher? Wie schwer konnte das sein? Kleider. Handtaschen. Selbst Armbänder, verdammt. Make-up. Nichts davon hatte ich auf dem Schirm. Ich wusste, dass ich hübsch war oder jedenfalls hübsch genug. Niemand machte sich über mein Aussehen lustig. Und Cross liebte mich. Er war kein oberflächlicher Typ, aber hätte er mich auch geliebt, wenn ich hässlich wäre?

Taz. Sunday. Tabatha. Ich wusste, sie alle würden perfekt aussehen. Kleider, die wie angegossen saßen. Ihre Haare sahen immer gut aus, aber an diesem Abend würden sie Meisterwerke zur Schau stellen. Sie verstanden etwas von Maniküre und Pediküre und Haarstyling. Sie hatten das alles verinnerlicht. Und Schmuck – wer konnte denn ahnen, dass es so viele verschiedene Arten von Ohrringen gab?

Ich hatte nicht mal Ohrlöcher.

»Bren.« Heather stand direkt hinter mir.

Ich wusste, was jetzt kommen würde. Ich war vorbereitet und wusste, dass sie spüren konnte, unter welcher Anspannung ich stand.

Als ihre Hand meine Schulter berührte, fluchte sie leise. »Oh, Babe.«

Ich fing an zu weinen. Ich hatte die Tränen den ganzen Tag schon gespürt und sie immer wieder unterdrückt.

Der Abschlussball sollte doch eine Feier des Erwachsenwerdens sein, nicht wahr? Aber nicht für mich. Für mich war er ein Albtraum.

»Sollte man nicht alles über Make-up, Nägel und den Unterschied zwischen Ballerinas und Stilettos beigebracht bekommen? Von seiner Schwester. Oder Mutter. Von denen lernt man sowas doch, oder?« Ich blickte sie an. »Wo hast du es gelernt?«

Heather war schön. Immer schon gewesen. Sie hatte etwas Sexy-Burschikoses an sich und wirkte niemals verunsichert. Sie war selbstbewusst, verdammt stark und nutzte ihren Sexappeal gelegentlich als Waffe.

Ich hatte sie beobachtet, während ich heranwuchs, hatte gesehen, wie sie mit ihrem Bruder klargekommen war, wie sie mit meinem Bruder klarkam, wie sie eine krass gute Chefin in ihrem eigenen Restaurant wurde.

Sie umarmte mich, und ihre Lippen bebten.

Ich hatte Heather noch nie mit bebenden Lippen gesehen. Niemals. Ich hatte sie noch nie weinen oder den Tränen nah gesehen. Sie war nicht schwach, nicht auf die Art, wie ich es gerade war.

»Bren, Süße.« Sie strich mir über den Rücken, strich mir eine Haarsträhne aus dem Gesicht.

Ich blickte auf die Clutch. »Ich war heute Morgen in Fallen Crest im Spa. Die anderen Mädchen hatten alle Shirts zum Knöpfen an. Hinterher hat mir jemand erklärt, dass sie die tragen, um sie später leicht auszuziehen und in die Kleider schlüpfen zu können, ohne ihre Frisuren zu zerstören.« Ich seufzte. »Ich hatte Jeans und ein Tanktop an. Ein enges. Der Stylist hat mich vollkommen entgeistert angestarrt, aber ich wusste das doch nicht. Niemand hat es mir erzählt. Ich mache diesen Mädchenkram sonst nicht. Taz geht ins Kosmetikstudio, und ich krieche mit den Jungs in Höhlen rum. So bin ich aufgewachsen.«

»Bren.«

Ich hörte Tränen in Heathers Stimme. Sie umarmte mich erneut und barg meinen Kopf an ihrer Brust. »Ich habe meine Mutter auch früh verloren, obwohl ich nicht ganz so jung war wie du. Ich weiß nicht, wer dir das mit den Tampons beigebracht hat, aber ich hatte meine Mom etwas länger. Ein bisschen von dem Mädchenkram hat sie mir noch gezeigt. Aber dann hatte ich Rose, Marie, Theresa. Sie haben im Manny's gearbeitet, als mein Dad es noch geleitet hat, und diese Frauen waren fast wie Mütter für mich. Sie haben den Kopf geschüttelt, wenn ich zu enge Hosen trug, aber das war mein Style. So war ich halt. Ich weiß nicht, warum, aber mir war das immer egal. Hat mich nie gestört. Aber weißt du, was mich gestört hat?«

Ich zog eine Braue hoch.

Sie lächelte. »Dass ich nicht dazugehörte. Das hattest du mir immer voraus. Chan war in Roussou. Ich war in Fallen Crest. Ich habe mich nie dem einen oder anderen Ort zugehörig gefühlt, also war ich immer irgendwie einsam. Ich hatte Freunde und Bekannte, aber nie eine Crew, wie du eine hast. Dann habe ich eine gute Freundin gefunden, sie hat ein paar böse Jungs mitgebracht, und irgendwie ist eine jahrelange Freundschaft daraus geworden.«

Ich wusste, wen sie meinte. »Und jetzt baut ihr gemeinsam ein Unternehmen auf.«

»Ja. Und das wird funktionieren, weil alle in unserer Gruppe den Menschen mehr lieben als das Unternehmen. Nur so kann es für uns laufen.«

Ich zeigte auf mein Zimmer. »Ich wusste nicht, dass hier irgendwas falsch lief, bis Taz mich mal gefragt hat, warum ich keine Bilder an der Wand habe. Anscheinend ist das für andere Mädchen normal. Ich wusste das nicht.« Ich redete Unsinn. »Du bist ...«

Wir redeten nicht über Gefühle. Weder Heather noch ich.

In manchen Dingen waren wir uns sehr ähnlich, in anderen dagegen grundverschieden.

Als mir das einfiel, verschloss ich mich wieder und zog mich in mich selbst zurück. Mir fehlten die Worte oder ich schluckte sie runter. Unruhe machte sich in mir breit. Ich wollte den ganzen Mist hinter mich bringen – zum Haus von Cross' Eltern gehen, wo sich alle trafen, um Fotos zu machen. Dann zum nächsten Treffen. Tabatha veranstaltete irgendetwas für noch mehr Fotos, und danach ging es zum Ball, dem eigentlichen Event.

Und nach dem Ball würde ich endlich wieder atmen können.

Mich verziehen.

Ich würde mir nicht all die Mütter ansehen müssen, die Fotos machten. Ich würde mir nicht all die Väter ansehen müssen, die genervt oder stolz dabeistanden.

Selbst Cross würde an diesem Abend seiner Mutter gehören oder seinem Vater – bei der Fotosession. Er würde bei mir bleiben, aber sie würden dabei sein – und sich hoffentlich vertragen – sie würden seine Aufmerksamkeit für sich beanspruchen, mit ihm reden, ihn umarmen, ihn lieben. Und tief in seinem Inneren würde er das genießen. Er brauchte das.

Cross war normal.

Ich atmete durch und fing mich erst wieder, als ich es bereits gesagt hatte. »Manchmal habe ich keine Ahnung, warum Cross mit mir zusammen ist.«

Heather schnappte nach Luft und setzte sich. »Wie bitte?«

Verdammt. Ich hatte es gesagt.

»Ach nichts.«

»Oh nein. Nein, nein.« Heathers Stuhl schabte über den Boden, als sie gleich wieder aufstand. Sie kam auf mich zu und schob mich in eine Ecke.

Ich wollte abhauen, aber sie packte mich am Arm und setzte sich mit mir auf den Boden. »Hey.«

Ich blickte sie nicht an. Es ging nicht.

Ich konnte nicht glauben, dass ich das wirklich gesagt hatte. Ich meine, es war nicht an mir, Cross' Entscheidung zu hinterfragen, aber ... ich tat es.

»Hey!« Heather tippte mir aufs Kinn. »Sieh mich an. Sprich mit mir. Was geht in deinem Kopf vor?«

Der Boden knarzte.

Ich erstarrte.

Heather fluchte.

Wir sahen auf.

Channing stand in der Tür, eine Hand am Türrahmen und mit schmerzerfülltem Blick.

»Warum hast du das gesagt?«, fragte er.

»Wie viel hast du gehört?«, fragte ich über den Kloß in meinem Hals hinweg.

»Alles, aber das ... warum sagst du sowas, Bren?«

Er starrte mich an, und er wusste Bescheid. Er wusste, warum ich das gesagt hatte. Warum zwang er mich dazu, es zu wiederholen? Es zu erklären?

»Du weißt es«, fauchte ich.

»Nein.« Er schüttelte den Kopf. »Nein. Das nicht. Das weiß ich nicht. Sag es uns, Bren. Jetzt.«

»Es ist ni...«

»Es ist nicht nichts! Sag es uns. Sag es mir! Sprich mit mir!«

»Channing.« Heather kam auf die Füße.

Ohne mich aus den Augen zu lassen, streckte er abwehrend eine Hand aus. »Nein, Heather. Das hier ist eine Sache unter Geschwistern, und Bren wird gleich etwas Echtes und Wichtiges sagen, etwas, das alles erklären wird. Ich spüre es in den Knochen, ich bin alarmiert, und das sagt mir, dass ich jetzt nicht lockerlassen darf. Dass ich sie zum Reden bringen muss. Dass ich sie dazu bringen muss, sich zu öffnen, denn sonst wird sie das niemals tun.«

Er trat einen Schritt vor. »Ich weiß nicht, warum es so gekommen ist, aber sie hat sich gerade ein kleines bisschen geöffnet. Nur einen Spalt, aber ich bin hier. Und ich werde mich durch diesen Spalt drängen. Sprich. Mit. Mir!«

Gefühle kochten in mir hoch wie ein Tornado, der ausbrechen will.

Stille.

Heather traute sich nicht, etwas zu sagen.

Der Raum war so klein, so bedrückend.

Channing atmete schwer, machte aber weiter. »Bren. Bitte.«

Ich gab nach. Dieses letzte Bitte. Es klang so sanft und zerbrechlich und so ungewohnt, und mein Bruder hatte recht. Es gab diesen Spalt. Er hatte sich an diesem Morgen aufgetan und sich den ganzen Tag über weiter geöffnet, und ich konnte nicht leugnen, was mir aus diesem Spalt heraus ins Gesicht starrte.

Ich war anders. Ich war anders als die anderen Mädchen, aber nicht, weil ich es so wollte. Das hatte ich mir immer eingeredet, während ich herangewachsen war. Ich hatte es mir so lange eingeredet, bis ich mich tatsächlich für besser hielt und über ihnen zu stehen glaubte, aber das stimmte nicht.

Ich war nur ein verletztes Mädchen und hatte nicht gewusst, warum, aber heute wurde es mir klar. Ich konnte nicht den Kopf einziehen und es ignorieren, jetzt nicht mehr, und der Grund dafür ... ach, ich wusste es nicht. Aber ich konnte mich einfach nicht mehr zurückhalten.

Channing stand direkt vor mir. Er atmete schwer, sein Blick war flehend und schmerzerfüllt, und ich ... ich spürte sie.

Die Härchen in meinem Nacken richteten sich auf.

Sie war hier, und als ich Channing anstarrte, weiteten sich seine Augen ebenfalls. Die Härchen auf seinen Armen stellten sich auf. Er spürte sie auch.

»Du ...«, begann er.

Eine überirdische Wärme durchströmte mich. Beruhigend. Friedlich.

»Channing«, flüsterte ich.

»Mist«, fluchte er leise.

Zwei Schritte, und ich flog in seine Arme. Er hielt mich fest und drückte mich an seine Brust.

Ich hörte Heather leise weinen.

Sie war hier. Ich wusste es. Ich konnte sie spüren.

»Oh mein Gott«, flüsterte Channing.

Worte hätten diesen Augenblick nur verderben können.

...

Ich wusste es, Channing wusste es, und das reichte. Ich würde Cross bei seinen Eltern zu Hause treffen. So war es mit den anderen geplant worden – wir würden uns dort zur ersten Fotosession treffen. Und als Cross sagte, er würde sich bei mir fertig machen, war Taz eingeschritten. Sie hatte darauf bestanden – Heulkrampf und Hundeblick inklusive -, dass er sich zu Hause vorbereitete. Ihr zuliebe. Es war für beide der letzte Ball, und für mich war das okay gewesen.

Damals jedenfalls.

Jetzt nicht mehr.

Als ich das Haus verließ, fühlte ich mich verletzlich und aufgewühlt.

So sehr ich es auch versuchte, ich konnte meine Gefühle nicht mehr unterdrücken. Vermutlich hatte das etwas mit Heilung zu tun. Oder?

Wen interessierte das schon?

Tja, mich. Denn ich fühlte mich entblößt und verletzlich und versuchte verzweifelt, es zu verbergen. Niemand durfte davon wissen. Niemand.

Als ich zur Tür ging, hörte ich Heather Channing im Wohnzimmer zuflüstern: »Was war das? Was ist passiert?«

Er antwortete nicht, und ich erstarrte, konnte mich nicht dazu überwinden, weiterzugehen. Ich musste hören, was er sagen würde ... ob er es sagen würde.

»Es war ... wie soll ich es ausdrücken? Es ist etwas passiert.« Eine Pause, dann senkte er die Stimme noch weiter. »Ich spüre sie die ganze Zeit, ich kann nichts dagegen tun. Ist das normal?«

»Wen spürst du?«

»Meine Mutter.«

Unser Leben, unsere Art zu sein, waren ... hart. Wir bluteten entweder selbst oder brachten andere zum Bluten. Wir sprachen nicht viel miteinander, wir weinten uns an niemandes Schulter aus, solange wir nicht derartig am Boden zerstört waren, dass es der einzige Ausweg war. Wenn Heather sich jetzt über uns lustig machte, würde ich sie erstechen. Ohne mit der Wimper zu zucken.

»Ich kann meine Mom auch manchmal spüren«, sagte sie.

Ich wartete, aber es kam nichts mehr, und ich wusste, dass es an der Zeit war. Ich konnte mich nicht länger drücken, also öffnete ich die Tür. Ging hindurch. Schloss sie hinter mir und steuerte auf meinen Wagen zu.

Es bedeutete mir etwas, dass Heather ernstnahm, was gerade passiert war. Es bedeutete mir viel.

Und irgendwie fühlte ich mich dadurch weniger verletzlich als vorher.

Vielleicht hätte ich weiter darüber nachdenken sollen, aber vorerst hatte ich von emotionalen Durchbrüchen genug. Ich war erschöpft, und die Nacht hatte noch nicht einmal begonnen.

Ich hatte eine Fotosession zu überstehen.

Kapitel 34

Als ich geparkt hatte und den Gehsteig entlang zum Haus von Cross und Taz ging, konnte ich sie schon alle drinnen hören.

Ich betrat die vordere Veranda und blieb stehen. Ich wartete. Und genoss es. Ich konnte meine Mutter immer noch spüren. Und wenn ich reinging, würde ich sie verlieren. Sie würde verschwinden und durch Cross, die Jungs, Taz und alles andere ersetzt werden.

Hinter mir schlug eine Autotür zu.

Ruckartig erwachte ich aus meiner Trance und sah mich um, wer gekommen war. Mir blieb vor Verblüffung der Mund offen stehen.

»Was macht ihr denn hier?«

Heather lachte und warf die Haare über die Schulter zurück. Sie lief über den Rasen, während Channing hinter seinem Pick-up hervorkam. Er warf die Schlüssel in die Luft, fing sie auf und grinste mich an.

Seine Augen funkelten. »Hast du wirklich geglaubt, wir würden dich damit allein lassen?«

Heather kam bei mir an und drückte mich liebevoll.

Channing kam über den Gehweg auf mich zu geschlendert. Ich rollte mit den Augen, aber sein Grinsen wurde nur noch breiter. Sein Handy klingelte, und er sah nicht einmal nach, wer es war. Er schaltete es aus und schob es zurück in die Tasche. Dann blieb er vor mir stehen.

»Du bist eine Monroe. Du gehst zum Abschlussball.« Er beugte sich vor und legte eine Sekunde lang seine Stirn an meine, dann lachte er. »Wo zum Teufel sollten wir sonst sein? Wir sind deine Familie.« Er trat einen Schritt zurück. »Mom und Dad sind heute nicht hier, aber stattdessen hast du uns alte Leute. Gewöhn dich dran.«

Heather umarmte mich und flüsterte: »Ich weiß, dass ich sonst nicht so bin, aber kannst du es heute ausnahmsweise ertragen?« Sie trat zurück, und Channing legte ihr den Arm um die Schulter. »Ich habe gerade einen Mutterflash.«

»Und außerdem«, Channing deutete mit einem Kopfnicken auf das Haus, »werden wir eine Menge Spaß haben, wenn wir den Eltern da drin Angst einjagen. Manche von ihnen wissen nicht mal, wie sie reagieren sollen, wenn wir nur dieselbe Luft wie sie atmen.«

Heather stieß ihm den Ellbogen in die Seite, aber in diesem Augenblick öffnete sich die Tür, und Cross tauchte auf.

»Bren?«

Dann rief Taz seinen Namen, und kam fluchend aus dem Haus. Er schloss die Tür und trat zur Seite. »Verdammt noch mal. Sie ist schlimmer als unsere Mutter!«

Seine Stimme verklang, als er mich sah.

Und meine Stimme versagte, weil ich ihn sah.

Er war ...

»Bren. Holy Shit. Du bist einfach ...«

»... heiß!«

»... umwerfend.« Er blinzelte mehrmals. »Wow. Himmel, du bist einfach ... Wahnsinn!«

Channing schnaubte und klopfte ihm auf die Schulter. »Jep. Ich sehe, du nutzt deine Bildung gewinnbringend. Wir gehen jetzt rein.« Er zog Heather mit sich, und als die Tür zufiel, hörten wir, wie Taz nach mir fragte.

Channing murmelte etwas, aber die Tür war zu, und Cross und ich blieben allein auf der Terrasse zurück.

Auf einmal war ich verlegen, legte einen Arm über die Brust und schloss die Hand um meinen anderen Arm. »Hey.«

Er musterte mich immer noch. »Bren.« Cross hob den Kopf, seine Stimme war rau. »Wir gehen nicht auf den Abschlussball.«

»Was? Wir gehen nicht hin?«

»Nope.« Er nahm meine Hand und wühlte in seiner Tasche nach den Schlüsseln. Er zog sie raus und mich auf den Gehweg. »Wir nehmen uns ein Hotelzimmer. Ich besorge uns Champagner, Wein, Rosen, Dinge, die in Schokolade getaucht werden, und wir verbringen die ganze Nacht dort. Niemand sonst. Und Kondome. Ich besorge uns ein ganzes verdammtes Osternest voller Kondome.«

Ich lachte und hielt ihn zurück. »Warte.«

Er wirbelte herum und legte mir die Hände auf die Hüften. Er atmete schwer und sah wildentschlossen aus, als er mir in die Augen schaute. »Ich mache keine Witze. Ich meine das absolut ernst.« Seine Hände spannten sich an. »Ich will dich gerade mit niemandem teilen. Ich will dich nie mit jemandem teilen.« Er stöhnte, als er mich auf die Stirn küsste. »Du bist so verdammt schön. Ich finde keine Worte dafür. Ich will dich nur für mich, und ...«

Er verstummte.

Ich legte ihm eine Hand auf die Brust und strich sein Shirt glatt.

»Bren?«

Ich blickte nicht mehr zu ihm hoch. Die Tränen waren wieder da, und ich versuchte, sie für mich zu behalten, aber er machte es mir nicht gerade leicht.

Ich liebte ihn so sehr.

Ich brauchte ihn so sehr.

Ich wollte ihn so sehr.

Und während ich diese Worte von ihm hörte und diese Gefühle von ihm ausgehen spürte, konnte ich nicht reden.

Ein paar Atemzüge später stieß ich endlich hervor: »Ich habe heute zu Channing und Heather gesagt, dass ich keine Ahnung habe, warum du mit mir zusammen bist.«

»Bren. Aber warum?« Seine Hand griff nach meinem Arm. Er zog mich an sich.

»Den ganzen Tag schon vermisse ich meine Mutter. Ich habe mich davor gefürchtet, heute Abend hierherzukommen, weil ich wusste, dass ich die Einzige ohne einen Elternteil sein würde. Und ich habe eine Weile darüber nachgedacht und mich gefragt, warum du mit mir zusammen bist. Ich dachte mir, es liegt daran, dass du Eltern hast. Normale Eltern. Selbst ihre Scheidung ist normal. Und eine Schwester. Du und Taz steht euch so nahe, aber ihr seid normal.« Jetzt hob ich den Kopf. Ich wollte, dass er mir wirklich zuhörte. »Ich bin nicht normal.«

»Baby ...«

»Nein, hör mir zu.« Ich hätte mich aus seinen Armen lösen sollen, konnte mich aber nicht dazu überwinden. Also blieb ich, wo ich war, und schüttete ihm mein Herz aus, in seiner schützenden Umarmung. »Bin ich nicht. Aber du bist es. Ich dachte immer, ich würde über den Normalos stehen, aber seit heute kann ich diese Lüge nicht mehr glauben. Ich stehe nicht über ihnen. Ich bin nichts Besonderes, weil ich deine Liebe habe und Zellmans und Jordans Freundschaft. Wir tun nur so. Wir tun so, aber wir sind nur härter als die anderen. Wir sind gemeiner. Und loyal bis zum bitteren Ende. Das macht uns anders, aber nicht besser. Ich glaube, auf eine gewisse Art sind wir falsch. Nicht die Schule. Nicht die Normalos. Wir. Die Crews.«

»Bren.« Er schüttelte den Kopf. »Wie kommst du darauf?«

Ein Bild blitzte in meinem Kopf auf. Jordan mit Tabatha. Zellman, der Sunday folgte. Taz und Race zusammen. Dann Cross und ich.

Ich stand allen im Weg.

»Ihr redet nie übers College.« Da war er wieder, der Elefant im Raum. »Ich weiß, dass es an mir liegt. Ihr beschützt mich, aber ich weiß, dass ihr eure eigenen Pläne habt.«

»Nein, haben wir nicht. Wir ...«

Ich unterbrach ihn. Ich musste es ihm sagen, und dabei musste ich auf eigenen Beinen stehen. In seinen Armen zu liegen, war dabei nur hinderlich.

Ich trat einen Schritt zurück. »Ich stehe euch im Weg. Das weiß ich. Ich habe Angst vor der Zukunft. Ich habe Angst, euch zu verlieren, aber das werde ich. Menschen ändern sich. Das Leben verändert sich. Und ich auch. Ich werde mich auch ändern.«

Ich wandte den Blick ab, und meine Kehle war vor lauter Gefühl wie zugeschnürt. »Vielleicht liegt es an der Therapie. Vielleicht bin ich wirklich dabei, zu heilen, aber ... Wir können keine Crew sein, wenn wir uns nicht auch als Individuen weiterentwickeln.« Fuck. Die Schnüfflerin wäre stolz auf mich. »Das Interview, das ich geben werde ... damit werde ich euch loslassen.«

»Bren!«

»Ich lasse euch nicht als Crew los, aber ihr sollt meinetwegen nicht mehr mit eurer Zukunftsplanung warten. Das ist alles. Ich bin kein gutes Crewmitglied, wenn ich nicht erst mit diesem Zeug in mir selbst klarkomme. Ich kann nicht stillstehen, gelähmt davon, wen oder was ich verlieren werde, während ihr euch alle weiterentwickelt. Das ist alles. Du gehst voran. Ich habe das verweigert. Aber das ist vorbei. Es wäre egoistisch, dich zurückzuhalten. Verstehst du, was ich sage?«

»Baby.« Er senkte den Kopf und küsste mich auf den Hals. Er zitterte am ganzen Körper. »Ich habe dich noch nie so sehr geliebt wie jetzt.« Erneut hob er den Kopf und blickte mir tief in die Augen. »Ich liebe dich. Dich. Niemand sonst macht mich so glücklich. Niemand sonst sorgt dafür, dass ich mich auf jeden Tag freue und für jeden Tag dankbar bin. Niemand sonst bringt mich dazu, mich wie ein halber Mensch zu fühlen. Meine andere Hälfte liegt in meinen Armen. Und was auch immer in Zukunft passiert – wo wir hingehen oder auch nicht -, so wird es immer bleiben.«

Er berührte meine Brust, sein Daumen lag knapp unter meiner Kehle. »Du und ich. Das bleibt, wie es ist. Denn das muss es, weil ich dich so sehr brauche, weil ich ohne Bren nicht Cross bin. So stark empfinde ich für dich, und mir ist es scheißegal, ob du dich allein weiterentwickeln willst. Das können wir auch zusammen. Zellman. Jordan. Die können sich auch weiterentwickeln, aber wir machen das zusammen. So wird das ablaufen, oder ich lasse dich nie wieder los.« Er schüttelte den Kopf. Seine Umarmung wurde fester. »Du und ich, wir werden hier an dieser Stelle sterben. So ernst ist mir das. Scheiß auf den Abschlussball.«

Ich lächelte ihn an und sah ein, dass ich falsch gelegen hatte. Die Liebe und Wärme und der Frieden, die ich von meiner Mom gespürt hatte, waren noch immer bei mir.

Cross ließ mich diese Dinge ebenfalls spüren.

»Ich liebe dich so sehr.«

Er lächelte mich an und legte mir eine Hand auf die Wange. »Ich liebe dich so sehr und noch viel mehr.«

»Bitte. Haltet die Fresse«, jammerte Zellman aus Richtung der Tür. »Wir sind eine Crew. Wir sind taff. Seid endlich ruhig. Man kann euch hören. Wir haben einen Ruf zu verlieren. Argh.« Er klopfte mit der Hand an den Türrahmen. »Ach, und bewegt eure Ärsche hier rein. Taz' Befehl, nicht meiner. Ich glaube, deine Mom hatte zu viel Wein und schläft gleich auf der Couch ein. Taz will mit den Fotos fertig sein, bevor jemand kotzt oder sich an Brens Bruder ranmacht. Sundays Mutter läuft schon der Sabber. Mann, ist das peinlich.«

Kapitel 35

Wir posierten. Wir machten auf Drei Engel für Charlie. Wir zogen Fratzen. Wir posierten, als wären wir Ninjas. Als Tiere. Verführerisch. Sexy. Mysteriös. Mit Sonnenbrillen, ohne Sonnenbrillen, mit in die Luft geworfenen Sonnenbrillen.

Es hätte mich nicht überrascht, wenn Tabathas Mom nach Cheerleader-Posen gefragt hätte, aber sie tat es nicht. Sie hatten Pompons dabei, aber ich weigerte mich, sie anzufassen.

Zellman performte ganz allein einen Cheer.

Jordan verbat ihm, jemals wieder einen Pompom anzufassen.

Der nächste Halt war bei Tabatha zu Hause, wo sie pausenlos Textnachrichten erhielt. Alle umarmten und küssten sich. Die Mutter von Cross und Taz war angetrunken, und ihr Atem roch nach Pinot Grigio. Tabathas Mutter konnte die Tränen kaum zurückhalten und verwischte so ihren Eyeliner, während sie gleichzeitig Channing von der Seite anschmachtete. Heather beendete das irgendwann, indem sie sich vor ihm aufbaute, die Arme verschränkte und herausfordernd das Kinn reckte.

Die Normalos hatten sich zu uns gesellt, und es gab Essen und Alkohol, der sich in Kaffeetassen und Saftflaschen versteckte. Ein Typ lief mit einem Laib Brot herum, und ich sah den Alkohol erst, als er den Boden abnahm. Eine ganze Flasche Jack Daniels steckte darin.

Taz beschwerte sich über die Verschwendung von gutem Brot.

Race' Mutter war auch dort und weinte. Sie versuchte nicht einmal, sich zurückzuhalten. Race ging immer wieder zu ihr und drückte sie, aber das brachte sie nur noch mehr zum Heulen. Nach den Fotos stand er bei ihr, sie vergrub den Kopf an seiner Brust, während er ihr mit schmerzverzerrter Miene den Rücken streichelte.

Sundays Mutter wirkte nur dauerhaft verstimmt. Ich hörte sie und ihren Mann etwas über »sich auf dem Abschlussball schwängern lassen« flüstern. Offenbar hatte Sunday ihnen also noch nichts erzählt.

Dann stiegen wir in einen Partybus, um zu dem Restaurant zu fahren. Beim Einsteigen teilte Taz mir mit, dass die Mädchen sich gegen eine Limousine entschieden hatten, weil sie das altmodisch fanden, es passte eher zu der Generation vor uns. Also hatten wir einen Partybus, und ich sah keinen Grund, mich zu beschweren. Mehr Beinfreiheit und mehr Ausweichmöglichkeiten, wenn Jordan und Zellman über die Stripperstange herfielen.

Ein paar Normalos begleiteten uns, darunter auch Lila. Sie saß bei einem Typen auf dem Schoß und trug ein tief ausgeschnittenes Kleid aus schwarzer Spitze. Seine Hand lag auf ihrer Hüfte, aber sie hatte nur Augen für Cross. Als sie sah, dass ich sie sah, leckte sie sich die Lippen und spreizte leicht die Beine. Das Kleid verdeckte ohnehin nicht viel, jetzt aber noch viel weniger. Die Hand des Typen wanderte an ihrem Oberschenkel hinauf. Er sah weder hin noch unterbrach er seine Unterhaltung mit einem Kumpel, aber er hatte ein schelmisches Grinsen im Gesicht.

Jep. Er glaubte, der Move hätte ihm gegolten.

Cross lachte mir ins Ohr. »Du weißt doch, dass sie mir scheißegal ist.«

Ich musterte sie böse, während ich erwiderte: »Es geht ums Prinzip. Sie sollte instinktiv Angst vor mir haben.«

Erneut lachte er. »Keinen Respekt. Angst.«

Ich lehnte mich an ihn. »Ganz genau.«

Er bewegte sich, sodass mein Rücken seine Brust berührte. Dann schloss er die Arme um mich, legte mir die Hände auf den Bauch, und als ich mich umdrehte, blickte er mir von oben ins Gesicht. Unsere Lippen waren nur Zentimeter voneinander entfernt – wer war noch mal dieses Mädchen? Sie verschwand aus meinem Kopf. Ich konzentrierte mich nur noch auf Cross, so sehr, dass Taz mir aufs Bein klopfen musste, um meine Aufmerksamkeit auf sich zu ziehen.

Ich spürte den Schlag und reagierte, ohne nachzudenken. Ehe uns klar war, was passierte, hatte ich sie bereits am Handgelenk gepackt. Innerhalb eines Wimpernschlags hatte ich sie in der Gewalt. Ihr war keine Zeit geblieben, sich wieder zu setzen.

Race zog die Brauen hoch. Taz stand der Mund offen.

Selbst Zellman bemerkte es, und der war schon besoffen. Das wollte etwas heißen.

Ich ließ sie los und lehnte mich wieder an Cross. »Sorry, Taz. Ich ...«

»Nope. Das war meine Schuld. Ich weiß, dass man dich nicht schlagen darf, ich hatte es nur vergessen.« Aber es bereitete ihr Unbehagen. Ich merkte es, weil sie meinem Blick auswich.

Race zog Taz an sich und reckte zur Begrüßung das Kinn. »Also, die Freundin ist bei der Fotosession heute nicht aufgetaucht. Da bist du doch bestimmt erleichtert, oder?«

Es dauerte eine Sekunde, bis ich begriff, dass er mit Cross sprach. Nicht über dessen Freundin, sondern über die seines Vaters.

Oooh.

Ich blickte zu Cross hoch, der unter meiner Berührung erstarrt war. Seine freie Hand wanderte zu meinem Bein und begann, am Saum meines Kleides herumzuspielen.

»Ja. Ziemlich erleichtert.«

»Aber morgen wirst du ihr begegnen.«

Warum erwähnte er das jetzt? Ich sah ihn fragend an, aber plötzlich verstand ich. Taz' Blick klebte förmlich an Cross, der sie aber nicht ansah. Sie schien in seinem Gesicht nach Antworten zu suchen, und ich fragte mich, ob sie möglicherweise von ihrem Halbbruder wusste.

Race' Blick huschte zu mir, und ich zuckte zusammen. Jep. Sie suchten etwas. Durch meine Reaktion flackerte dieses Etwas in seinem Blick auf, und ich biss mir auf die Lippe. Fuck. Im Augenblick war ich alles andere als ein unnahbares Crewmitglied.

Also gut, von mir aus. Ich konnte ebenso gut mitspielen, also lächelte ich Race an, der sichtlich angespannt wirkte.

»Wie sieht's eigentlich bei deinem Dad aus?«, fragte ich. »Ich habe Alex in letzter Zeit kaum gesehen. Ist alles okay bei euch?«

Taz atmete scharf ein. Die Leute um uns verstummten und horchten auf.

Cross hob den Kopf und blickte zwischen Race und mir hin und her. Dann bemerkte er Taz, der jetzt Tränen in den Augen standen.

»Warum fragst du ihn das?«, fragte sie.

»Was glaubst du denn?«, gab ich zurück.

Race ließ den Kopf sinken. Er ließ sich in seinem Sessel zurückfallen und wandte sich von uns ab. Taz nahm seine Hand.

Sie blickte auf den Boden, während sie mit seinem Daumen spielte. »Das ist nicht okay von dir.«

Ich zog eine Augenbraue hoch. »War seine Frage etwa okay?«

Ich rechnete damit, dass Taz die Sache fallen lassen würde. Ich wollte niemanden verletzen. Ich wollte nur, dass meine Botschaft ankam, aber sie redete weiter und überraschte mich.

»Da steckt mehr dahinter. Dinge, mit denen mein Bruder sich auseinandersetzen muss, und du kannst ihn nicht immer davor beschützen. Das ist eine Familienangelegenheit.« Sie hob den Blick und sah traurig, aber auch widerspenstig aus. Ich sah ein Feuer in ihren Augen lodern, genau wie bei ihrem Bruder. »Und ich vermisse meinen Bruder.«

Ihr Blick galt mir. Ihre Worte galten ihm.

Auch Cross bemerkte das. »Genug«, sagte er. »Lass es gut sein.«

Sie öffnete den Mund, aber Zellman wählte diesen Moment, um zu stolpern und uns allen auf den Schoß zu fallen. Er zwinkerte mir zu, ehe er sich aufrappelte und zwischen Cross und mir Platz nahm.

»Hey, Leute!« Er legte seine Arme um Cross und mich. »Ich vermisse meine Jungs! Bren, du bist jetzt wie ein Typ für mich. Vergiss das andere Zeug.« Er wackelte mit den Augenbrauen, aber ich konnte sehen, dass er nicht ganz so betrunken war, wie es den Anschein hatte. Er wusste, was er tat.

»Z«, murmelte ich.

»Ja, Kumpel?«

»Wenn du dich mit dem Whiskey nicht ein wenig zurückhältst, kippst du demnächst um«, sagte ich. »Und dann verpasst du den Abschlussball.«

»Ja.« Er seufzte und versank in seinem Sitz. Er streckte die Beine aus. »Jordan hat mich schon auf Wasser umsteigen lassen. Blödes Wasser. Nüchternes Wasser. Alkoholfreies Wasser. Versteht ihr?«

Allerdings, das taten wir.

»Wer will Tequila aus meinem Bauchnabel trinken?«, fragte er und zog sein Shirt hoch.

...

Der Bus setzte uns bei einem schicken Restaurant in Fallen Crest ab. Es war erst vor Kurzem eröffnet worden, und ich wusste, dass Heather sich Sorgen gemacht hatte, dass das Manny's darunter leiden könnte.

Als ich mich umsah, die funkelnden Gläser und die anderen Gäste sah, die uns entsetzt anstarrten, wusste ich, dass sie sich keine Sorgen machen musste. Menschen blieben Menschen. Menschen ließen sich lieber gehen und betranken sich lieber, als sich in vornehmen Läden von anderen vornehmen Menschen verurteilen zu lassen. Ihr Laden würde weiterhin super laufen.

Ich erkannte eine der Kellnerinnen, als sie an unser Ende des Tisches kam. Sie war dünn und hatte die blonden Haare zu einem perfekten, strengen Dutt gebunden. Ihre Uniform bestand aus einer weißen Bluse und einer schwarzen Stoffhose.

»Ava?«

Sie stutzte und sah mich an. »Oh, hey, Bren.« Sie betrachtete die anderen am Tisch. »Ihr seht alle großartig aus.«

Cross und ich tauschten einen Blick. Zellman und Jordan sahen mich an. Auch sie erkannten Ava.

»Was machst du denn hier?«

Tabatha lachte und griff nach ihrem Wasser. »Sie arbeitet offensichtlich hier, Bren. Wie viel hast du getrunken?«

Ich ignorierte sie. »Du hast drei Jobs?«

Ava erstarrte und biss sich auf die Lippe. »Na ja ... So schlimm ist es nicht. Ich verdiene gutes Geld.«

Na klar. Sie arbeitete fast Vollzeit bei Heather und ab und zu Schichten in der Pizzeria von Roussou. Und jetzt auch noch hier? Wollte sie sich zu Tode schuften? Ich erinnerte mich, wie Heather über sie geredet hatte. Ihr letzter Freund sei ein Arschloch gewesen, aber jetzt habe sie einen netten neuen Typen.

Ava ging ebenfalls auf unsere Schule – die Schule, deren Abschlussball an diesem Abend stattfand – und sie arbeitete.

Ich ging nicht weiter darauf ein, und Ava schien sich zu entspannen, während sie die restlichen Wassergläser füllte und dann wiederkam, um unsere Bestellungen aufzunehmen.

Als sie zu mir kam, fragte ich sie leise: »Gehst du heute Abend nicht auf den Ball?«

Erneut erstarrte sie. »Ich hab's nicht so mit Bällen.«

Das war Bullshit. Ich hasste Bälle, und selbst ich ging hin.

Cross berührte mich am Arm und schüttelte leicht den Kopf. Ich wusste, was er mir damit sagen wollte, aber es war falsch. Ich würde das nicht so stehen lassen. Ich mochte Ava. Wir waren keine Freunde, aber ich wusste, dass sie eine gute Mitarbeiterin war. Sie war ruhig und strengte sich in der Schule an. Sie hatte nicht viele Freunde, und wenn ich so darüber nachdachte, wusste ich nicht, mit wem sie in der Schule rumhing. Auch außerhalb der Schule schien sie sich mit niemandem zu treffen. Sie arbeitete.

»Roy.«

Sie blickte von dem Tablet auf, mit dem sie unsere Bestellungen aufnahm. »Hm?«

»So heißt dein Freund. Roy. Oder?«

Sie zog die Augenbrauen zusammen. »Äh ... ja.« Unbehagliches Lachen. »Er arbeitet auch. Was möchtest du bestellen?«

Ich sagte es ihr und gab ihr meine Karte, und als sie ging, fragte Tabatha mich ziemlich laut: »Kennst du die?«

Ava blieb stehen und versteifte sich.

Jordan stieß ihr mit dem Ellbogen in die Seite. »Babe, bleib locker.« Er nickte mir zu. »Sie ist eine Freundin von Bren. Ist doch offensichtlich.« Dann wurde er in ein Gespräch mit den Typen auf seiner anderen Seite verwickelt.

Tabatha runzelte immer noch die Stirn. »Ja, ich weiß, aber dieses Mädchen ist ein Loser. Sie war früher im Verhandlungssimulationskurs.« Sie schnaubte und lachte dann als Einzige. »Ist das zu glauben? Verhandlungssimulation.«

Das. Genau das hier. Das war der Grund, warum Tabatha und ich uns immer noch schwer miteinander taten.

Taz war seit der Sache im Partybus still gewesen, aber jetzt hob sie den Kopf. »Fick dich, Tabatha.«

Tabatha schnappte nach Luft.

Jordan drehte sich um, die Augen geweitet.

Zellman war mitten in einem Rülpser gewesen, den er jetzt auf leise stellte, indem er sich die Faust in den Mund steckte.

»Was hast du gesagt?«, fragte Tabatha.

Race wollte etwas sagen, aber Taz beugte sich vor, die Arme vor der Brust verschränkt. »Ich sagte: Fick dich. Wenn du mit uns befreundet sein willst, musst du den Stock aus deinem Arsch ziehen. So einen Mist akzeptieren wir nicht.«

Tabatha straffte die Schultern. Ihr Hals war gerötet, und die Farbe wanderte hinauf in ihr Gesicht. »Willst du mich ver...«

Race setzte erneut an, etwas zu sagen. Und wurde auch diesmal unterbrochen.

»Hast du sie nicht mehr alle?«, fragte Cross.

Tabatha sah aus, als hätte ihr jemand ins Gesicht geschlagen. Das Rot verschwand aus ihren Wangen, und sie wurde blass.

»So sind wir nicht drauf. Mir ist egal, dass du mit Jordan zusammen bist. Du wolltest gerade etwas Falsches zu meiner Schwester sagen. Du benimmst dich daneben. Du hättest dich gleich beim ersten Mal schon benehmen sollen, indem du einsiehst, dass Bren aus gutem Grund mit diesem Mädchen spricht. Bren mag sie, und das heißt, dass wir sie okay finden. Lass es gut sein, und mach dir klar, wo hier dein Platz ist.«

Tabatha blieb der Mund offenstehen. Ein gurgelndes Geräusch kam heraus, dann fragte sie Jordan. »Willst du etwa zulassen, dass die so mit mir reden?«

»Babe.«

»Ich bin deine Freundin ...«

»Babe ...«

»Mir ist egal, was diese Leute dir bedeuten! Die haben dir heute vor der Fotosession nicht den Schwanz gelutscht!«

Zellman prustete los; er hielt den Kopf gesenkt, während seine Schultern bebten. Die anderen Typen waren nicht ganz so rücksichtsvoll. Sie lachten einfach lauthals los.

Tabatha blickte sie finster an. Sunday schlug Zellman mit der flachen Hand auf die Brust.

»Sorry.« Er hustete und griff nach seinem Wasser. »Es ist nur alles gerade so lustig.«

»Halt die Klappe, Zellman!«

»Babe!«

»Was ist?« Tabatha drehte sich wieder zu Jordan, eine Gabel in der Faust.

Ruhig. Gelassen. Auf diese Art wollte Jordan die Wogen glätten, und er nickte unserem Ende des Tisches zu. »Du hast dich danebenbenommen. Taz hat recht. Cross hat recht. Und Bren überdenkt wahrscheinlich gerade eure Freundschaft.«

Damit hatte er sie erreicht. Es war deutlich zu sehen. Tabatha wirkte immer noch verletzt, und ihre Wangen waren aufgebläht wie die eines Kugelfisches, aber ein paar Sekunden später war es, als ließe jemand die Luft aus ihr heraus.

Im gleichen Moment kam Ava zurück. Sie stellte einen Teller mit Vorspeisen auf den Tisch, als Tabatha loslegte.

»Ähm.«

Ava hielt inne, eine Hand ausgestreckt, während sie zwischen Sundays und Zellmans Stühle trat.

Als Tabatha nicht fortfuhr, fragte Ava: »Kann ich Ihnen noch ein Wasser bringen, Miss?«

Miss.

Oh Gott.

Zellman lachte wieder los.

»Fresse, Z!«

»Meine Freunde nennen mich Z. Für dich bin ich Zellman.«

Tabatha sah geschockt aus. Ihre Augen füllten sich mit Tränen. »Ava.«

Ava war mittlerweile einen Schritt zurückgetreten. »Ja?«

»Meine Freunde haben mich gerade daran erinnert, dass ich da ein Problem habe ... Ich weiß nicht, ob du das weißt ...« Sie rollte den Kopf über ihren Nacken, reckte das Kinn und drehte sich auf dem Stuhl herum. »Ich bin eine eingebildete Zicke, die sich gerade bessert. Zumindest versuche ich es, aber ab und zu kommt die eingebildete Zicke wieder hoch. Ich hatte dir gegenüber gerade so einen Moment, und es tut mir leid.« Sie biss sich auf die Lippe.

Zellman nickte ihr wohlwollend zu.

»Äh, okay. Vielen Dank, aber es ist alles in Ordnung, Miss.« Ava zog den Kopf ein. »Ich bin gleich mit der zweiten Vorspeise zurück.«

Sobald sie weg war, ignorierten alle das Essen. Sie warteten.

Tabatha blickte nach unten, die Hände im Schoß. »Tut mir leid. Ich meine das ernst. Ich versuche mich zu ändern.« Sie blickte erst Taz, dann Cross und dann mich an. »Mit euch befreundet zu sein ist mir wichtig. Ich hatte nicht vor, mich zu ändern, aber nachdem Jordan und ich zusammengekommen sind, habe ich mich in ihn verliebt. Es ist einfach passiert. Aber ich habe noch viel Arbeit vor mir, und es tut mir wirklich leid.«

Jetzt war mir unbehaglich zumute.

Konflikte waren eher mein Gebiet. Das hier – jemanden zurechtzuweisen, woraufhin nicht nur eine Entschuldigung folgte, sondern eine, die auch noch ernst gemeint war – war für mich komplett neues Territorium.

Taz lächelte, sie strahlte sogar.

Race zuckte mit den Schultern und griff nach seiner Cola.

Cross blickte mich an.

Und dann sahen mich alle an. Ich hob die Hände. »Okay?!«

Zellman fing an zu lachen. »Das ist unser Mädchen, hat keine Ahnung, was sie tun soll. Normalerweise prügelt sie die Entschuldigung aus Schlampen wie dir einfach raus.«

»Hey, Kumpel!«, wies Jordan ihn zurecht.

»Ach ja.« Zellman hob sein Wasserglas in Richtung Tabatha. »Du kannst mich wieder Z nennen. Und der Kumpel«, fuhr er, an Jordan gewandt, fort und zeigte dabei auf mich, »ist sie. Das hatten wir doch geklärt.«

Alle lachten – sogar Tabatha, die wieder leicht rot angelaufen war. »Du bist so ein Clown, Zellman.«

Er grinste. »Für dich immer noch Z.«

Sie lächelte zurück, die Züge um ihren Mund entspannten sich. »Z.«

»Ich werde auf nichts mehr anderes hören.«

Zellman scherzte nur, aber er hatte nicht unrecht.

Für den Rest des Abendessens war mir unbehaglich zumute.

Warum blickte Tabatha auf Ava herab? Wegen ihrer drei Jobs? Weil sie im Verhandlungssimulationskurs gewesen war? Ich wusste nicht mal, was das war, aber es klang besser als alles, was ich je in der Schule getan hatte. Ich war in einer Crew. Das war´s. Die Jungs waren sowohl meine Familie als auch meine Freunde, aber die Dinge änderten sich. Ich hatte davon gesprochen, mich mit Cross weiterzuentwickeln, und das hatte ich ernst gemeint, aber es machte mich auch nervös.

Wie weit konnte ich mich aus dem Fenster lehnen – mich verbessern, anpassen, weiterentwickeln –, ehe ich rausfiel? Bei Tabatha und den Normalos war das anders. Von ihnen wurde erwartet, dass sie aufs College gingen. Ich war bei der Schnüfflerin im Büro gewesen, wenn sie reinkamen und um Hilfe bei ihren Collegebewerbungen baten. Sie ratterten ihre Optionen runter und überlegten, wo sie hinwollten. Überhaupt kein Problem.

Bei mir sah das anders aus. Schon das Reden darüber jagte mir Angst ein, aber ich wusste, dass es passieren würde. Aufwachsen. Weiterkommen. Und dann? Wenn meine Jungs mich verließen und ich zurückblieb? Würde auch ich mich mit Zicken wie Tabatha abgeben müssen, die auf mich herabsahen, weil ich drei Jobs brauchte, um über die Runden zu kommen

Als wir mit dem Essen fertig waren, stiegen wir wieder in den Partybus, der uns diesmal zum Ball bringen würde.

Cross saß hinter mir und legte mir einen Arm um die Schultern. »Du warst da drinnen ganz still.«

»Ja.«

»Was ist los?«

Ja, was war mit mir los?

Ich konnte ihm die Frage nicht beantworten. Es war dasselbe Thema, über das ich zuvor schon gesprochen hatte, aber das wollte ich hier und jetzt nicht ausdiskutieren.

»Erzähle ich dir später«, sagte ich.

»Okay.« Er drückte mir einen Kuss auf die Wange und lehnte sich auf dem Sitz zurück.

Wie sich herausstellte, hatte ich mich zu früh gefreut.

Kapitel 36

Ich hatte Seitenstiche vor Lachen.
Meine Füße schmerzten vom Tanzen.
Die Musik klingelte mir in den Ohren.
In meinem Kopf pochte es. Mein Kleid war ruiniert. Mein Make-up war verschwunden. Meine Haare waren ein Nest.
Aber der Abschlussball war alles gewesen.
Ich war schockiert. Jahrelang hatte ich all das gemieden – Schule, Klassenkameraden, Bälle –, und jetzt fragte ich mich, warum? Ich kam aus dem Waschraum und machte mich auf den Weg zum Parkplatz – was ich Cross gerade geschrieben hatte –, während ich darüber nachdachte.
Nein. Es hatte Spaß gemacht, weil ich bereit dafür gewesen war. Jetzt. Damals nicht. Damals hatte ich nur meine Crew gebraucht, aber nun öffnete ich mich, versuchte andere zu akzeptieren und weniger verschlossen zu sein.
Ich ging gerade an der Jungenumkleide vorbei, als ich hörte, wie die Tür sich öffnete.
Ich dachte mir nichts dabei. Ich dachte mir nichts dabei, dass der Flur völlig leer war. Dachte mir nichts bei den gedimmten Lichtern, bis ich hörte: »Bren.«
Ein Schauer lief mir über den Rücken. Mein Magen verkrampfte sich. Was auch immer passieren würde, es war nichts Gutes, und ich fühlte es kommen. Es kam direkt auf mich zugerast, und ich wusste

eins: Was auch immer es war, ich würde es nicht rechtzeitig von den Gleisen schaffen. Und. Der. Zug. Würde. Nicht. Anhalten.

Ich drehte mich um und las es von seinem Gesicht ab.

»Alex?«

Sein Gesicht war ausgezehrt – tiefe Ringe lagen unter seinen Augen, und er sah aus, als hätte er sich eine Woche lang nicht rasiert. Er trug einen Anzug, aber die Jacke fehlte. Das Hemd war halb aufgeknöpft, die Zipfel hingen heraus. Seine Hose war schmutzig und am Saum eingerissen, und in der Hand hielt er eine volle Flasche Jim Beam. Er konnte nicht mal richtig stehen. Er taumelte zurück gegen die Tür, stieß sich den Kopf, sagte aber kein Wort. Er reagierte gar nicht.

Er fühlte es nicht.

Aber in seinen Augen tobte ein Sturm, und er wandte sie nicht von mir ab.

Ich hätte ihn stehen lassen sollen. Einfach weggehen.

Aber ich machte einen Schritt auf ihn zu. »Was ist los, Alex?«

Er schüttelte den Kopf, hob die Flasche und starrte sie an, als wäre sie gerade durch Magie in seiner Hand erschienen. »Ich habe dich gewarnt.«

»Mich gewarnt? Wovor?«

»Drake.« Er schüttelte den Kopf, und sobald er damit angefangen hatte, konnte er nicht mehr aufhören. Er drohte umzufallen, prallte aber neben der Tür gegen die Wand. Jetzt hätte die Tür hinter ihm zufallen können, und er ging einen Schritt zur Seite, aber die Tür war nicht da. Er ruderte wild mit den Armen und fiel wieder gegen die Wand.

Ein harter Schlag. Und immer noch keine Reaktion.

Erneut hob er die Flasche und zeigte damit auf mich. »Ich habe dir gesagt, dass er nicht aus dem Grund hier ist, den er genannt hat. Die Crew ist weg. Sie haben Drake rausgeschmissen. Ich bin auch draußen. Es ist keine Ryerson-Crew mehr.«

Ich legte die Stirn in Falten. »Aber sie sind noch eine Crew?«

Er zuckte mit den Schultern. »Wer weiß. Ich nicht. Ich bin raus, schon seit Taz.« Schmerz legte sich auf sein Gesicht, und er schloss die

Augen. »Es tut mir so leid, was ich ihr angetan habe. Der Scheiß ist aus dem Ruder gelaufen. Und dann ins Ruder rein. Und drum herum. In alle Richtungen, und ich hab's nicht mehr unter Kontrolle gekriegt.« Er schluckte, seine Stimme klang belegt. »Ich hätte mich wieder unter Kontrolle kriegen sollen. Ich bin nicht schlecht, jedenfalls nicht komplett.«

Er drückte die Flasche an seine Brust, umarmte sie. »Ich habe schlechte Seiten, ich habe gute Seiten. Ich versuche, mehr gute als schlechte zu haben. Ich versuche es, Bren. Wirklich.«

Widerstrebend ging ich einen weiteren Schritt auf ihn zu. Meine Instinkte waren in Alarmbereitschaft und schrien mich an, dass ich abhauen sollte.

»Alex«, seufzte ich. Was konnte ich sonst tun? »Was ist los? Sag's mir einfach.«

»Drake.« Er blickte auf den Boden. »Es ging immer nur um dich, aber du hast das nie gewusst. Du hättest dort sein sollen. Sie hätten dich festnehmen sollen, aber du warst nicht da. Oder vielleicht doch, aber du bist abgehauen. Hast dich versteckt. Hast ihre Pläne ruiniert.«

Himmel. Das klang nicht gut.

Mein Handy vibrierte. Das musste Cross sein, der sich fragte, wo ich blieb, aber ich konnte nicht rangehen. Das hier. War wichtig. Wenn ich ans Handy ging, würde ich kaputtmachen, was auch immer das hier war. Es war so zerbrechlich wie dünnes Eis. Eine falsche Bewegung, ein falsches Wort, und Alex würde sich verschließen.

Es vibrierte erneut.

Ich ignorierte es.

Es begann zu klingeln, und ich griff mit der Hand in meine Clutch und stellte es auf lautlos. So unauffällig wie möglich.

»Alex«, drängte ich ihn. Er musste weiterreden.

»Die Crewprinzessin. Das bist du. Du hältst alles zusammen.«

Ich zog die Brauen zusammen. »Was soll das heißen?«

»Die Party, auf der alle festgenommen wurden ... Sie hatten es nur auf eine Person abgesehen.«

Seine Augen glänzten, wirkten plötzlich nüchtern, obwohl ich wusste, dass er das nicht war.

»Sie wollten nur eine Person, aber sie konnten dich nicht finden, darum haben sie alle anderen mitgenommen.«

»Die Party vom Stadtfest? Aber ...«

»Plan B.« Er hickste und schwang die Jim-Beam-Flasche herum, ehe er einen großen Schluck aus ihr nahm. Er wischte sich den Mund mit dem Handrücken ab, dann fuhr er fort: »Das war Plan B. Alle verhaften und sie diesen Zettel unterschreiben lassen. Die Kameras waren Plan B, aber du warst Plan A. Oberste Priorität.«

»Woher weißt du ...« In meinem Kopf rauschte es. Nichts davon ergab Sinn. Gar nichts. »Woher weißt du das? Warum wollten sie mich festnehmen?«

»Damit sie dich wegsperren und die Crews verletzen können. Du hast Neeon angegriffen. Er ist rachsüchtig, er hasst dich, er hasst deine Crew. Seine Tochter hatte einen Zusammenbruch. Sie ist irgendwo in der Klapse. Das hat Neeons Wut noch verstärkt, ihn motiviert.« Alex hatte stark angefangen, aber jetzt wurde er langsamer, fand die Worte nicht mehr.

»Alex! Reiß dich zusammen. Erzähl mir den Rest.«

Himmel, bitte. Erzähl mir auch den Rest.

Er blinzelte, seine Augen weiteten sich, wurden wieder normal. »Ja. Ähm ... ja.« Er dachte nach, erinnerte sich. »Du hältst alles zusammen. Du. Channing ist der König. Du bist seine Schwester. Sie wollen dich verletzen, dich wegschließen, deinem Bruder schaden.« Er verstummte erneut, zuckte vor Schmerz zusammen. »Und deinem Dad.«

»Was?« Meinem Dad?

»Die Red Demons haben Frisco übernommen. Sie können in Frisco nicht dealen, solange die Demons da sind.«

Wer waren sie?

Die Red Demons waren ein Motorradclub, und mein Bruder hatte sie vor nicht allzu langer Zeit bekämpft. Wir waren dabei gewesen. Unser Dad war dem Club beigetreten, aber jetzt saß er im Gefängnis – wo er die ganze Zeit gewesen war. All das kam wie aus dem Nichts. Ich wusste, dass es passiert war, aber Channing hatte Roussou beschützt. Ich hätte nie erwartet, dass irgendetwas aus diesem Leben in die Schule eindringen würde, in meine Schule.

»Ich dachte, die Dokumentation sollte die Aufmerksamkeit auf die Crews lenken?«

»Plan B. Sie wollen die Crews auslöschen, sie loswerden, die Dealer reinschleusen und hier dealen, der einzige Ort, den dein Bruder nicht überwacht, weil er weiß, dass deine Crew hier ist und das für ihn tut. Wie gesagt, sie wollen dich verletzen, deinem Bruder und deinem Vater schaden. So verteilt sich alles. Dein Bruder wäre abgelenkt, dein Dad auch. Sie würden sich nicht auf die Schule konzentrieren, sondern darauf, dich zu retten, weil beide wollen, dass du eine Zukunft hast.«

Ganz langsam sackte er in sich zusammen, sein Rücken stieß gegen die Wand, und er rutschte auf den Boden hinunter. Er murmelte etwas, lallte die Worte. »Drake ist ihr Spitzel. Sie haben ihn hergebracht, reingezwungen und er weiß alles. Sein Job? Unsere Crew aus dem Weg schaffen ... was er getan hat. Sein zweiter Job ...« Er hob den Kopf, öffnete mühsam die Augen. »Du. Dich in die Falle locken.«

»In die Falle locken?«

Alex nickte erneut, aber sein Kopf hing herab, und als er nicht wieder aufblickte, lief ich zu ihm. »Alex!«

Ich schüttelte ihn.

Er bewegte sich nicht.

Ich stieß ihn an.

Nichts.

»Alex!«

Und dann passierte es.

Das, wovor er mich hatte warnen wollen.

Die Türen wurden eingetreten und Leuchtbomben wurden geworfen. Tränengas. Rauch füllte den Flur, und ich konnte ihre Schritte hören. Es war ein Massenansturm.

Ich konnte mich nicht bewegen, musste es aber tun.

Sie würden Nachtsichtgeräte haben.

Scheiß drauf. Ich musste es versuchen.

Ich stieß mich von der Wand ab, sprang auf und hielt die Augen geschlossen. Mit ausgestreckten Armen bewegte ich mich den Flur entlang, bis ich gegen die gegenüberliegende Wand stieß. Sie schürfte mir die Haut auf, aber ich biss mir auf die Lippe und behielt den Schmerzensschrei für mich. Sie kamen durch die Türen und über den Hauptflur. Sie umzingelten mich, aber es gab eine Seitentür. Sie war nicht weit weg und ich musste es nur bis dorthin schaffen.

Alles in mir schrie, mich zu ergeben. Setz dich hin. Warte.

Aber das durfte ich nicht tun.

Zentimeter für Zentimeter kam ich voran, tastete mich an der Wand entlang, bis sie verschwand. Meine Hände berührten Glas und bewegten sich in Richtung Türklinke.

Geschafft!

Ich drückte sie runter. Die Tür war abgeschlossen.

Ich wollte wieder aufschreien, kreischen, aber ich riss mich zusammen. Ich nahm Anlauf, gab mir Mühe, weder Rauch noch Gas einzuatmen, und warf mich gegen die Tür, trat dagegen mit allem, was ich hatte, und tatsächlich ... sie öffnete sich. Dann war ich auf den Knien, draußen, und atmete gierig, bis mich Lichter anleuchteten.

Beine.

Da waren Beine, Beine und noch mehr Beine, Lichter, die hinter ihnen schienen, bis endlich jemand vortrat. Eine Frau mit gezückter Pistole.

Sie kam zu mir, kniete sich hin und steckte die Pistole weg. »Bren Monroe?«

Ernsthaft? Ergab es überhaupt noch Sinn, zu lügen? So zu tun, als wäre ich es nicht?

Ich schwieg. Ich kam nicht zum Reden, denn ein weiterer Bulle tauchte in der Tür auf. Er sprach ohne jede emotionale Regung, als wäre er gerade auf eine Ameise getreten.

»Der Tote ist Alex Ryerson.«

Der Tote!
Der Tote?!
»TBA?«, fragte sie.
»Ja, gerade erst passiert«, sagte er.
»Wiederbelebung?«
»Ohne Erfolg.«
TBA.
Alex.
Tot bei Ankunft. Er war tot.
Ich konnte es nicht verarbeiten. Vor Monaten hatten wir ihm das Leben gerettet, und jetzt ...
Und dann richteten sich diese kalten Augen auf mich, und sie löste die Hand von der Seite ihres Körpers. Sie hatte Kabelbinder in der Hand.
»Bren Monroe, Sie sind verhaftet.«

Kapitel 37

Cross

Die Tür der Polizeistation flog auf.

Ich wusste, dass er rauskommen würde. Ich hatte ihn angerufen, weil ich wusste, dass das hier kein verdammter Highschool-Scheiß mehr war. Die Bullen waren involviert; das bedeutete, dass es um verdammt viel mehr gehen musste, und damit war nicht zu spaßen. Dabei zuzusehen, wie Bren in ein Polizeiauto gesetzt wurde, die Hände von einer eiskalten Schlampe mit Kabelbinder gefesselt – das war mein schlimmster Albtraum gewesen.

Fuck.

Und noch mal.

Fuuuuuck.

Ich war fertig damit, mich an die Regeln zu halten, nett zu bleiben und meinen Kram so zu erledigen, dass so wenig Schaden wie möglich entstand. Ich war bereit, eine Bombe zu werfen, Bren zu schnappen und abzuhauen.

Jordan und Zellman hielten mich zurück. Race war dazugekommen, und die drei standen Wache.

Ich. War. Fuchsteufelswild.

Ich sah rot.

Blut.

Ich wollte es schmecken, und sobald die Tür aufflog, war ich bereit. Ich war mehr als bereit.

Channing kam raus wie eine verdammte Gewitterwolke, er hatte nicht einmal ein Shirt an. So verfickt badass war Brens Bruder, und er war in diesem Augenblick meine gottverdammte Rettung.

Er sah sich um. Entdeckte mich. Fixierte mich mit dem Blick und kam zu mir.

Jeder wusste, dass Channing hier war. Es war, als hätte eine Welle das Gebäude erfasst, und alle richteten ihre volle Aufmerksamkeit auf ihn. Die Bullen hinter ihren Schreibtischen beobachteten ihn, ihre Mienen wirkten immer vorsichtiger. Das hatte angefangen, als sie Bren reingebracht hatten, als wir reingestürmt waren und ich versucht hatte, dem ersten Bullen, der mich aufgefordert hatte, mich zu setzen, eine runterzuhauen.

Jemand riss mich zurück, ehe ich ihn berühren konnte, aber das war mir scheißegal. Ich war versucht, mich verhaften zu lassen, nur um aufs Revier zu kommen und Bren zu sehen.

Der Einzige, der zu mir durchdrang, war Race, der meinte, dass Bren wahrscheinlich bereits im Vernehmungsraum saß. Das war gottverdammt noch mal alles, was ich mitbekam.

Ich brauchte Bren. Ich musste sie retten, egal, was es verdammt noch mal kostete. War mir egal. Ich an ihrer Stelle. Ich war bereit, den Tausch anzubieten, aber Channing war hier. Er hatte Einfluss. Jedenfalls bei der Polizei in Roussou.

Sein Kiefer zuckte, Zorn brodelte dicht unter der Oberfläche. »Warum zur Hölle sind wir in Fallen Crest? Sie wurde in der Schule festgenommen?«

Ein kurzes Nicken. Das war alles, was ich zustande brachte, denn in mir wütete immer noch das Verlangen, jemanden zu verletzen. Channing zu sehen, jemanden, der sie fast so sehr liebte wie ich, der bereit war, zu tun, was auch immer getan werden musste, hatte ein verdammtes Monster in mir entfesselt. Ich wollte buchstäblich jemandem den Kopf abreißen und musste mich zwingen, ruhig zu atmen. Es funktionierte nicht.

Channings Augen wurden schmal. »Krieg dich wieder ein. Auf diese Art kannst du Bren nicht helfen.«

»Das sagst du so leicht.« Ich schäumte vor Wut. »Du hast nicht gesehen, wie sie abgeführt wurde.«

Shit. Erneut war dieses Bild in meinem Kopf. Ich zuckte vor Schmerz zusammen, wurde es nicht wieder los. »Sie haben sie mit Tränengas besprüht. Rauchbomben auf sie geworfen. Sie sind mit einem verdammten SEK auf sie losgegangen, in voller Montur, sie haben ihre verdammten Knarren auf sie gerichtet.« Meine Stimme schwoll an. »Sie haben mit den Knarren auf sie gezielt!«

Channing fluchte leise, dann zeigte er zur Tür. »Geh spazieren. Mach was kaputt. Ist mir scheißegal, was du tun musst, aber mach es. Ich brauche den Anführer der Wolfscrew in einer Stunde, und zwar mit klarem Kopf.«

»Warum in einer Stunde?«

»Weil sie uns vorher nicht zu ihr lassen, und ich habe dafür die Kavallerie einbestellt.«

Er drehte sich um und machte sich auf den Weg zum Empfangspult, als ginge er beim Eishockey gegen den Torhüter des anderen Teams vor, während Gleichstand war und er es auf die Goldmedaille abgesehen hatte. Nein, stimmt nicht. Er ging auf sie zu, als stünden sie zwischen ihm und seiner Schwester.

Sie taten mir fast ein bisschen leid ... Nein, stimmt nicht. Das war eine gottverdammte Lüge, eine, die ich mir selbst aufzutischen versuchte, um mich zu beruhigen, aber es funktionierte nicht. Ich knurrte. Ich merkte es erst, als Channing sich umdrehte und mich musterte.

Sein Blick verfinsterte sich, und er schnipste mit den Fingern nach Jordan und Zellman. »Schafft ihn hier raus. Er muss sich beruhigen.«

Sie nickten, aber Race war da, noch ehe sie mich anfassen konnten.

Er schob mich in Richtung Tür, aber ich widersetzte mich und stemmte die Füße in den Boden.

»Cross. Komm schon.«

»Wir kriegen das hin.«

Jordan und Zellman waren da, aber ich würde mich nicht von der Stelle rühren. Fuck. Alles in mir schrie danach, hierzubleiben, für Bren da zu sein, nur für den Fall, dass sie am Empfangspult vorbeigeführt wurde. Ich musste hierbleiben. Ich musste ... aber die Jungs hatten anderes im Sinn.

»Schafft ihn hier raus!«, rief Channing. »Sofort!«

Alle drei waren bei mir, und ich wurde hochgehoben. Ich warf mich zurück, kletterte über Zellman, stieß mich von Jordans Schulter ab, aber dann tauchten zwei weitere Typen auf und hielten mich fest. Sie trugen mich raus. Ich wand mich, krümmte mich, schwor, ihnen allen die Fresse zu polieren – aber sie ignorierten mich, bis wir auf dem Parkplatz angekommen waren.

Sie stellten mich auf die Füße und Jordan knurrte: »Haltet ihn fest, bis er wieder klar denken kann. Er ist gerade völlig durchgeknallt.«

Ich ruderte mit den Armen. Bren brauchte mich. Ich hatte den primitiven Drang, dort zu sein, so nah wie möglich bei ihr. Ich war fast blind vor Wut. Die Luft war drückend, zog mich runter. Ich musste mich losreißen. Ich musste mich wehr...

»Reiß dich verdammt noch mal zusammen!«

Das war Jordan. Er schrie mir ins Gesicht.

»Cross! Oh mein Gott!«

Das war Taz. Meine Schwester. Ihre Stimme drang zu mir durch, aber ich konnte nicht aufhören. Es ging einfach nicht.

»Holy Shit.«

Jemand grunzte überrascht. Eine Autotür schlug zu.

Ich wehrte mich weiter. Mir egal, wen ich erwischte. Ich schmeckte Tränen, Schweiß und Blut. Von mir. Von jemand anderem. War. Mir. Egal.

Bren war das Einzige, was zählte.

Dann hörte ich Schritte, und ich wurde auf den Asphalt gedrückt. Gefühlte zwei Tonnen lagen auf mir, und ich konnte mich nicht bewegen. Ich wurde an Armen und Beinen festgehalten.

Aber

ich
kämpfte
weiter!

Mein Kopf schrammte über den Asphalt. Mehr Blut. Das war alles, was in meiner Nase war, das Einzige, was ich riechen konnte.

»Shit«, flüsterte jemand.

»Oh, Cross.« Meine Schwester. Ich erkannte ihre Stimme. Sie weinte. »Ich hab ihn. Ich krieg das hin. Lasst mich ...«

Sie bewegten sich. Die Füße verschwanden aus meinem Blickfeld, und Taz war da und kniete sich hin, um mir ins Gesicht zu sehen.

»Cross.« Tränen liefen ihr übers Gesicht. Und Rotz. Sie achtete nicht darauf. Und sie war blass, sehr blass ...

Sie hatte Angst.

Und da drang es zu mir durch.

Meine Schwester hatte Angst. Um mich. Und vor mir.

Weil ich mich wie ein tollwütiges Tier benahm.

»Cross«, sagte sie leise, um mich zu beruhigen. Sie griff nach meiner Hand, ganz langsam. Sie verflocht unsere Finger miteinander. Und dann fing sie an zu reden, weil sie nicht verstand.

Ich hatte dieses Monster in mir noch nie zuvor gespürt, aber es war da. Es war wütend. Es fühlte sich bedroht. Es war nicht menschlich. Dieses Monster war jetzt ich, und ich konnte noch denken und erkennen, was um mich herum passierte, und ich hatte Angst vor mir selbst. Aber ich musste wissen, ob es Bren gut ging. Ich bekam keine Luft. Sie war die Einzige, die das Monster verschwinden lassen konnte.

Taz wusste das nicht. Ich konnte es ihr nicht sagen, weil ich nicht reden konnte.

Ich musste ...

»So ist es gut, Bruderherz«, sagte sie, versuchte mich immer noch zu beruhigen.

Sie holte Luft.

Ich spürte, wie ich dasselbe tat, gleichzeitig. Synchron mit ihr.

»Noch mal.«

Wir atmeten zusammen.

Ein und aus. Ganz langsam.

Und nach ziemlich langer Zeit konnte ich meine Angst schmecken. Niemand hatte mir gesagt, dass das möglich war. Es war abstoßend, und mein Magen rebellierte.

»Cross«, flüsterte Taz. Sie nahm meine Hand, drückte sie an ihre Wange. »Du musst dich beruhigen. Für mich. Ich habe auch Angst, aber ich brauche meinen Bruder. Ich brauche ihn. Erinnerst du dich, als wir klein waren? Wir haben Seite an Seite nebeneinander gelegen und uns angestarrt, bis einer angefangen hat zu lachen. Lass uns das noch mal machen. Wir müssen uns beruhigen. Okay? Einfach nur beruhigen. Das ist alles.«

Ich konnte mich nicht beruhigen.

Sie kapierte es nicht. Niemand kapierte es.

Bren.

Es ging nur um Bren.

Panik brannte in meiner Brust, versengte mich.

»Cross. Bitte.« Jetzt weinte sie wieder.

Ich versuchte, den Kopf zu schütteln. Ich versuchte, ihr ein Zeichen zu geben, weil ich immer noch nicht sprechen konnte.

Heiße, blinde Panik überwältigte mich und ich fing erneut an, mich zu wehren. Sie sollten runter von mir. Ich konnte nicht atmen. Ich konnte mich nicht bewegen. Ich konnte nicht ... nur in meinem Kopf konnte ich wüten, und die anderen machten es nicht besser.

»Er hat Angst«, sagte Taz, als wäre ihr das in diesem Moment erst aufgefallen. Sie stand auf. »Runter von ihm. Los, runter von ihm! Er muss sich bewegen! Das braucht er. Ich kann es fühlen! Los, runter von ihm!«

Die Dinge kamen in Bewegung.

Ich wurde abrupt auf den Boden gedrückt, dann war das Gewicht weg, aber ich konnte mich immer noch nicht bewegen. Nicht sofort.

Ich musste mich zusammenreißen.

Endlich schnellte ich hoch und schnappte nach Luft. Taz warf die Arme um mich und vergrub den Kopf an meiner Schulter.

»Bitte«, murmelte sie. »Du musst dich beruhigen. Du musst dich bitte beruhigen.«

Ich nickte, jedenfalls versuchte ich es.

Taz weinte immer noch, und ich hob die Hand. Sie war blutig, trotzdem versuchte ich, Taz' Rücken zu streicheln. Als sie es merkte, weinte sie nur noch mehr.

»Babe.«

Das war Race. Er streckte die Hand nach ihr aus, versuchte, sie mir wegzunehmen, aber ich blickte ihn warnend an. Lass das. Lass das bloß sein.

Er nickte und trat einen Schritt zurück, blieb aber in der Nähe.

Ich konnte meine Arme bewegen. Ich konnte sie wieder spüren, und nun legte ich sie um meine Schwester. Als sie es spürte, brach Taz zusammen. Sie wollte mich nicht mehr besänftigen. Sie brach zusammen und fluchte.

Allmählich sah ich wieder klarer.

Dies war meine Schwester, und sie brauchte mich. Ich versuchte sie zu besänftigen und zu trösten.

Ich berührte ihre Stirn mit der Schulter, während sie noch immer schluchzte.

»Verdammt, was soll das?«, fragte jemand.

Ich wusste es. Ich musste mir diese Frage nicht stellen. Hier ging es um meine Familie. Und um ihre. Wir hatten sie verloren, und ich war nicht für sie dagewesen. Fuck. Scheiße. Gottverdammt. Ich war nicht für meine Schwester dagewesen.

»Taz, es tut mir so leid.«

Sie löste die Arme von meinem Nacken und rollte sich zu einer Kugel zusammen.

Ich spürte, dass Race zurückkam, und diesmal nickte ich. Ich blickte auf und sah eine Wunde an seiner Wange. Ich zuckte zusammen, denn ich wusste, dass ich daran schuld war, aber darum würde ich mich später kümmern. Er beugte sich vor, hielt dann aber inne, wartete auf mich.

Ich nickte. »Ja. Sie braucht dich jetzt.«

Er nahm sie in die Arme und hob sie hoch, drückte sie an seine Brust. Ich rechnete damit, dass er sie mitnehmen würde, aber das tat er nicht. Er setzte sich neben mich auf den Boden, hielt sie fest, und sie streckte die Hand nach mir aus.

Ich nahm sie, verflocht erneut unsere Finger, und die Berührung schien sie zu beruhigen.

Sie hatte den Kopf jetzt an seine Brust gelehnt.

»Sorry«, sagte ich zu ihm.

Er hob eine Schulter. »Ich wäre vermutlich genauso abgegangen, wenn Taz da drin wäre.«

Vermutlich. Trotzdem hätte ich mich besser unter Kontrolle haben sollen.

Endlich sah ich mich um, und ich spürte, wie ich die Brauen hochzog.

Jordan, Zellman ... und sie waren nicht allein. Ich wusste, dass ein paar Normalos mitgekommen waren, um zu helfen, aber es waren auch vier Mitglieder von Channings Crew hier. Moose – das große Arschloch, das auf mir gesessen hatte. Als er meinen bösen Blick sah, grinste er nur. Congo, Lincoln und Chad, das große rothaarige Arschloch. Ich starrte sie alle böse an, aber nur Lincoln reagierte.

Er verzog keine Miene, als er sagte: »Entspann dich. Du warst psychotisch. Chan hat gesagt, wir sollen dich ruhigstellen, also haben wir dich ruhiggestellt.«

»Fick dich.« Dieser Scheißkerl hatte dabei geholfen, mich zu zerquetschen. Mir war scheißegal, wie er das nennen wollte. Meine Brust fühlte sich immer noch an, als wäre jemand mit seinem Pick-up drübergefahren.

Er grinste, genau wie Moose.

Aber dann gab es noch eine Überraschung, denn außer unserer Gruppe war noch eine weitere da. Sie standen am Ende des Parkplatzes, aber ich konnte mir keinen Grund für ihre Anwesenheit vorstellen, es sei denn, sie hatten geholfen, Bren die Falle zu stellen.

Ich stand auf und spürte erneut, wie mein Blut zu kochen begann.

»Hey, hey!« Jordan stand vor mir, legte mir eine Hand auf die Brust. Z stand direkt neben ihm.

»Was zur Hölle wollen die hier?«

Zeke Allen und seine Wichser waren hier, mitsamt ihren Schlampen, und es war mir scheißegal, dass sie nicht aussahen, als wären sie zum Kampf bereit. Ich war mehr als bereit, und sie waren die perfekten Opfer ... bis Blaise aus der Gruppe hervortrat, mit einem ganz anderen Gesichtsausdruck als beim letzten Mal.

Dann wusste ich es. Ich wusste es.

Und er wusste es auch. Er blickte zwischen mir und Taz hin und her und wirkte irgendwie zerrissen.

»Nein! Haut ab! Ihr könnt nicht einfach hierherkommen, nicht jetzt! Nicht, wenn man mir heute Nacht mein Mädchen weggenommen hat!«

»Mist«, sagte Jordan leise.

Zellman grunzte. »Ich brauche was zu trinken. Mir egal, ob es was zum Aufputschen ist oder purer Jack.«

Blaise sah weiterhin zwischen Taz und mir hin und her, immer noch mit diesem Blick.

Erneut sah ich rot. Ich kletterte über meine Brüder hinweg. Mir war alles scheißegal. Auf keinen Fall würde dieser Typ hier reinkommen, nie im Leben.

Jordan fluchte, als er mich losstürmen sah. Congo, Moose, Lincoln und Chad sprangen auf. Zwei von ihnen rannten um Jordan herum, um mich einzufangen. Die anderen beiden waren hinter mir. Ich konnte sie aus den Augenwinkeln sehen, und dann griff Moose nach mir, packte mich am Shirt und zog mich zurück.

Der Stoff zerriss, aber diesmal war ich auf ihn vorbereitet.

Ich sprang hoch, stieß mich von seiner massiven Brust ab und landete zwischen Jordan und Zellman. Chad und Lincoln versuchten mich zu fassen, aber ich schoss vom Boden hoch, duckte mich und wich ihnen aus. Es war eine Verzweiflungstat, weil ich nur diese eine Möglichkeit bekommen würde, ihn zu erwischen, aber es funktionierte. Das Glück war auf meiner verdammten Seite, und ich stürzte mich auf meinen Halbbruder.

Er nahm all seine Kraft zusammen.

Zeke Allen schrie. Seine Leute waren vor Überraschung wie erstarrt, aber ich war bereits dort. Ich packte Blaise, wirbelte ihn herum und warf ihn gegen das Fahrzeug neben ihm.

»Komm ihr nicht zu nahe! Verstanden? Wenn du ihr was tust, bringe ich dich um. Das verspreche ich dir!«

Er versuchte nicht einmal, sich zu wehren. Er schenkte mir kaum Aufmerksamkeit, sein Kopf war weggedreht, seine Augen auf Taz gerichtet.

»Hör auf, sie anzustarren!«

In dem Augenblick begriffen auch andere Leute, was los war. Ich hörte, wie einige nach Luft schnappten. Erneut Fluchen. Dann wurde die Gruppe plötzlich still, nur das Geräusch eines Wagens, der auf den Parkplatz fuhr, war zu hören. Eine Tür ging auf. Noch eine.

Dann: »Cross?«

Eine Tür wurde zugeschlagen. »Cross! Lass ihn los!«

Eine andere Stimme, weiblich: »Weg von meinem Sohn!«

Sie kamen auf uns zu gerannt, aber er starrte die ganze Zeit nur auf Taz.

Ich hatte zwei Optionen. Ich konnte das hier jetzt beenden oder später.

Ich entschied mich für jetzt. Ich holte aus, bereit, zuerst zuzuschlagen, aber plötzlich stand mein Dad vor mir. Er schob sich zwischen uns und knurrte: »Verdammt noch mal, Cross. Lass ihn los! Sofort!«

»Dad?«, fragte Taz. »Was machst du hier?«

»Man hat uns angerufen und gesagt, dass unsere Kinder uns brauchen.«

»Blaise. Liebling.«

Eine Frau stürzte sich auf ihn. Sobald ich von ihm zurücktrat, war sie da und drückte ihn an sich. Er bewegte sich nicht, ließ die Arme neben dem Körper baumeln. Seine Miene war ausdruckslos. Aber sie bedrängte ihn weiter, strich ihm übers Haar, über die Arme.

Taz blieb neben mir stehen, die Augen auf ihn gerichtet. Ich knurrte erneut.

Mein Dad versetzte mir einen Schlag vor die Brust. »Lass das. Ich weiß, dass du Bescheid weißt, also beruhig dich.«

Und während all das vor sich ging, fuhr ein schwarzer SUV auf den Parkplatz. Zwei Türen öffneten sich, und zwei Typen stiegen aus. Einer war berühmt hier in der Gegend, der andere berüchtigt.

Zeke Allen schnappte nach Luft, seine Augen weiteten sich. »Das ist unmöglich!«

Der größere der beiden, mit rabenschwarzem Haar, nahm uns in Augenschein, ehe er ins Gebäude ging. Der andere hatte braune Haare, war genauso hübsch und grinste überheblich.

Er blieb stehen und starrte uns an, dann seufzte er. »Ach, da werden Erinnerungen wach. Weißt du noch, als wir früher Leute verprügelt haben, einfach nur zum Spaß?«

Der größere Typ stand an der Tür und rief: »Logan! Komm rein.«

Jetzt wusste ich, wen Channing mit der Kavallerie gemeint hatte. Er hatte die Kades angerufen.

»Warum hat er die denn geholt?«, fragte Jordan, der zu mir gekommen war.

Ich grunzte. Dafür gab es genau einen Grund. »Ihr Vater ist der größte Gönner dieser Polizeiwache.«

Jordan und Zellman starrten mich an. Mein Vater und Blaise ebenso. Ich spürte ihre Blicke fast körperlich.

»Woher weißt du das?«, fragte Z.

Ich warf ihm einen Blick zu. »Die Polizei nimmt jeden Schüler unserer Schule fest, aber keinen einzigen von ihrer? Ich habe meine Hausaufgaben gemacht, darauf kannst du deinen Arsch verwetten. Ich habe eine Liste mit Menschen, die genug Macht besitzen, um hier die Fäden zu ziehen, und James Kade steht ganz oben.«

Jordan grinste. »Und da ist unser verdammter Anführer. Immer zwei Schritte voraus.«

Ich löste mich von den anderen. Dass Channing seine wichtigen Freunde gerufen hatte, konnte nur eines bedeuten: Bren war in größeren Schwierigkeiten, als ich gedacht hatte.

Kapitel 38

Bren

Die Tür öffnete sich, und die beiden Detectives von vorhin kamen rein. Die Frau hielt einen Ordner in der Hand.

»Versuchen wir das noch mal.«

Der andere Bulle setzte sich nicht. Er stellte sich hinter mir an die Wand und verschränkte die Arme vor der Brust.

Die Frau nahm Platz und überflog mit gesenktem Kopf die Papiere.

Erstens: Ich wusste, was sie taten.

Zweitens: Sie hatten das freundliche Wir-wollen-dir-nur-helfen-Spielchen bereits versucht.

Drittens: diese Schlampe wusste, wer ich war, denn ich wusste, wer sie war.

Viertens: Ich hatte um einen Anwalt gebeten, also musste ich nur die innere, wilde Bren unter Kontrolle halten, in die ich mich verwandelte, wenn ich mich in die Ecke gedrängt fühlte, und genau das wollten sie jetzt zweifellos erreichen. Es stand in meiner Akte. Ich hatte eine Therapie hinter mir. Es war leicht herauszufinden, dass ich um mich schlug, wenn ich in die Ecke gedrängt wurde. Also waren wir nun beim zweiten Versuch angekommen: emotionale und körperliche Einschüchterung.

Detective Broghers ließ mich warten, und das tat sie absichtlich.

Eine Minute. Drei. Dann, nach der fünften Minute, tat sie so, als wäre sie fertig damit, meine Akte zu lesen. Sie schlug sie zu und hob den

Kopf, ein Lächeln im Gesicht. Sie drehte ihren Stuhl in meine Richtung, seitlich am Tisch, anstatt mir direkt gegenüber zu sitzen.

»Bren«, sagte sie. »Möchtest du ein Wasser? Etwas anderes zu trinken? Was zu essen?«

»Wasser.«

»Kein Problem.« Sie deutete mit dem Kopf nach hinten, und der Bulle verließ den Raum.

Während wir warteten, musterte sie mich und verzog dann das Gesicht. »Wir haben dir keine Zeit gegeben, dich sauber zu machen, was? Möchtest du einen Waschlappen?« Sie zeigte auf meine Hände. Sie waren zerkratzt, die Haut aufgeschürft.

Ich legte die Hände in meinen Schoß. Der Kabelbinder war weg, aber die roten Streifen waren noch da. Sie hatten sie fest angezogen, enger, als angenehm war. Irgendwie wusste ich ja, dass sie nur ihren Job machten: Fest anziehen, es so unbequem wie möglich machen, mich unter Druck setzen, mich dazu bringen, das zu tun, was sie wollten, und dann wäre der Fall erledigt.

»Also.« Sie tat so, als wäre sie gelangweilt, sogar müde. Sie gähnte. »Du warst vorhin auf dem Abschlussball?« Sie deutete auf mein Kleid. »Ich wette, die Fotos sind wundervoll.«

All ihre Taktiken funktionierten, aber ich wusste, was sie taten, warum sie es taten, und das durfte ich nicht vergessen. Ich musste einen kühlen Kopf bewahren, egal, wie lange sie mich hierbehielten. Ich musste einfach, denn sonst hätten sie einen Grund, mich hierzubehalten. Das war der wahre Grund, warum sie das hier veranstalteten, denn sie hatten mich nicht mehr nach Alex gefragt, seit ich um einen Anwalt gebeten hatte. In der Akte gab es keine Bilder. Ich hatte mit hineingeguckt. Nur Papier mit Worten, Zahlen und Unterschriften darauf.

Ich fragte mich ein paar Dinge.

Warum hatte Alex sich die Zeit genommen, mir zu erzählen, wie Drake mich in die Falle locken wollte, obwohl er wusste, dass er sterben würde? So, wie er sich verhalten hatte, musste er unter Drogen gestanden haben. Wenn er behauptete, dass Drake mir eine Falle stellen wollte, implizierte das doch, dass diese Falle darin bestand, mich als Alex' Mörderin dastehen zu lassen. Alex hatte nicht um Hilfe gebeten. Und das hätte er doch getan, wenn dies das richtige Szenario wäre. Was bedeutete, dass er von den Drogen, die sie ihm verabreicht hatten, nichts gewusst hatte. Er wollte mir sagen, dass Drake mir eine andere Art von Falle gestellt hatte. Nur das ergab Sinn. Ich hatte nicht nach seinem Puls gefühlt, sondern nur gesehen, dass er ohnmächtig geworden war.

Sie hatten mir gesagt, dass Alex tot war ... Nein, sie hatten angedeutet, dass Alex tot war.

Vielleicht war er gar nicht tot.

Welche Ironie. Hier saß ich nun und hoffte schon wieder, dass Alex Ryerson nicht tot war.

Es klopfte an der Tür. Der andere Detective kam rein und stellte eine Wasserflasche vor mir ab.

Detective Broghers griff danach und nahm den Deckel ab. Sie steckte ihn in die Tasche und schob mir die offene Flasche entgegen. Und schon wieder lächelte sie mich so verdammt freundlich an. »Bitte sehr.«

Ich griff nicht danach. Noch nicht. »Ich habe nach meinem Anwalt gefragt.«

»Das hast du.«

Ich hasste es, wie herablassend sie war.

Sie lehnte sich auf ihrem Stuhl zurück und trommelte mit den Fingern auf den Tisch, als ob sie die Ungeduldige wäre, diejenige, die das hier so schnell wie möglich hinter sich bringen wollte. »Wir warten nur darauf, dass er kommt.«

Es gab keine Uhr in diesem Raum, auch das war Absicht. Den Straftätern alles wegnehmen. Sie in einen kleinen engen Raum ohne Fenster stecken und sie dazu bringen, sich nach den kleinsten Dingen zu sehnen. Wie Zeit. Oder Wasser. Oder Unterhaltung. All das hielt man für selbstverständlich, bis man es nicht mehr bekam. Und das benutzten sie gegen einen.

»Du gehst also zur Schule?«

Ich antwortete nicht.

Das war ihr egal. Sie war immer noch freundlich. »Abschlussklasse, oder? Das stand in deiner Akte. College? Irgendwelche Pläne nach dem Abschluss?«

Wieder Schweigen. Aber sie erwarteten auch nicht, dass ich etwas sagen würde.

»Als ich in deinem Alter war, habe ich mir eine Menge Sorgen darum gemacht, was ich als Nächstes tun sollte. Ich dachte, ich hätte keine Zeit. Der Druck ist groß, stimmt's? Heutzutage, mit dem Internet, ist es noch schlimmer. Instagram ...«

Sie redete, aber ich ignorierte sie.

Ich fixierte einen Punkt zwischen ihren Augenbrauen. Das war ein Trick, von dem ich mal gehört hatte. Dort konnte man hinsehen, und dann glaubte die Person, man hielte Blickkontakt. Ein nonverbaler Hinweis, dass man sich dafür interessierte, was sie sagte, sodass sie weiterreden würde.

Ich schaltete sie weg, denn ich hatte über andere Dinge nachzudenken.

Erstens: Drake.

Sie laberte weiter. Und ich ließ diesen Punkt zwischen ihren Brauen nicht aus den Augen.

Drake hatte mich gefunden, als ich in Fallen Crest war. Er hatte das Schutzsystem nicht genutzt. Er war nicht in der Crewszene gewesen. Monate vorher hatte er verkündet, dass er wieder in der Stadt war, und uns geschrieben, dass Alex darauf wartete, von mir verprügelt zu werden. Er schenkte uns Vergeltung für das, was Alex Taz angetan hatte, und wir nahmen sie an.

Aber Drake hatte gewusst, wo, wie und wann.

Er hätte ein Video von uns machen können.

Wir wiederum hatten die Nachrichten, in denen er seinen Bruder an uns auslieferte.

Was hatte oder wusste er sonst noch von uns? Er wusste, wann das

Stadtfest war. All die Bullen, die da waren. Das war vorher organisiert worden. Also waren sie auch vorher alarmiert worden. Jemand hatte ihnen erzählt, wo die Party abging, aber das konnten auch die Academy-Crusties gewesen sein. War es so? Sie hatten Jordan im Wald angegriffen. Hatten sie das getan, weil sie wussten, dass die Bullen kommen würden und uns keine Zeit für Vergeltung blieb? Das könnten sie ...

Jemand hatte die Schule in Frisco abgebrannt. Alex zufolge war es diese geheime Gruppe gewesen, die Drogen verkaufen wollte.

Als die Schüler der Academy dabei erwischt worden waren, wie sie unsere Schule abfackeln wollten, hatten sie behauptet, dass Alex sie darauf angesetzt hätte. Vielleicht war das eine Lüge, um sich den Rücken freizuhalten. Wir hatten sie nie danach gefragt. Shit. Wir hätten sie ins Kreuzverhör nehmen sollen.

Stattdessen hatte Zellman ihre Autos in die Luft gejagt.

Sie hatten versucht, zu Tabathas Party zu kommen. Wir hatten sie rausgeschmissen. Sie fanden heraus, wer ihre Autos gesprengt hatte.

In der Nacht darauf hatten sie Jordan überfallen.

Seitdem waren wir immer wieder vor ihrer Schule aufgetaucht. Sie waren uns entgegengekommen, hatten auf einen Kampf gewartet. Wir waren nicht zum Kämpfen dort gewesen, hatten aber die Gelegenheit beim Schopf gepackt.

In demselben Moment hatte Blaise Cross gesehen. Er hatte so getan, als wüsste er nicht, wer er war. Das konnte echt oder gespielt gewesen sein.

Aber seitdem war nichts passiert, außer dass Drake mich im Kleiderladen besucht hatte.

Er war es, der mir davon erzählt hatte, dass Neeon die Schwester von Direktor Broghers geheiratet hatte, die jetzt vor mir saß.

Ich blickte auf ihren Ringfinger. Da war eine weiße Linie. »Broghers ... ist das Ihr Mädchenname?«, unterbrach ich ihr endloses Gerede.

Sie öffnete den Mund.

Ich hatte sie überrascht. Offenbar hatte sie die Frage erwartet, ob sie mit Direktor Broghers verwandt war.

Sie räusperte sich.

Ich nahm ihre Reaktion zur Kenntnis und bemerkte gleichzeitig, dass der Typ hinter mir die Hände aus den Hosentaschen nahm. Ich sah es aus dem Augenwinkel, aber ihr Blick huschte zu ihm, und er schob die Hände wieder in die Taschen.

Dann bedachte sie mich erneut mit diesem süßlichen Lächeln. »Warum fragst du?«

Mit einem Kopfnicken deutete ich auf ihren Ringfinger. »Sie sind verheiratet.«

Diesmal presste sie die Lippen zusammen. Sie war nicht glücklich mit mir, eindeutig.

Sie antwortete nicht. Ich sah, wie sie eine Mauer um sich errichtete, aber ich blendete die Frau bereits aus. Ich hatte meine Antwort.

Drake hatte die Wahrheit gesagt. Zumindest in dieser Hinsicht.

Ich erinnerte mich, dass Alex gesagt hatte, die Gruppe habe Drake auf mich angesetzt. Wenn das stimmte, gehörte Broghers entweder zu dieser Gruppe, oder sie wurde von ihnen benutzt. Und dann? Alex hatte gesagt, die Gruppe wollte Drogen durch Roussous Highschool schleusen. Wie wollten sie das bewerkstelligen?

Auf die Antwort kam ich selbst, und zwar schnell und überraschend. Es gab jemanden in der Schule, der die Drogen für sie schmuggeln würde.

Sie könnten Drake dafür benutzen, aber laut Alex war er aus der Crew geworfen worden. Was bedeutete, dass er raus war. Ich war festgenommen worden, weil Alex angeblich tot war, also kam er auch nicht in Frage. Wer dann?

Ich hätte mir in den Hintern treten können, denn wir waren unaufmerksam gewesen. Keiner von uns hatte aufgepasst. Die Dokumentarfilmer waren nicht gekommen, um uns vor der ganzen Nation bloßzustellen. Sie waren hier, um uns von dem abzulenken, was tatsächlich vor sich ging.

Die Ryerson-Crew.

Wenn Alex recht hatte, war Drake ausgeschlossen worden, und das hieß, dass es eine Meuterei gegeben hatte. Jemand hatte die Crew gegen ihn aufgebracht. Jemand hatte den Führungsposten für sich beansprucht. Dieser Jemand würde die Drogen schmuggeln. So musste es sein. Alles andere ergab keinen Sinn.

Aber warum Fallen Crest? Warum war ich hier? Welches Puzzleteil fehlte mir?

Direktor Broghers hatte gewollt, dass die Doku hier gedreht wird. Kenneth hatte darum gebeten. Aber er schleimte sich bei Becca ein. Warum schleimte er sich bei Becca ein, wenn es nur darum ging, uns abzulenken? Das ergab keinen Sinn. Man biedert sich bei jemandem an, weil man etwas von ihm will. Das Team für die Doku war bereits vor Ort. Aber wenn Kenneth bekommen hätte, was er wollte, müsste er sich nicht so an Becca ranmachen.

Er wollte noch etwas anderes.

Ich spürte es in meinen Knochen. Die Dokumentation war hier, um uns abzulenken, und das hieß, dass der Direktor nichts von den Hintergründen wusste.

Er war eine Marionette.

Und diese Polizistin? War sie auch nur eine Marionette?

Wer hielt ihre Fäden in der Hand?

Neeon? Drake hatte von seiner Tochter gesprochen. Wenn Drake nichts von den Drogen wusste, wurde auch er nur benutzt.

Alex wusste davon. Drake nicht. Wer benutzte Drake? Wie konnte Alex davon wissen?

Dann wurde mir etwas klar. Was verband die beiden? Ihre Familie. Jemand aus ihrer Familie steckte dahinter. Das ergab Sinn. Die Fallen Crest Polizeistation benutzen, um die Aufmerksamkeit von Roussou abzulenken. Dafür sorgen, dass wir uns darauf konzentrierten, nicht auf Roussou. Das Ganze war nur ein Ablenkungsmanöver.

Und das hieß, dass ich jemanden finden musste, der etwas mit der Polizeiwache in Fallen Crest zu tun und eine Verbindung zu Drake und Alex hatte und der mit dem neuen Anführer der Ryerson-Crew kommunizierte – dem Superhirn hinter alledem.

Drogen. Es führte alles zu den verfickten Drogen zurück. Ich saß wegen den gottverdammten Drogen hier.

»Warum bin ich hier?«

Detective Broghers erstarrte und blinzelte. »Warum fragst du das?«

»War das eine Kooperation? Zwischen Roussou und Fallen Crest?«

Sie antwortete nicht, hörte aber aufmerksam zu.

»Wer hat das auf die Beine gestellt? Wessen Idee war das?«

Sie antwortete nicht. Aber ich hätte hohe Beträge darauf verwettet, dass sie es wusste. Ich musste alles nur zurückverfolgen. Immer weiter zurückverfolgen, und irgendwann würde eine Person auftauchen, bei der die Fäden zusammenliefen.

Wir mussten nur der richtigen Spur folgen.

Jemand klopfte an die Tür. Sie öffnete sich, und ein Typ steckte den Kopf rein.

»Ihr Anwalt ist da.«

...

Es war nicht nur ein Anwalt. Channing hatte sein übliches Team dabei und dazu einen weiteren Typen, der die Detectives breit angrinste, während meine Kaution bezahlt wurde.

Broghers seufzte. »Mach ruhig weiter so, Kade. Ich bin sicher, wir finden was gegen dich, solange du noch in der Stadt bist. Und glaub bloß nicht, wir wüssten nicht, dass du noch studierst. Du bist noch kein richtiger Anwalt.«

Der Typ grinste nur noch breiter. »Ich soll also so weitermachen, ja? Soll das eine Herausforderung sein? Eine Andeutung?« Er trat näher an sie ran. »Wollen Sie sich mit mir anlegen, Detective Broghers? Sind Sie sicher, dass Sie sich darauf einlassen wollen? Ich bin mir ziemlich sicher, dass die ganze Mannschaft hier weiß, wie ich auf Herausforderungen reagiere. Ich bin jederzeit für alles zu haben.«

Broghers wandte sich an meinen Bruder. »Haben Sie diese Typen mitgebracht? Reichen Ihnen die üblichen Anwälte diesmal nicht?«

Channing war ruhig gewesen, unheimlich ruhig, als ich herausgeführt worden war, aber jetzt richtete er seine kalten Augen auf sie. »Sie wollen gar nicht wissen, was ich für meine Schwester alles tun würde.« Er strahlte tödliche Entschlossenheit aus.

Neben ihm stand ein weiterer Typ, aber in diesem Moment konnte niemand den Blick von Channing abwenden.

»Sie sind mit dem SEK reingegangen. Dem SEK.«

Der Bulle im Hintergrund trat von einem Fuß auf den anderen. »Wir haben einen Hinweis bekommen, dass ein Schütze dort war. Die Vorschriften ...«

»Stopp!«, fiel ihm ein anderer Polizist ins Wort.

Channings Augen waren zwei schmale Schlitze. »Ich frage mich gerade, wer wohl Ihre Gehälter zahlt? Was würde zum Vorschein kommen, wenn hier mal richtig aufgeräumt würde?«

Er fragte nicht, und sie antwortete nicht, aber die Botschaft kam trotzdem an. Ihr Blick wurde leer, sie straffte die Schultern, ihre Hand löste sich von ihrer Hüfte.

Der Polizist am Empfangspult war mit dem Papierkram fertig und schob mir ein Blatt zu. »Bitte unterschreiben.«

Ich hob die Hände. Meine Handgelenke waren erneut mit Kabelbinder aneinandergebunden.

Channing schnauzte sie an. »Ist das Ihr Ernst? Nicht mal ich musste bei meiner Entlassung noch Handschellen tragen.«

Broghers hob eine Schulter. »Wir folgen nur den Vorschriften. Sie kennen uns doch. Wir befolgen die Vorschriften buchstabengetreu.«

Na, wenn das so war ... Ich unterschrieb, wartete, dass sie den Kabelbinder lösten, und blickte sie an. »Sie wissen, dass es ein Video davon gibt, wie Sie ausschließlich Schüler aus Roussou verhaftet haben und niemanden aus Fallen Crest, obwohl die auch auf der Party waren. Entsprach das etwa den Vorschriften?«

Ihre Augen wurden schmal. »Was wollen Sie damit sagen?«

Scheiß drauf. Ich ging einen Schritt auf sie zu. »Es kursiert das Gerücht, dass jemand in Frisco Drogen verkauft. Dass jemand was dagegen hatte, dass sich der MC Red Demons nur dort niederlässt. Und dass die Schule in Frisco abgebrannt wurde, damit die Schüler nach Roussou und Fallen Crest geschickt werden müssen. Und dann sollte ich bei dieser Dokumentation mitarbeiten, um meine Crew davon abzulenken, dass die Ryerson-Crew einen neuen Anführer hat. Ich habe auch gehört, dass Drake hergeholt wurde, um mich in eine Falle zu locken, und dass Alex als Bauernopfer verwendet wurde, um mich verhaften zu können. Und dass, wer auch immer da die Fäden zieht, auch Sie in der Hand hat.« Und ein Letztes noch: »Außerdem habe ich gehört, dass es Alex Ryerson ausgezeichnet geht und er nur in der Ausnüchterungszelle seinen Rausch ausschläft.«

Ich wartete. Beobachtete sie. Studierte sie.

Ihr Blick flackerte. Ihr Mund öffnete sich, nur ein bisschen, aber das reichte.

Ich sah mir die anderen im Raum an. Die meisten beobachteten uns und hörten zu, aber einer reagierte – ein Typ in Schwarz. Er blickte mich kurz an, dann verschwand er in einem Seitengang.

Ich sah Channing an, um zu überprüfen, ob er ihn auch gesehen hatte. Hatte er.

Als wir gingen, sagte Channing leise: »Was sollte das?«

»Ich habe an einem Faden gezogen. Weißt du, wer der Bulle da hinten war?«

Er nickte. »Ja.«

»Glaubst du, du könntest an sein Handy kommen und sehen, wen er angerufen hat?«

Seine Augen funkelten. »Warum?«

Ich trat aus dem Gebäude. »Ich will sehen, ob ich am richtigen Faden gezogen habe.«

Mein Bruder musterte mich jetzt noch durchdringender. »Ich habe das Gefühl, dass wir heute Nacht ein langes Gespräch führen werden.«

Das lag auf der Hand, aber draußen hatte sich inzwischen eine Menschenmenge gebildet. Nicht um uns oder um mich, sondern um die beiden Typen, die mit Channing hergekommen waren. Um einen von ihnen, um genau zu sein. Und es waren nicht nur Leute aus Roussou, sondern auch Fallen-Crest-Crusties. Zeke Allen sah aus, als würde er sich gerade in die Hose pinkeln.

»Bren!«

Cross.

Ich lief auf ihn zu.

Der berühmte Typ rief über die Menge hinweg: »Channing.«

Mein Bruder hatte mir eine Hand auf den unteren Rücken gelegt. »Ich weiß«, rief er zurück. »Komm zum Lagerhaus.«

Der Typ nickte, dann gab er weiter Autogramme.

Aber da war Cross bereits bei mir, hatte die Arme um mich gelegt und mich hochgehoben. Alles – die Planungen, die Sorgen – war in diesem Moment verschwunden. Es gab nur noch Cross und mich, und ich wollte ihn nie wieder loslassen.

Shit«, keuchte er, während er mein Gesicht mit Küssen übersäte. »Ich habe mir solche Sorgen gemacht. Ich bin durchgedreht. Völlig durchgedreht. Ich hätte am liebsten jemanden umgebracht.«

Falls mir das Angst machen sollte, erreichte er damit genau das Gegenteil. Ich umarmte ihn nur noch fester. Dann zogen Jordan und Zellman mich aus Cross' Armen, um mich ebenfalls zu drücken, einer nach dem anderen. Schließlich waren Taz und Race an der Reihe.

Ich flüsterte ihm ins Ohr: »Sie haben behauptet, Alex wäre tot.«

Er fuhr zurück. »Was?!«

»Hast du nicht davon gehört?«

»Nein. Aber ... Was ist pa...?«

Ich klopfte ihm auf den Arm. »Finde es heraus. Wir reden später.«

Er nickte, dann ging er weg und zückte bereits sein Handy. Er hielt Taz an der Hand und führte sie zu seinem Wagen.

Tabatha. Sunday. Dann kamen Moose, Lincoln, Congo und Chad. Ein Pick-up fuhr vor, und anstatt sich einen Parkplatz zu suchen, hielt er einfach an. Der Fahrer sprang heraus, rannte auf mich zu und hob mich hoch. Scratch.

»Mensch, Cousinchen.« Er wirbelte mich herum. »Ich hab gehört, du hast 'ne Menge Ärger angezettelt.« Er setzte mich auf dem Boden ab, grinste und strich mir übers Haar. »Warum überrascht mich das nicht?«

Lachend trat ich einen Schritt zurück und versetzte ihm einen freundschaftlichen Stoß gegen die Schulter. »Du bist gerade erst angekommen? Faulpelz.«

Er lachte laut, dann sagte er über meine Schulter hinweg: »Heather hat angerufen. Sie hält die Stellung, aber sie will wissen, was der Plan ist.«

Channing tauchte neben mir auf. »Wir treffen uns später im Lagerhaus, aber ich brauche einen Moment allein mit Bren und ihrer Crew.«

»Alles klar. Sage ich ihr. Sie stößt dort zu uns.«

Scratch ging zurück zu seinem Pick-up, und Channing beugte sich über mich. »Ich werde Lincoln auf den Typen ansetzen, aber tu mir einen Gefallen«, sagte er leise. »Komm in mein Büro, bevor wir zum Lagerhaus gehen. Ich will wissen, was genau vor sich geht, ehe ich das Lager betrete.«

Ich nickte, und Cross griff nach meiner Hand.

Niemand sagte ein Wort.

Ich war draußen. Jetzt war es an der Zeit, dass wir uns neu zusammenrauften, einen Plan schmiedeten und ihn in die Tat umsetzten.

Kapitel 39

Der Feind hatte uns hart getroffen.

Wir sammelten uns wieder.

Jetzt waren wir bereit, ihn zu besiegen, zu erobern, zu gewinnen.

Ich hätte gern geglaubt, dass dies unser nächster Schritt sein würde, aber etwas – ein nerviges Etwas in meinem Hinterkopf – sagte mir was anderes.

In gewisser Weise war ihre Vorgehensweise simpel, obwohl sie komplex erschien: uns einmal ablenken und uns danach weiter mit Scheiße bewerfen, damit wir abgelenkt blieben. Dann zuschlagen. Drogen verkaufen. Weiterhin Gewinn machen. Aber andererseits war es überhaupt nicht simpel. Und außerdem ziemlich dumm, denn sie verließen sich darauf, dass keiner dahinterkommen würde. Und sie gingen davon aus, dass die Faktoren, die sie zur Ablenkung verwendet hatten, von selbst wieder verschwinden würden.

Aber das taten sie nicht.

Auf halber Strecke nach Roussou bekam ich eine Textnachricht.

Race: Alex geht's gut. Er ist im Krankenhaus.

Ich hatte recht gehabt. Man hatte ihnen befohlen, mich festzunehmen. Mindestens eine Person auf der Wache wusste, dass es nur eine Falle war, und sie hielt sich an Anweisungen von außerhalb. Wir mussten herausfinden, wer das war.

Eine zweite Nachricht erreichte mich.

**Channing: Wir wissen, wen der Bulle angerufen hat.
Neuer Plan: Du und deine Crew geht nach Hause.
Schließt ab. Bleibt in Sicherheit. Wir übernehmen.**

Ich wollte fluchen, mit Sachen um mich werfen, mich mit ihm streiten, aber ich tat nichts davon. Eigentlich hatte Channing recht, und das wusste ich auch. Ich kannte meine Rolle. Ich ging zur Highschool, machte bald meinen Abschluss, und ich hatte mich immer noch nicht entschieden, wie mein Leben danach aussehen sollte.

Sobald ich dahintergekommen war, dass dieses ganze Durcheinander mit Drogen zu tun hatte, wusste ich, dass ich aus der Sache raus war. Ich wusste, dass mein Bruder sich einmischen und die Kontrolle übernehmen würde. Das tat er immer. Er war derjenige mit Kontakten bei der Polizei in Roussou. Er hatte überall Kontakte. Dass er in so kurzer Zeit ein absolut genialer Kopfgeldjäger geworden war, sagte einiges aus. Er war nicht bloß gut, er hatte Beziehungen.

Aber Alex und Drake. Die waren unser Problem.

Jordan bog in die Straße mit Channings Büro ein, als ich von der Planänderung erzählte.

»Was?« Z drehte sich um. »Niemals. Wir haben seiner Crew gegen die Demons geholfen. Jetzt kann er uns helfen. Komm schon. Das ist unser Kampf.«

Aber das stimmte nicht.

Ich schüttelte den Kopf. »Willst du wirklich in dieser Welt mitspielen? Drogen? Territorialkriege? Ich nicht. Ich will Schülerin bleiben und mir Sorgen darum machen, was ich nächstes Jahr tun werde. Sie haben mir erzählt, dass Alex tot ist. Sie haben mit Knarren auf mich gezielt. Sie sind in SEK-Ausrüstung auf mich losgegangen. Dieses Leben will ich nicht, jedenfalls noch nicht.«

Noch nicht.

Oh mein Gott.

Das sagte ja wirklich alles.

»Dann wollen wir das nicht«, sagte Jordan. »Es ist deine Entscheidung. Dein Bruder. Deine Festnahme. Wir tun, was du willst.«

Was ich will ...

Was wollte ich denn?

Ich strich mir das Kleid glatt – es war mehr als nur ein wenig mitgenommen – und rümpfte die Nase. »Ich will mich umziehen. Ich will duschen. Ich will ganz normales Zeug machen.«

In diesem Moment wollte ich nicht Crew sein. Ich hoffte, dass sie deswegen nicht schlecht von mir denken würde, aber ich war müde, einfach müde.

»Dann machen wir das«, bestätigte Jordan.

Zellman holte Luft, um etwas zu sagen, atmete dann aber aus und knurrte nur: »Uff. Ja, Bren. Ja. Normales Zeug.«

Wir fuhren zu mir nach Hause. Cross kam mit in mein Zimmer, um dafür zu sorgen, dass es mir gut ging. Es gab Umarmungen, Küsse. Er wollte noch besser für mein Wohlergehen sorgen. Wir wären vielleicht aufs Bett gefallen und hätten die anderen im Haus ignoriert. Aber als es an der Tür klingelte, fluchte Cross und löste sich von mir.

Ich hörte Getrappel, Taz' Stimme drang über den Flur zu uns.

Stöhnend setzte Cross sich auf. »Irgendwie habe ich das Gefühl, dass gleich alle hier auftauchen. Ich kümmere mich mal drum.« Er zögerte und sah mich an. »Geht's dir gut?«

Ich strich ihm über die Wange. »Wird schon wieder.«

Er musterte mich besorgt. »Bist du dir sicher?«

Ich nickte. »Ja, ganz sicher.«

Er zupfte sein Shirt zurecht und warf mir in der Dunkelheit einen bedauernden Blick zu. Ich grinste, als er zur Tür hinausging.

Danach hörte ich nicht weiter hin, sondern ging ins Bad.

Ich wollte tatsächlich duschen, aber vor allem wollte ich die Erinnerung an den Kabelbinder von mir abwaschen, die Anschuldigungen, den Flur, den Anblick von Alex, wie er zu Boden gegangen war.

Ich wollte dieses Bild wegwaschen.

Ich ging unter die Dusche, und sobald das Wasser auf meinen Körper traf, war es vorbei mit mir. Ich vergrub den Kopf in den Händen, das Wasser prasselte auf mich ein, und ich glaubte, gleich zusammenzubrechen.

Nein.

Bleib stark, Bren, hörte ich meine Mutter in mein Ohr flüstern, und ich riss mich zusammen. Einfach so.

Ich atmete durch, wusch mich und stieg aus der Dusche.

Das Wasser lief weiter. Ich streckte die Hand aus, um es abzudrehen, hielt aber mitten in der Bewegung inne.

Cross stand in der Tür, mit flammendem Blick und zuckendem Kiefer.

Mein Körper begann zu zittern, reagierte auf sein Verlangen. Es wurde stärker, so schnell, dass es mir den Atem verschlug.

In der Dusche hatte ich zusammenzubrechen geglaubt, aber das war nicht mit dem zu vergleichen, was ich jetzt empfand.

Ich brauchte ihn. Die Festnahme, die Lüge über Alex, die Entlassung – all das stieg wieder in mir auf, drohte mich zu überwältigen, aber zugleich war es eine Welle der Erneuerung. Es ging mir gut. Und so würde es bleiben. Sie konnten mich nicht zerstören, und Cross war bei mir. Ich sah all das auch in ihm, wie ein Spiegelbild. Wer auch immer sonst noch im Haus war, konnte mich mal. Vergiss sie.

In diesem Augenblick gab es nur Cross und mich.

Ich ließ die Hand sinken, und er kam auf mich zu. Verlangen flammte in ihm auf, dann stand er vor mir. Seine Hand legte sich um meine Taille. Er senkte den Kopf. Sein Mund streifte meine Schulter, und ich erschauerte erneut. Ich zitterte am ganzen Körper, weil es sich so verdammt gut anfühlte.

»Ich konnte nicht ... ich brauche es, und ...«, murmelte er.

Ich nickte, ehe er zu Ende gesprochen hatte.

»... ich brauche dich.«

Ich umfasste seinen Kopf und drückte meine Lippen auf seinen Mund.

Das war alles, was ich brauchte. Sein Mund öffnete sich auf meinem, und alles andere verblasste.

Arm in Arm gingen wir in die Dusche, und er war sofort klatschnass. Er drückte mich an die Wand, und ich zerrte an seinem Hemd, während er sich die Hose auszog. Wir warfen alles auf den Boden vor der Dusche, und er hob mich hoch. Ich schlang ihm die Beine um die Taille. Mund an Mund.

In diesem Augenblick gab es nur uns.

Niemand sonst existierte.

Nichts mehr.

Es hatte keine Festnahme gegeben.

Es hatte keine Polizeistation gegeben.

Wir wischten das alles weg.

Er. Ich. Und dann war er in mir, und wir hielten inne.

Er stöhnte, sein Mund wanderte zu meinem Hals. »Ich liebe dich so sehr.«

Ich schlang die Arme fester um ihn. Ich konnte nicht sprechen. Meine Kehle war vor lauter Gefühl wie zugeschnürt, also bewegte ich die Hüften. Er umfasste meine Oberschenkel und begann, sich im selben Rhythmus zu bewegen. Wir ritten einander, bis wir beide gekommen waren, aber ich wollte ihn noch immer nicht loslassen.

»Cross«, flüsterte ich, weil meine Stimme versagte.

Er hatte den Kopf an meiner Halsbeuge vergraben und drückte sich fester an mich. »Noch nicht. Himmel, bitte. Noch nicht.«

Eine Weile verharrten wir so.

Lange, nachdem das Wasser abgestellt war, lange, nachdem unsere Körper ausgekühlt waren, lange, nachdem die Luft begonnen hatte, uns abzutrocknen.

Wir blieben, wo wir waren.

Dann hörten wir es an der Haustür klingeln, und ich wusste, dass die Welt zu uns zurückgekehrt war.

Stöhnend ließ Cross mich hinunter, und ohne ein Wort zu sagen, trockneten wir uns ab und zogen uns an. Ich kämmte mir mit den Fingern die Haare, als wir auf den Flur traten.

Ich hörte Tabathas Stimme und Sundays Lachen. Race. Die Gang war hier. Die ganze Gang.

Ich ging zur Tür, und Cross folgte mir dichtauf. Ich öffnete sie und hörte ihn hinter mir fluchen.

Auf der anderen Seite der Tür stand Blaise. Ein paar Schritte hinter ihm Zeke, und in Fahrzeugen auf der Straße warteten noch mehr Leute. Ich sah ein paar Mädchen, aber überwiegend die Typen, gegen die wir bereits gekämpft hatten.

Cross stellte sich vor mich. »Wollt ihr mich eigentlich alle verarschen?«

»Warte mal.« Mit erhobenen Händen ging Blaise einen Schritt zurück, die Hände in der Luft. »Warte. Bitte.«

Zeke bewegte sich ruckartig nach vorn.

»Wenn du noch einen gottverdammten Schritt machst, komme ich raus und reiße dir den Kopf ab«, sagte Cross.

Blaise drehte sich um. »Bleib stehen. Er meint das ernst.«

Zeke senkte den Kopf. »Das glaube ich auch. Aber trotzdem werde ich nicht meinen besten Freund da oben im Stich lassen.«

Ich legte den Kopf schief.

Zeke hatte etwas Unterwürfiges an sich, aber er war immer noch herausfordernd. Ich glaubte ihm. Wenn Cross einen Schritt aus der Tür machte, würde Zeke reinkommen, egal, wie sehr wir ihn auseinandernehmen würden – und das würden wir definitiv tun. Er war loyal. Das hatte ich nicht kommen sehen.

»Okay. Lass mich einfach ausreden, ja? Nur eine Minute.« Blaise hatte die Hände immer noch in der Luft. Er ließ sie sinken und versuchte, an uns vorbei ins Haus zu blicken, aber Cross versperrte ihm die Sicht. »Okay. Okay. Ich wusste es nicht. Okay? Ich wusste nicht, wer du bist, wer …« Ruckartig hob er das Kinn und deutete auf eine Stelle hinter uns. »… wer sie ist. Ich hatte keine Ahnung.«

Cross stand stocksteif da, sein ganzer Körper drückte Anspannung aus.

Ich trat näher, lehnte mich an ihn, legte ihm eine Hand auf den Rücken. Er sog die Luft ein, atmete langsam wieder aus. Die Anspannung ließ ein wenig nach. Etwas. Nicht genug.

Aber er hörte zu.

Blaise sprach schneller, leckte sich über die Lippen. »Man hat mir immer gesagt, ich sei ein Einzelkind und mein Vater irgendein Arschloch, das sich nicht für mich interessiert. Ich hatte keine Ahnung. Ehrlich. Dann lassen meine Eltern sich plötzlich scheiden. Wir ziehen zurück in diesen Ort, in dem meine Mutter aufgewachsen ist, und ständig kommt so ein komischer Typ sie besuchen.«

Cross knurrte.

»Nichts für ungut, aber kannst du das mal von meinem Standpunkt aus betrachten? Meine Mutter hatte sich gerade erst von meinem Vater scheiden lassen. Mein Dad interessiert sich überhaupt nicht mehr für mich, und dann kommt dieser neue Typ an und benimmt sich, als wäre er mein Vater. Das hat mich unglaublich angekotzt. Wer ist dieser Kerl? Einen Scheiß hat man mir erzählt. Nichts. Nada. Aber ich kenne Zeke noch von früher. Wir freunden uns wieder an. Das ist toll und so. Mein bester Freund von früher ist noch da, das Leben ist also nicht gerade super, aber immerhin okay, und dann – bämm! – erzählt mir von den Crews in Roussou. Ihr habt einfach so aus dem Nichts die Autos von unseren Kumpels hochgejagt ...«

»Ihr habt zwei von euren Arschlöchern geschickt, um unsere Schule abzufackeln.«

Zeke machte zwei Schritte zur Seite – nicht auf uns zu, aber auf den Rasen für ein besseres Blickfeld. »Das waren wir wirklich nicht. Ich schwöre bei allen Pussys der Welt. Wir waren das nicht. Die beiden Arschlöcher gehen nicht auf unsere Schule. Wir wissen gar nicht, wer die sind. Ihr habt uns von denen erzählt. Vorher hatten wir noch nie von ihnen gehört. Also ja, wir haben euren Kumpel zusammengeschlagen, aber wir wussten, dass ihr in der Nähe wart. Würde nicht so schlimm für ihn werden. Das dachten wir, und es hat funktioniert. Ihr seid aufgetaucht. Habt uns auseinandergenommen. Und das war's für uns. Ihr habt unsere Autos gesprengt, wir haben euren Typen verprügelt, und damit war die Sache durch, für uns jedenfalls.«

»Aber dann seid ihr an unserer Schule aufgetaucht«, sagte Blaise.

Zeke stieß einen frustrierten Laut aus. »Ja. Ich meine, okay. Ihr taucht an unserer Schule auf? Auf unserem Campus? Wenn unsere Mädchen da sind? Du kannst deinen Arsch drauf verwetten, dass wir uns wehren. Ihr habt den Kampf zu uns gebracht, Mann.«

»Wir waren nicht zum Kämpfen da«, sagte Cross.

Ich schwieg noch immer. Das hier war eine Sache zwischen Cross und seinem Bruder. Ich hätte ihnen gern gesagt, dass wir dort gewesen waren, um Blaise zu sehen. Aber ich tat es nicht. Es war Cross' Entscheidung, auch wenn sich ein Teil von mir danach sehnte, es einfach reinzurufen.

Familie war etwas Wertvolles. Fuck. Ich hatte Channing das Leben verdammt schwer gemacht, und trotzdem war er da draußen und kämpfte für mich.

Ich hielt die Tränen zurück und wusste, dass ich etwas wiedergutzumachen hatte. All die Wut von früher, das war vorbei. Es war Zeit für einen Neuanfang. Leeres Blatt. Ich drückte meine Hand fester auf Cross' Rücken, weil ich mir dasselbe für ihn wünschte.

»Was ist los?«

Ich fuhr herum. Z war hinter mir, und seine Augen weiteten sich, als er sah, wer vor der Tür stand. »Holy ...«

Mit zwei Schritten war ich bei ihm. Ich legte ihm eine Hand auf den Mund. »Stopp. Kein Wort mehr.« Ich blickte über seine Schulter in die Küche, aber alle waren draußen. Erleichtert ließ ich die Schultern sinken. Wenn Taz auftauchte, würde Cross durchdrehen, und das wäre nicht gut.

Ich deutete auf eine Stelle hinter ihm. »Geh wieder rein. Mach die Tür zu. Benimm dich ganz normal.«

»Aber ...« Er zeigte über meine Schulter.

»Ja, ich weiß. Tu, was ich dir sage. Vertrau mir.«
»Bren!«
»Vertrau mir, Arschloch.«
Er verdrehte die Augen. »Vertrauen, oh Gott!«
Aber er ging wieder ins Haus und schloss die Tür hinter sich, und ich sah, wie er die Schultern rollte. Er versuchte es, aber ich wusste, dass Jordan ihn sofort durchschauen würde.

Eine Sekunde später öffnete Jordan die Terrassentür, kam in den Flur, und ich seufzte. Ich konnte nichts dagegen tun, also ließ ich zu, dass er an die Tür kam und sah, wer davorstand.

Anders als Z presste Jordan fest die Lippen zusammen und blieb hinter mir stehen. Wir waren bereit, Cross zu unterstützen, wenn er uns brauchte.

Und er brauchte uns. Das sah ich ihm an. Erneut legte ich ihm die Hand auf den Rücken, zwischen die Schulterblätter.

Er zuckte zusammen, entspannte sich dann unter meiner Berührung.

»Ich meine ja nur ... Wenn man mir sagt, dass eine Roussou-Crew vor der Tür steht und meinen besten Freund verprügelt, dann bewege ich meinen Arsch dahin. Dann hab ich dich gesehen, richtig gesehen, und ...«, Blaise hielt inne und schüttelte den Kopf, »... plötzlich war meine Welt das reinste Chaos.« Er sah zu Boden. »Wenn man nicht nach einer Verbindung sucht, sieht man es vielleicht nicht. Viele Leute sehen sich ähnlich, aber du und ich? Geht so. Ich hab versucht, es zu ignorieren. Hab ich wirklich. Ich bin doch nicht mit irgendwelchem Dreck aus Roussou verwandt.«

»Verdammt noch mal ...«, murmelte Jordan über meinen Kopf hinweg.

Blaise blickte auf. »Sorry, aber so habe ich das halt gesehen. Ich dachte, du wärst ein Cousin von mir oder so. Meine Mutter ist von hier. Sie steht total auf Geheimnisse. Vielleicht hatte sie eine Familie, von der sie mir nichts erzählt hatte. Dann kam ihr Freund immer häufiger zu uns. Er zog ein und redete über seine Kinder. Cross. Tasmin. Ich kam drauf, fragte Zeke nach den Namen in der Crew, mit der er Stress hatte, und das kam mir nicht wie ein Zufall vor. Sagen wir, meine Mutter und ich hatten neulich nachts eine total rührende Aussprache. Sie hat mir alles erzählt, und jetzt bin ich hier und erfahre, dass mein echter Vater sich doch tatsächlich für mich interessiert und dass ich mich nicht schuldig fühlen muss, weil ich das Arschloch hasse, das mich mein Leben lang finanziert hat und weil ich Geschwister habe. Zwillinge sogar. Alter. Ernsthaft? Verdammte Zwillinge, so alt wie ich.« Er trat einen Schritt zurück und zeigte mit dem Finger auf Cross. »So, das war's. Und jetzt sind wir hier.«

Zeke trat einen Schritt vor. »Wir haben gehört, dass du festgenommen wurdest, und sind zur Polizeistation gekommen, um zu sehen, ob wir helfen können«, sagte er, an mich gewandt. »Die Bullen hier sind korrupt. Wenigstens das wollten wir euch wissen lassen.«

Blaise zeigte zwischen sich und Cross hin und her. »Du und ich, das ändert von unserer Seite aus alles. Ich will mit meinem Halbbruder nicht verfeindet sein.«

Cross schwieg. Er analysierte die Situation, wog die Fakten ab.

Wie auf ein kosmisches Zeichen hin erklang hinter uns Taz' Stimme. »Bren? Was tust du da?«

Wir warteten. Eine Sekunde, zwei, fünf.

Jordan fluchte und trat beiseite.

Ich drehte mich um, wusste, dass sie die Schuld an meinen Augen ablesen konnte, also versuchte ich ihrem Blick auszuweichen. Aber sie sah gar nicht mich an.

Ihr Blick wanderte an mir vorbei zu Cross, dann zur Tür und noch weiter.

Ihre Augen weiteten sich.

»Cross? Was geht hier vor?« Sie trat einen Schritt vor und blieb nur stehen, weil meine Hand immer noch auf seinem Rücken lag.

Er erstarrte. Doch als er sich langsam umdrehte und unsere Blicke sich trafen, verstanden wir einander im Bruchteil einer Sekunde.

Ich ließ ihn los und gab so den Weg frei.

Taz näherte sich ihrem Bruder. Stirnrunzelnd musterte sie Blaise. »Du bist aus Fallen Crest. Was willst du hier?«

Wir warteten.

Die Entscheidung lag bei Cross.

»Taz«, sagte er endlich. »Das ist unser Halbbruder.«

Kapitel 40

Taz rastete aus. Und das war noch untertrieben. Sie schrie, heulte, schluchzte und rollte sich zu einer Kugel zusammen. Dann begann sie zu lachen und den Kopf zu schütteln, drohte ihren Eltern, drohte Cross. Ein paarmal betrachtete sie mich mit loderndem Blick.

Fünf Minuten später ging Blaise fort. Mich wunderte, dass er es überhaupt so lange ausgehalten hatte.

Taz war hysterisch, und niemand konnte sie beruhigen. Die Mädchen versuchten es. Race. Selbst Z versuchte es. Sie stieß alle weg, drehte sich um und ging hinaus, immer noch schluchzend.

Race blickte Cross an.

Cross blickte Race an.

»Ich weiß nicht, was ich tun soll«, sagte Race.

Cross hob die Hände. »So hat sie auf mich vorhin schon reagiert. Ich bin mir sicher, dass das alles mit der Scheidung zu tun hat und damit, dass ich ausgezogen bin. Aber ich glaube nicht, dass sie ihren Bruder braucht.« Er senkte den Kopf. »Das ist jetzt deine Aufgabe, Kumpel.«

»Arschloch«, knurrte Race.

»Ich liebe dich auch«, sagte Cross und lachte.

Bevor er ging, drehte sich Race zu mir um. »Wolltest du nicht reden? Hast du vorhin noch gesagt.«

Ich winkte ab. »Nein. Das kann warten. Kümmere dich um deine Frau.«

Er fuhr sich mit einer Hand über das Gesicht. »Dieser Ball war beschissen. Gott sei Dank war es der letzte.«

Z rülpste und hob sein Bier in die Luft. »Darauf trinke ich!«

Wir fanden Jordan in der Küche, wo er breitbeinig an einem Schrank lehnte. Tabatha hatte sich an ihn geschmiegt, den Kopf an seine Schulter, die Arme um seine Taille gelegt. Er stützte sich mit einer Hand hinter dem Rücken auf der Arbeitsplatte ab. Er hatte mich beobachtet. Er hob den Kopf und blickte zu Cross und Z. Fragend zog er eine Braue hoch, aber ich schüttelte nur den Kopf.

Es war zu spät, verdammt.

Ich wollte kein Treffen. Ich wollte nicht über die Crew reden. Ja, es gab einiges zu sagen, aber bei mir war einfach die Luft raus. Channing würde sich darum kümmern. Wenn ich einfach nur ins Bett gehen und mit meinem Freund kuscheln wollte, konnte ich das tun. Davon würde die Welt nicht untergehen.

Channing kümmerte sich um mich, und zum ersten Mal ließ ich ihn bereitwillig gewähren.

Es fühlte sich gut an. Es fühlte sich verdammt gut an.

Aber für Jordan war es nicht gut genug. Er stieß sich von dem Schrank ab. Tabatha schmollte, weil sie den Felsen zum Anlehnen verloren hatte, aber er kam trotzdem zu uns.

»Kein Treffen? Das war's? Heute Nacht ist so viel Bullshit passiert, und wir tun einfach nichts? Gar nichts?«

»Jordan«, sagte ich und seufzte.

»Bren«, äffte er mich nach.

»Hey!« Cross wies ihn zurecht.

»Von wegen hey. Lass es.« Jordan trat zurück; sein Kiefer zuckte. »So funktioniert das nicht. Ich bin erwachsener geworden. Viel erwachsener sogar, aber wenn ich sehe, wie einer von meinen Leuten verhaftet wird und dann helfen muss, noch jemanden von meinen Leuten auf den Boden zu drücken, damit er bei den Bullen nicht ausrastet, was dann? Seine Schwester bricht auf der Party nach dem Ball zusammen, und jetzt? Kein Schutzsystem mehr, sonst noch was? Jetzt ist alles gut? Für mich ist gar nichts gut. Ich bin stinksauer.«

Er zeigte auf Z, auf Cross, auf mich. »Ich war die ganze Zeit der Fels in der Brandung für euch. Ich war ruhig und verlässlich und habe mich um euch gekümmert. Selbst an dem einen Abend, an dem es um mich gehen sollte, drehte sich alles nur um euch.« Er hob die Hände. »Und das fand ich in Ordnung, wirklich, aber jetzt bin ich sauer. Ich habe erlebt, wie meine Crew immer wieder bedroht wurde, und was jetzt? Nichts? Geh ins Bett? Fick dein Mädchen? Nicht mit mir!«

»Jordan«, zischte Z, eine Hand auf Jordans Schulter. »Beruhig dich. Hörst du überhaupt, was du da sagst?«

»Ja«, fuhr er ihn an und riss sich los. »Ich will jemandem den Schädel einschlagen. So machen wir das: Werden wir bedroht, nehmen wir den Kampf auf.«

»Nein, Kumpel.« Z schüttelte den Kopf. »Ich hab noch nie von dir gehört, dass du für einen Fick nicht zu haben bist. Vor allem nicht mit einem heißen Mädchen, das du liebst. Sowas zu sagen ist irgendwie ... ein Sakrosankt oder Sakrament oder so. Ich kann nicht gut reden. Ich bin ein bisschen betrunken.«

Jordan beachtete ihn nicht. Er schäumte vor Wut. »Ich muss etwas tun, um meine Crew zu schützen.«

»Jordan ...« Cross machte einen Schritt auf ihn zu.

»Ich brauche das!« Seine Augen waren wild, und sein Puls raste. Ich sah, wie die Ader an seinem Hals pulsierte.

Er hatte recht. In den Monaten zuvor hatte Jordan sich verändert. Er hatte eine Freundin. Er hatte sich verliebt. Er war vom selbsterklärten Anführer und Wortführer zu jemandem geworden, auf den man sich verlassen konnte. Er hatte vollkommen recht, und eben weil wir uns auf ihn verlassen konnten, hatten wir unseren eigenen Scheiß immer weniger unter Kontrolle. Wir konnten zusammenbrechen, weil er das nicht tun würde. Weil er da sein würde, um uns bei der Stange zu halten, und jetzt, als wir fertig und zufrieden und mit unserem Bullshit durch waren, war er alles andere als das.

Wir hatten ihn zum Trocknen rausgehängt, und jetzt holte ihn niemand wieder rein.

Cross sah mich an.

Es gab keine Entscheidung zu treffen. Jordan brauchte uns und basta.

Ich murmelte: »Gehen wir Drake suchen.«

...

Wir stiegen in einen Pick-up meines Bruders, der eine größere Fahrerkabine hatte, sodass wir alle vier hineinpassten. Jordan fuhr. Das fand ich in Ordnung. Er musste sich abreagieren, nicht ich.

Wir fuhren zu Drakes Elternhaus. Niemand war dort. Wir fuhren zum örtlichen Motel. Nichts. Wir fuhren zu zwei kleineren Hotels in der Nähe. Wir checkten die Hotels in Fallen Crest. Es gab ein Motel in Frisco, aber das war halb abgebrannt. Wir fuhren trotzdem dort vorbei. Es war geschlossen, keine Fahrzeuge auf dem Parkplatz.

Wir machten einen Schlenker über die Wohnmobilplätze. Frisco. Fallen Crest. Roussou.

Wir rannten sogar ins Krankenhaus von Fallen Crest und fragten dort nach. Als letzte Rettung erkundigten wir uns bei der Polizei in Roussou. Sie hatten ihn nicht festgenommen.

Wir fanden Drake nicht.

Aber wir fuhren weiter. Immer weiter.

Und noch weiter.

Wir fuhren den Rest der Nacht, bis in den Morgen hinein.

Wir fuhren, bis Jordan sagte, dass wir anhalten sollten.

Als jemand was zu essen brauchte, machten wir eine frühe Frühstückspause. Als jemand aufs Klo musste, hielten wir an. Wir fuhren Tankstellen an, tankten neuen Kaffee, stiegen wieder in den Pick-up und fuhren weiter.

Wir drehten eine weitere komplette Runde bis nach Frisco, über die Schleichwege nach Fallen Crest, am Manny's vorbei und machten uns auf den langen Weg zurück nach Roussou. Als wir uns der Stadtgrenze näherten, steuerte Jordan eine weitere Tankstelle an. Diesmal, um Benzin zu tanken.

Schweigend trotteten wir hinein, einer nach dem anderen. Mehr Kaffee. Snacks. Was auch immer wir brauchten.

Als wir wieder auf der Straße waren, sagte niemand ein Wort. Das hier taten wir für Jordan. Wir würden weitermachen, bis er zufrieden war, und endlich, vier Meilen nördlich von Roussou, fuhr er auf den Seitenstreifen und wendete.

»Ich bin durch«, verkündete er.

Also fuhren wir nach Hause.

Niemand machte Witze. Niemand beschwerte sich. Niemand tat irgendetwas. War waren in diesem Pick-up für ihn da, schwitzten, stanken, froren, mit knurrendem Magen, bis wir ihn füllten, und mittlerweile war die eine Hälfte von uns vollkommen übermüdet und die andere zappelig vom Koffein.

»Z, du zuerst?«

Z gähnte und richtete sich auf. Er hatte seine Beine auf dem Armaturenbrett, den Kaffeebecher in der einen, einen halb gegessenen Hot Dog in der anderen Hand. »Nein, Mann.« Über die Schulter bedachte er Cross und mich auf dem Rücksitz mit einem schiefen Grinsen. »Bringen wir diesen Pick-up hier zu den Turteltäubchen nach Hause und steigen in meinen um. Tabatha hat Sunday in deinem Pick-up nach Hause gebracht. Ich fahr dich nach Hause.«

Jordan antwortete nicht; er brachte uns nur nach Hause.

Als wir dort ankamen, gingen Zellman und Jordan zu Zs Pick-up, und Cross blieb auf dem Bürgersteig stehen.

Niemand verabschiedete sich. Wir trennten uns einfach.

»Was ist los?«, fragte ich.

Z und Jordan hörten mich und hielten an.

Cross hatte die Hände in den Taschen und ließ den Kopf hängen. »Ich ... äh ... ich weiß, ich sollte mit dir da reingehen, aber Taz. Sie ...« Er deutete auf seinen Kopf. »Ich krieg sie nicht mehr aus meinen Gedanken, und ich glaube ... Ich weiß nicht genau, aber ich glaube, das ist so ein Zwillingsding. Ich glaube, sie braucht mich.«

Ich zog die Brauen hoch. »Du gehst nach Hause?«

Er zuckte mit den Schultern. »Oder wo sie sonst ist. Wenn sie nicht zu Hause ist, gehe ich zu Race. Ich habe kein Problem damit, mich einzuschleichen und bei ihnen auf der Couch zu schlafen. Er hat uns erzählt, wo der Schlüssel ist.« Es blickte mich an. »Ist das okay für dich?«

»Ja.«

Ich war überrascht, denn das war es wirklich. Ich wusste nicht, ob Channing zu Hause sein würde, aber es war egal. Ich fühlte mich nicht allein – nicht wie damals, als ich es oft vermieden hatte, nach Hause zu gehen.

»Ich komme schon klar.«

»Bist du dir sicher?« Er nahm meine Hände und zog mich an sich. Seine streiften meinen Mund. »Ich liebe dich.«

Ich küsste ihn. »Ich liebe dich.«

Er ging zuerst rückwärts, dann drehte er sich zu seinem Pick-up um. Als Z und Jordan sahen, dass bei uns alles in Ordnung war, winkten sie und stiegen in Zs Pick-up. Eine Sekunde später waren sie weg. Cross wartete, dass ich ins Haus ging, also tat ich das. Ich schloss die Tür auf und winkte ihm über die Schulter zu, ehe ich reinging.

Ich hörte ihn wegfahren, während ich in die Küche ging. Plötzlich richteten sich die Härchen in meinem Nacken auf, und ich erstarrte. Aber in der Küche war niemand.

Ich wirbelte herum.

Dort, im Wohnzimmer, auf einem Stuhl in der hintersten Ecke beim Kamin, saß Drake, einen Schürhaken in der Hand.

»Wir müssen reden.«

Kapitel 41

Mein Herz pochte.

Bumm. Bumm. Bumm.

»Drake.«

Es pochte immer weiter. Laut. Heftig.

Er benutzte den Schürhaken, um sich aus dem Sessel zu hieven, und selbst auf der anderen Seite des Raums schien er mich noch zu überragen. Er sah nicht gut aus. Er hatte eine andere Ausstrahlung als früher, härter, verzweifelter.

Er kam auf mich zu.

Ich wich zurück. »Stopp.«

Er nahm es nicht zur Kenntnis, legte nur den Schürhaken weg und kam weiter auf mich zu.

»Komm her.« Sein Ton war barsch. Seine Augen müde. Seine Haare sahen aus, als hätte er sie ununterbrochen mit den Fingern durchwühlt und unter seiner Ausstrahlung von Verzweiflung und Härte lag Erschöpfung. Er hatte resigniert ... das sah ich, als er nun an mir vorbeiging.

Er hatte immer einen Zweck verfolgt – mit allem, was er tat, mit jeder seiner Bewegungen. Jetzt trottete er nur dahin. Die Last des Lebens hatte ihn niedergedrückt.

Sein rundes Gesicht, das dem seines Bruders so ähnelte, war noch eingefallener als bei unserer Begegnung in der Boutique. Seine dunklen Augen wirkten beinahe leer, und ich hatte es in dem Laden noch nicht bemerkt, aber er hatte an Muskelmasse verloren. Er war dünner geworden.

Er berührte mein Shirt und zog mich hinter sich her. »Los, komm.«
Ich wehrte mich. »Drake, was willst du hier?«
»Ich will nur reden. Das ist alles. Ich bin nicht hier, um dir wehzutun. Ich bin nicht hier, um dich zu bedrohen oder Spielchen mit dir zu spielen. Es ist vorbei, Bren. Alles ist vorbei.«
In seinen Augen blitzte etwas auf. Endlich. Er war da, der Drake, den ich kannte. Er war die ganze Zeit versteckt gewesen, aber er sah mich an, finster zwar, aber er war da.
»Okay«, hörte ich mich selbst sagen. »Wo?«
Für einen Moment wirkte er gequält. »Ich will, dass du mich an deinen Ort mitnimmst. Du hast mich nie mitkommen lassen, und ich weiß, dass du Cross mitgenommen hast. Eine Nacht. Eine letzte Nacht.«
Ich zögerte noch immer. Das war mein Ort. »Warum?«
»Weil ich dir alles erzählen werde, also musst du mir auch was geben. Du hast es die ganze Zeit vor mir geheim gehalten, als wir zusammen waren. Ein letztes Mal, zeig mir diesen Ort ... Bitte.«
Dieses Bitte machte mich fertig. Meine Kehle war rau, als ich antwortete: »Okay.« Ich ging um ihn herum. »Aber ich fahre.«
Ich spürte, wie er sich hinter mir bewegte. Er hob die Arme und legte den Kopf in den Nacken. »Okay. Ja. Du fährst. Wenn es sein muss.«
Ich rollte mit den Augen. »Okay, ich schätze, das zwischen uns ist absolut vorbei. Du nervst mich schon wieder.«
Er schnaubte und folgte mir zur Tür hinaus. »Was du nicht sagst! Du bist mir immer schon auf den Geist gegangen.« Er grinste, und ohne es zu wollen, grinste ich zurück.

Als wir angekommen waren und geparkt hatten, musterte ich ihn verstohlen, während wir durch den Wald liefen. Er ging mit, ohne ein Wort zu sagen. Kein Ton von ihm, seit wir das Haus verlassen hatten, und als er neben mir ging, die Hände in den Taschen, den Kopf gesenkt, sah er auf einmal zugänglich aus.

War er das? Oder hatte ich mit meinem ersten Gedanken recht gehabt? Besiegt.

»Ist es das hier? Der Ort, an den du immer verschwunden bist?« Er ging um mich herum, als wir meine Lichtung erreicht hatten. Irgendwo in der Böschung war eine Flasche Whiskey versteckt, zusammen mit einer sorgfältig verpackten Decke, aber ich holte keins von beidem heraus. Das war für Cross.

Ich setzte mich, zog die Knie an die Brust und wartete, dass er sich neben mir niederließ. Das tat er, blieb aber respektvoll auf Abstand. Er ahmte meine Haltung nach, streckte dann aber die Beine aus. Er lehnte sich zurück, stütze sich mit den Händen hinter dem Rücken ab.

Dann sah er es. »Holy ...!« Ihm blieb der Mund offen stehen. »Hier warst du so oft? Um dein altes Haus zu beobachten?«

Ich hob eine Schulter. Auf keinen Fall würde ich ihm das erklären.

Er fluchte leise und legte eine Hand auf sein Knie. »Ich war so verdammt eifersüchtig auf Shaw. Er wusste, wo du hingegangen bist, und hat es mir nie erzählt. Dieses Arschloch.« Er knurrte verächtlich, zuckte zusammen. »Ich wusste, dass ihr beide zusammenkommen würdet, sobald ich nicht mehr da war. Ihr habt euch immer schon zu nahegestanden. War unnatürlich, weil keiner von euch schwul ist und ihr keine Geschwister seid.«

»Du hast Race gesagt, dass er versuchen soll, mich zu daten.« Ich musterte ihn finster, aber er lachte nur.

»Stimmt. Alex hat mir erzählt, was daraus geworden ist. Das war großartig. War es mir wert.« Er beobachtete mich, den Kopf leicht zurückgelehnt. »Mir ist alles recht, womit ich Shaw das Leben schwer machen kann. Immer noch. Bis heute. Kleiner Scheißer. Ich hatte nie eine Chance bei dir, nicht wirklich.«

Vielleicht. Wahrscheinlich. »Es war alles gut zwischen uns, bis du gegangen bist.«

»Nein, war es nicht«, sagte er. »Du warst dir über Shaw nur noch nicht im Klaren. Ich wusste, dass das passieren würde. Dass ich abgehauen bin, hatte nichts mit dir zu tun, aber das Timing war perfekt. Du und Cross, das war vorherbestimmt. Ich wusste das. Alle wussten das. Selbst deine Crewmitglieder. Die wussten das auch.« Er hielt kurz inne. »Wo wir gerade dabei sind: Wie haben sie es aufgenommen? Ich weiß, dass es in eurer Crew ein Verbot für sowas gab. Die waren bestimmt alle stinksauer.«

Ich erinnerte mich, wie Jordan das mit Cross und mir herausgefunden hatte. Er war absolut nicht sauer auf uns gewesen.

»Jordan hat es am selben Tag herausgefunden, an dem wir deinen Bruder ins Krankenhaus gebracht haben, um ihm den Magen auspumpen zu lassen.«

Drakes Grinsen verschwand. »Oh.«

Jetzt beobachtete ich ihn. »Interessiert dich das?«

Seine Nasenflügel blähten sich. »Ob es mich kümmert, dass ihr meinem kleinen Bruder das Leben gerettet habt? Verdammt noch mal. Für was für ein Monster hältst du mich eigentlich?«

Okay. Vertiefen wir das Thema mal.

Ich verlagerte das Gewicht, sodass ich ihn ansehen konnte. »Für eins, das seinen Cousin hierherschickt, um meine Beziehung zu gefährden. Eins, das zurückgekommen ist, um mich in die Falle zu locken. Eins, das in irgendeinen Masterplan verwickelt ist, den ich immer noch nicht ganz durchschaue.« Ich hielt inne, beugte mich vor und fauchte: »Hab ich noch was vergessen?«

Er saß da wie gebannt, absolut reglos. »Nein. Mach weiter. Was weißt du sonst noch?«

»Hast du den Bullen vom Stadtfest erzählt?«

»Ja.«

Das überraschte mich. Ich hatte nicht erwartet, so rasch ehrliche Antworten von ihm zu bekommen. Aber ich konnte in seinem Gesicht sehen, dass er die Wahrheit gesagt hatte. Er würde mir tatsächlich alles erzählen.

»Alles?«, fragte ich.

Seine Augen wurden so dunkel wie die Gedanken, die ihm in den Kopf zu kommen schienen. »Alles. Nächste Frage.«

»Sind die Bullen da aufgetaucht, um mich zu verhaften?«

»Ja.« Pause. »Aber nicht nur dich. Ich weiß, was Alex gedacht hat, aber er hatte nicht in allem recht. Es gab eine Allianz zwischen Neeon, seiner Frau bei den Bullen und Broghers. Sie wollten nur die Crews aus Roussou loswerden. Das ist alles. Die vom Fernsehen wollten gar nicht so viele Schüler interviewen, aber plötzlich gab es eine Möglichkeit, die Freigabegenehmigungen unterschrieben zu bekommen. Und nein, die Leute vom Fernsehen wussten nichts davon. Niemand durfte es ihnen sagen, und sie haben es nicht hinterfragt. Natürlich wollen die Leute interviewt werden – so denken die doch.«

»Also war das Fernsehding nicht nur ein Plan, um meine Crew abzulenken?«

»Doch, war es, aber kein Plan vom guten alten Kenneth Broghers. Mein Boss wollte, dass du festgenommen und in den Jugendknast verfrachtet wirst. Als das nicht passierte, wurde Kenneth dringend dazu geraten, dich zur Assistentin bei dem Dreh zu machen. Dass du und deine Crew dadurch abgelenkt seid, war Plan B meines Arbeitgebers. Der Typ, den sie bei der Polizei in FC haben, hatte das Broghers Schwester vorgeschlagen. Er hat es nur noch mal bekräftigt, nachdem du in dieser Nacht nicht verhaftet wurdest.« Er drehte sich um, um mein Haus zu betrachten. »Er hat nur seinen Job gemacht.«

Seinen Job.

»Hast du die Schule in Frisco angezündet?«

»Ja.«

Ich blinzelte. Was? Das hatte ich nicht erwartet. Schon wieder.

Und bevor ich weiterfragen konnte, sagte er: »Und ja, ich hab mir zwei Idioten von der Staatlichen in FC geschnappt, ihnen Alex' Namen genannt und ihnen gesagt, dass sie deine Schule abfackeln sollen. Hab ihnen gesagt, ich hätte einen Tausender für jeden, wenn sie das hinkriegen.«

»Du hast deinen Bruder ausgeliefert?«

»Du nennst es ausliefern, ich würde eher sagen, ich habe ihn aus der

Gleichung entfernt, sodass mein Arbeitgeber ihn nicht gegen mich verwenden konnte.«

Mir fiel die Kinnlade runter. »Du hast versucht, Alex zu beschützen?«

Er schwieg.

»Sie hätten ihn in der Schule vermöbeln können.«

»Ich habe meiner Crew gesagt, sie sollen die Finger von ihm lassen, und ich wusste, dass du und dein Toyboy das komisch finden würden. Ich dachte mir schon, dass ihr ihn ausfragen würdet, ich hatte nur nicht damit gerechnet, dass es gleich am nächsten Morgen sein würde. Alter. Fickt ihr nur und rollt dann aus dem Bett? Schlaft ihr immer erst, wenn ihr sonst alles erledigt habt?«

Nope. Die alte Bren wollte rausgelassen werden.

Aber. Ich würde mich nicht provozieren lassen. Ich würde nicht reagieren. Er beantwortete meine Fragen. Das war es, was ich wollte.

»War der Plan, Drogen in die Schule in Roussou zu schmuggeln?«, fragte ich. »Wurde deswegen die Schule in Frisco abgefackelt?«

»Ja und ja, aber nicht so, wie du denkst. Mein Arbeitgeber hatte keine Verkäufer an der Schule in Frisco. Er hat einen in Roussou und einen in Fallen Crest. Er will die Drogen an beiden Schulen und nur an den Schulen. Wenn die Schüler nach Frisco zurückkommen, will er, dass sie die Drogen mitbringen. Er hat schon jemanden, der sich da um Vertrieb und Verkauf kümmern wird.«

»Also hatte das nicht schon vorher angefangen?«

Er schüttelte den Kopf und gähnte. »Nope. Nichts davon hat vor mehr als ein paar Monaten angefangen.« Er blickte mich an, wartete.

»Als du wiedergekommen bist?«

»Als ich wiedergekommen bin.« Seine Mundwinkel verzogen sich zu einem Grinsen. »Ich wusste schon immer, dass du clever bist. Du solltest nächstes Jahr aufs College gehen und nicht nur rumsitzen.«

Ich sah ihn böse an, ignorierte ansonsten aber auch diesen Spruch. »Die Sache mit dem SEK? Meine Festnahme?«

Sein Mund wurde schmal. »Das war ich nicht. Damit habe ich nichts zu tun.«

»Wer war es dann?«

Er antwortete nicht, nicht sofort, und ich konnte sehen, dass es ihn Überwindung kostete. »Das war Alex.«

»Alex hat für sich selbst die Bullen gerufen?«

»Nein.« Er lachte leise. »Alex sollte dir Drogen unterjubeln. Der Typ bei der Polizei in FC hat anonym den Tipp abgegeben, dass ein Schütze in der Schule ist. Er ist derjenige, der hinter der gemeinsamen Taskforce der beiden Städte steckt und so. Sie kamen da an, und Alex hatte dir die Drogen nicht untergeschoben. Stattdessen hat er sie selbst genommen.«

»Der Bulle hat gesagt, er war TBA.«

Drake rollte eine Schulter. »Ich vermute, dass war die Kontaktperson, und Broghers Schwester ist mitgekommen, um dich zu verhaften. Dafür ist ihr alles recht. Sie ist scharf auf dich, seit du auf ihren frisch angetrauten Gemahl losgegangen bist.« Er grinste mich an. »Ich habe dich vor ihnen gewarnt.«

»Wie solltest du mich in eine Falle locken?«

»Ich sollte dich nur nerven, Chaos verursachen. Abgesehen vom Stadtfest und der Schule in Frisco habe ich eigentlich nichts gemacht.«

»Und der Tag, an dem ich mein Kleid gekauft habe?«

»Hatte ich mich mit der Kontaktperson getroffen. Er war sauer. Meinte, ich würde nicht genug tun, aber ich war hier sowieso nie freiwillig dabei, was haben die also erwartet? Ich habe dich beim Shoppen gesehen und mir gedacht, scheiß drauf, sie braucht einen Tipp. Ich wusste, was für letzte Nacht geplant war, und ich wusste, dass sie dich für irgendwas festnehmen würden.« Seine Wange zuckte. »Aber ich wusste nicht, dass sie Alex benutzen wollten, um dir Drogen unterzujubeln. Ich dachte, das sollte der neue Verkäufer aus der Ryerson-Crew machen.«

Also gab es einen.

»Wer ist es?« Ich beugte mich vor. »Wer versorgt alle Schulen?«

Diesmal grinste er mich nur träge an. »Kann ich dir nicht sagen. Ich weiß, dass deine Crew darauf anspringen wird. Entweder bist du klug und erzählst es deinem Bruder – sodass seine gruseligen Freunde sich um die Verkäufer kümmern –, oder du und deine Crew schlagt ihnen die Köpfe ein. Aber das muss ich vorerst für mich behalten.«

Ich öffnete den Mund.

»Ich spare es mir für die Bullen auf«, sagte er, ehe ich etwas sagen konnte. »Ich warte darauf, dass die Kontaktperson meines Arbeitgebers Feierabend hat. Ich muss sichergehen, dass ich an die richtigen Bullen gerate, sonst könnte das böse für mich enden.«

Ich unterdrückte ein Zittern. Ich wusste, was mit Spitzeln passierte.

»Drake«, murmelte ich.

Ich leckte mir über die Lippen.

Eine Frage war noch übrig. Und ich wusste nicht, ob ich es über mich bringen würde, sie zu stellen.

Er wartete, beobachtete mich, ein Grinsen im Gesicht. »Frag mich, Bren. Sprich es aus.«

Ich schloss die Augen. »Wer ist es? Wer steckt hinter all dem?«

Ich spürte, wie er sich zu mir lehnte. Sein Mund lag an meinem Ohr, als er sagte: »Du weißt, wer es ist.«

Er richtete sich wieder auf, und ich öffnete die Augen.

»Auf die meisten Spieler bist du ganz allein gekommen. Du weißt, dass es eine Verbindung gibt. Sag du mir, wer es ist.«

Ich schwieg. Das Herz in meiner Brust zog sich zusammen. Ich glaubte nicht, dass ich es wissen wollte, denn das würde weitere Erkenntnisse nach sich ziehen.

»Es ist nicht mein Dad, oder?«, flüsterte ich heiser.

»Nope. Und nur am Rande: Sie wollen die Drogen über die Highschools vertreiben, um sich nicht mit den Red Demons anzulegen. Dass ist die einzige Verbindung zu deinem Dad, falls du dich das fragen solltest.«

Mir fiel ein Stein vom Herzen.

Dann dachte ich über weitere Verbindungen nach.

Alex.
Drake.
Der Zeitpunkt. An dem Drake nach Roussou zurückgekehrt war.
Eine Person bei der Polizei von Fallen Crest.

Die Leichtigkeit und das Tempo, mit dem all das passiert war, sagten mir, dass etwas Ähnliches bereits vorgekommen war. Es sagte mir auch, dass wahrscheinlich Geld im Spiel war.

»Denk nach, Bren. Wer kam alles ungefähr gleichzeitig hier an?«

Alex. Drake ... Race ...

Ich wusste es. Ich war diesem Menschen nie begegnet, aber ich wusste, dass er keiner von den Guten war. Ich wusste, dass er bereits zwei Familien zerstört hatte.

»Dein Onkel«, sagte ich.

»Bingo.«

»Race' Dad.«

»Genau der.«

Mir war schwindelig. »Wie bist du ... wie bist du da reingeraten?«

Race' Dad hatte Geld, aber ich hatte immer geglaubt, das stammte aus seinem Harleyladen.

Drake lachte, und es klang verbittert. »Wie ich da reingeraten bin? Ich bin dort, wo ich war, in Schwierigkeiten geraten. Er hat mich rausgehauen. Ich hatte Spielschulden. Mein Onkel hat sie für mich bezahlt und gesagt, dass ich die Schulden bei ihm abarbeiten kann, wenn ich hierher zurückkomme und dich manipuliere. Du bist die Crewprinzessin, Bren. Du bist das Herz dieser Welt und der Normalowelt. Deine Crew. Ihr seid die Wachhunde der Schule, und dein Bruder ist der Pitbull von Roussou. Man konnte dich nicht einfach ausschalten, weil dein Papa jetzt auch Verbindungen hat. Die Red Demons würden alle Register ziehen, wenn eins ihrer Kinder ermordet werden würde.«

Ich zuckte zusammen.

Sein Blick war hart. »Und nein, dabei hätte ich niemals mitgemacht. Nein. Mein Onkel wusste auch, dass das nicht passieren durfte, darum sollte ich dich manipulieren. Das war mein Job. Durch dich wären sowohl dein Bruder als auch deine Crew für eine Weile beschäftigt gewesen, zumindest lange genug, um jemanden einzuschleusen und die Weichen zu stellen. Du warst mein Job, aber ich bin hergekommen und habe mich nicht damit begnügt, ihm zuzuarbeiten. Ich habe mich noch anderweitig beschäftigt.« Langsam breitete sich ein lüsternes Lächeln in seinem Gesicht aus. Seine Augen glitzerten. »Ich hatte Spaß, vielleicht sogar zu viel, und plötzlich gab es noch einen Grund für mich mitzuspielen, Geld zu verdienen, es nicht wieder zu versauen und mir noch mehr Ärger einzuhandeln.«

Ich runzelte die Stirn. »Was denn?«

»Ich habe ein Kind in die Welt gesetzt.«

Ein Kind – Sunday. Sunday!

Ich sprang auf. »Du bist der Typ, der Sunday geschwängert hat?«

Er musterte mich. »Im Ernst? Das regt dich an der ganzen Sache am meisten auf? Eine Teenagerschwangerschaft?«

Ich setzte mich wieder. »Sie hat gesagt, es wäre jemand aus Fallen Crest.«

Er lachte, jetzt klang es entspannt. »Ich weiß«, sagte er und lachte sich halb kaputt. »Ich hab ihr gesagt, dass sie das behaupten soll«, fuhr er fort und lachte immer noch. »Da waren wir noch nett zueinander, wahrscheinlich ist das der Grund, warum sie das tatsächlich erzählt hat. Ich wusste, dass ich bei der Stadtfestparty vorbeischauen würde und dass es euch mehr Zeit verschaffen würde, zu vermuten, dass diese reichen Scheißkerle dahinterstecken. Sobald Z sich das in den Kopf gesetzt hatte, war es nur eine Frage der Zeit, bis er durchdrehen würde.«

Reiche Scheißkerle.

Ein Teil von mir brach in sich zusammen. Plötzlich wusste ich wieder, woher ich den Ausdruck kannte, und je länger ich darüber nachdachte, desto deutlicher erinnerte ich mich an all die hasserfüllten Dinge, die Drake früher über Fallen Crest gesagt hatte. Ich hasste die Leute dort, aber in diesem Jahr hatten sie mich immer wieder überrascht.

Drake. Er hegte diese Abneigung gegen mich, und es war mir nicht mal aufgefallen. Ich hatte es nie hinterfragt. Ich hatte sein Mantra einfach so geglaubt und übernommen. Jetzt schämte ich mich dafür.

»Du bist nicht mehr mit Sunday zusammen?«, fragte ich.

»Nee. Das war ´ne Sache von einer Woche. Das war´s, aber das Kind wird kommen. Sie behält es, also hatte ich einen weiteren Grund, es nicht wieder zu vermasseln und irgendwann ein Messer im Rücken stecken zu haben. Wenn auch noch Geld dabei für mich rausprang, war ich durchaus dafür zu haben.«

»Was hat sich geändert?«

»Alex.«

Innerhalb von Sekunden wurde sein Gesichtsausdruck finster, fast mörderisch. »Mein Onkel hätte Alex verdammt noch mal nicht in die Sache mit reinziehen dürfen.«

Ich ersparte ihm meinen Blick. »Du hast ihn uns geschenkt. Schon vergessen?«

»Das musste ich tun, und das weißt du auch. Hätte ich es nicht getan, wäre deine Crew übergekocht. Eines Tages wäre dein Kerl explodiert, und das hätte ich nicht unter Kontrolle gehabt.« Sein Kiefer zuckte. »Ich mag Taz. Sie ist Zivilistin und hätte nie verletzt werden dürfen. Mein Bruder hatte es verdient, und das wissen auch alle. Und abgesehen davon habe ich ihn euch nicht geschenkt. Er hat sich freiwillig gemeldet. Die Nachrichten kamen von ihm, nicht von mir.«

Von Alex?

Noch mehr Scham, mehr Bedauern, mehr ... Zweifel stiegen in mir auf.

Gewalt.

Sunday hatte recht.

Wir versuchten es immer zuerst mit Gewalt. Sollte Gewalt nicht eher der letzte Ausweg sein? So, wie wir es in letzter Zeit gehandhabt hatten. Es fühlte sich besser an, weniger finster zu sein, nicht so voller Hass und Wut und anderer Dinge zu stecken, die sich in dir festsetzen und an deiner Seele nagen.

Vielleicht ...

»Nimm's dir nicht so zu Herzen. Alex ist nicht komplett böse. Er hat nur ein Drogenproblem.« Ein Knurren kam aus seiner Kehle. »Ein Drogenproblem, das mein Onkel ausgenutzt hat, indem er ihn darum gebeten hat, dir die Drogen zuzustecken. Das war eine verdammt falsche Entscheidung.«

Jetzt begriff ich. Und ich wusste, warum er damit zuerst zu mir gekommen war.

»Du willst dich selbst ausliefern, um deinen Bruder zu retten, stimmt's?«

Er stand auf und wischte sich ein paar Grashalme von der Jeans. Er blickte zu mir herab. »Ja und nein. Ich habe herausgefunden, was sie getan haben, und ich war sauer, aber ich hätte mich sowieso gestellt. Es geht alles zu Ende. Dir sollten Drogen untergejubelt werden, aber bei dem Tipp ging es um einen Schützen, nicht um Drogen. Die Kontaktperson meines Onkels hat Mist gebaut, sich zu weit aus dem Fenster gelehnt. Jetzt steckt er in Schwierigkeiten, obwohl ich mich noch gar nicht gestellt habe. Es wird sowieso alles auffliegen. Ich beschleunige das Ganze nur. Wenn ich mich nicht stelle, töten sie Alex. Er ist ein loses Ende. Mich würden sie auch ausschalten. Ich mache das, um uns beide zu retten.«

Ich nickte. »Und du willst, dass ich meine Crew zusammentrommele, damit wir Alex finden und uns um ihn kümmern?«

»Nein. Ich will, dass ihr euch um Sunday kümmert. Und um mein Kind. Wenn mir etwas passiert, helft ihr bei der kleineren Ausgabe von mir.« Er beugte sich vor, drückte meine Schulter und sagte leise: »Ich habe dich wirklich mal geliebt, Bren.«

Dann ging er fort, und ich blieb zurück.

Lange blieb ich regungslos dort sitzen.

Kapitel 42

Drake hielt seine Versprechen.

Er ging zur Polizei, aber zu der in Roussou. Ich fragte mich, ob er sich umentschieden hatte, weil die einzigen korrupten Polizisten in Roussou die waren, die meinem Bruder Informationen gaben. Vielleicht. Wer konnte das schon sagen. Aber aus welchem Grund auch immer – er wandte sich an die Station in Roussou. Ich wusste, dass Drake als Gegenleistung für seine Geschichte um Immunität gebeten hatte, wusste aber nicht, ob er die bekommen würde. Ich hoffte es für ihn.

Wie dem auch sei, gegen Mittag waren bereits alle verhaftet.

Race' Dad.

Der korrupte Bulle beim FCPD.

Die Verkäufer/Dealer – sodass die Ryerson-Crew erneut ohne Anführer dastand.

Ich fragte mich, ob sie das endlich zum Anlass nehmen würden, sich aufzulösen. Und Alex ging erneut auf Entzug. Ich konnte nicht mehr zählen, wie oft er das schon getan hatte. Vielleicht würde es ja irgendwann aufhören. Ich hoffte es für ihn.

Zellman reagierte verhältnismäßig gut auf die Nachricht, wer Sundays Kindsvater war, wenn man bedachte, auf welche Art Drake mit der Sprache rausgerückt war.

Und was mich betraf: Mir stand ein extrem unangenehmes Dinner bevor.

Cross und ich saßen in seinem Pick-up, der am Bordstein vor dem Haus der Freundin seines Vaters geparkt war. Wir waren nach wie vor zum Essen eingeladen, und es war das erste offizielle Familientreffen, bei dem alles offengelegt werden würde – die Affäre vor neunzehn Jahren, wer Blaise wirklich war –, und alle Anwesenden würden jemanden zu ihrer Unterstützung mitbringen. Ich hatte keine Zweifel, dass das hier ansonsten nicht stattgefunden hätte. Die Partner mussten dabei sein, sonst wäre Cross nicht aufgetaucht.

Taz hingegen freute sich.

Sie und Race waren schon ins Haus gegangen, obwohl Race sich ziemlich zögerlich bewegte. Sie hatten uns nicht gesehen, weil wir gerade erst angehalten hatten, und da waren sie schon an der Tür.

Cross schaltete den Motor aus und lehnte sich zurück. Wir beobachteten das Haus. Keiner von uns rührte sich vom Fleck.

»Race geht es nicht besonders gut«, sagte Cross.

Ich nickte. »Überrascht mich gar nicht. Zu wissen, dass dein Vater ein Scheißkerl ist, und herauszufinden, dass er Drogen verkauft, sind zwei sehr verschiedene Dinge.«

»Glaubst du, er und seine Mom werden davon betroffen sein? Die Polizei könnte ihre Konten sperren.«

Ich zuckte mit den Schultern. »Keine Ahnung. Die Scheidung war doch sauber, oder?«

Cross zog die Brauen hoch. »Wir könnten die wichtigen Freunde deines Bruders fragen. Einer von denen studiert doch Jura, oder?«

»Könnten wir. Ich glaube, sie sind noch in der Stadt.«

»Wie ist die Lage zwischen dir und deinem Bruder?«

Cross hatte mir erzählt, was nach meiner Festnahme passiert war, während die anderen darauf warteten, dass ich auf Kaution freikam. Ich konnte es mir kaum vorstellen, wünschte mir aber sehnlichst, ich wäre dabei gewesen und hätte miterlebt, wie sich mir zuliebe alle zusammenrauften. Bei dem Gedanken kamen mir die Tränen.

Es schnürte mir erneut die Kehle zu. »Alles gut zwischen uns.« Mehr als gut. »Ich habe ihn heute kaum gesehen, aber er hat sich bei mir gemeldet. Er und seine Jungs haben Race' Dad geschnappt. Er hatte mitbekommen, was los war, und war gerade dabei, seine Tasche zu packen. Er wollte abhauen.«

Cross knurrte. »Fuck.«

»Ja, aber trotzdem, diese Freunde sind immer noch hier. Channing verbringt Zeit mit ihnen. Sie wollen zusammen ins Geschäft einsteigen, also haben sie viel zu besprechen.« Ich blickte ihn an und lächelte schief. »Und wo wir gerade dabei sind: Sie sind am Freitag alle zu einem weiteren Monroe-Familiengrillen eingeladen, so wie wir vor Kurzem.«

Vor uns hielt ein weiteres Auto, fuhr dann aber in die Einfahrt. Ein schwarzer Maserati. Er parkte direkt neben der G-Klasse. Cross' und Taz' Halbbruder stieg auf der Fahrerseite aus, Zeke Allen auf der anderen.

Cross nickte in ihre Richtung. »Glaubst du, wir sollten die beiden auch einladen?«

»Ich glaube, Allen würde sich in die Hose scheißen, um mit dem Footballtypen auf einer Party zu sein.«

Cross grinste, aber das Lächeln erreichte seine Augen nicht. Wir beobachteten, wie die beiden ins Haus schlenderten.

Ich würde Cross nicht fragen, was er von seinem Bruder hielt. Ich wusste, dass er das selbst noch nicht wusste. Taz hingegen. Taz war verliebt. Sie hatte mir den halben Tag lang geschrieben und immer wieder gefragt, was sie anziehen sollte.

»Taz hat mich gefragt, ob ich glaube, dass Sonnenblumengelb für dieses Essen zu billig aussieht.«

Cross schnaubte. »Dasselbe hat sie mich wegen ihrem petrolblauen Shirt gefragt. Ich habe ihr gesagt, dass ihr das scheißegal sein kann.«

Ich lächelte.

Taz war nervös. Die zwanzig Nachrichten, in denen sie erklärte, dass sie vier Stunden vor dem Essen kein Koffein mehr zu sich nehmen würde, bewiesen, wie nervös sie war. Sie wollte nicht ankommen und sofort aufs Klo müssen. Sie hatte geplant, erst nach der Hälfte des Abendessens aufs Klo zu gehen, kurz bevor es Dessert gab.

Dann hatte sie mir eine Reihe an Nachrichten geschickt, in denen es darum ging, ob ich glaubte, dass mehrere Gänge serviert werden würden. Und wenn ja, wie viele? Drei? Fünf? Sieben? Doch kein Neun-Gänge-Menü, oder?

Zu diesem Zeitpunkt hatte ich bereits aufgehört, ihr zu antworten, aber die Kette an Nachrichten riss einfach nicht ab. Eine kam von Race.

Race: Sorry.

»Bist du bereit?«, fragte ich.

Cross seufzte nur.

Eine bessere Antwort würde ich nicht von ihm bekommen. Ich streckte die Hand nach dem Türgriff aus. »Okay. Los geht's.«

Als wir auf die Terrasse traten, öffnete sich eine Tür für uns, und obwohl Cross mir erzählt hatte, dass die Freundin seines Vaters auch zur Polizeistation gekommen war, hatte ich sie dort nicht bemerkt. Sie war schön – zierlich, mit einem herzförmigen Gesicht und einem kleinen, eckigen Kinn. Große Augen. Von der Sonne gebleichtes Haar. Es sah aus, als wäre es von Natur aus hellbraun, aber es war von hübschen blonden Strähnchen durchzogen. Die Hälfte ihrer Haare war zurückgebunden, die andere umrahmte ihr Gesicht unterhalb des Kinns. Sie trug ein weißes Top und eine grüne Caprihose, dazu dunkle Sandalen und eine tiefsitzende Brosche, die vermutlich so teuer war, dass sie Channings Haus damit bezahlen könnte. Sie war Jennifer Aniston ziemlich ähnlich.

»Hi!«

Oh Grundgütiger ... Sie klang sogar wie Jennifer Aniston. Sie hielt die Tür weit auf, aber plötzlich kam sie auf uns zu und umarmte mich.

Wie angewurzelt blieb ich stehen.

Sie schnupperte an mir. »Mmmh. Du riechst lecker.«

Oh. Mein. Gott.

»Veilchen. Ich liebe Veilchen.« Sie ließ von mir ab und machte Anstalten, Cross zu umarmen.

Mit steinerner Miene wich er zurück. »Vielen Dank, mir geht's gut.«

»Okay.« Sie ließ die Arme sinken und fuhr sich nervös mit einer Hand durchs Haar, dann zeigte sie ins Haus. »Wollt ihr reinkommen? Dein Vater meinte, dass es für euch beide absolut keinen Alkohol gibt.«

Cross runzelte die Stirn. »Sie lassen Ihren Sohn Alkohol trinken?«

Ein weiteres Lachen, eines, das mich an Sonnenschein und Wellen am Strand erinnerte. »Mein Gott, nein, aber ich kenne ja die neuesten Trends, und anscheinend ist es gerade in, seinen Kindern im Teenageralter ein Glas Wein zu erlauben. Ist das zu glauben?« Sie reichte mir die Hand. »Ich bin übrigens Marie. Sorry. Ich hab dich einfach so umarmt. Ich hab's nicht so mit Distanz. Blaise ist deswegen ständig sauer auf mich. Er sagt, ich würde seine Freundinnen geradezu verschlingen.«

Marie zwinkerte. »Nicht, dass es viele davon gäbe. Er ist nicht so der Typ für Freundinnen. Ich habe mir schon mal Sorgen gemacht, ob er überhaupt einen Sexualtrieb hat. Er ist immer so ruhig, ich war mir nicht sicher, ob er Jungs oder Mädchen mag oder beides … denn wisst ihr, das gibt es auch. Und das ist gut so. Gesund. Gleichberechtigt. Ich liebe das alles.« Ihre Hand schwebte immer noch zwischen uns. Sie schien es nicht zu bemerken. »Und ich plappere drauflos, wenn ich nervös bin. Dein Vater meint, ich soll nicht sagen, dass ich nervös bin, aber das bin ich nun mal. Ich bin auch nur ein Mensch. Wie heißt du, Liebes?«

Ich schüttelte ihr die Hand und war von ihrem Wortschwall wie betäubt. Ich wusste nicht, was ich tun sollte. »Äh … Bren.«

»Bren!« Sie strahlte mich an und griff mit der anderen Hand nach meinem Arm. »Ein wunderschöner Name. Du bist wunderschön. Du könntest als Model arbeiten. Hat dir das schon mal jemand gesagt? Bestimmt haben sie das. Oh mein Gott!«

Ich machte einen Satz nach hinten

Sie schlug sich die Hände vor die Brust. »Du bist das Mädchen, von dem Malinda mir erzählt hat! Ich liebe Malinda. Sie ist vor ein paar Wochen rübergekommen, hat sich vorgestellt und gesagt, dass wir gute Freundinnen werden würden. Und das sind wir seitdem auch. Sie erzählt mir den ganzen Klatsch und Tratsch weiter, denn wie ihr seht, bin ich ein bisschen zu freundlich, wenn ich neue Leute treffe, aber ich verspreche euch, dass ich mich beruhige. Ich kann sogar den Mund halten. Ob ihr es glaubt oder nicht, manchmal vergessen die Leute, dass ich da bin, aber nicht sofort. Ich habe es immer an den Nerven. Hast du was an den Nerven? Du hast bestimmt was an den Nerven. Cross, wie geht es deinen Nerven?«

Cross' Vater tauchte auf und kam über den Flur auf uns zu. »Hey! Kommt rein«, sagte er. »Marie, mein Schatz.« Er strich ihr mit einer Hand über den Rücken und zog sie zur Seite.

Cross erstarrte.

Sein Vater schien es nicht zu bemerken, er war zu sehr damit beschäftigt, ihre Hand von meiner zu lösen. »Äh ... sei ein bisschen ... vorsichtig mit Bren, sie hat es nicht so mit körperlicher Nähe.« Er lächelte mich an, während er sanft ihre Hand wegzog. »Falls ich mich recht erinnere?«

»Ja, Sir.«

»Sir!« Marie begann zu lachen und schlug ihm auf die Brust. »Sie hat dich Sir genannt. Ich bin jetzt bestimmt Ma'am.« Ihr Lachen verstummte abrupt. »Oh Gott. Ich will keine Ma'am sein. Bitte, nenn mich nicht Ma'am.«

Ich presste die Lippen zusammen und schüttelte nur den Kopf. »Nein, Ma...« Ich fing mich gerade noch rechtzeitig.

Ich war Erwachsenen gegenüber entweder extrem höflich und förmlich oder misstrauisch. Dazwischen gab es bei mir nicht viel. Daran sollte ich arbeiten.

»Äh ...« Cross' Dad trat zurück, seinen Arm immer noch um Maries Taille. »Das Essen ist fast fertig. Wenn ihr reinkommen wollt? Wir haben Getränke. Wasser? Milch? Saft? Limonade? Was hättet ihr gern?«

Ohne einen Moment zu zögern, sagte Cross: »Bier.«

»Ein Bier, der Herr.« Er lachte, klang aber gezwungen. »Der war gut. Such dir was aus, was in deinem Alter angebracht ist.«

»Bier. Was glaubst du denn, was wir gestern Nacht getrunken haben?«

»Nun, es ist aber nicht dein Abschlussball, deine Freundin wurde nicht verhaftet, und du befindest dich in meinem Haus.« Er hustete.
»Maries Haus. Hier gelten andere Regeln.«
Cross wurde ruhig, unheimlich ruhig.
Mein Haus. Das hatte er zuerst gesagt.
»Dann nehme ich Wasser.«
Marie sah mich an, und ich sagte: »Für mich auch, bitte.«
»Perfekt!« Sie klatschte zweimal in die Hände, dann trabte sie in die Küche und ließ Stephen zurück. Taz und Race hatten sich zu uns gesellt, und ich sah, dass sie immer noch nervös war. Ihr Gesicht war rosa ... oder roséfarben. Wie der Wein. Sie machte ein paar Atemübungen und hielt eine Hand auf den Bauch gepresst. Race wirkte benommen und war zur Abwechslung mal nicht auf sie fokussiert.

Scheiß auf das unangenehme Zeug. Ich würde das Ganze einfach noch unangenehmer machen.

»Race, wollen wir reden?« Ich zeigte nach draußen.

Er zog die Brauen hoch. Die anderen auch, aber Cross' Dad wirkte erleichtert.

»Äh.« Race hustete, blickte Taz an, dann machte er einen Schritt nach vorn. »Ja. Okay.«

Cross sah mir in die Augen und griff nach meinem Arm, als ich an ihm vorbeigehen wollte. Ich blieb stehen, gerade so lange, dass er mir mit dem Daumen über die Innenseite meines Arms streichen konnte.

Dann gingen Race und ich nach draußen.

Sie hatten eine Hollywoodschaukel, auf der er sich niederließ.

Sobald ich mit einigem Abstand neben ihm Platz genommen hatte, atmete er hörbar durch. »Fucking Hell. Danke dafür.« Er streckte die Beine aus, legte die Füße auf dem Terrassengeländer ab. »Normalerweise komme ich mit Anspannung klar – hatte ich ja oft genug in meinem Leben –, aber bei Taz' Familie zu sein ... an demselben Tag, an dem mein Vater festgenommen wurde ...« Er grinste unsicher. »Danke.«

Ich hatte selbst das Bedürfnis gehabt, der Situation zu entkommen.

Ich schob die Hände unter meine Schenkel. »Du weißt, was ich dich fragen werde.« Das war meine Überleitung zum unangenehmen Teil.

»Ja.« Er schwieg und drehte sich zur Straße, aber ich bezweifelte, dass er wirklich hinsah. »Mir geht's gut. Wirklich. Ich bin nur ... fuuuuck!« Er beugte sich vor und stützte die Ellbogen auf den Knien ab. Er ließ den Kopf in die Hände sinken. »Fuck, Bren. Fuck.« Er stöhnte und setzte sich wieder aufrecht hin. »Das alles tut mir so leid. Ich weiß Bescheid. Drake hat mich heute Morgen angerufen und erzählt, dass er mit dir gesprochen hat. Ich weiß, was er dir gesagt hat. Ich ... Mir fehlen die Worte.«

Ich fühlte, wie meine Augen sich weiteten. Diesen Gesprächsverlauf hatte ich nicht erwartet.

»Mir ist nichts passiert«, sagte ich leise. »Ich mache mir Sorgen um dich. Du gehörst zu unserer Gruppe. Wie geht es dir?«

Er schüttelte den Kopf. »Ich ...« Er hustete, seine Stimme war rau. »Das kann ich dir nicht beantworten. Ich bin hier. Ich unterstütze meine Freundin, aber ...« Er schwieg eine Weile. »Darf ich sagen, dass ich erleichtert bin? Darf ich sagen, dass ich es okay finde, dass er ins Gefängnis kommt? Darf ich sagen ... dass ich froh bin, dass meine Mutter von ihm weg ist? Dass er bekommt, was er verdient, nach allem, was er ihr angetan hat? Kann ich das alles sagen und immer noch ein guter Mensch sein?«

Auf diese Fragen wusste ich keine Antwort.

Ich saß einfach da und schwieg. Hörte ihm zu. Das war es, was er brauchte.

»Darf ich sagen, dass ich mich frage, ob er sich mit deinem Dad eine Zelle teilen wird? Und wenn es so ist, was dein Dad dann mit ihm anstellen wird? Ich meine, fuck. Drake hat mir erzählt, dass der Harleyladen nur eine Fassade war. Sie haben vielleicht ein Motorrad im Jahr verkauft. Alles andere waren Drogen. Wie zur Hölle hat das überhaupt angefangen? Wann hat es angefangen? Mit wem ist er verbunden? Von wem hat der den Scheiß gekriegt? Ich meine, da gibt es doch immer noch jemanden, oder?«

Er blickte mich an, aber ich konnte ihm seine Fragen nicht beantworten.

Seine Stimme klang heiser. »Es tut mir wirklich leid, dass er es auf dich abgesehen hatte, und ich bin froh, dass es dein Bruder war, der ihn gekriegt hat. Gutes Karma, oder? Bin ich ein mieser Sohn, weil ich so über ihn denke? Was mache ich jetzt? Gehe ich ihn besuchen? Tu ich so, als wäre er kein Stück Dreck? Fuck. Mit wem gehe ich da hin? Mit meiner Tante oder meiner Mom? Mit seiner Ex-Frau oder seiner Freundin? Oder mit seiner Exfreundin? Wer weiß das schon, verdammt.«

Er verstummte erneut.

»Und Alex«, fuhr er plötzlich fort. »Ich bin kein Fan meines Cousins, aber ich glaube, wir wissen, wo er im letzten Halbjahr die Drogen herbekommen hat. Es ist schwer, ihn zu hassen, wenn ich weiß, dass mein Dad ihn damit versorgt hat. Ich fühle mich dafür halb verantwortlich.«

Ich schüttelte den Kopf. »Bist du nicht. Das weißt du doch, oder?«

»Ist das nicht egal? Es fühlt sich an, als wäre es egal.« Er sah mich von der Seite an. »Wie bist du damit klargekommen? Dein Dad sitzt wegen Mord im Knast. Ich meine, wie bist du damit fertiggeworden?«

Ich zuckte mit den Schultern.

Die Situation war eine andere. Ich war daran schuld.

Ich murmelte: »Ich bin da einfach durch, glaube ich. Cross ... hat mir dabei geholfen.«

»Ja.« Er drehte sich wieder zurück und blickte auf die Straße, ohne sie zu sehen.

Schweigend blieben wir dort, zwei Freunde, die nebeneinandersaßen. Wir blieben, bis Cross' Vater an die Tür kam. »Das Essen ist fertig.«

Als wir uns an den Tisch setzten, wirkten Taz' Augen groß und fragend. Sie saß an einem Ende des Tisches, einen leeren Stuhl neben sich, und sprang förmlich auf. Eine Sekunde später sah ich Besorgnis und Scham in ihren Augen, aber ich blickte sie nur kopfschüttelnd an, als ich mich auf den leeren Platz neben Cross setzte.

Sie biss sich auf die Lippe, und Tränen schossen ihr in die Augen. Aber sie schluckte und grinste Race schüchtern an, als er sich neben sie setzte. Sie beugte sich zu ihm, flüsterte ihm etwas ins Ohr, und er nickte.

Cross sah mich an, eine Braue hochgezogen.

Ich hob eine Schulter. Nein, ich wusste nicht, wie es Race wirklich ging. Wir würden ihn im Auge behalten müssen, denn solche Situationen regelten sich nicht sofort, man brauchte Zeit, um darüber hinwegzukommen. Es würde eine Anklage geben. Kaution. Falls er überhaupt eine Kaution bekam. Das Ganze würde sich auf die Gemeinde auswirken. Auf die Schule. Es könnte Race' Collegepläne beeinträchtigen, vielleicht aber auch nicht. Und seine Mutter. All das waren nur die oberflächlichen Dinge, wenn man die emotionalen Aspekte außer Acht ließ.

Cross beugte sich zu mir und küsste mich auf die Wange. Unter dem Tisch drückte er mir die Hand.

»Okay!« Marie brachte die letzte Schüssel rein und stellte sie mitten auf den Tisch. An einem Ende stand ein Korb mit Fladenbrot. Der Salat in der Mitte. Knoblauchbrot. Spaghetti am anderen Ende. Eine Flasche Rotwein. Und um den ganzen Tisch herum standen Dosen mit Limonade neben den Tellern. Die Erwachsenen kriegten Wein.

Schade.

»Mmmmh ... Dann haut mal rein.« Sie deutete auf das Essen, setzte sich neben Stephen und legte sich eine Stoffserviette auf den Schoß. »Ich bin so froh, dass ihr alle hier seid.« Sie blickte ihren Sohn an, der auf der anderen Seite von Stephen und gegenüber von Taz saß. »Und dass ihr euch endlich kennengelernt habt, obwohl ich sicher bin, dass es viele Fragen gibt.«

Sie verzog das Gesicht, als versuchte sie sich daran zu erinnern, wer genau diese Leute vor ihr waren und wer mit wem verwandt war.

Niemand nahm sich etwas zu essen.

Cross' Bruder sah seine Mutter nicht an. Sein Blick klebte an einer der Schüsseln mit dem Essen, und wie bereits draußen bei Race hatte ich das Gefühl, dass er das Essen gar nicht wahrnahm. Zeke saß neben ihm, ein selbstgefälliges Grinsen im Gesicht, während er die Szene betrachtete.

Irgendwann trafen sich unsere Blicke. Ich lehnte mich zurück. Es ging los.

»Stimmt es eigentlich, dass Mason Kade diesen Freitag bei euch zu Hause sein wird?«, fragte er mich.

Ich zog die Brauen hoch. »Was?«

Er beugte sich vor, ich meinte, Schaum vor seinem Mund zu sehen. »Sei ehrlich. Wie großartig ist er denn so als Mensch? Wenn ich Kinder mit ihm bekommen könnte, würde ich es tun, und das sage ich als stolzer, heterosexueller Mann. Himmel, wenn ich fürs andere Team spielen würde, wäre ich scharf auf ihn. Der Typ ist pures Gold. Goldiger als alle Pussys der Welt.«

»Zeke!«, schnauzte Marie ihn an.

Blaise unterdrückte ein Grinsen, starrte aber nach wie vor auf die Salatschüssel direkt vor ihm.

»Was?« Zekes selbstgefälliges Grinsen wurde noch breiter, und plötzlich war mir klar, dass es ein fester Bestandteil seines Gesichts war.

»Oh. Sorry, Mrs DeVroe.«

»Mensch!« Ein Zischen neben ihm.

»Ach ja. Miss DeVroe.« Er versuchte, höflich zu sein, kam dabei aber eher anzüglich rüber. »Ich bin irgendwie von Mason Kade besessen«, fuhr er fort. »Kennen Sie die Kades? Blaise' Schwägerin kennt sie ...«

»Oh mein Gott!«, platzte ich heraus.

»Alter!«, wies Blaise ihn zurecht.

»Halt dein verdammtes Maul!«, fügte Cross hinzu.

»Was denn?« Zeke verzog das Gesicht und sah sich am Tisch um. »Was ist? Ja, du kennst sie. Du kannst mir nichts vormachen. Sie sind aufgetaucht, als du verhaftet wurdest.«

»Sie ist nicht meine Schwägerin. Wir sind nicht ...« Aber Blaise verstummte und warf Cross einen verstohlenen Blick zu. »Egal. So ist es nicht. Sei ruhig.«

Cross lehnte sich zurück und funkelte ihn über den Tisch hinweg an. »Sprich über deinen eigenen Scheiß, nicht den von anderen.«

»Ja.« Taz setzte sich aufrechter hin. »Wo ist Monica zum Beispiel? Der hätte ich ein paar Dinge zu sagen.«

»Wer?«

»Deine Freundin Monica«, stellte Taz klar.

»Ich habe keine Freundin.«

»Du hast Monica vor ein paar Wochen flachgelegt«, rief Blaise ihm ins Gedächtnis.

»Echt, habe ich das?«

»Jungs!«, rief Marie.

Zeke lächelte Blaise' Mutter nur an.

Taz runzelte die Stirn. »Bis zur Monica-Meuterei war ich mit ihr befreundet und mit Lila auch.«

»Lila?« Zekes Stirn war immer noch gerunzelt.

Nahezu gelangweilt griff Blaise nach einem Glas Wasser. »Das Mädchen, das du letzte Nacht flachgelegt hast.«

»Süße kleine Pus...« Er fing sich und lächelte entschuldigend in Richtung Tischende. »Sorry, Mrs DeVroe.«

»Miss und ...« Sie sah ihren Sohn streng an. »Achte auf deine Sprache, Blaise.«

Blaise verdrehte die Augen.

»Miss DeVroe.« Zeke klang nicht im Geringsten wie jemand, der gerade zurechtgewiesen worden war. »Lila Jamison? Ihr kennt sie doch?«

»Ja.« Taz klappte hörbar den Mund zu. »Wir waren befreundet, bis sie und Monica sich gegen uns aufgelehnt haben, weil sie will ... wollte was von meinem Bruder.«

Zeke sah Blaise an.

Taz bemerkte ihren Fehler. »Von meinem anderen Bruder.«

Cross warf seine Stoffserviette auf den Tisch. »Zur Hölle, verdammt noch mal!«

»Cross«, sagte sein Vater mit warnendem Unterton.

Cross schob seinen Stuhl zurück. »Ich kann nicht. Ich halt das nicht mehr aus.«

»Wo gehst du hin?« Stephen stand ebenfalls auf.

Maries Augen weiteten sich besorgt.

Blaise sah uns immer noch nicht an.

Zeke wirkte nur verwirrt.

Taz blinzelte Tränen weg.

Und Race stand mit uns auf.

Taz wandte sich ihm zu. »Race?«

»Ich kann nicht. Tut mir leid.« Er blickte mich an, und seine Stimme wurde heiser. »Heute nicht, Taz, tut mir leid.« Er nickte Cross' Dad und Marie zu. »Ich entschuldige mich. Es ist ... ähm ... Meine Familie hat heute schlechte Nachrichten bekommen. Ich sollte nicht ... ich sollte eigentlich bei meiner Mom sein, ehrlich gesagt.«

»Wir gehen auch, Dad.« Cross umfasste die Lehne meines Stuhls, den ich bereits zurückgeschoben hatte.

»Race!«, rief ich, als Cross sich für uns beide verabschiedete.

An der Tür blieb er stehen und wartete auf mich.

»Komm, wir fahren dich hin. Gib Taz deine Schlüssel.« Denn sie würde hierbleiben. Das hatte ich in der Sekunde gewusst, in der Race aufgestanden war und sie nicht.

Er blickte über meine Schulter, sein Kiefer zuckte, aber er wühlte in seiner Tasche und holte die Schlüssel heraus. Ich nahm sie und ging damit zurück zum Tisch.

»Was ist das?«, fragte Taz.

»Du bleibst doch, oder?«

Zögerlich griff sie nach den Schlüsseln. »Ist es falsch von mir, wenn ich das tue?«

Mir sank der Mut. Ich wollte es nicht, aber es passierte trotzdem. Ich liebte Taz. Sie war Race eine gute, liebevolle Partnerin und mir eine gute Freundin, aber heute war sie auf ihre eigenen Angelegenheiten fixiert. Vielleicht war das ja in Ordnung.

Ich zwang mich zu lächeln. »Ruf uns an, wenn du zurückfährst. Wir sagen dir, wohin du den Pick-up bringen musst.«

Ich wandte mich zum Gehen.

»Bren?«

Ich blickte zurück. Sie stand jetzt, und ihre Hände umklammerten die Tischkante. »Ich weiß nicht, was ich sagen soll. Ich kann nicht ... Du weißt schon. Du weißt immer, was in solchen Situationen zu tun ist.«

Ich lachte bitter. »Genau. Weil mein Vater im Gefängnis sitzt, stimmt's?«

Sie blickte beschämt zu Boden.

Ja. Genau das hatte sie gemeint.

Es fühlte sich an, als hätte mir jemand eine Messerklinge unters Brustbein geschoben.

»Bren.«

Erneut zögerte ich, griff dann aber nach dem Türknauf. Diesmal war es ihr Vater. Er kam zu mir und strich sich mit einer Hand das Hemd glatt. »Ich verstehe, dass wir nach allem, was passiert ist, dieses Abendessen wahrscheinlich hätten absagen sollen, aber ...« Er sah über meine Schulter. »Ich vermisse meinen Sohn. Ich mache mir Sorgen um meinen Sohn. Er spricht weder mit mir noch mit seiner Mutter, und ich ... Ich mache mir Sorgen um ihn.«

Ich wusste nicht, was mich am meisten störte.

War es, dass Race gekommen war, um für seine Freundin da zu sein, trotz der Sache mit seinem Vater? War es Taz, die in diesem Augenblick so auf sich selbst fokussiert war, dass sie gar nicht merkte, wie verletzend ihre Einstellung war? Oder war es dieser Vater, dem seine Kinder offensichtlich am Herzen lagen, der aber keine Ahnung zu haben schien, wie er eine Beziehung zu ihnen aufbauen sollte? Die eine wollte zu sehr gefallen aus lauter Angst, ihren Vater zu verlieren, während der andere es kaum aushielt, in diesem Haus zu sein.

»Er wohnt bei uns. Er gehört zu meiner Familie.«

Ich sah den Schmerz in seinen Augen und wusste, dass meine Worte ihr Ziel getroffen hatten. »Wollen Sie nicht, dass er Ihre Familie durch meine ersetzt? Dann seien Sie da. Kommen Sie vorbei. Seien Sie präsent. Er ist achtzehn. Wenn Sie ihm nicht gerade das College vorenthalten«, und hier musste ich raten, denn das war mein wunder Punkt,

»können Sie ihn zu nichts zwingen. Aber immerhin ist er heute hier aufgetaucht. Das hätte er nicht tun müssen, aber er hat es getan.«

Er nickte, als ich zum Schluss kam. »Okay. Mache ich. Ich werde es tun.« Er versuchte zu lächeln, aber aus irgendeinem Grund gelang es ihm nicht recht.

Ich hatte keinen Nerv, mich zu fragen, warum. Ich drehte mich einfach um und ging hinaus. Wir brauchten einen Tag mit der Crew, und ich schrieb Zellman und Jordan bereits, als ich in Cross' Auto stieg. Race saß hinten. Ihre Handys klingelten, und Race zückte seins.

»Bin ich dabei?«

Cross lächelte wohlwollend, als er vom Bordstein fuhr.

Ich drehte mich um. »Du bist unser Ehrengast, es sei denn, du willst zu deiner Mom.«

Race antwortete nicht. Nicht sofort. »Ich kann gerade nur kein Fundament sein. Das ist alles.«

Ich wusste, dass wir alle das verstanden.

Kapitel 43

Drei Wochen später

Nachdem sie Race' Vater festgenommen hatten, fiel alles in sich zusammen.

Das Rennen um den besten Deal war eröffnet, und weil Drake sich zuerst gemeldet hatte, bekam er den Zuschlag. Race' Vater bekam kein ganz so gutes Angebot, aber aus glaubwürdigen Quellen verlautete, dass seine Haftstrafe deutlich reduziert werden würde.

Aber alle Ryersons kamen ins Gefängnis. Drake. Sogar Alex, der gestand, dass er von den Drogen gewusst hatte, die er mir unterschieben sollte, wobei seine Haftstrafe minimal ausfiel. Und ihr Onkel. Ihr Onkel, der tatsächlich in dasselbe Gefängnis kam wie mein Vater.

Eines Tages, als wir uns auf die Abschlusszeremonie vorbereiteten, besuchte mein Bruder meinen Vater – meinen gut vernetzten Vater, der jetzt Mitglied bei den Red Demons war. Einen Tag später fanden wir heraus, dass die Ryersons im Gefängnis angegriffen worden waren. Drake wurde verprügelt. Er würde vier Wochen im Krankenhaus bleiben, wurde uns gesagt. Und ihr Onkel lag in einem medizinischen Koma.

Man musste kein Genie sein, um die Verbindungen zu erkennen. Ich war froh. Manchmal ... nur manchmal brauchte man Gewalt. Manchmal hatte sie ihre Berechtigung.

Aber es war der Tag der Abschlussfeier, und darauf konzentrierte ich mich jetzt.

»Bist du bereit?«, fragte Cross hinter mir.

Ich trug die Robe, hatte den Hut in der Hand, aber nein, ich war nicht bereit. Ich hatte nie gedacht, dass ich überhaupt meinen Abschluss machen würde.

»Bren?«

Ich richtete mich vor meinem Spind auf. Die Tür stand offen und ich starrte hinein. Ins Nichts. Er war leer. Ich hatte ihn vor zwei Wochen bereits leergeräumt, aber es war eine Gewohnheit.

Ich kam zur Schule. Parkte mein Auto. Ging rein. Ging zu diesem Spind.

»Hey«, sagte er leise, schloss meinen Schrank und drehte mich um, sodass ich ihm ins Gesicht sah. Wir kamen uns näher. Man hatte uns gesagt, dass wir im Flur warten sollten. Die Zeremonie würde auf dem Footballfeld stattfinden. Wir mussten uns in einer Reihe aufstellen und hinaus zu unseren Sitzen gehen. Es hatte eine ganze Versammlung nur für diese Zeremonie gegeben, aber ich konnte mich nicht mal erinnern, wie ich hergekommen war, und wenn mein Leben davon abhing.

»Ich bin nicht vorbereitet.«

»Was?« Er neigte den Kopf in meine Richtung, um mich besser hören zu können.

Ich räusperte mich, aber das half auch nicht. Meine Stimme war immer noch heiser. »Ich bin nicht bereit. Ich habe nicht gedacht ...«

Ich hatte nichts gedacht.

Ich hatte nichts geplant.

Ich hatte nicht nach vorn gesehen.

All diese Jahre war ich einfach auf der Stelle stehen geblieben.

Ich saß im Auto, und alles zog an mir vorbei. So war mir das ganze letzte Jahr vorgekommen, und nun wurde es mir endlich klar. Ich hatte keinen Plan.

»Was machst du nächstes Jahr?«, fragte ich.

»Oh.« Er legte den Kopf schief und musterte mich.

Seine Augen. Sie wirkten sanft, verständnisvoll, aber auch ein bisschen mitleidig. Ich wollte sonst kein Mitleid, aber an diesem Morgen ließ ich den Kopf hängen.

Ich schämte mich. Ich konnte nichts tun, um dieses Gefühl loszuwerden, denn so sehr ich mich auch geweigert hatte, über die Zukunft nachzudenken – jetzt war sie da.

Ich fragte noch einmal: »Was machst du nächstes Jahr?«
Er verzog das Gesicht. »Willst du die Wahrheit hören?«
»Wollte ich das schon mal nicht?« Moment mal. Ja, jedes Jahr, wenn wir exakt dieses Gespräch führten. »Ja, will ich.«
»Wir sind alle drei an der Cain University angenommen worden.«
Ich hob den Kopf. »Ist das wahr?«
Sie gingen weg?
Alle drei?
Ich meine ... Ich hatte erwartet ... Nein. Hatte ich nicht. Ich hatte mich nicht vorwärtsbewegen wollen. Ich wollte in Roussou bleiben, die Jungs bei mir behalten und mich niemals mit dem Leben auseinandersetzen müssen. Hierbleiben. Mich verstecken. Kämpfen. Das war für lange Zeit mein Mantra gewesen.

»Das erzählst du mir jetzt?«, fragte ich kaum hörbar.

Er musterte mich durchdringend, dann blitzte plötzlich Härte in seinem Blick auf. Ein tiefer Seufzer entfuhr ihm. »Ja. Nein, wir hatten nicht vorgehabt, es dir heute zu erzählen. Wir wollten dich durch die Abschlussfeier bringen. Wir wussten nicht, wie du reagieren würdest, aber wir wollten warten, bis du von dir aus nachfragst.«

Meine Augen wurden schmal. »Ich frage jetzt.«

»Das weiß ich.« Er zog eine Braue hoch. »Ich habe mich gefragt, ob ich es dir erzählen soll, wenn wir beide allein sind, oder ob ich dich vertrösten soll, bis Jordan und Zellman ebenfalls an dieser Unterhaltung teilnehmen können.«

Oh Gott.

Sie hatten das alle drei zusammen geplant.

Ich empfand Scham und Demut. Ich hätte über all diese Dinge nachdenken sollen. Um Himmels willen, ich bekam heute mein Abschlusszeugnis.

»Bren.« Er trat vor, legte einen Finger unter mein Kinn. Er hob es an, sodass ich ihm in die Augen sah. »Wir lassen dich nicht allein.«

Ja. Jedenfalls nicht innerhalb der nächsten drei Monate ...

Als wüsste er, was in meinem Kopf vor sich ging, unterbrach er meine Grübelei. »Und ich meine nicht nur diesen Sommer. Wir werden nicht sterben wie deine Mutter. Wir werden dich nicht im Stich lassen wie Channing. Wir gehen nicht ins Gefängnis wie dein Vater. Wir sind keine Familie, die du verlieren wirst.«

Er legte mir die Hände auf die Hüften. Lehnte seine Stirn an meine. Ich spürte seinen Atem, der mich wärmte. »Wir sind deine zweite Familie, und du wirst uns nicht verlieren.«

In mir war eine Faust.

Ich konnte sie zum ersten Mal spüren, aber sie war schon länger dort. Tief in mir verwurzelt. Als seine Worte mich erreichten, lockerte sie sich.

»Wir haben dich nicht gedrängt, weil wir wissen, wovor du Angst hast. Aber ja, wir haben Entscheidungen ohne dich getroffen. Du warst noch nicht so weit, darum haben wir es an deiner Stelle getan.« Er zog mich fester an sich. »Ich hoffe wirklich sehr, dass diese Entscheidungen für dich in Ordnung sind, aber wir haben sie aus Liebe zu dir getroffen. Wir lieben dich. Ich liebe dich. Channing liebt dich.«

»Mein Bruder?«

Er nickte, und wir bewegten beide den Kopf auf und ab. Er schob einen Daumen unter meine Robe, da ich den Reißverschluss nicht geschlossen hatte, und strich mir unter dem Shirt über den Hüftknochen. »Heather liebt dich.«

»Heather auch noch?«

Ich fühlte mich, als müsste ich sterben.

»Zellman. Jordan.« Er grinste mich sarkastisch an. »Wir haben das alles hinter deinem Rücken getan, und es tut mir leid.«

»Was habt ihr getan?«

»Freunde deines Bruders haben da noch ein Haus. Sie werden es uns günstig vermieten.«
Was?
Ich erstarrte, blickte ihn ungläubig an.
Hinter meinem Rücken hatten sie alle Register gezogen und sogar meinen Bruder und seine Beziehungen ausgenutzt.
»Tja, dann wünsche ich euch viel Spaß.«
Zusammen.
Ohne mich.
»Du kommst mit.« Er sagte das völlig emotionslos.
Meine Augen wurden schmal. »Wovon sprichst du?«, fragte ich und schüttelte bereits den Kopf. »Ich habe mich nie bei einem College beworben. Ich weiß, dass ich nicht angenommen ...«
»Es ist nicht auf dem Campus.« Seine Hände schlossen sich fester um meine Hüften. »Sie sind nicht mehr so streng mit den Wohnortregeln, und Erstsemester dürfen jetzt auch außerhalb der Uni wohnen. Da gehen wir hin. Und du kommst mit.« Er musterte mich durchdringend. »Du suchst dir einen Job. Oder was auch immer. Mir ist egal, was du machst, aber du kommst mit. Wir ziehen das nächste Jahr nicht ohne dich durch. Das haben wir alle so entschieden. Du kommst mit, oder wir bleiben alle hier.«
Mein Mund war wie ausgetrocknet.
»Was?«
Ich musste ihn falsch verstanden haben.
Ich hatte damit gerechnet, dass sie mit mir reden würden. Dass Jordan und Zellman aufs College gehen oder dass Cross und einer der beiden anderen hierbleiben würden. Ich ... ich verfluchte mich selbst. Ich hatte einfach nicht nachgedacht. Ich hatte mich selbst eingesperrt und versucht, den Schlüssel wegzuwerfen.
»Es tut mir leid.«
»Was?« Er schlang mir eine Hand um den Nacken und zog mich erneut an sich.
Mit hängenden Armen stand ich da und wiederholte meine Worte.

»Es ist nicht richtig, dass ihr das hinter meinem Rücken tun musstet. Und dass ihr euch dabei fragen musstet, wie ich reagiere. Es tut mir leid.« Ich nahm einen tiefen und verdammt schmerzhaften Atemzug. »Ich hätte euch nicht in diese Situation bringen sollen.«

Eine Sekunde lang schloss er die Augen. »Weißt du was? Das ist mir scheißegal. Ich liebe dich. Ich liebe dich. Du und ich, wir sind immer noch eine Crew, egal, was passiert.«

Seine Worte waren schön und liebevoll, aber sie änderten nichts daran, dass ich mich auf einmal gedemütigt fühlte.

Die Dunkelheit in mir, das Glühwürmchen, das ab und zu herausgekommen war und mir Gesellschaft geleistet hatte, es war verschwunden. Ich wusste nicht, wann das passiert war – nachdem wir Alex gerettet hatten oder sogar davor schon. Nachdem ich Direktor Neeon attackiert hatte, hatten sich alle um mich zusammengeschart. Vielleicht war es verschwunden, als mir klar wurde, dass Cross mich liebte. Oder vielleicht war es in das Licht geflogen, das im Lauf des Jahres in mein Leben gekommen war, durch die Therapie und dadurch, dass ich nun andere an mich heranließ. Ich wusste es nicht.

Ich wusste nur, dass ich hier stand, mich schämte und irgendwie auch schockiert war, weil ich noch lebte.

Die übliche Panik oder Wut, die sonst gekommen wären, nachdem ich erfahren hatte, dass die Jungs hinter meinem Rücken Pläne geschmiedet hatten, blieben aus. Sie kamen einfach nicht.

»Geht's dir gut?«, fragte Cross.

»Ich schäme mich.« Sie haben mit Channing über mich geredet. Und mit Heather. »Aber ich fühle auch noch ganz viele andere Dinge.«

In diesem Augenblick kam Harrison vorbei, während er mit gesenktem Kopf Karteikarten sortierte.

»Hey, Harrison.«

Er zögerte. Seine Robe stand offen, seine Krawatte hing schief. »Ja?«

»Du hältst doch gleich die Abschlussrede, oder?«

Er zog die Brauen hoch. »Mich überrascht, dass du das weißt.«

Cross runzelte die Stirn. »Wie meinst du das, verdammt?«

Aber es war keine Beleidigung, und ich fasste es auch nicht als solche auf. Also nickte ich ihm zu und fragte: »Auf welches College gehst du nächstes Jahr?«

»Yale.«

Cross musterte mich skeptisch. Harrison ebenfalls. Nach unserer Unterhaltung beim Schutzsystem-Meeting hatten Harrison und ich nicht mehr miteinander geredet, aber dieses Gespräch bedeutete mir etwas, und das wurde mir jetzt erst klar.

»Danke.«

Er zog die Augenbrauen noch höher. »Wofür?«

Ich behielt es vorläufig für mich. »Einfach nur danke. Und viel Glück mit deiner Rede. Ich glaube, die wird super.«

Er betrachtete mich misstrauisch, zuckte dann aber mit den Schultern. »Okay. Wir sehen uns dann später. Ich glaube, wir sollen uns jetzt aufstellen.

...

Es wehte eine leichte Brise mit einem Hauch von Salzgeruch. Die Luft war heiß, aber trocken, und ich hatte keine Ahnung, warum ich diese Dinge bemerkte, aber so war es. Ich wusste, dass sie wichtig waren, weil dieser Moment so wichtig war. Dies war der Tag, an dem ich beschloss, nach vorne zu blicken, anstatt auf der Stelle zu treten, meine Liebsten festzuhalten und sie ebenfalls am Weitergehen zu hindern.

Ich bekam meinen Abschluss.

Wir wurden begrüßt.

Musik erklang, an die ich mich später nicht erinnern würde.

Ein Lehrer hielt eine Rede.

Ein weiterer Lehrer hielt eine Rede.

Wir waren nervös, weil wir wussten, dass wir uns an diesen Tag noch nach Jahren erinnern würden, aber auch, weil wir es hinter uns bringen wollten. Ich wusste, dass Partys geplant waren. Sowohl Jordan als auch Zellman hatten fünf verschiedene erwähnt. Jeder von ihnen würde auch seine eigene Party feiern, veranstaltet von seinen Eltern. Cross hatte abgelehnt, als seine Mutter ihm angeboten hatte, eine Feier für ihn auszurichten, also plante sie eine für Taz am Wochenende darauf. Und Heather hatte mich gefragt, ob ich mir eine Party wünschte. Ich hatte nein gesagt, aber ich wusste, dass sie trotzdem etwas planten. Ihre Freunde waren immer noch in der Stadt. Aus dem Grillen am Freitag war nichts geworden, darum würden sie es vermutlich durch ein anderes Event ersetzen.

Ich wartete auf das Ende der Ansprachen und darauf, dass sie meinen Namen aufriefen, damit ich über die Bühne stolzieren und mich fühlen konnte, als hätte ich etwas erreicht, obwohl ich im Grunde nicht glaubte, es verdient zu haben. Ich hatte mich nicht wirklich beteiligt.

Ich hatte die Schule nicht genossen. Ich war hingegangen, weil ich musste. Ich war hingegangen, weil meine Crew dort war, und auch wegen Taz, obwohl ich immer noch nicht ganz glücklich mit ihr war.

Ich war gezwungen worden, im Eventkomitee mitzuarbeiten, und das war auch schon meine bedeutendste Aktivität an der Highschool gewesen. Die Crew war alles für mich gewesen, und nun stand ich hier. Vom Aussterben bedroht.

Ich gehörte zur Wolfscrew. Wir waren die Letzten.

»Und nun eine Rede von unserem Jahrgangsbesten, Harrison Swartz!« Direktor Broghers fing an zu applaudieren und verließ das Rednerpult, als Harrison auf die Bühne kam.

Er strich sich mit einer Hand über die Robe, eine nervöse Angewohnheit, und seine Krawatte war nicht mehr zu sehen. Er hatte immer noch Karteikarten in der Hand und räusperte sich. Er holte tief Luft. Er hob die Schultern.

Er hielt sich am Rednerpult fest, und selbst von meinem Platz aus konnte ich sehen, dass er nervös war.

Dann, völlig überraschend, blickte er mich an.

Ich zog die Brauen hoch.

Er atmete noch einmal durch und wurde ruhiger.

Er beugte sich zum Mikrofon vor. »Mein Name ist Harrison Swartz, und ich habe ein paar Dinge über unsere Schule zu sagen ...«

Er erwähnte Schüler, die Preise gewonnen hatten. Er erwähnte seine Lieblingserinnerung, nämlich die an seine Wahl zum Schülersprecher, und berichtete, was er in dieser Rolle gelernt hatte. Er dankte den Lehrern, einigen Hausmeistern und ein paar Coaches. Er gratulierte den Sportteams, die Preise gewonnen, Rekorde aufgestellt und an Landesmeisterschaften teilgenommen hatten. Er sprach über die politischen Ereignisse des vergangenen Jahres, dann verstummte er und suchte erneut meinen Blick.

Harrison senkte die Stimme. Sie klang nun echter, weniger professionell und aufgesetzt. »Vor einigen Wochen habe ich ein Gespräch mit einer Person geführt, mit der ich nie zuvor geredet hatte und von der ich auch nie erwartet hätte, dass ich mich einmal mit ihr unterhalten würde.« Er nickte mir zu. »Bren Monroe.«

Ich spürte die Aufmerksamkeit nahezu körperlich. Ein paar Schüler in meiner Reihe blickten mich an, vor mir drehten sich einige um.

»Und das liegt nicht nur an den offensichtlichen Unterschieden zwischen uns. Bren ist sehr hübsch, und auch wenn ich damit sehr erfolgreich war, muss ich zugeben, dass ich ein Streber bin.« Es gab Gelächter. Harrison grinste, zog aber den Kopf ein. »Doch von diesen Unterschieden rede ich nicht, obwohl das auf einer normalen Schule ein entscheidender Grund gewesen wäre, nicht miteinander zu reden. Auf einer anderen Schule wäre Bren vielleicht eins der beliebten Mädchen gewesen. Auf einer anderen Schule hätte man mich, wie gesagt, für einen Streber gehalten. Aber an dieser Schule ist das nicht passiert.«

Erneut machte er eine Pause und räusperte sich. Sein Blick wurde ernster. »Als Bren auf mich zukam, war es das erste Mal, dass wir miteinander sprachen. Sie hat mich gefragt, ob mir schlecht sei.« Er lachte leise.

»Ich habe dich gefragt, ob du aufs Klo musst«, korrigierte ich flüsternd.

Die Leute neben mir hörten mich und kicherten.

»Ich habe mich ihr vorgestellt, erklärt, wer ich bin und warum ich an diesem Ort war«, fuhr er fort. »Sie hat mir für meine Dienste gedankt.« Sein Grinsen wurde breiter. »Das brachte mich zum Lachen, denn dort stand ich, die Verkörperung des Strebers, und da war sie, die Verkörperung des ›Andersseins‹ – darunter könnt ihr verstehen, was immer ihr wollt –, und ich hätte niemals Dank dafür erwartet, dass ich Schülersprecher war.« Sein Lächeln verblasste. »Und dann hat sie mir die Leviten gelesen. Es war, als könnte sie in mein Inneres sehen und all die Vorurteile ihr und ihren Freunden gegenüber erkennen. Sie sagte mir ins Gesicht, dass ich mir wünschte, es gäbe niemanden wie sie an unserer Schule, aber sie erinnerte mich auch daran, wie mein Leben verlaufen wäre, wenn sie und ihre Jungs nicht gewesen wären. Sie hatte recht. In allem. Ich hatte Vorurteile. Mir gefiel es nicht, dass sie auf unsere Schule gingen, aber ich profitierte von ihrer Anwesenheit. Und dann hat sie das Gespräch abgebrochen, weil sie merkte, wie unangenehm mir das Ganze war.«

Pause. »Das war es tatsächlich. Aber nachdem sie gegangen war, war ich für einen Moment sprachlos. Ich hätte nie erwartet, dass meine erste Unterhaltung mit jemandem wie Bren Monroe auf diese Art verlaufen würde. Was sie nie erfahren hat, ist, dass dieses Gespräch meine Meinung über sie geändert hat. Ich erkannte, dass sie genauso sind wie ich. Sie haben Ängste und Komplexe, Vorlieben und Menschen, die ihnen wichtig sind. Sowas findet man sonst in den sozialen Medien, aber ich glaube nicht, dass Bren sich dort herumtreibt.«

Er nickte mir zu. »Ich glaube, mittlerweile hat jeder verstanden, wen ich mit ›sie‹ meine und auch wenn ich weiß, dass die Meinungen bezüglich des Systems auseinandergehen, kann ich nur darüber reden, wie sie meine Erfahrungen als Schüler in Roussou beeinflusst haben. Denn in Roussou wurde ich nicht ausgegrenzt. Ich wurde nicht gemobbt, weder online noch offline. Es gab nicht die typischen coolen Sportler, die mich durch die Gegend geschubst hätten – sowas ist hier nie passiert. Und ja, es gab im Lauf der Jahre einige unangenehme Momente. Ein paar Gewaltausbrüche, aber irgendwie wusste ich immer, dass ich in Sicherheit war. Ich bin nie mit der Angst durch die Schule gegangen, dass mich jemand überfallen könnte. Ich habe nie einen Waschraum mit der Sorge betreten, dass jemand meinen Kopf ins Klo stecken könnte. Sie haben sich gegenseitig gezwungen, sich anständig zu benehmen, und dadurch haben sie uns alle dazu gebracht. Eigentlich gab es an unserer Schule nicht diese typischen beliebten Schüler. Natürlich gibt es immer Ausnahmen, aber im Großen und Ganzen waren wir alle gleich. Wir waren gleichgestellt. Wir waren Normalos. Und ich war einer von ihnen.«

Er zögerte einen Moment, dann fuhr er fort: »Ich habe Bren nie erzählt, dass uns wegen ihr, wegen ihrer Gruppe und ihrem Bruder eine Erfahrung geschenkt wurde, die man an keiner anderen Highschool machen kann. Roussou ist nicht wie andere Schulen, und dafür bin ich dankbar, denn wäre es anders gewesen, stünde ich jetzt vermutlich nicht auf dieser Bühne, würde nicht diese Rede halten und nächstes Jahr auch nicht nach Yale gehen. Und deswegen danke ich dir für deine Dienste.« Er stieg vom Rednerpult, lächelte in meine Richtung und setzte sich wieder auf seinen Platz.

Applaus brach los. Dann Jubelrufe.

Es hatte mir die Sprache verschlagen. Harrison hätte diese Erfahrung für sich behalten können, aber er hatte sie geteilt – mit mir, mit meiner Crew, mit allen anderen Crews. Jordan und Zellman jubelten am lautesten. Ich blickte Cross an, der neben Taz saß und mich die ganze Zeit schon beobachtet hatte. Seine Augen funkelten. Ich sah Stolz in ihnen, und dann senkte ich den Blick. Er hielt seiner Schwester die Hand. Taz weinte und wischte sich Tränen mit einem Taschentuch ab.

Race streckte hinter Cross' Stuhl den Arm aus, zupfte an Taz' Robe, und sie ließ die Hand ihres Bruders los und ergriff die von Race.

Ich hatte nicht weiter nachgefragt. Ich wusste nicht, was passiert war, nachdem Taz bei dem Abendessen geblieben war, anstatt für ihn da zu sein, aber es schien ihnen gut zu gehen. Alles andere würde sich im Lauf der Zeit zeigen, aber war wohl bei allen so. Mich selbst eingeschlossen.

Taz und ich. Wir würden das hinkriegen. Ich wusste, dass sie gerade nicht ganz richtig im Kopf war.

Broghers trat wieder ans Podium, und der Applaus verebbte. Alle kehrten zu ihren Plätzen zurück.

Reihe für Reihe standen wir auf und stellten uns an. Einer nach dem anderen wurde aufgerufen.

Zellman zuerst. Es gab lauten Jubel.

Ich war die Nächste. Der Jubel war noch lauter.

Jordan kam gleich nach mir.

Dann Race. Cross. Taz.

Ein Blitzlichtgewitter ging los. Leute pfiffen. Schrien Glückwünsche, und dann war es vorbei. Die Quasten an unseren Hüten baumelten hin und her. Wir nahmen unsere Zeugnisse in Empfang und waren offiziell mit der Schule fertig.

Zur Abwechslung lebte ich ganz im Augenblick. Ich fühlte alles und unterdrückte nichts – Trauer, Bedauern, Glück, sogar Aufregung, und als Channing auf mich zukam, blinzelte ich ein paar Tränen weg.

»Weinst du?«

»Nein.« Ich musterte ihn finster, aber eine Träne schaffte es trotzdem aus dem Augenwinkel. »Okay, vielleicht.«

Lachend umarmte er mich und hob mich hoch. »Herzlichen Glückwunsch, kleine Schwester. Ich liebe dich«, flüsterte er, ehe er mich wieder absetzte. Er trat einen Schritt zurück und fügte hinzu: »Ich bin stolz auf dich.«

Dann kam Heather. Sie weinte und drückte mich ebenfalls.

Moose war der Nächste. Congo. Chad. Lincoln. Scratch.

Eine Schlange bildete sich, und ich blickte zu Taz und Cross hinüber, die bei ihren Eltern standen. Die Freundin ihres Vaters war nicht dabei und Blaise auch nicht, nur die engere Familie war gekommen. Nicht weit davon entfernt stand Jordan mit seiner Familie einschließlich kleiner Schwester. Zellmans Familie bildete eine Traube um ihn, seine Mutter und seine Oma wischten sich das Gesicht ab. Aber er linste immer wieder zu Sunday rüber, die bei ihren eigenen Eltern stand, den

Kopf gesenkt und eine Hand schützend auf den Bauch gelegt. Man konnte ihr noch nichts ansehen, aber ich fragte mich, ob ihre Eltern mittlerweile Bescheid wussten.

»Alles okay?«, fragte Channing und riss mich aus meinen Beobachtungen.

»Was?«

Er blickte mir unverwandt ins Gesicht und zog kaum merklich eine Braue hoch. »Du wirkst heute irgendwie anders. Was ist los?«

Ich zuckte mit den Schultern. »Ich ... freue mich wohl auf die Zukunft oder so.«

Der besorgte Ausdruck verschwand aus seinem Gesicht. Er tauschte rasch einen Blick mit Heather und fragte mich lächelnd: »Tatsächlich?«

Ich nickte. »Ja, tatsächlich.«

Seine Augen funkelten jetzt. »Das ist gut.«

Ich konnte mich selbst nicht sehen, aber ich wusste, dass meine Augen zurückfunkelten.

Gut war gut genug für mich.

Kapitel 44

Eine Woche später

»Bren?«, rief Heather.

»Ja?« Ich saß auf der Terrasse vor Heathers Haus. Na ja, theoretisch gehörte es noch ihr, aber der Großteil ihrer Sachen war bereits in unser Haus gebracht worden. Offiziell würde sie später im Sommer umziehen. Sobald ich mit den Jungs nach Cain ging, würde Heather das Haus ihrem Bruder überschreiben. Das war ein großer Schritt. Große Schritte schien im Augenblick fast jeder zu machen.

Als wir Kies unter Reifen knirschen hörten, öffnete Heather die Fliegengittertür. Ein schwarzer SUV kam näher, fuhr am Manny's vorbei und hielt direkt vor uns an.

Mein Magen machte Anstalten, sich zu verkrampfen, aber dann sah ich, dass Heather sich über die Neuankömmlinge freute. Mit einem breiten Lächeln im Gesicht trat sie aus der Tür und ließ sie hinter sich zufallen. Sie stützte die Hände auf Hüften, als die Wagentüren sich öffneten. Auf der Fahrerseite stieg der Footballstar aus, auf der Beifahrerseite die Olympialäuferin.

»Hey!«, rief Heather. »Wo ist Logan?«

»Der kommt später mit Taylor nach«, sagte die Läuferin. »Sie warten noch auf Nate und Matteo.«

»Matteo kommt auch? Großartig.«

Ich blickte Heather von der Seite an, aber sie schien es ernst zu meinen. An mich dachte sie gar nicht mehr. Diese Leute tauchten auf, und schon war ich Nebensache.

Eifersucht flammte in mir auf, aber ich unterdrückte sie sofort. Das war doch albern. Sie waren gute Freunde von ihr. Ich hatte mich zwar im Lauf des Jahres an Heathers ungeteilte Aufmerksamkeit gewöhnt, aber das hier war eine Sache von zwei Minuten. Ich musste mich wieder einkriegen.

Die Frau umarmte Heather, während der Typ mich auf dieselbe Art in Augenschein nahm, wie ich es gerade bei Heather getan hatte.

Mein Blick wurde ausdruckslos. Ich presste die Lippen aufeinander, rutschte auf dem Stuhl herum und legte schließlich die Füße aufs Geländer. So what, Kumpel? Wenn er jemandem Angst einjagen wollte, musste er sich dafür jemand anders aussuchen. Ich rollte die Schultern und reckte das Kinn. Ich wäre sogar bereit gewesen, ihm die Zähne zu zeigen, aber so kalt und emotionslos, wie die Augen dieses Typen wirkten, und nach all den Geschichten, die ich über ihn gehört hatte, ging ich nicht davon aus, dass ihn das interessieren würde.

Ich begriff plötzlich, warum es so einen Hype um ihn gab, gestand es mir aber nur widerwillig ein. Der Typ sah großartig aus. Das Mädchen auch. Beide hatten pechschwarze Haare, sie passten zusammen wie ein Paar Buchstützen. Sie hatte lange, schlanke Läuferinnenbeine, und er war muskulös und gut gebaut – na ja, eben ein Wide Receiver. Channing hatte mir erzählt, dass er Muskelmasse hatte abbauen müssen, als er die Position beim Football gewechselt hatte. Trotzdem war er immer noch massig.

»Du musst Bren sein.«

Die Läuferin strahlte etwas Warmes aus, und ich blickte sie an und spürte, wie ich aufstand, ohne mich bewusst dafür entschieden zu haben. »Hi. Ja.«

Sie kam auf mich zu, nahm mich in die Arme und drückte mich.

Heather zuckte zusammen. »Äh. Bren mag es ni...«

Die Frau erstarrte und fluchte leise. Als sie von mir abließ, verzog sie das Gesicht und sagte: »Tut mir leid. Es ist nur, weil du ...« Sie strich mir übers Haar und deutete auf den Rest von mir, während sie widerstrebend einen Schritt zurücktrat. »Ich bin Sam, und du bist einfach perfekt, und ich warte schon so lange darauf, dich kennenzulernen, aber Heather hat sich immer Sorgen gemacht. Na, wie dem auch sei, ich habe jedenfalls vor Kurzem ein Baby bekommen, und meine Gefühle sind im Moment noch sehr mütterlich, und Heather spricht von dir wie eine Mutter von ihrem Kind, und dann geht mir immer das Herz über, aber ...« Sie blickte mich an und schaltete einen Gang runter.

Sie biss sich auf die Lippe, machte einen weiteren Schritt rückwärts. Der Footballspieler legte ihr einen Arm um die Taille und zog sie an sich, aber sie blieben beide stehen und musterten mich durchdringend.

»Äh ...« Ich platzte förmlich vor Energie. »Ich fühle mich gerade fast gar nicht wie ein Tier im Zoo.«

»Bren!«, rief Heather.

Das Pärchen lachte. Alle beide. Der Spruch gefiel ihnen.

Ich wusste nicht recht, was ich davon halten sollte.

»Das sind Sam und Mason«, sagte Heather. »Sie sind zwei sehr gute Freunde von deinem Bruder und mir.«

Ich hörte die Warnung in ihrer Stimme und wusste, dass ich mich verziehen sollte. Ich konnte mit Erwachsenen nicht gut umgehen, und diese Leute waren zu wichtig, um sie gleich bei der ersten Begegnung gegen mich aufzubringen. Es war einfach eine blöde Gewohnheit von mir.

»Ich muss dann mal los.«

Der Typ meldete sich zu Wort, musterte mich noch immer aus schmalen Augen. »Wir haben gehört, dass du Sams Schwiegermutter kennengelernt hast.«

»Mason!«, sagte seine Frau.

Er ignorierte die Warnung. »Was hältst du von ihr?«

Ich erinnerte mich an die Frau und sagte schulterzuckend: »Keine Ahnung.«

Sam erstarrte. Ihr Gesicht zeigte keine Regung, aber ich spürte es trotzdem. Meine Gleichgültigkeit machte ihr aus irgendeinem Grund zu schaffen.

Sein Blick wurde kälter. »Sie sagt, sie kennt den Vater deines Freundes und seine Freundin. Sind ihre Nachbarn, sagt sie. Du lässt dich häufiger sehen, meint sie, weil du und dein Junge noch öfter aufeinanderhängt als Sam und ich auf der Highschool.«

Ich wartete, legte den Kopf schief. Seine Worte hätten einfach der Auftakt einer Unterhaltung sein können, aber so war es nicht. Er warnte mich, weil er wusste, dass Heather mich gewarnt hatte.

Das war interessant.

»Hatten Sie nicht gesagt, dass sie ihre Schwiegermutter ist?«, fragte ich und deutete mit einem Kopfnicken auf seine Frau.

»Ist sie.«

»Sie hat meinen Vater geheiratet«, sagte die Läuferin. »Sie ist nicht Masons Mutter.«

»Warum warnt ihr mich vor ihr?«, fragte ich.

»Verdammt noch mal«, flüsterte Heather.

Die Läuferin sah Heather entschuldigend an. Heather blickte genauso zurück.

Wer sich nicht entschuldigte, waren der Typ und ich. Das fand ich witzig. Er wirkte vollkommen zufrieden mit dem, was er sagte. Okay. Scheiß drauf. Er wollte mich mit Worten rumschubsen? Versuch's doch, Arschloch.

Ich ging einen Schritt auf die beiden zu und senkte die Stimme. »Was wird das hier? Willst du deine Familie in Schutz nehmen? Willst du mich warnen, dass ich sie in Ruhe lassen soll oder so? Kennst du mich überhaupt?« Meine Nasenflügel blähten sich.

Die Augen von diesem Kerl wirkten alt und abgestumpft, als hätte er viel gesehen und durchgemacht. Ich sah es und spürte es, und vielleicht regte es mich deswegen so auf.

Aber dann hörte es auf.

Aus irgendeinem Grund fühlte ich mich, als hätte jemand die Luft aus mir herausgelassen, und was übrig blieb, war ein seltsam seliges

Gefühl. Keine Ahnung, warum. »Musst du nicht«, sagte ich. »Alles, was du gesagt hast, stimmt, und obwohl ich die Frau seitdem nicht mehr gesehen habe, werde ich ihr bestimmt noch mal begegnen. Das wird sich kaum vermeiden lassen, sie scheint in der Gegend ja sowas wie ein Blockwart zu sein. Aber du, wegen mir musst du dir keine Sorgen machen. Ich bin keine typische Highschool-Rebellin. Und irgendwas sagt mir, dass sie sich dir auch nie anvertraut hat. Die Frau kannte meine Mutter, sie waren befreundet, sagt sie. Warum zum Teufel sollte ich mich mit jemandem anlegen, der meine Mutter geliebt hat?«

Ich hörte, wie Heather nach Luft schnappte.

Die Frau liebte meine Mutter. Das hatten sie und ich gemeinsam, und diese Verbindung gab es zu wenigen Menschen. Es war richtig, diese Gemeinsamkeit wertzuschätzen, und da Mason sie erwähnt hatte und nach allem, was ich von mir gegeben hatte, traf ich die Entscheidung genau in diesem Moment.

Ich würde zu ihr gehen und sie nach meiner Mutter fragen, sie bitten, mir mehr zu erzählen.

Endlich entspannte sich der Typ ein wenig und ließ eine Spur von Gefühl erkennen. Er zeigte Bedauern, aber das war so schnell wieder weg, wie es aufgetaucht war.

»Um Himmels willen«, sagte Heather. »Wo ist Logan, wenn man ihn braucht, um einen unanständigen Witz zu erzählen und die Stimmung aufzulockern?«

Ich lächelte Heather an, aber ich wusste, dass es ein trauriges Lächeln war. Sie hatte mich beobachtet und wusste es ebenfalls.

»Bren.« Sie streckte die Hände nach mir aus.

Ich wich ihrer Berührung aus, und mit sanfter Stimme, um ihre Gefühle nicht zu verletzen, sagte ich: »Hey, du kennst mich doch. Manche Sachen laufen standardmäßig ab. Ich bin mir ziemlich sicher, dass Jordan gerade Brandon ablenkt, damit Z Alkohol aus deiner Bar klauen kann, aber mach dir keine Gedanken. Nach dem letzten Mal habe ich ihn mir vorgenommen. Er wird dir Geld dalassen, um dafür aufzukommen. Jordan hat Brandon eines Nachts gefragt, wie teuer eine Flasche ist. Den wahren Grund seiner Frage hat dein Bruder natürlich nicht verstanden.«

Ihre Augen weiteten sich. »Willst du mich verarschen?«

Ich schüttelte den Kopf. »Vielleicht kennst du uns ja doch nicht so gut ...«

»Tut mir leid, Leute. Ich muss mich sofort um diese kleinen Arschlöcher kümmern.«

Sie stürmte davon, lief so schnell sie konnte ins Manny's, und das war genau das Gegenteil von dem, was ich erreichen wollte. Ich wollte diejenige sein, die sich um die beiden kümmerte.

»Na, bereust du deine Worte?«, fragte der Typ.

Ich blickte ihn wieder an. »Schon möglich.«

Seine Mundwinkel zuckten erneut, und die Läuferin biss sich auf die Lippe und senkte den Blick. Ihre Schultern bebten.

Großartig. Ich war offenbar ihr Unterhaltungsprogramm. Normalerweise reagierten Erwachsene anders auf mich.

»Leute, die älter sind als ich, haben normalerweise Angst, dass ich ein Messer raushole. Ihr lacht mich gerade aus.«

»Oh mein Gott.« Die Schultern der Läuferin hörten auf zu beben, und sie hob den Kopf. »Nein, absolut nicht! Wir lachen dich nicht aus. Es ist nur ...« Sie drehte sich um und tauschte einen Blick mit ihrem Mann. »Mason ist sehr darauf bedacht, unsere Freunde zu schützen. Das ist alles. Du könntest Channing und Heather leicht verletzen, obwohl die beiden eigentlich nicht zu der Sorte Mensch gehören, bei der wir uns deswegen Sorgen machen. Das ist alles.«

Das war ... »Das ist beleidigend.«

Daraufhin wurden beide wieder ernst.

»Sie sind meine Familie. Wer ist eure?«, gab ich zurück.

»Sie sind auch unsere Familie«, sagte der Typ.

Ich blickte ihn an, hatte wieder festen Boden unter den Füßen. »Mir ist egal, wie reich oder berühmt ihr seid, und ob ihr glaubt, meinem Bruder und meiner zukünftigen Schwägerin nahezustehen. Wenn ihr ihnen etwas antut, wenn ihr sie verratet ... egal, was ... Wenn ihr sie verletzt, verletze ich euch. Ich weiß noch nicht, wie, aber ich werde es tun. Das ist meine Warnung.«

Zorn flammte in mir auf, aber er vermischte sich mit anderen Gefühlen, wie zum Beispiel Erleichterung. Diese Leute taten dasselbe wie ich, um die Ihren zu schützen. Es war verstörend, aber auf eine gute Art. Danach kehrte das merkwürdige, selige Gefühl zurück, flatterte beruhigend in meinem Bauch herum.

Schweigend beobachtete sie ihren Mann.

Er beobachtete mich, dann nickte er und kam einen Schritt auf mich zu. Er reichte mir die Hand. »Klingt gut. Ich bin Mason. Wir sind wegen deiner Abschlussfeier hier. Glückwunsch.«

Meine Abschlussfeier. Das hatte ich für ein paar Minuten vergessen. Mist. Das bedeutete, dass noch mehr Leute kommen würden, denn ich wusste, dass Heather das Manny's geschlossen und so ziemlich jeden aus Roussou und Fallen Crest eingeladen hatte.

Ich schüttelte ihm die Hand und war plötzlich wieder besorgt. »Kommen noch mehr von euch? Logan und Matteo?«

Ich war Logan schon einmal begegnet, aber nur kurz. Es hatte keinen Schlagabtausch wie diesen gegeben.

Sie legte den Kopf in den Nacken und lachte.

Sogar der Typ lächelte nun. »Logan wird dich lieben. Er war sehr angetan davon, wie du dich bei der Polizei verhalten hast.«

»Darum haben Channing und Heather uns von ihr ferngehalten. Sie ist wie wir, Mason.«

Er knurrte, lächelte aber immer noch. »Ja. Das wird mit Sicherheit interessant, und das ist noch untertrieben.«

Ich hatte keine Ahnung, wovon sie redeten, aber ich war Logan Kade offiziell noch nie begegnet. Ich hatte von ihm gehört. Von einem Matteo wusste ich nichts, aber der Name Nate kam mir vage bekannt vor.

Ich fühlte mich, als steckte ich in einer neuen Haut.

Alles veränderte sich, und damit kam ich nicht klar.

»Ich glaube, ich gehe mal lieber meine Freunde vor Heather retten.

War schön, euch beide kennenzulernen.« Ich zögerte. »Samantha und Mason.«

Sie nickten und traten beiseite, als ich die Treppe hinunter und zum Hintereingang des Manny's ging.

Noch eine Veränderung? Ich hatte es ernst gemeint. Ihre Worte hatten mich nicht beeindruckt, das taten Worte nie. Aber Handlungen und Verhaltensweisen sagten mir etwas, und dass die beiden sich Sorgen um Channing und Heather machten, bedeutete mir etwas. Es gefiel mir. Es flößte mir Respekt ein.

»Komm schon, Heather!«, hörte ich Zellman im Manny's rufen. »Ich habe eine Petition mit tausend Unterschriften, die besagt, dass du uns Rum umsonst geben sollst.«

Ich grinste schon, als ich die Fliegengittertür öffnete.

»Ach ja?«, schnaubte Heather. »Und von wem sind diese tausend Unterschriften? Von deiner linken und deiner rechten Hand, immer abwechselnd?«

Z schwieg. Was auch eine Antwort war.

»Himmel noch mal! Ist das euer Ernst? Und warum versucht ihr, mir den Alkohol zu klauen? Den gibt es doch überall. Benehmt euch endlich wie normale Teenager und klaut ihn woanders. Strengt euch für euren Alkohol wenigstens ein bisschen an.«

»Das habe ich ja versucht, aber du bist mir in die Quere gekommen. Und abgesehen davon ist dein Zeug immer noch das beste in der Gegend.«

Ich lief den Flur entlang und war schon fast an den Toiletten und dem Büro vorbei, als sich eine Tür öffnete. Eine Hand schnellte hervor, packte mich am Arm und zog mich in den Raum.

»Wa...«

Ein Mund presste sich auf meinen und brachte mich zum Schweigen.

Es war nicht irgendein Mund. Ich kannte diesen Mund. Ich hatte ihn noch am Morgen gespürt, und nun reckte ich mich auf Zehenspitzen, legte meine Arme um seinen Hals und öffnete meinerseits den Mund.

Alle komischen Gedanken verblassten, und heiße, verlangende Sehnsucht trat an ihre Stelle.

Cross löste sich von mir. »Liebend gern, aber nicht hier. Nicht in Heathers Büro.«

Ich sah mich in dem Raum um. Er hatte recht. In der Ecke stand ein Schild mit Regeln für den Koch: Nicht rumnudeln.

Ich schüttelte den Kopf. »Das muss ihr jemand geschenkt haben. Warum sonst sollte sie sich sowas freiwillig ins Büro stellen?«

Cross beugte sich vor und bedeckte meinen Hals mit Küssen. »Wenn wir nicht hier wären, um dich zu feiern, würde ich mir eine Entschuldigung einfallen lassen und einfach verschwinden. Ich finde, wir sollten uns einen Tag vornehmen, an dem wir genau das tun. An dem wir uns gegenseitig feiern. Bist du dabei? Wir könnten irgendwohin fahren. Allein. Verstehst du?«

Es klang himmlisch. »Klar bin ich dabei.«

Wir hatten in der Nacht zuvor nur wenig geredet, nachdem er ins Bett gekrochen war. Er war bei einem weiteren Familienessen gewesen, aber diesmal nur im engen Kreis. Keine Partner. Die Mutter. Der Vater. Taz und Cross. Blaise war nicht dabei, glaube ich, und Cross war an diesem Morgen ziemlich schweigsam gewesen. Und dann hatte Heather mich gebeten, früher vorbeizukommen und ihr bei den letzten Vorbereitungen zu helfen, weil die Party ja für mich war.

Ich berührte sein Gesicht, strich ihm mit dem Daumen über die Wange. »Wie ist es gestern Abend gelaufen?«

Er schloss die Arme fester um mich, und ein Schatten huschte über sein Gesicht. »Es war, wie es war.«

Ich wartete, aber er fügte dem nichts mehr hinzu. Ich tippte ihm auf die Brust und legte den Kopf in den Nacken. »Hey. Ich bin´s. Sprich mit mir. Lass mich an dich ran.«

Er blickte auf. Sein Blick war so verhangen und gleichzeitig so gehetzt, dass mir das Herz in die Hose rutschte.

Erneut schloss er sie. »Taz geht nach Grant West, und was du gesagt hast, ist wahr geworden. Meine Mom geht mit ihr. Sie wird da ein Haus kaufen, sich niederlassen und sich einen Job suchen.«

Ich wartete, aber es kam nichts mehr.

Ich schloss die Hand, die auf seiner Brust lag. »Und dein Dad?«

»Der bleibt hier.« Er sah wieder auf. »Was gibt es dazu noch zu sagen?«

Kinder gingen aufs College. Eltern blieben zurück. Das war zu erwarten. Ich glaubte nicht, dass Cross deswegen litt. Er litt, weil das Fundament unter seinen Füßen wankte. Er hatte niemanden, zu dem er nach Hause kommen konnte, aber wenn ich genauer darüber nachdacht, hatte er doch jemanden. Er hatte mich. Ich war hier. Er hatte Zellman und Jordan.

»Auf welches College geht Blaise?«

»Cain.«

»Im Ernst?«

Er nickte mit grimmiger Miene. »Er sollte erst woanders hingehen, in den Osten. Keine Ahnung, warum er sich anders entschieden hat.«

»Glaubst du, es liegt an dir?«

Cross schwieg eine Weile, dann schüttelte er den Kopf. »Nein. Die beiden Male, die wir uns seit dem Essen gesehen haben, hat er sich nicht für mich interessiert. Ich denke, es muss einen anderen Grund für dieses Umschwenken geben.«

Cross hatte mir nichts mehr über seinen Bruder, seine Eltern oder seine Schwester erzählt. Alle paar Tage hatte ich nachgefragt, und jedes Mal hatte er mir nur einsilbig geantwortet. Er ließ mich an sich ran, aber nicht vollständig. Innerlich war er noch mit unzähligen Dingen beschäftigt, die seine Familie betrafen, aber ich würde für ihn da sein, wenn er so weit war. Und ich wusste, dass irgendwann alles aus ihm herausbrechen würde. So war es immer.

Ich strich ihm mit der Hand über die Brust, hakte die Finger unter den Bund seiner Jeans. »Nach heute Abend. Du und ich. Okay?«

Er nickte und lehnte seine Stirn an meine. Er atmete durch. »Klingt perfekt.«

»Ich liebe dich.«

»Ich liebe dich.«

Wir hörten, wie Heather an uns vorbeilief und dabei irgendwas über Zellman sagte. Ihre Stimme erreichte uns nur gedämpft, aber es reichte, um uns daran zu erinnern, wo wir waren.

»Das ist heute deine Party«, sagte Cross.

»Ja. Channings und Heathers Freunde sind schon da. Ein paar kommen noch.«

Seufzend ließ Cross mich los. »Das wird eine lange Nacht werden.«

Allerdings. Ich tätschelte ihm die Brust. »Hey, wir können uns schon auf eine weitere Party am Ende des Sommers freuen. Eine Preview der Dokumentation. Ich kann's kaum erwarten.« Ich war sarkastisch und fröhlich und ja, es war absolut gefakt.

Cross' Augen weiteten sich in gespieltem Entsetzen. »Wer bist du, und was hast du mit meiner Freundin gemacht?«

Ich lachte. »Wusstest du das noch nicht? Die Schlampe ist mit der Schule fertig. Die ist schon lange weg.«

Wir setzten uns in Richtung Tür in Bewegung, und Cross streichelte mir sanft den Rücken. Er beugte sich vor, küsste mich auf die Schläfe. »Versprich mir, dass du bleibst, wie du bist, okay? Ich liebe diese Bren sehr.«

Ich lehnte mich an ihn und schmolz innerlich dahin. »Das geht doch nicht. Natürlich verändere ich mich.«

»Nein.« Er fiel mir ins Wort, plötzlich ernst. »Du wirst nur etwas von deinem Ballast los, und dein wahres Ich kommt zum Vorschein. Du strahlst heller und fängst bald an zu leuchten, aber du bist immer noch Bren.« Seine Augen wurden dunkler. »Ich brauche dich gerade sehr.«

Meine Kehle war wie zugeschnürt. »Ich werde dich immer brauchen«, flüsterte ich.

Er beugte sich über mich, und seine Lippen senkten sich auf meinen Mund.

Wir blieben noch ein bisschen länger in Heathers Büro.

Epilog

Drei Monate später

Das Mädchen auf dem Bildschirm setzte sich auf einen Hocker vor schwarzem Hintergrund, ein einzelner Scheinwerfer war auf sie gerichtet. Eine Kamera. Ein Produzent. Das war alles.

Ihre Haare waren offen, aber sie trug kein Make-up. Ein weißes Top. Jeansshorts. Schwarze Stiefel. Ein Pullover lag um ihre Schulter, weil ihr kalt war.

Dieses Mädchen war Bren.

Dieses Mädchen war ich.

Ich hatte mich an dem Tag wund gefühlt. Dieses Video war nicht das gewesen, was ich wollte. Aber ich hatte es genutzt. Ich hatte es zu etwas gemacht, das ich am Ende doch wollte.

Ich beobachtete mich selbst, wie ich kurz auf den Boden blickte, sodass meine Haare nach vorn fielen. Als ich den Blick wieder hob, blieben sie dort. Ich hatte meine Haare dunkler gefärbt, sie waren nun fast schwarz. Ich hatte selbst nicht gewusst, warum, aber jetzt sah ich, dass sie beinahe mit dem Hintergrund verschmolzen. Vielleicht hatte ich das ja vorgehabt? Ein letzter Versuch, mich zu verstecken, anstatt ins Rampenlicht zu treten? Oder vielleicht hatte ich die Aufmerksamkeit auf mein Gesicht lenken wollen.

Ich wusste es nicht, aber es gefiel mir. Meine Haare waren länger geworden.

Vielleicht – nur vielleicht – versuchte ich gerade, eine neue Bren zu werden. Ich versuchte, die alte Bren hinter mir zu lassen – diejenige, die für immer in Roussou hatte bleiben wollen, die nicht erwachsen werden wollte, die solche Angst vor der Zukunft hatte, dass sie glaubte, keine zu haben.

Vielleicht.

Wie dem auch sei, da war ich. Auf einem Hocker. Bereitete mich darauf vor, mein Herz auszuschütten. Dann stellte Becca mir eine Frage, und ich richtete mich wieder auf.

Beccas Stimme kam von hinter der Kamera. »Du wolltest interviewt werden. Was hat dich zu dieser Entscheidung gebracht?«

»Die andere Seite muss erzählt werden.«

»Und welche Seite ist das?«, fragte sie.

»Es war zum Schutz. Deswegen wurden Crews gegründet. Nicht als Gang. Nicht, um Gewalt auszuüben. Nicht, um Macht zu haben. Nur, um sich zu wehren.«

»Was ist damals passiert?«

»Ein Typ wollte ein Mädchen vergewaltigen. Das ist der Ursprung der Crews. Ein schlechter Mensch wollte ein unschuldiges Mädchen vergewaltigen, und gegen diesen schlechten Menschen hat sich eine Gruppe gebildet. Sie wollten das nicht hinnehmen, also haben sie sich gewehrt, und so wurde die erste Crew gegründet. Die New-Kings-Crew. Die Crew meines Bruders.«

»Die Schulleitung hat vieles versucht, um gegen das Crewsystem vorzugehen. Sie sagt, ihr seid gewalttätig und gefährdet die Schüler. Was hältst du von dieser Aussage?«

Im Rückblick wurde mir klar, wie erstarrt ich gewesen war. Ich hatte nicht gemerkt, wie traurig es mich machte, immer wieder dieselben Dinge zu hören. Aber jetzt sah ich mich selbst, wie ich den Kopf hob und die Schultern straffte. Ich war entschlossen und kämpferisch, und ich hörte mich selbst mit voller innerer Gewissheit sagen: »Fragt die anderen Schüler, ob sie Angst vor uns haben.«

»Das haben wir getan.«

»Und was haben sie gesagt?«

Für einen Moment herrschte Stille. »Sie haben gesagt, dass sie sich manchmal vor den Crews fürchten, aber sie wissen, dass ihr sie beschützen werdet, und dadurch fühlen sie sich sicher.« Erneut herrschte Stille. »Fast jeder Schüler sagte, er sei froh, eine Schule mit einem Crewsystem zu besuchen. Ihr bleibt meistens unter euch, aber falls etwas passieren sollte, würdet ihr helfen.«

Auf dem Bildschirm sah ich mich nicken. Das war nichts Neues.

»Als unsere Crew gegründet wurde, war ich das erste weibliche Mitglied überhaupt«, fuhr ich fort. »Die Leute waren gemein. Sie haben gefragt, ob ich für die Jungs die Beine breitmache. Ob ich die Gruppenschlampe war. Es war das genaue Gegenteil. Meine Crew ist das beste Beispiel dafür, dass uns das Geschlecht egal ist. Ein weibliches Crewmitglied ist ein Crewmitglied. Punkt. Nicht mehr und nicht weniger. Ich war nicht weniger. Dann ist ein anderes Mädchen einer Crew beigetreten und ich habe gehört, dass es bei ihnen genauso lief. Jede Crew ist anders. Wir folgen nicht alle denselben Regeln, aber die Grundprinzipien einer jeden Crew sind Schutz und Loyalität. Man beschützt sich, man ist loyal.«

»Aber du bist mit einem deiner Crewmitglieder zusammen, oder?«, fragte Becca.

Ich nickte. »Wir hatten eine Regel gegen Beziehungen innerhalb der Crew. Daran haben wir uns gehalten, bis wir uns verliebt haben.«

»Waren die anderen in der Crew deswegen wütend?«

Das war etwas, was ich noch nicht erzählt hatte, aber in dem Interview ging es um Ehrlichkeit. Um Offenheit. Also zuckte ich mit den Schultern und sagte: »Ja. Sie waren wütend, aber wir haben daran gearbeitet. Die ganze Crew zusammen. Wir haben Gespräche darüber geführt, zu welchen Problemen es kommen könnte. Wir haben in Erwägung gezogen, uns aufzulösen, haben uns gefragt, was passieren würde, falls wir unsere Beziehung beenden. Schließlich haben wir gemeinsam beschlossen, zusammenzubleiben und auf das Beste zu hoffen. Wenn es schiefging, würde einer von uns die Crew verlassen.«

»Ist es dazu je gekommen?«

Ich schüttelte den Kopf. »Nein. Wir sind immer noch zusammen.«

»Wenn es eine Sache gibt, die du der Welt über das Crewsystem in Roussou sagen könntest, was wäre das?«

»Hört auf, uns in Schubladen zu stecken, die nur ihr versteht. Falls ihr uns nicht verstehen könnt, versucht es wenigstens. Wir sind nicht schlecht. Wir sind nicht gut. Wir sind nicht böse. Es gibt keinen Plan, keine Agenda. Die Crews wurden gegründet, um ein Mädchen zu beschützen. Ein einziges. Am Anfang war es etwas Gutes, und es gibt immer noch Gutes im Crewsystem.« Ich sprach direkt in die Kamera und ignorierte die Produzentin daneben. »Die Schulleitung in Roussou hat diese Dokumentation manipuliert, weil andere ihre Drecksarbeit erledigen sollten. Alle Schüler außer mir, Cross Shaw, Jordan Pitts, Zellman Greenly, Race Ryerson und Tasmin Shaw wurden genötigt, einen Vertrag mit der örtlichen Polizeibehörde zu unterschreiben, der von ihnen verlangte, sich für dieses Projekt interviewen zu lassen.«

Geflüster erfüllte den Raum

Jetzt erinnerte ich mich. An Beccas schockiertes Gesicht. An den Kameramann, der wie erstarrt war. Ein weiterer Regisseur war in den Raum gekommen. Aber ich hörte nicht dasselbe Durcheinander wie damals. Das hatten sie rausgeschnitten.

»Es gibt ein Video online, auf dem zu sehen ist, wie die Polizei auf einer Party die Schüler aufteilt«, fuhr ich fort. »Die Schüler aus Fallen Crest ließen sie laufen und sie nahmen alle Schüler aus Roussou fest. Jedem Schüler haben sie einen Deal angeboten. Wer sich für diese Dokumentation meldete und kooperierte, hatte keine Anzeige zu befürchten. Wir waren auf derselben Party. Die Leute werden sagen, dass wir nicht festgenommen wurden, aber das lag nur daran, dass wir entkommen sind. Eine weitere Gruppe von Leuten wurde festgenommen, aber die mussten die Vereinbarung nicht unterzeichnen, denn sie waren Mitglieder der Ryerson Crew. Ihr damaliger Anführer arbeitete mit einem Mitarbeiter der Polizeiwache in Fallen Crest zusammen, um meine Crew zu sabotieren und Drogen in die Highschools zu schmuggeln.«

Ich machte eine Pause, aber mein Blick blieb fest.

Ich ließ mich nicht hängen.
Verlagerte auf dem Hocker nicht das Gewicht.
Zuckte nicht zusammen.
Ich hielt den Kopf hoch, denn das hier war wichtig.
In diesem Augenblick würde ich keine Schwäche zeigen.
»Die Schulleitung hat bekommen, was sie wollte. Alle Crews außer einer haben sich aufgelöst. Meine Crew. Wir sind die letzten, und wenn diese Dokumentation ausgestrahlt wird, werden wir die Schule abgeschlossen und Roussou verlassen haben. Ich weiß nicht, was aus dem Crewsystem wird, wenn wir weg sind. Es könnten sich weitere Gruppen bilden. Das System könnte am Ende sein und Roussou wieder eine normale Highschool werden. Wie dem auch sei, jeder, den es interessiert, hat das Recht zu wissen, was wirklich passiert ist. Ken Broghers, Detective Broghers von der Polizei in Fallen Crest und der vorherige Schulleiter haben zusammengearbeitet, um Schüler dazu zu zwingen, an dieser Dokumentation mitzuwirken.«

Die Andeutung eines Lächelns huschte über mein Gesicht. »Das soll nicht heißen, dass einige von ihnen nicht auch freiwillig daran mitgewirkt hätten, wenn man ihnen die Option gelassen hätte. Aber wie es letztlich dazu kam, war nicht richtig. Genau genommen könnte man sagen, dass es Diskriminierung und Nötigung war. Aber wen kümmert schon meine Meinung? Ich bin nur eine Schülerin.«

Der Rest der Dokumentation zeigte Interviews mit anderen Schülern. Alle unterstützten, was ich gesagt hatte.

Die neuen Interviews enthüllten weitere Details von der Party.

Tabatha erzählte die Geschichte ihrer Cousine, die vergewaltigt worden war.

Sunday weinte vor der Kamera und sprach davon, dass sie lieber ein Jahr früher schwanger geworden wäre, weil sie wusste, dass meine Crew ihr geholfen hätte. Aber jetzt gingen wir alle weg und raus in die reale Welt, und sie glaubte nicht, dass sie dort draußen genauso viel Schutz und Hilfe finden würde.

Sie hatte recht.

Ein Video von Harrisons Abschlussrede wurde gezeigt.
Und noch mehr Interviews von Schülern.
Sie hatten alle dieselbe Kernaussage.
Wir wurden nicht als selbstverständlich angesehen. Wir wurden nicht gehasst.
Wir wurden gefürchtet.
Wir wurden geliebt.
Wir wurden respektiert.

Die Dokumentation endete mit der Anmerkung, dass ein Ermittlungsverfahren gegen Kenneth Broghers, Detective Broghers und Robert Neeon eingeleitet worden war.

Es ging in dieser Dokumentation nicht nur um uns, wie ich erleichtert feststellte. Sie hatten eine Serie daraus gemacht, und wir nahmen nur die zweite Hälfte der dritten Folge ein. Die erste Hälfte drehte sich um Channing und Heather, die die Brücke zwischen den zwei Städten gebildet hatten. In der ersten Folge ging es um Mason und Samantha Kade.

In der zweiten Folge ging es um Brett Broudou.

Es war keine große Dokumentation, aber sie hatte trotzdem die Aufmerksamkeit der Medien auf sich gezogen, vor allem wohl wegen Mason Kade. ESPN und ein anderer Sender strahlten sie aus, also würde sie unser Leben nicht verändern. Ich wusste, dass unsere Schule Aufmerksamkeit bekommen würde und dass unsere Seite dargestellt worden war, und das reichte mir.

...

Am Freitag zogen wir um.

Zwei Tage danach wurde die Dokumentation ausgestrahlt. Sie hatten uns die ganze Serie vorher zur Verfügung gestellt, sodass wir uns in einer Nacht alle drei Folgen ansehen konnten, ehe sie in den darauffolgenden Wochen ausgestrahlt werden würden.

Jordan und Zellman schmissen eine riesige Party. Alle Mädchen waren da, außerdem Race und Taz. Die beiden waren aus Grant West angereist, was vier Stunden Autofahrt entfernt lag.

Taz hatte es sich über den Sommer zur Aufgabe gemacht, ihren Halbbruder Blaise besser kennenzulernen. Das hatte dazu geführt, dass er ebenfalls eingeladen war, und auch wenn wir nicht gerade begeistert waren, überraschte es uns nicht weiter, dass er mit Zeke Allen im Schlepptau auftauchte. Und noch ein paar anderen.

Die Situation zwischen Cross und Blaise war angespannt. Keiner von ihnen würde den ersten Schritt in Richtung auf irgendwas zu tun – egal, ob es nun Feindschaft, Bruderschaft oder einfach nur Freundschaft war. Selbst in Bezug auf Taz schien Blaise tagesformabhängig zu sein. Manchmal ignorierte er sie nur, manchmal ging er ihr komplett aus dem Weg.

Sunday und Tabatha verbrachten an diesem Abend viel Zeit damit, Videos und Selfies mit Blaise und Zeke zu machen und sie nur an Lilas und Monicas Instagram-Accounts zu schicken. Ich kannte die Geschichte dahinter nicht, aber es gab garantiert eine.

»Was machst du hier?« Arme umschlossen mich von hinten. Cross zog mich an seine Brust, ich lehnte den Kopf an seine Schulter, und wir verflochten die Finger miteinander.

Ich hatte in der Tür zwischen Küche und Garage gestanden, mit freier Sicht ins Wohnzimmer. Eigentlich hatte ich nur einen Moment mit mir allein sein wollen. Die Dokumentation anzugucken war surreal gewesen.

Es war merkwürdig, mein eigenes Leben im Fernsehen zu sehen.

Meine Worte waren dort draußen. Ich hatte sie gesagt. Das hier war ein komplett anderes Kapitel für mich. Ich hatte mich öffentlich aufzeichnen lassen. Ich hatte etwas sehr Crew-Untypisches getan und war mit ihren eigenen Waffen gegen die Schulleitung vorgegangen. Ich hatte gegen sie verwendet, was sie gegen uns verwenden wollten, und ich wusste nicht, ob mir dabei wohl zumute war.

»Ich brauchte nur eine Minute für mich«, antwortete ich endlich.

Das hier fühlte sich anders an. Ich meine nicht Cross und mich, sondern die Tatsache, dass ich hier war. In einem neuen Haus. Wir wohnten mit Zellman und Jordan zusammen.

»Fast mein Leben lang habe ich gehört, wie schlecht die Crews sind. Fast mein Leben lang gab es Leute, die uns loswerden wollten, und jetzt haben sie es fast geschafft. Ich weiß nicht, wie ich das finden soll. Wir waren nicht nur schlecht.«

Cross beugte sich über mich und hauchte mir einen Kuss auf den Hals. »Ich weiß. Wir wissen das. Und jetzt ...« Er nickte in Richtung Fernseher. »Hast du das da in die Welt gesetzt.«

»Vielen Menschen wird das egal sein.«

»Ja, aber ...« Er schloss mich in die Arme und wiegte mich. »Manchen vielleicht auch nicht. Das weißt du nicht.«

Das stimmte.

Ich blickte auf. »Wusstest du, dass die Produzenten der Dokumentation mit Nate Monson verwandt sind? Sie sind seine Eltern.«

»Nein, wusste ich nicht.« Er zögerte, dann fragte er: »Wer ist Nate Monson?«

Grinsend faltete ich die Hände auf seinen Armen. »Na ja, Malinda zufolge ...«

Cross lachte und drückte mich an sich. »Du hast zu viel Zeit mit dieser Frau verbracht. Sie ist ein schlechter Einfluss.«

»Ach ja?« Ich legte den Kopf schief und grinste. »Sie trinkt Kaffee mit mir und erzählt mir von meiner Mom.«

»Als ob ich nicht wüsste, dass es ihre Idee war, Klingelstreiche zu spielen.«

»Genau genommen hat das keine von uns beiden getan.«

»Nein, du hast recht. Ihr habt Taz überredet, an der Tür zu klingeln und dorthin zu rennen, wo Malinda und du im Fluchtwagen auf sie warteten.«

»Siehst du?« Ich klopfte ihm auf den Arm und strahlte ihn an. »Wir haben es eigentlich gar nicht getan. Wir haben nur Taz dabei geholfen. Und abgesehen davon meinte Malinda, sie hätte das früher schon mit meiner Mom gespielt. Ich wollte wissen, wie es sich anfühlt.«

»Und wie hat es sich angefühlt?«

Wie dummer, harmloser Spaß, und dennoch hatte ich mich in dieser Nacht mit meiner Mutter verbunden gefühlt. Und wenn Malinda es vorschlug, würde ich es wieder tun. »Es ist schön, so eine Erinnerung zu haben.«

Er runzelte die Stirn. »Okay. Und wer ist jetzt dieser Nate Monson?«

Ich schüttelte den Kopf. »Nur ein witziger Zufall, diese Verbindung. Ist nicht so wichtig.«

So blieben wir stehen, ich in seinen Armen, und beobachteten den Rest der Gruppe. In diesem Moment war ich zufrieden. Und Zufriedenheit war ein Gefühl, das ich endlich akzeptieren wollte – ich wollte es nicht unterdrücken, sondern mir erlauben, glücklich zu sein. Ich war immer noch in Arbeit, aber dieser Neuanfang gab mir Hoffnung für das nächste Jahr. Ich hatte meine Crew, also ging es mir gut.

»Bren?«

Cross' Arme schlossen sich fester um mich. Wir erstarrten, als wir die Stimme meines Bruders hörten.

Ich runzelte die Stirn und löste mich aus Cross' Armen. »Was machst du denn hier?«

Wir hatten sie zu der Party zwar eingeladen, aber Heather und er hatten beschlossen, zu Hause zu bleiben. Sie meinten, sie seien zu alt für Collegepartys.

Als sie sahen, dass Channing im Haus war, waren alle Gespräche verstummt.

Er wirkte nicht glücklich. Er wirkte besorgt.

Furcht flackerte in mir auf. Gerade hatte ich daran zu arbeiten begonnen, Zufriedenheit okay zu finden, und jetzt passierte sowas ... womit auch immer Channing vor der Tür meines neuen Zuhauses aufgetaucht war.

Ich ging auf ihn zu. »Was ist los?«

Channings Augen wurden schmal, dann schüttelte er den Kopf. »Nichts. Eigentlich sogar etwas Gutes.«

Er log. Ich sah es ihm an.

Zeke kam die Treppe herunter, ein Bier in der Hand. Er blieb stehen, sah Channing und rülpste. »Ist Kade auch hier?«

Channing beachtete ihn nicht, hielt den Blick auf mich gerichtet. »Bren.«

Das war nicht die Stimme, mit der er gute Nachrichten verkündete. Es war die Stimme, die sagte: »Folg mir unauffällig.« Ich ging zu ihm.

Cross folgte mir, aber als wir durch die Gruppe hindurch auf die Tür zusteuerten, fragte Channing: »Kann ich für eine Minute mit ihr allein sein? Nur eine Minute.«

Jetzt wusste ich, dass es wirklich schlimm war.

Ich sah, wie Cross kaum merklich nickte. »Sicher.«

Aber er klang überhaupt nicht sicher.

Channing blickte mich an und sagte: »Komm, gehen wir raus.«

Ich folgte ihm.

Er schloss die Tür hinter uns, und sofort entstand im Haus ein Tumult.

Jemand rief: »Licht!«

In der nächsten Sekunde war das Haus stockdunkel. Dann sahen wir, wie die Vorhänge sich zur Seite bewegten. Sie beobachteten uns alle durch die Fenster.

Channing fluchte leise. »Verdammte Studenten.«

Ich grinste. »Genau genommen haben die Vorlesungen noch nicht angefangen.«

Mein Bruder verdrehte die Augen. »Ach echt? Verdammte Schüler? Klingt das besser?«

Ich schwieg.

Er atmete durch und deutete auf den Gehweg. »Lass uns spazieren gehen.«

Ich war in Versuchung einfach abzulehnen und ihn aufzufordern, an Ort und Stelle zur Sache zu kommen, aber stattdessen steckte ich die Hände in die Taschen und hielt mit ihm Schritt.

Wir gingen an den geparkten Autos vorbei, bis wir bei seinem ankamen.

»Was ist los, Chan?«

Kurz vor seinem Pick-up blieb er stehen und drehte sich zu mir um. Er hielt den Kopf gesenkt, dann sagte er mit flackerndem Blick: »Ich bin immer für dich da. Das weißt du doch, oder?«

Ich war gerührt und spürte, wie es mir die Kehle zuschnürte. Ich nickte. »Ja. Das weiß ich.«

Er starrte mich an, irgendetwas lastete schwer auf ihm, und dann zog er mich in eine feste Umarmung. Während er mich im Arm hielt, murmelte er an meinem Kopf: »Ich schwöre, wenn er dir wehtut, werde ich ...« Er verstummte, schluckte und löste sich wiederstrebend von mir.

Aber seine Hände blieben auf meinen Schultern liegen, so als brächte er es nicht über sich, mich vollständig loszulassen.

Allmählich machte ich mir wirklich Sorgen. »Von wem redest du? Von Cross?«

»Nein. Von ...«

Die Beifahrertür seines Pick-ups öffnete sich. Jemand, den ich nicht bemerkt hatte, hatte abgewartet und uns beobachtet, und nun stieg er aus.

»Bren?«

Die Welt um mich herum drehte sich im Kreis. Die Fahrzeuge. Die Häuser hinter uns. Selbst die verdammten Sterne am Himmel. Glühwürmchen. Alles, was dazugehörte, denn mir war der Boden unter den Füßen weggerissen worden.

»Dad?«

Dank

Für diesen Roman verdient mein übliches Team ein ganz besonderes Dankeschön!!!

All meine Betaleser, Korrekturleser, meine Lektorin, mein Formatierer ... Ich danke euch allen, dass ihr Crew gelesen habt! Ich wollte das Buch schon viel früher abliefern, aber mir sind ein paar Probleme mit Abgabeterminen für andere Projekte dazwischengekommen, und die Figuren wollten einfach nicht mit mir reden. Ich bin eine Autorin, die niemals versucht, ihre Charaktere zu etwas zu zwingen, also vielen Dank noch mal, dass ihr das versteht! Außerdem noch eine dicke Umarmung von mir für alle Crew-Leserinnen, die mich so wunderbar unterstützt haben, als ich angefangen habe, kleine Ausschnitte von Still Crew zu posten. Ich wusste nicht, wie die Reaktionen darauf ausfallen würden, aber ihr habt mir gezeigt, dass ihr mehr als bereit für Crew 2 wart! Das ist für eine Autorin wie die Luft zum Atmen.

Und jetzt, nachdem ihr Still Crew gelesen habt, hoffe ich, dass ihr für Crew 3 bereit seid.

Behaltet meine Lesergruppe oder meine Webseite im Auge, denn ein paar Leute aus diesem Buch haben für das nächste Jahr einige Überraschungen für euch in petto.

Band 1 der New-Adult-Serie von Tijan

Um in der Stadt zu überleben, in der ich wohne, gibt es zwei Optionen: Du kannst zu den Normalos gehören – Cheerleader, Sportler, Mitglied des Debattierteams oder im Jahrbuchkomitee sein. Du kannst so tun, als wäre unser Leben gewöhnlich. Oder du bist Crew. Mein Name ist Bren. Ich bin die einzige Frau in der Wolf Crew – der besten, wildesten und gefährlichsten Crew, die es gibt. Und wir haben eine Regel: Man darf sich innerhalb der Crew nicht verlieben. Tja ... zu spät.

Tijan
Crew

Roman
Aus dem Amerikanischen von Anja Mehrmann
Klappenbroschur
Auch als E-Book erhältlich
forever.ullstein.de

Das Finale der New-Adult-Serie von Tijan

Bren steht vor der größten Entscheidung ihres Lebens. Wie soll ihre Zukunft nach der Highschool aussehen? Wie wird es weitergehen mit Cross, ihrer Crew und der Beziehung zu ihrem Bruder? Auch das gesamte Crew-System gerät erneut ins Wanken. Bren weiß nicht mehr, wo ihr der Kopf steht. Dabei hängt so viel von ihrer Entscheidung ab …

Tijan
Crew Love

Roman
Aus dem Amerikanischen von Anja Mehrmann
Auch als E-Book erhältlich
forever.ullstein.de

FOREVER NEWSLETTER

- ✔ **Neuerscheinungen**
- ✔ **Preisaktionen**
- ✔ **Gewinnspiele**
- ✔ **Events**

bit.ly/forever-news